Noventa e três

Victor Hugo

Noventa e três

Tradução
Mauro Pinheiro

Estação Liberdade

Título original: *Quatrevingt-treize*
© Editora Estação Liberdade, 2023, para esta tradução

PREPARAÇÃO Silvia Massimini Felix
REVISÃO Fábio Fujita
ASSISTÊNCIA EDITORIAL Gabriel Joppert e Luis Campagnoli
ILUSTRAÇÃO DE CAPA Natanael Longo de Oliveira
SUPERVISÃO EDITORIAL Letícia Howes
EDIÇÃO DE ARTE Miguel Simon
EDITOR Angel Bojadsen

CIP-BRASIL. CATALOGAÇÃO NA PUBLICAÇÃO
SINDICATO NACIONAL DOS EDITORES DE LIVROS, RJ

H889n

Hugo, Victor, 1802-1885
 Noventa e três / Victor Hugo ; tradução Mauro Pinheiro. - 1. ed. - São Paulo : Estação Liberdade, 2023.
 416 p. ; 21 cm.

 Tradução de: Quatrevingt-treize
 ISBN 978-85-7448-291-0

 1. Romance francês. I. Pinheiro, Mauro. II. Título.

23-85930
CDD: 843
CDU: 82-31(44)

Gabriela Faray Ferreira Lopes - Bibliotecária - CRB-7/6643
31/08/2023   08/09/2023

Todos os direitos reservados à Editora Estação Liberdade. Nenhuma parte da obra pode ser reproduzida, adaptada, multiplicada ou divulgada de nenhuma forma (em particular por meios de reprografia ou processos digitais) sem autorização expressa da editora, e em virtude da legislação em vigor.

Esta publicação segue as normas do Acordo Ortográfico da Língua Portuguesa, Decreto nº 6.583, de 29 de setembro de 2008.

EDITORA ESTAÇÃO LIBERDADE LTDA.
Rua Dona Elisa, 116 | Barra Funda
01155-030 São Paulo – SP | Tel.: (11) 3660 3180
www.estacaoliberdade.com.br

SUMÁRIO

PRIMEIRA PARTE — **AO MAR**   9

  Livro Primeiro
    O bosque de la Saudraie   11

  Livro Segundo
    A corveta Claymore   25

  Livro Terceiro
    Halmalo   63

  Livro Quarto
    Tellmarch   79

SEGUNDA PARTE — **EM PARIS**   107

  Livro Primeiro
    Cimourdain   109

  Livro Segundo
    O cabaré da rua do Paon   127

  Livro Terceiro
    A Convenção   155

TERCEIRA PARTE — **NA VENDEIA** 187

Livro Primeiro
 A Vendeia 189

Livro Segundo
 As três crianças 209

Livro Terceiro
 O massacre de São Bartolomeu 277

Livro quarto
 A mãe 293

Livro Quinto
 In Dæmone Deus 345

Livro Sexto
 A batalha depois da vitória 361

Livro Sétimo
 Feudalidade e Revolução 379

PRIMEIRA PARTE
AO MAR

LIVRO PRIMEIRO
O bosque de la Saudraie

Nos últimos dias de maio de 1793, um dos batalhões parisienses trazidos à Bretanha pelo general Santerre vasculhava o temível bosque de la Saudraie, em Astillé. Não eram mais que trezentos homens, pois o batalhão fora dizimado pela rude guerra. Nessa época, depois das batalhas de Argonne, Jemmapes e Valmy, restavam do primeiro batalhão de Paris, originalmente formado por seiscentos voluntários, 27 soldados; do segundo, 33; e do terceiro, 57. Um período de batalhas épicas.

Os batalhões enviados de Paris à Vendeia contavam com 912 homens. Cada batalhão tinha três peças de canhão, que foram imediatamente preparadas para o combate. No dia 25 de abril, com Gohier no ministério da Justiça e Bouchotte no ministério da Guerra, a seção do Bon-Conseil propôs o deslocamento de batalhões de voluntários para a Vendeia; o membro da Comuna de Lubin preparara o relatório; no dia 1º de maio, a região de Santerre estava pronta para mobilizar doze mil soldados, trinta peças de artilharia leve e um batalhão de canhoneiros. Esses batalhões, formados às pressas, foram tão bem preparados que servem, ainda hoje, como modelos; é com base em sua composição que se formam as companhias de combate; eles alteraram a antiga proporção entre o número de soldados e o número de suboficiais.

Em 28 de abril, a Comuna de Paris havia dado aos voluntários de Santerre a seguinte instrução: *Sem misericórdia nem piedade*. Ao final de maio, dos doze mil que partiram de Paris, oito mil estavam mortos.

O batalhão que investiu contra o bosque de la Saudraie manteve-se em alerta. Não havia pressa alguma. Observava-se à direita e

PRIMEIRA PARTE

à esquerda, à frente e atrás de si; Kléber disse: "O soldado tem um olho nas costas." Marchavam já fazia um bom tempo. Que horas poderiam ser? Em que momento do dia estavam? Teria sido difícil saber, pois há sempre uma espécie de entardecer nessas matas selvagens, e a claridade é inexistente nesse bosque. A tragédia pairava sobre o bosque de la Saudraie. Foi nesse matagal que, a partir do mês de novembro de 1792, a guerra civil começou a cometer seus crimes; Mousqueton, o coxo feroz, emergiu dessas profundezas sombrias, e a quantidade de assassinatos ocorridos ali era de arrepiar os cabelos. Não havia local mais medonho. Os soldados se embrenhavam com precaução. Havia flores em todos os cantos; envolvia-os uma muralha trêmula de galhos dos quais caía o frescor fascinante das folhas; raios de sol perfuravam aqui e ali as trevas verdejantes; ao solo, gladíolos, lírios, narcisos, giestas — essa florzinha que anuncia os belos dias — e o açafrão primaveril bordejavam e adornavam um denso tapete de vegetação onde formigavam todas as formas de musgo, desde aquela semelhante a uma lagarta até aquela que parece uma estrela. Os soldados avançavam passo a passo, em silêncio, abrindo caminho no mato. Os pássaros gorjeavam por cima das baionetas.

La Saudraie era um desses bosques onde outrora, em tempos pacíficos, praticava-se a *Houiche-ba*, que é a caça noturna aos pássaros; agora, ali se caçavam os homens.

O matagal de bétulas, faias e carvalhos, a superfície plana; o musgo e a grama espessa amorteciam o ruído dos homens marchando; não havia atalho algum, exceto aqueles que logo se perdiam; azevinhos, ameixeiras-bravas, fetos, cercas vivas, sarças; era impossível enxergar um homem a dez passos.

Às vezes, passava uma garça-real ou um mergulhão, indicando a proximidade do pântano.

E a marcha prosseguia em meio ao risco, inquieta e temendo encontrar o que se buscava.

De vez em quando, descobriam vestígios de acampamentos, o solo queimado, o mato pisado, varas cruzadas, galhos ensanguentados.

Em um local, haviam feito sopa; em outros, rezado uma missa ou tratado dos feridos. Mas aqueles que tinham passado por ali haviam desaparecido. Onde estariam eles? Talvez bem longe. Talvez ali mesmo, bem perto, escondidos, empunhando seus bacamartes. O bosque parecia deserto. O batalhão redobrava sua prudência. Aquela solidão inspirava a desconfiança. Não se via vivalma; uma razão a mais para temer a aparição de alguém. Tratava-se de uma floresta com péssima reputação.

Uma emboscada era sempre provável.

Trinta granadeiros, enviados como batedores e comandados por um sargento, marchavam à frente, a uma boa distância do resto da tropa. A vivandeira do batalhão os acompanhava. Essas comerciantes de víveres não temiam acompanhar as linhas de frente. Corria-se perigo, mas podiam ao menos ver o que estava acontecendo. A curiosidade é uma forma de bravura feminina.

Bruscamente, esses soldados da pequena tropa da linha de frente sentiram o sobressalto que os caçadores conhecem, sinal de que estão se aproximando do covil; ouviram algo como um sopro no meio da mata cerrada, suspeitaram de um movimento das folhas. Os soldados acenaram uns para os outros.

Naquela espécie de ronda e busca confiada aos batedores, os oficiais não precisam se envolver; o que deve ser feito, faz-se por si mesmo.

Em menos de um minuto, o local onde detectaram movimento foi cercado; os fuzis foram apontados, mirando o centro obscuro da mata de todos os lados ao mesmo tempo, e os soldados, com os dedos no gatilho, o olhar fixo na área suspeita, só esperavam as ordens do sargento para disparar.

Enquanto isso, a vivandeira se arriscara a observar através das moitas e, no instante em que o sargento ia gritar "Fogo!", a mulher berrou:

— Parem! — E, virando-se para os soldados, disse-lhes: — Não atirem, camaradas!

E ela se precipitou mata adentro. Eles a seguiram.

Havia de fato alguma coisa ali.

PRIMEIRA PARTE

Na parte mais densa do arbusto, à beira de uma destas clareiras circulares que servem no bosque como forno de carvão, no qual se queimam as raízes das árvores, em uma espécie de abrigo de folhagens, entreaberto como uma alcova, uma mulher se encontrava sentada sobre o musgo, com uma criança ao peito que mamava e, sobre seu colo, as cabeças louras de duas outras crianças adormecidas.

Ali estava a emboscada.

— O que está fazendo aí? — perguntou a vivandeira.

A mulher ergueu a cabeça.

A vivandeira acrescentou, irritada:

— A senhora é louca de se esconder aí!

E prosseguiu:

— Por pouco não dispararam! — E, dirigindo-se aos soldados, avisou: — É uma mulher.

— É claro, isso podemos ver! — disse um granadeiro.

A vivandeira continuou:

— Vir se esconder no bosque para ser massacrada! Como é possível fazer uma besteira dessas?

Atônita, assustada, petrificada, a mulher olhava ao seu redor, como se através de um sonho, com todos aqueles fuzis, sabres, baionetas e semblantes cruéis.

As duas crianças acordaram e começaram a berrar.

— Estou com fome — disse uma.

— Estou com medo — disse a outra.

A menor continuava mamando.

A vivandeira voltou a se dirigir à mulher.

— É a senhora que tem razão — disse-lhe.

A mãe estava muda de pavor.

O sargento gritou para ela:

— Não tenha medo, somos o batalhão dos Boinas Vermelhas.

A mulher tremeu da cabeça aos pés. Ela olhou para o sargento, um rosto rude em que se viam apenas as sobrancelhas, o bigode e as duas brasas que eram seus olhos.

— O batalhão da antiga Cruz Vermelha — acrescentou a vivandeira.
E o sargento tomou a palavra:
— E a senhora, quem é?
A mulher o observava, aterrorizada. Ela era jovem e magra, estava pálida, esfarrapada, trajava um grande capuz de camponesa bretã e uma manta de lã presa ao pescoço por um cordão. Com uma indiferença de fêmea, ela deixara pendendo seu seio nu. Seus pés, sem meias ou calçados, sangravam.
— É uma pobre coitada — disse o sargento.
E a vivandeira perguntou com sua voz soldadesca e feminina, em um tom suave:
— Qual é seu nome?
A mulher murmurou com um gaguejar quase indistinto:
— Michelle Fléchard.
Enquanto isso, a vivandeira acariciava com sua mão grossa a cabecinha do bebê.
— Que idade tem esse infante? — perguntou.
A mãe não entendeu. A vivandeira insistiu.
— Estou perguntando qual é a idade dele.
— Ah — exclamou a mãe —, dezoito meses.
— Já está bem grande — disse a vivandeira. — Você não devia mais lhe dar o peito. Já é tempo de desmamar. Nós vamos lhe dar uma sopa.
A mãe começava a se acalmar. Os dois pequenos, que tinham despertado, se mostravam mais curiosos que assustados. Eles admiravam os penachos dos soldados.
— Ah — disse a mãe —, eles estão mortos de fome.
E acrescentou:
— Eu não tenho mais leite.
— Vamos lhes dar comida — bradou o sargento. — E à senhora também. Mas isso não é tudo. Quais são suas opiniões políticas?
A mulher olhou para o sargento, mas não respondeu.
— Ouviu minha pergunta?

PRIMEIRA PARTE

Ela começou a balbuciar:
— Fui levada ao convento quando era muito jovem, mas me casei... não sou religiosa. As irmãs me ensinaram a falar francês. Incendiaram a aldeia. Nós fugimos tão rápido que não tive tempo de me calçar.
— Eu perguntei: quais são suas opiniões políticas?
— Não sei.
O sargento prosseguiu:
— Pois saiba que existem espiãs. E essas espiãs são fuziladas. Está entendendo? Fale. A senhora não é uma cigana? Qual é sua pátria?
Seu olhar fixo revelava sua incompreensão. O sargento repetiu:
— Qual é sua pátria?
— Não sei — respondeu ela.
— Como não sabe qual é seu país?
— Ah! Meu país. Entendi.
— E então, de onde a senhora vem?
A mulher respondeu:
— Da granja de Siscoignard, na paróquia de Azé.
Dessa vez, foi o sargento que ficou surpreso. Depois de pensar por um momento, ele disse:
— De onde a senhora falou?
— Siscoignard.
— Isso não é uma pátria.
— É de onde eu venho.
E depois de um instante de reflexão, ela acrescentou:
— Eu entendo, senhor. Vocês são da França e eu da Bretanha.
— E daí?
— Não é o mesmo país.
— Mas é a mesma pátria! — gritou o sargento.
A mulher se limitou a responder:
— Eu sou de Siscoignard.
— Que seja, Siscoignard — disse o sargento. — É de lá que vem sua família?
— Sim.

— E o que ela faz?
— Morreram todos. Não tenho mais ninguém.
Falastrão, o sargento continuou o interrogatório.
— Mas todos temos parentes, com os diabos! Ou os tivemos. Quem é a senhora? Diga!
A mulher ouviu, aturdida, esse "ou os tivemos", que parecia mais o urro de um bicho que uma fala humana.
A vivandeira sentiu necessidade de intervir. Voltando a acariciar a criança que mamava, ela bateu de leve nas bochechas dos outros dois.
— Como se chama a gulosa? — perguntou ela. — É uma menina, não é?
A mãe respondeu:
— Georgette.
— E o mais velho? Pois esse espertalhão é sem dúvida um menino.
— René-Jean.
— E o caçula? Pois esse aí também é um homem. E ainda por cima é bochechudo!
— Gros-Alain — respondeu a mãe.
— Eles são bem bonitos, seus filhos — disse a vivandeira. — Comportam-se como adultos.
Então o sargento insistiu.
— Diga então, minha senhora. Vocês têm uma casa?
— Eu tinha uma.
— Onde?
— Em Azé.
— E por que então não estão em casa?
— Porque eles a incendiaram.
— Eles quem?
— Não sei. Foi uma batalha.
— De onde a senhora vem?
— De lá.
— Para onde a senhora vai?

PRIMEIRA PARTE

— Não sei.
— Vamos aos fatos. Quem é a senhora?
— Não sei.
— Não sabe quem é?
— Somos gente que está fugindo.
— Qual é seu partido?
— Não sei.
— Partido dos Azuis ou dos Brancos?[1] Com qual está?
— Estou com meus filhos.

Houve uma pausa, em seguida a vivandeira disse:
— Eu não tenho filhos. Não tive tempo.

O sargento recomeçou.
— Mas e seus parentes? Ora, vamos, minha senhora, fale sobre seus pais. Eu me chamo Radoub; sou sargento, moro na rua do Cherche-Midi, meu pai e minha mãe também, posso falar de meus pais. Agora nos fale sobre os seus. Conte para nós o que eles faziam.
— Eram os Fléchards. Nada mais.
— Sim, claro, os Fléchards são os Fléchards, assim como os Radoubs são os Radoubs. Mas todos têm uma profissão. Qual era a profissão de seus pais? O que eles faziam? O que fazem? O que flechavam os seus Fléchards?
— Eram lavradores. Meu pai era inválido e não podia trabalhar, pois foi espancado com uma vara. O senhor dele, nosso senhor, mandou que o castigassem, o que foi bem generoso, pois meu pai tinha roubado um coelho e por isso foi condenado à morte; mas o senhor deu-lhe sua graça e disse: apliquem nele apenas cem chibatadas; e meu pai ficou estropiado.
— E depois?
— Meu avô era huguenote. O senhor padre o enviou aos trabalhos forçados. Eu era bem pequena.
— E depois?

---

1. Os Azuis eram os republicanos e os Brancos, os partidários da Monarquia.

— O pai de meu marido fazia contrabando de sal. O rei mandou prendê-lo.
— E seu marido, o que faz ele?
— Nesses últimos tempos, ele lutava.
— Por quem?
— Pelo rei.
— E depois?
— Ora, por seu senhor.
— E depois?
— Ora, pelo padre.
— Mas com todos os diabos! — gritou um granadeiro.

A mulher teve um sobressalto de pavor.
— Está vendo, minha senhora. Nós somos parisienses — disse amavelmente a vivandeira.

A mulher uniu as mãos e exclamou:
— Oh, meu Deus! Jesus, meu senhor!
— Nada de superstições — disse o sargento.

A vivandeira sentou-se ao lado da mulher e puxou o mais velho dos filhos para seu colo, sem resistência. As crianças se acalmam como se assustam, sem que se saiba o porquê. Como se algo as advertisse, no íntimo.

— Pobre criatura desta região. De qualquer maneira, a senhora tem belas crianças, isso já é alguma coisa. Posso adivinhar suas idades. O mais velho tem quatro anos, seu irmão, três. Mas olhe só essa fedelha, como é glutona! Ah! Como é feroz! Tome cuidado para não acabar devorando sua mãe! Está vendo, minha senhora, não tenha receio de nada. A senhora deveria ingressar no batalhão. E pode fazer como eu. Eu me chamo Houzarde; é uma alcunha. Mas prefiro que me chamem de Houzarde a senhorita Bicorneau, como minha mãe. Sou a cantineira, ou seja, aquela que dá de beber, enquanto os soldados se metralham e se assassinam. O bando do diabo. Nossos pés têm mais ou menos o mesmo tamanho, eu lhe darei um par de meus calçados. Eu estava em Paris em 10 de agosto. Dei de beber ao general Westermann. E foi assim que vi ser guilhotinado Luís XVI, a quem chamam de Luís Capeto.

Ele não queria. Ora veja, imagine que no dia 13 de janeiro ele assava castanhas e se divertia com sua família! Quando o forçaram a se deitar sobre o básculo, como o chamam, ele não tinha mais roupa nem calçados; vestia apenas uma camisa, um casaco manchado, uma calça em tecido cinza e meias de seda cinza. Eu vi tudo isso. O fiacre no qual o levaram estava pintado de verde. Está vendo, venha conosco, é um batalhão de bons rapazes; a senhora será a cantineira número dois; eu lhe mostrarei o trabalho. Oh! É bem simples! Com um barrilete e uma sineta, a gente avança pelo tumulto, em meio ao fogo do pelotão, a tiros de canhão, à algazarra, gritando: "Meninos, quem quer beber um pouco?" Não é mais difícil que isso. Eu dou de beber a todo mundo. Pois dou mesmo. Tanto aos Brancos quanto aos Azuis, embora eu seja Azul. E uma boa Azul. Mas dou de beber a todos. Os feridos têm muita sede. Morrem sem distinção de ideologia. As pessoas que morrem deveriam apertar as mãos. Que estupidez esta batalha! Venha conosco. Se eu for morta, a senhora me sucederá. Está vendo, tenho esta aparência; mas sou uma boa mulher e um homem de coragem. Não tenha medo.

Quando a vivandeira parou de falar, a mulher murmurou:

— Nossa vizinha se chamava Marie-Jeanne e nossa empregada se chamava Marie-Claude.

Enquanto isso, o sargento Radoub advertia o granadeiro:

— Cale a boca. Você assusta a senhora. Não se deve praguejar diante de senhoras.

— Mas é que se trata de um verdadeiro massacre para um homem honesto — retrucou o granadeiro. — Ver esses iroqueses da China que têm o sogro estropiado por seu senhor, o avô condenado aos trabalhos forçados pelo padre e o pai enforcado pelo rei, e que continuam lutando, com os diabos! E que se revoltam e se fazem esmagar pelo senhor, pelo padre e pelo rei!

O sargento gritou:

— Silêncio nas fileiras!

— Nós nos calamos, sargento — respondeu o granadeiro. — Mas, assim mesmo, é uma pena que uma mulher assim tão bonita se exponha e seja espancada pelos belos olhos de um beato.

— Granadeiro — disse o sargento. — Não estamos aqui no clube da seção de Piques. Nada de eloquência.
E, virando-se para a mulher:
— E seu marido, minha senhora? O que ele faz? O que aconteceu com ele?
— O que aconteceu? Nada. Já que o mataram.
— Onde?
— No pomar.
— Quando foi isso?
— Faz três dias.
— Quem fez isso?
— Não sei.
— Como? Não sabe quem matou seu marido?
— Não.
— Foi um Azul? Um Branco?
— Foi um tiro de fuzil.
— E faz três dias?
— Faz.
— Em que lugar aconteceu isso?
— Para os lados de Ernée. Meu marido foi morto. Pronto.
— E desde que mataram seu marido, o que a senhora tem feito?
— Carrego meus filhos.
— Mas os carrega para onde?
— Adiante.
— Onde a senhora dorme?
— No chão.
— O que a senhora come?
— Nada.
O sargento fez uma careta comum aos militares, roçando o bigode no nariz.
— Nada?
— Quero dizer, ameixas selvagens, amoras silvestres, as poucas que sobraram no bosque, grãos de mirtilos, brotos de samambaias.
— Sei. O mesmo que nada.

PRIMEIRA PARTE

O filho mais velho, que parecia tudo entender, disse:
— Estou com fome.
O sargento retirou um pedaço de pão de caserna do bolso e o entregou à mãe. A mãe partiu o pão ao meio e o deu aos dois filhos. As duas crianças o morderam com avidez.
— Ela não ficou sequer com um pedaço — murmurou o sargento.
— É porque ela não está com fome — disse um soldado.
— É porque ela é mãe — acrescentou o sargento.
As crianças o interromperam.
— Água — pediu um.
— Água — repetiu o outro.
— Não há nenhum riacho neste maldito bosque? — disse o sargento.

A vivandeira pegou o copo de cobre que pendia de sua cintura, ao lado da sineta, abriu a torneira do barrilete que trazia a tiracolo, despejou algumas gotas no copo e o aproximou dos lábios das crianças.

O primeiro bebeu e fez uma careta.
O segundo bebeu e cuspiu.
— Mas ela é boa — disse a vivandeira.
— Mas isso é aguardente! — exclamou o sargento.
— É, e das melhores. Mas eles são camponeses.
Em seguida, ela enxugou o copo.
O sargento perguntou:
— Então é isso. A senhora está fugindo.
— É preciso.
— Pelos campos, ao deus-dará?
— Eu corro com todas as minhas forças, e depois ando e depois caio.
— Pobre paroquiana! — exclamou a vivandeira.
— Há batalhas por todos os lados — balbuciou a mulher. — Os tiros de fuzil vêm de todas as direções. Não compreendo o que está havendo. Mataram meu marido. É tudo o que eu sei.

O sargento bateu forte com a coronha de seu fuzil no chão e gritou:
— Que guerra estúpida! Com todos os diabos!

A mulher prosseguiu:
— A noite passada, dormimos dentro do rombo de uma árvore.
— Todos os quatro?
— Todos os quatro.
— Dormiram mesmo?
— Dormimos.
— Então dormiram em pé.

Ele se virou para os soldados:
— Camaradas, uma grande árvore oca e morta onde um homem pode se enfiar como em um espartilho, esses selvagens chamam de rombo. O que vocês queriam? Não somos obrigatoriamente todos de Paris.

— Dormir dentro de uma árvore oca! — exclamou a vivandeira.
— E com três crianças!

— Ainda por cima — retomou o sargento —, quando as crianças berram, para as pessoas que passam e não veem nada, deve ser engraçado ouvir uma árvore gritando: "Papai, mamãe!"

— Felizmente, estamos no verão — suspirou a mulher.

Resignada, ela observava o solo; em seus olhos, a expressão atônita das catástrofes.

Silenciosos, os soldados se mantinham em círculo em volta daquele grupo de miseráveis.

Uma viúva, três órfãos, a fuga, o abandono, a solidão, a guerra rugindo em todos os horizontes, a fome, a sede, nenhum outro alimento senão o mato, nenhum outro teto senão o céu.

O sargento se aproximou da mulher e fixou seus olhos na criança que mamava. A menina soltou o seio, virou a cabeça devagar e, com suas lindas pupilas azuis, observou aquele rosto barbado, encrespado e fulvo inclinado sobre ela, e começou a sorrir.

O sargento se recompôs, mas foi possível ver uma lágrima espessa escorrendo por sua face e parando na ponta do bigode, como uma pérola.

Ele elevou o tom da voz.

— Camaradas, disso tudo posso concluir que o batalhão vai assumir essa paternidade. Está combinado? Vamos adotar essas três crianças.

— Viva a República! — bradaram os granadeiros.

— Está decidido — disse o sargento.

E estendeu as duas mãos sobre a mãe e seus filhos.

— Aí estão — disse ele. — Os filhos do batalhão dos Boinas Vermelhas.

A vivandeira pulou de alegria.

— Três cabeças dentro de uma boina — gritou ela.

Depois, desandou a chorar, abraçando calorosamente a pobre viúva, e lhe disse:

— Ainda bebê e já parece uma garotinha!

— Viva a República! — repetiram os soldados.

E o sargento se dirigiu à mãe:

— Venha, cidadã.[2]

---

2. O termo *cidadão* foi adotado a partir de setembro de 1792, data da proclamação da República.

LIVRO SEGUNDO
A corveta Claymore

I
Inglaterra e França juntas

Na primavera de 1793, no momento em que a França, atacada ao mesmo tempo por todas as suas fronteiras, distraía-se pateticamente com a queda dos girondinos, eis o que acontecia no arquipélago do canal da Mancha.

Ao fim da tarde do dia 1º de junho, na ilha de Jersey, dentro da pequena baía deserta de Bonnenuit, cerca de uma hora antes do pôr do sol, sob um desses tempos nebulosos que são convenientes à fuga, pois a navegação é perigosa, uma corveta içava suas velas. A tripulação dessa embarcação era composta de franceses, mas ela fazia parte da flotilha inglesa posicionada como sentinela na ponta oriental da ilha. O príncipe da Tour-d'Auvergne, que pertencia à família dos Bouillons, comandava os navios ingleses, e foi sob suas ordens, por conta de uma missão urgente e especial, que essa corveta foi mobilizada.

Matriculada na Trinity-House sob o nome de Claymore, essa embarcação tinha a aparência de uma corveta de carga, mas era na realidade um navio de guerra, apesar de seu aspecto mercantil, pesado e pacífico; no entanto, era melhor não se fiar às aparências. Ela havia sido construída para ciladas e enfrentamentos vigorosos; enganar se for possível, combater se necessário. Para a missão que a esperava naquela noite, o carregamento havia sido substituído na entrecoberta por trinta caronadas[1] de grande calibre. Essas trinta

---
1. Caronadas: peças de artilharia de grosso calibre para utilização naval.

caronadas, porque previam uma tempestade ou porque, mais provavelmente, pretendiam dar uma aparência inofensiva à embarcação, estavam trancadas, ou seja, amarradas com firmeza no interior por correntes tríplices, com as bocas apoiadas contra as escotilhas fechadas; nada podia ser visto de fora, as portinholas estavam ocultas e os tampos das escotilhas, arriados; era como uma máscara que encobria a corveta. As corvetas militares só têm canhões no convés superior, mas essa, feita para ataques de surpresa e emboscadas, não tinha armas no convés e havia sido construída de maneira a transportar, como acabamos de ver, uma bateria de canhões na entrecoberta.

A Claymore era compacta e atarracada, ainda assim possuía ótimo desempenho; era o casco mais sólido de toda a marinha inglesa e, em combate, ela se comparava a uma fragata, embora no lugar de um mastro de mezena tivesse um simples mastaréu de bergantim. Seu leme, de forma rara e eficaz, possuía uma armação curva, quase única, que custara cinquenta libras esterlinas nos estaleiros de Southampton.

A tripulação, inteiramente francesa, era composta de oficiais que tinham emigrado da França e marujos desertores. Esses homens passavam por uma triagem. Não havia um que não fosse bom marinheiro, bom soldado e bom monarquista. Seu fanatismo devia ser triplo: o navio, a espada e o rei.

A metade de um batalhão de fuzileiros navais, pronto a desembarcar em caso de necessidade, se misturava aos demais tripulantes.

A corveta Claymore tinha por comandante um cavaleiro de Saint-Louis, o conde de Boisberthelot, um dos melhores oficiais da antiga Marinha Real, e como imediato, o cavaleiro de La Vieuville, que comandara a companhia da guarda francesa na qual Hoche servira como sargento, e o piloto era o mais sagaz dos timoneiros de Jersey, Philip Gacquoil.

Parecia evidente que esse navio se preparava para alguma missão extraordinária. Um homem, de fato, acabara de embarcar com ares de alguém que inicia uma aventura. Era um velho alto, ereto e robusto, um semblante severo no qual era difícil precisar a idade, porque ele parecia a um só tempo jovem e idoso; um desses homens cheios de anos e de força, cabelos brancos sobre a testa e um brilho no olhar; quarenta anos pelo vigor e oitenta pela autoridade. No momento em que ele pisou a corveta, sua capa de marinheiro se entreabriu e foi possível vê-lo vestido por baixo com estas calças até os joelhos chamadas de *bragou-bras*, botas de cano longo e um casaco em pele de cabra com o couro adornado de seda e revestido de pelos hirsutos e selvagens, o traje completo de um camponês bretão. Essas antigas vestimentas bretãs tinham duas finalidades: serviam para os dias de festas assim como para os dias de trabalho, e podiam ser reviradas, exibindo, segundo a vontade, seu lado felpudo ou seu lado bordado; pele de bicho durante a semana, traje de gala aos domingos. As roupas de camponês que esse senhor idoso vestia estavam, como se quisessem aumentar uma verossimilhança desejada e intencional, gastas à altura dos joelhos e nos cotovelos, e pareciam estar em uso havia muito tempo; a capa de marinheiro, de tecido espesso, parecia um andrajo de pescador. Esse velho trazia sobre a cabeça o chapéu redondo da época, alto e de abas largas que, abaixadas, conferem um aspecto rústico e, levantadas de um lado por uma presilha de roseta, dão-lhe uma aparência militar. Ele o usava bem enfiado na cabeça, como os camponeses, sem presilha ou roseta.

Lorde Balcarras, governador da ilha, e o príncipe da Tour-d'Auvergne, o tinham conduzido pessoalmente e o instalado a bordo. O agente secreto dos príncipes, Gélambre, antigo guarda-costas do senhor conde d'Artois, cuidara com afinco da arrumação da cabine do passageiro, exagerando em sua atenção e respeito, embora fosse excelente fidalgo, a ponto de carregar a valise do idoso. Ao deixá-lo para voltar à terra, o senhor de Gélambre cumprimentara efusivamente esse camponês; lorde Balcarras lhe disse: "Boa sorte, general", e o príncipe da Tour-d'Auvergne lhe disse: "Até breve, meu primo."[2]

---

2. Primo: título concedido pelo rei da França não só aos príncipes consanguíneos, mas também aos pares, duques e marechais.

PRIMEIRA PARTE

"O camponês", era assim que os homens da tripulação logo começaram a se referir ao passageiro, nos breves diálogos que os marujos travam entre si; porém, sem nada mais saber, eles compreendiam que não se tratava de um camponês, assim como a corveta de guerra tampouco era uma corveta de carga.

O vento era escasso. A Claymore zarpou de Bonnenuit, passou diante de Boulay-Bay e se manteve algum tempo à vista, singrando ao longo do litoral; depois, foi se fundindo dentro da noite crescente e sumiu.

Uma hora mais tarde, Gélambre, tendo retornado a sua casa em Saint-Hélier, enviou pelo expresso de Southampton ao senhor conde d'Artois, no quartel-general do duque de York, as linhas seguintes: "Senhor, a embarcação acaba de partir. Sucesso garantido. Dentro de oito dias, todo o litoral estará em chamas, de Granville a Saint-Malo."

Quatro dias antes, através de um emissário secreto, Prieur de la Marne, em missão junto ao Exército, para os lados de Cherbourg e momentaneamente residindo em Granville, recebera, escrito com a mesma caligrafia da mensagem precedente, o seguinte texto:

"Cidadão representante, no dia 1º de junho, à hora da maré, a corveta de guerra Claymore, com bateria de canhões camuflada, levantará âncora para levar à costa francesa um homem cuja descrição é a seguinte: alta estatura, idoso, cabelos brancos, trajes de camponês, mãos de aristocrata. Amanhã, enviarei mais detalhes. Ele desembarcará na alvorada do dia 2. É preciso prevenir a frota, capturar a corveta e fazer com que esse homem seja guilhotinado."

II
A noite a bordo e no que diz respeito ao passageiro

A corveta, em vez de navegar para o sul e se dirigir para Sainte--Catherine, havia rumado para o norte, em seguida a oeste, e singrado resolutamente entre Serk e Jersey, no estreito chamado Passage de la Déroute. Não existiam, à época, faróis em nenhum ponto do litoral dessas duas ilhas.

O sol já tinha se posto; a noite estava mais negra do que costuma ser durante o verão; era uma noite de lua, mas mesmo assim vastas nuvens mais semelhantes às do equinócio que as de solstício revestiam o céu e, pelo que tudo indicava, a lua só ficaria visível quando atingisse o horizonte, antes de se esconder. Algumas nebulosas pendiam até o mar, cobrindo-o de brumas.

Toda essa escuridão lhes era favorável.

A intenção do piloto Gacquoil era deixar Jersey à esquerda e Guernesey à direita, e assim seguir em um itinerário ousado entre Hanois e Douvres até uma baía qualquer do litoral de Saint-Malo, percurso menos curto que pelas ilhotas de Minquiers, porém mais seguro, já que a frota francesa tinha instruções habituais de vigiar sobretudo o trecho entre Saint-Hélier e Granville.

Se os ventos ajudassem, se nada acontecesse de inesperado e com todas as velas desfraldadas, Gacquoil pretendia alcançar a costa francesa ao raiar do dia.

Tudo ia bem; a corveta acabara de passar pela ponta de Gros--Nez; por volta das nove horas, o tempo fez cara feia, como dizem os marinheiros, e o vento e o mar se levantaram; mas era um vento favorável, e o mar se encapelou, embora sem violência. Ainda assim, algumas ondas invadiam o convés.

O "camponês" que lorde Balcarras tinha chamado de *general* e ao qual o príncipe da Tour-d'Auvergne tratou por *meu primo* era bom marujo e passeava com uma gravidade serena pelo convés da corveta. Ele não parecia se dar conta de que ela sacudia intensamente. De vez em quando, retirava do bolso do casaco um tablete de chocolate, partia um pedaço e o comia; apesar de seus cabelos brancos, ele ainda tinha todos os dentes.

Não falava com ninguém, senão em alguns instantes, com a voz baixa e rapidamente, com o comandante, que o ouvia com deferência e parecia considerar aquele passageiro como um oficial superior.

A Claymore, habilmente pilotada, bordejou ao longo dos penhascos ao norte de Jersey, dissimulados na névoa, bem rente à costa por causa do banco de areia Pierres-de-Leeq, que se encontrava no meio do estreito entre Jersey e Serk. Gacquoil, na barra do leme, distinguia alternadamente a orla de Leeq, a ponta de Gros-Nez e Plémont, fazendo deslizar a corveta entre cadeias de recifes, de modo intuitivo, mas com a certeza de um homem que se sente à vontade e conhece os caprichos do oceano. A corveta não possuía lanterna na proa, receando denunciar sua passagem naquelas águas vigiadas. Eles estavam gratos à neblina. E acabaram alcançando a Grande-Etaque; a névoa estava tão espessa que mal se distinguia a alta silhueta do Pinacle. Soaram dez horas nos sinos de Saint-Ouen, sinal de que o vento continuava batendo de popa. Tudo corria bem; o mar se agitava um pouco por conta da proximidade do banco de areia da Corbière.

Pouco depois das dez horas, o conde de Boisberthelot e o cavaleiro de La Vieuville acompanharam o homem em trajes de camponês até seu camarote, que era o aposento do próprio comandante. No instante de entrar, ele lhes disse, baixando a voz:

— Os senhores sabem a importância do sigilo. Devemos manter silêncio absoluto até a hora da explosão. Aqui, só os senhores sabem meu nome.

— Nós levaremos esse segredo para nosso túmulo — respondeu Boisberthelot.

— Quanto a mim — disse o velho —, ainda que estivesse diante da morte, eu ficaria calado.

E em seguida ele entrou em sua cabine.

III
Nobres e plebeus juntos

O comandante e o imediato voltaram para a ponte e se puseram a andar lado a lado, enquanto conversavam. Evidentemente, falavam sobre o passageiro, e eis o diálogo aproximativo que o vento dispersava nas trevas.

Boisberthelot resmungou à meia-voz, ao ouvido de La Vieuville:
— Logo veremos se é de fato de um líder.
Ao que La Vieuville respondeu:
— Enquanto isso, é um príncipe.
— Quase.
— Fidalgo na França, mas príncipe na Bretanha.
— Como os La Trémoilles e os Rohans.
— Dos quais ele é aliado.
Boisberthelot continuou:
— Na França, nas carruagens do rei, ele é marquês assim como eu sou conde e como você é cavaleiro.
— As carruagens já vão longe! — exclamou La Vieuville. — O que há agora são carroças a caminho do patíbulo.
Houve um momento de silêncio.
Boisberthelot voltou a falar:
— Na falta de um príncipe francês, ficamos com um príncipe bretão.
— Quando não se tem cão... Não, quando não se tem uma águia, fica-se com um corvo.
— Eu preferiria um abutre — disse Boisberthelot.
Ao que La Vieuville retrucou:
— Certamente! Com bico e garras.
— Logo veremos.
— Pois é — prosseguiu La Vieuville —, já é hora de encontrar um líder. Sou da opinião de Tinténiac: *um líder e muita pólvora!* Veja bem, comandante, eu conheço praticamente todos os líderes possíveis e impossíveis; os de ontem, os de hoje e aqueles de amanhã; mas nenhum deles tem o espírito guerreiro de que necessitamos. Nesta maldita Vendeia, é preciso um general que seja ao mesmo tempo um mandatário; é necessário incomodar o inimigo, disputar com ele o moinho, o bosque, a trincheira, as pedras, enfrentá-lo com seriedade, tirar partido de tudo, vigiar tudo, massacrar bastante, punir exemplarmente, sem repouso nem piedade. A esta hora, neste exército de camponeses, há heróis, mas não há capitães. D'Elbée

é nulo, Lescure está doente, Bonchamps tem o coração mole; ele é bom, é uma pena; La Rochejaquelein é um alferes magnífico; Silz é um oficial de campo aberto, inadequado a uma guerra de estratagemas. Cathelineau não passa de um ingênuo carroceiro, Stofflet é um guarda-florestal matreiro, Bérard é um inapto, Boulainvilliers é ridículo, Charette é horrível. E nem falo no barbeiro Gaston. Pois, com mil diabos, para que serve a revolução e que diferença há entre os republicanos e nós, se deixamos os fidalgos serem comandados por peruqueiros?

— E esta maldita revolução começa a nos contaminar também.

— A França pegou uma sarna!

— A sarna do Terceiro Estado — acrescentou Boisberthelot. — Apenas a Inglaterra poderá nos ajudar.

— E ela nos ajudará, não tenha dúvida, comandante.

— Enquanto isso, a situação está feia.

— Certamente, todos esses camponeses rústicos; a Monarquia que tem por general Stofflet, guarda-florestal do senhor de Maulevrier, não deve nada à República que tem Pache como ministro, filho do porteiro do duque de Castries. Mas que conflito esta guerra da Vendeia! De um lado, Santerre, o cervejeiro; do outro, Gaston, o cabeleireiro!

— Meu caro La Vieuville, tenho certa consideração por esse Gaston. Ele agiu muito bem quando era comandante de Guéménée: arcabuzou amavelmente trezentos Azuis, depois de fazer com que cavassem as próprias covas.

— Ótimo; mas eu teria agido tão bem quanto ele.

— Sem a menor dúvida. Eu também.

— As grandes ações de guerra — prosseguiu Vieuville — requerem nobreza daqueles que as realizam. Ela é para os cavaleiros, não para os peruqueiros.

— Há no entanto nesse Terceiro Estado — replicou Boisberthelot — homens estimáveis. Veja, por exemplo, o relojoeiro Joly. Ele foi sargento no regimento de Flandres; tornou-se um líder vendeano; comanda agora um grupo no litoral; tem um filho que é republicano e, enquanto o pai presta serviço aos Brancos, o filho serve aos Azuis. Encontraram-se em uma batalha. O pai fez seu filho prisioneiro e lhe estourou a cabeça.

— Esse aí é bom — concordou La Vieuville.
— Um Brutus monarquista — disse Boisberthelot.
— Mas isso não impede que seja insuportável ser comandado por um Coquereau, um Jean-Jean, um Moulins, um Focart, um Bouju, um Chouppes!
— Meu caro cavaleiro, a cólera é a mesma do outro lado. Estamos repletos de burgueses; e eles repletos de nobres. Você acredita que os *sans-culottes*[3] estejam contentes por ser comandados pelo conde de Canclaux, pelo visconde de Miranda, pelo visconde de Beauharnais, pelo conde de Valence, pelo marquês de Custine e pelo duque de Biron?
— Que desperdício!
— E pelo duque de Chartres!
— Filho de Philippe Égalité.[4] Esse aí, quando há de se tornar rei?
— Nunca.
— Ele está a caminho do trono. Seus crimes estão a seu favor.
— E seus vícios estão contra — disse Boisberthelot.
Houve mais um silêncio, antes de Boisberthelot retomar a palavra:
— Assim mesmo, ele tentou a reconciliação. Chegou a visitar o rei. Eu estava lá, em Versalhes, quando cuspiram em suas costas.
— De cima da grande escadaria?
— Sim.
— Bem feito.
— Nós o chamávamos de Bourbon, o Turvo.
— Ele é careca, tem pústulas e é regicida, argh!
E La Vieuville acrescentou:

---

3. Denominação dada pelos aristocratas aos artesãos, trabalhadores e até mesmo pequenos proprietários durante a Revolução Francesa, principalmente em Paris, em razão das calaças em pano rústico que estes usavam, no lugar dos *culottes*, calças justas e apertadas à altura dos joelhos que vestiam os burgueses.
4. Louis Philippe Joseph d'Orléans.

— Eu estive com ele em Ouessant.
— A bordo do Saint-Esprit?
— Sim.
— Se tivesse obedecido ao sinal que lhe fez o almirante d'Orvilliers para se manter a barlavento, ele teria impedido a passagem dos ingleses.
— Certamente.
— É verdade que ele se escondeu no fundo do porão?
— Não. Mas mesmo assim é preciso dizê-lo.
E La Vieuville se pôs a rir.
Boisberthelot prosseguiu:
— Há gente que é imbecil. Veja só, esse Boulainvilliers do qual você falava, La Vieuville, eu o conheci, eu o vi de perto. No início, os camponeses estavam armados com lanças; não é que ele cismou de transformá-los em lanceiros? Queria lhes ensinar o exercício da lança-de-viés e da lança-atrás-ferro-à-frente. Ele sonhava em transformar esses selvagens em soldados de linha. Pretendia lhes ensinar a desbastar os ângulos de um quadrado e concentrar o batalhão com o núcleo vazio. Falava com eles usando uma linguagem militar antiga; para dizer chefe de esquadrão, ele dizia *cabo de esquadra*, que era a denominação dos caporais sob Luís XIV. Ele se obstinava em criar um regimento com todos aqueles caçadores ilegais; havia companhias regulares cujos sargentos formavam um círculo ao anoitecer, e recebiam a senha e a contrassenha do sargento do regimento do coronel, que as recitava em voz baixa para o sargento das companhias dos tenentes, que as passavam a seu vizinho que, por sua vez, as transmitia ao mais próximo, e assim de um para outro até o último. Ele rebaixou um oficial que não ergueu a cabeça descoberta para receber a senha de um sargento. Você pode imaginar o resultado. Um grosseiro que não entendia que os camponeses querem ser comandados à camponesa, e que não se fazem homens da caserna com homens do bosque. Sim, eu conheci esse Boulainvilliers.

Eles deram alguns passos, cada qual pensando consigo mesmo.
E logo a conversa foi retomada.

— Aliás, está confirmada a morte de Dampierre?
— Está, comandante.
— Perto de Condé?
— No campo de Pamars. Uma bala de canhão.

Boisberthelot suspirou.

— O conde de Dampierre. Mais um dos nossos que estava com eles.
— Boa viagem! — disse La Vieuville.
— E quanto às senhoras?[5] Onde estão?
— Em Trieste.
— Ainda?
— Ainda.

E La Vieuville exclamou:

— Ah, essa República! Só estragos por tão pouca coisa! Quando lembramos que esta revolução resultou de uma dívida de alguns milhões!

— É preciso desconfiar dos detalhes originais — disse Boisberthelot.

— Tudo vai mal — concordou La Vieuville.

— Pois é, o marquês de La Rouarie está morto. Du Dresnay é um idiota. São um triste exemplo, esses bispos, esse Coucy, bispo da Rochelle, esse Beaupoil Saint-Aulaire, o bispo de Poitiers, esse Mercy, bispo de Luçon, amante da senhora de l'Eschasserie...

— Que por sinal se chama Servanteau, sabia, comandante? Sua propriedade é que se chama Eschasserie.

— E esse falso bispo de Agra, que é pároco de não sei onde!

— De Dol. Ele se chama Guillot de Folleville. Mas é corajoso, vai à luta.

— Mas são padres, e o que precisamos é de soldados! Bispos que não são bispos! Generais que não são generais!

---

5. Refere-se às "senhoras reais", cunhadas de Luís XVI.

La Vieuville interrompeu Boisberthelot.
— Comandante, há um exemplar do *Moniteur*[6] em seu camarote?
— Decerto.
— Então, quais são as peças teatrais em Paris atualmente?
— *Adèle et Paulin* e *la Caverne*.
— Gostaria de ir vê-las.
— Você as verá. Dentro de um mês estaremos em Paris.

Boisberthelot refletiu um instante e acrescentou:
— No mais tardar. Foi lorde Windham que disse ao almirante Hood.
— Mas então, comandante, as coisas não vão tão mal assim?
— Tudo irá bem de fato, desde que a guerra na Bretanha seja bem conduzida.

La Vieuville assentiu com a cabeça.
— Comandante — continuou ele —, vamos desembarcar a infantaria naval?
— Sim, se a costa estiver favorável; mas não, se ela se mostrar hostil. Às vezes, a guerra precisa arrombar as portas, em outras, é preciso se insinuar atrás delas. A guerra civil precisa ter sempre no bolso uma chave falsa. Faremos o possível. O que importa é o líder.

E, pensativo, Boisberthelot acrescentou:
— La Vieuville, o que você pensa do cavaleiro de Dieuzie?
— O jovem?
— Sim.
— Para assumir o comando?
— Sim.
— Penso que se trata ainda de um oficial de planície e de combate metódico. Só os camponeses conhecem o mato.
— Então, resigne-se ao general Stofflet e ao general Cathelineau.

La Vieuville devaneou por um momento e disse:

---

6. *Le Moniteur Universel*, jornal francês fundado em 1789, em Paris. Durante muito tempo foi o órgão oficial do governo francês.

— Seria necessário um príncipe, um príncipe da França, um príncipe de sangue. Um verdadeiro príncipe.
— Por quê? Quem diz príncipe...
— Diz poltrão. Eu sei, comandante. Mas é pelo efeito aos olhos gordos dos insurgentes.
— Meu caro cavaleiro, os príncipes não querem vir.
— Podemos prescindir deles.

Boisberthelot fez um movimento automático que consistia em pressionar a própria testa com uma das mãos, como se tentasse extrair dela uma ideia.

Ele prosseguiu:
— Enfim, vamos experimentar esse general.
— É um grande fidalgo.
— E você acredita que isso bastará?
— Conquanto tenha qualidades — respondeu La Vieuville.
— Quer dizer, crueldade — assinalou Boisberthelot.

O conde e o cavaleiro se olharam.
— Senhor de Boisberthelot, a palavra é exatamente esta: crueldade. É bem isso o que nos falta. Esta é uma guerra sem misericórdia. É a hora dos sanguinários. Os regicidas cortaram a cabeça de Luís XVI, nós arrancaremos os quatro membros dos regicidas. Pois é, o general necessário é o general Inexorável. Em Anjou e no alto Poitou, os líderes se fazem de magnânimos; chafurda-se na generosidade; nada funciona. No Marais e na região de Retz, os líderes são atrozes, e tudo funciona. É por ser cruel que Charette consegue enfrentar Parrein. Hiena contra hiena.

Boisberthelot não teve tempo para responder a La Vieuville. E La Vieuville teve o discurso bruscamente interrompido por um grito de desespero, e ao mesmo tempo ouviu-se um ruído que não se assemelhava a ruído algum que se costumava ouvir. Esse grito e esse ruído vinham do bojo do navio.

O comandante e o imediato se precipitaram para a entrecoberta, mas não puderam entrar. Desnorteados, todos os canhoneiros subiam ao convés.

Algo terrível acabara de acontecer.

IV
Tormentum Belli[7]

Uma das caronadas da bateria, capaz de disparar 24 tiros, havia se soltado. Esse talvez seja o mais temível evento no mar. O pior que pode acontecer a um navio de guerra que se desloca a toda velocidade. Um canhão que se desprende de sua amarra se torna bruscamente uma espécie de fera sobrenatural. Uma máquina que se transforma em um monstro. A peça maciça e curta corre sobre suas rodas, movimentando-se como uma bola de bilhar, inclina-se com o balanço do navio, mergulha com a arfagem, vai, vem, imobiliza-se, parecendo meditar, e volta a se agitar, atravessa como uma flecha o navio de uma extremidade à outra, rodopia, afasta-se, foge, empina, esmurra, racha, mata, extermina. Um aríete que caprichosamente colide contra um muro. Além disso: o aríete é de ferro e o muro, de madeira. A matéria em estado de libertação; dir-se-ia a vingança desse escravo eterno; parece que a maldade que existe naquilo que chamamos de objetos inertes sai e estoura de repente; ela parece perder a paciência e buscar uma sinistra revanche; nada existe de mais inexorável que a cólera do inanimado. Esse bloco furioso salta como uma pantera e tem o peso de um elefante, a agilidade de um camundongo, a obstinação de um machado, a imprevisibilidade de uma onda, o clarão de um raio, a surdez de um sepulcro. Ele pesa dez mil libras e ricocheteia como uma bola de criança. São rotações subitamente interrompidas por deslocamentos em ângulos retos. E o que fazer? Como interromper isso? Uma tempestade cessa, um ciclone passa, um vento se acalma, um mastro partido se substitui, um vazamento se tapa, um incêndio se apaga; mas o que fazer com essa enorme besta de bronze? Como agir? É possível acalmar um cão, espantar um touro, enfeitiçar uma serpente, assustar um tigre, amainar um leão; mas com esse monstro, um canhão solto, não

---

7. Máquina de guerra.

há recursos. Não é possível matá-lo, ele está morto; e, ao mesmo tempo, ele vive. Vive uma existência assustadora que vem do infinito. Tem por baixo sua plataforma que o balança. Ele é sacudido pelo navio, que é sacudido pelo mar, que é sacudido pelo vento. Esse exterminador é um brinquedo. O navio, as ondulações, as brisas, tudo isso o domina; daí sua vida hedionda. O que fazer dessa engrenagem? Como bloquear esse mecanismo nefando do naufrágio? Como prever suas idas e vindas, esse retornos, essas paradas, essas colisões? Cada investida contra o costado pode partir o navio. Como adivinhar seus terríveis meandros? Trata-se de um projétil que muda de ideia, que parece pensar, desviando a cada instante a direção. Como interromper aquilo que é preciso evitar? O horrendo canhão se debate, avança, recua, bate à direita e bate à esquerda, escapa, passa, frustra a expectativa, tritura os obstáculos, esmaga os homens como moscas. Todo o terror da situação se concentra na mobilidade do chão. Como enfrentar um plano inclinado caprichoso? Pode-se dizer que o navio traz em seu ventre um relâmpago cativo que busca escapar; algo como um trovão rufando sobre um terremoto.

 Imediatamente, toda a tripulação estava de pé. A culpa tinha sido do chefe daquela peça de artilharia, que por negligência não apertara a porca da corrente de amarração e não travara as quatro rodas da caronada; a folga provocada no calço e no chassi, desequilibrando as duas plataformas, acabara por deslocar a braga do canhão. O cabo se rompeu, fazendo o canhão se soltar de sua carreta. A braga fixa, que impede o recuo, ainda não era usada nessa época. Uma onda mais forte se chocara contra a escotilha e a caronada precariamente amarrada recuou, partindo a corrente, pondo-se a rolar com desvario na entrecoberta.

 Pode-se imaginar, para ter uma ideia desses deslocamentos estranhos, uma gota de água deslizando sobre um vidro.

 No momento que a amarra se rompeu, os canhoneiros estavam presentes na bateria. Alguns agrupados, outros dispersos, ocupados com os preparativos marítimos necessários, prevendo a agitação de um combate. A caronada, impelida pela arfagem, abriu passagem entre os homens, esmagando quatro deles logo de início. Depois, sendo arremessada de volta pelo balanço do mar, cortou um quinto marinheiro em dois e foi se chocar no costado de bombordo contra outra peça de artilharia, desmantelando-a. De lá viera o grito desesperado que acabavam de ouvir. Todos os homens se precipitaram para a escada do tombadilho. Em um piscar de olhos, a bateria na entrecoberta estava vazia.

O enorme canhão foi deixado sozinho. Entregue a si mesmo. Dono de si e do navio. Podia fazer dele o que bem quisesse. Toda aquela tripulação habituada a rir em meio à batalha agora tremia. Impossível descrever tal terror.

O comandante Boisberthelot e o imediato La Vieuville, embora fossem dois homens intrépidos, tinham ficado parados no alto da escada do tombadilho e, mudos, pálidos, hesitantes, observavam a entrecoberta. Alguém os afastou com os braços e desceu.

Era o passageiro, o camponês, o homem do qual falavam um momento antes.

Ao chegar embaixo da escada, ele parou.

V
Vis et Vir[8]

O canhão ia e vinha dentro da entrecoberta. Parecia a biga viva do Apocalipse. A lanterna de bordo, oscilando sob a roda de proa da bateria, adicionava a essa visão um balanço vertiginoso de luz e sombra. A forma do canhão se apagava na violência de seu deslocamento e reaparecia, ora negro na claridade, ora refletindo uma tênue alvura na escuridão.

E o navio seguia sendo aniquilado. Quatro outras peças de artilharia já tinham sido destroçadas e o costado já apresentava duas fissuras, felizmente acima da linha de flutuação, mas por onde a água poderia entrar no caso de tempestade. O canhão se movimentava

---

8. Em latim, a força e o homem.

sobre o cavername; as balizas de suporte bastante robustas resistiam, a madeira arqueada possuía uma resistência particular; mas era possível ouvir seus estalos sob a clava desmesurada, batendo com uma ubiquidade espantosa em todos os lados ao mesmo tempo. Um grão de chumbo sacudido dentro de uma garrafa não produziria percussões mais insanas e mais rápidas. As quatro rodas passavam e repassavam sobre os homens mortos, cortando-os, decepando-os, rasgando-os, e dos cinco cadáveres foram feitas vinte postas que rolavam pela bateria, as cabeças mortas pareciam berrar; riachos de sangue serpenteavam no solo ao sabor do balanço das águas. A escoa, danificada em vários pontos, começava a rachar. O navio se enchia de um ruído hediondo.

O comandante logo recuperou o sangue-frio e sob sua ordem jogaram pela abertura no tombadilho tudo que fosse capaz de amortecer a trajetória desenfreada do canhão: colchões, redes, velas sobressalentes, rolos de corda, sacos que pertenciam aos tripulantes e fardos de falsos *assignats*[9] que a corveta transportava em imensa quantidade, essa infâmia inglesa que era considerada como parte de uma guerra justa.

Mas o que poderiam fazer aqueles trapos? Ninguém ousava descer para dispô-los como seria necessário e, em poucos minutos, se transformariam em fiapos e retalhos.

As condições desfavoráveis do mar eram suficientes para que o acidente fosse o mais arrebatador possível. Uma tempestade teria sido desejável; ela talvez fizesse capotar o canhão e, com as quatro rodas para cima, ele poderia ser controlado. Enquanto isso, a devastação se agravava. Havia escoriações e até fraturas nos mastros, que, embutidos no madeiramento da quilha, atravessam os deques do navio como pilares circulares. Sob as pancadas convulsivas do canhão, o mastro de mezena foi fendido, até o mastro principal havia sido avariado. A bateria estava arruinada. Das trinta peças de

---

9. *Assignat*, a moeda revolucionária em circulação na França a partir de 1790.

artilharia, dez estavam fora de combate. As brechas na bordagem do costado aumentavam e a corveta começava a fazer água.

O passageiro idoso que descera na entrecoberta parecia um homem de pedra ao pé da escada. Ele lançou um olhar severo sobre a devastação que via. Não se mexeu. Parecia impossível dar um passo dentro da bateria.

Cada movimento da caronada solta aproximava o navio da derrocada. Mais alguns instantes, e o naufrágio seria inevitável.

Era preciso escolher: perecer ou interromper o desastre; tomar um partido, mas qual?

Que combatente era aquela caronada!

Era necessário parar aquela desvairada assustadora.

Era necessário capturar aquele relâmpago.

Era necessário soterrar aquele raio.

Boisberthelot perguntou a La Vieuville:

— Você acredita em Deus, cavaleiro?

La Vieuville respondeu:

— Sim. Não. Algumas vezes.

— Em meio à tempestade?

— Sim. E em momentos como este.

— E, de fato, apenas Deus poderá nos salvar agora — disse Boisberthelot.

Todos se calaram, deixando a caronada produzir seus estrondos medonhos.

Do lado de fora, as ondas que batiam contra o casco do navio respondiam aos golpes do canhão. Pareciam dois martelos batendo alternadamente.

De repente, naquela espécie de circo inabordável onde se debatia o canhão fugitivo, viram surgir um homem com uma barra de ferro à mão. Era o autor da catástrofe, o responsável pelo canhão, culpado pela negligência e pela causa do acidente, o patrão da caronada. Tendo feito o mal, ele queria repará-lo. Com a barra em uma das mãos e um cabo de leme pendendo da outra, ele pulou pela abertura dentro da entrecoberta.

E então, teve início uma cena violenta; um espetáculo titânico, o combate do canhão contra o canhoneiro; a batalha entre a matéria e a inteligência, o duelo entre a coisa e o homem.

O homem se posicionou em um ângulo, com a barra e o cabo nas mãos, apoiado contra o costado, as pernas fincadas como dois pilares de aço. Lívido, trágico, calmo, e como se estivesse enraizado no convés, ele aguardava.

Aguardava que o canhão passasse perto dele.

O canhoneiro conhecia sua peça, e lhe parecia que ela devia conhecê-lo. Fazia muito tempo que viviam juntos. Quantas vezes ele enfiara a mão em sua goela! Era seu monstro familiar. Ele começou a lhe falar, como se fosse seu cão.

— Venha — dizia ele.

Talvez o amasse.

Parecia desejar que o canhão viesse até ele.

Mas, se viesse, estaria perdido. Como evitar o esmagamento? Essa era a questão. Aterrorizados, todos observavam.

Todas as respirações estavam entrecortadas, exceto talvez a do velho que estava sozinho na entrecoberta com os dois combatentes, feito uma sinistra testemunha.

Ele também poderia ser estraçalhado pelo canhão. Mas se mantinha imóvel.

Sob seus pés, o balanço do mar orientava cegamente o combate.

No instante que, aceitando aquele corpo a corpo terrível, o canhoneiro provocou o canhão, um acaso nas oscilações das vagas fez com que a caronada permanecesse um momento imóvel, como se estivesse estupefata.

— Venha então! — dizia-lhe o homem.

Ela parecia ouvir.

De repente, ela saltou sobre ele. O homem se esquivou do choque.

A luta teve início. Luta extraordinária. O frágil se engalfinhando com o invulnerável. O domador de carne atacando a fera de bronze. De um lado uma força, do outro uma alma.

Tudo isso acontecia na penumbra. Era como a visão indistinta de um evento excepcional.

Uma alma; estranho, poder-se-ia dizer que o canhão possuía uma também; mas uma alma de ódio e ira. Aquela cegueira parecia enxergar. Era como se o monstro espiasse o homem. Aquele objeto maciço parecia dotado de astúcia. Ele também escolhia seu momento oportuno. Uma espécie de inseto de ferro gigantesco dispondo ou parecendo dispor de uma vontade demoníaca. Em alguns momentos, aquele gafanhoto colossal se chocava contra o teto baixo da bateria, depois voltava a cair sobre suas quatro rodas, como um tigre sobre as quatro patas, e recomeçava a correr atrás do homem. Este, flexível, ágil e hábil, se contorcia como uma cobra diante de todos aqueles movimentos relampejantes. Evitava todo contato, mas os golpes dos quais escapava espancavam o navio e continuavam a demoli-lo.

Um pedaço da corrente partida ficara preso à caronada. Essa corrente havia se enrolado, não se sabe como, à rosca da culatra. Uma extremidade da corrente estava fixada à carreta do canhão. A outra, livre, se agitava loucamente ao seu redor, intensificando seus sobressaltos. Mas esta estava bem presa, e a corrente, multiplicando os golpes do aríete pelos golpes de chibata, criava em torno do canhão um turbilhão horrendo, como um chicote de ferro em um punho de bronze. Essa corrente dificultava o combate.

Assim mesmo, o homem lutava. E por vezes, era o homem que atacava o canhão, esgueirando-se ao longo do costado, com a corda e a barra nas mãos; e o canhão parecia compreender e, como se adivinhasse uma cilada, fugia. O homem, formidável, o perseguia.

Essas coisas não podem durar muito tempo. O canhão parecia de repente dizer a si mesmo: "Vamos! É preciso acabar com isso!" E ele parou. Pressentia-se a aproximação do desenlace. O canhão, como em suspense, parecia ter ou ter tido, já que para todos se tratava de uma criatura, uma feroz premeditação. Bruscamente, ele se precipitou sobre o canhoneiro, que se esquivou, deixando-o passar, e lhe gritou, rindo: "Tente outra vez!" Como enfurecido, o canhão destruiu uma caronada a bombordo; depois, revigorado pela revolta invisível que o animava, lançou-se a boreste, contra o homem, que mais uma vez escapou. Três outras caronadas desabaram sob o choque do canhão; e então, como se estivesse cego ou não soubesse mais o que fazer, ele deu às costas ao homem e se deslocou de trás para a frente, danificando a estrutura do costado de proa. O homem se refugiara ao pé da escada, a poucos passos do velho que observava tudo. O canhoneiro empunhou sua barra de ferro. O canhão pareceu perceber e, sem se dar ao trabalho de se virar, recuou na direção do homem com o arrebatamento de um machado. Acuado contra a bordagem, o homem estava perdido. Os tripulantes gritaram.

Mas o velho passageiro, até então impassível, se precipitara ainda mais rápido que toda aquela velocidade furiosa. Ele se apoderara de um fardo de falsos *assignats* e, correndo o risco de ser esmagado, conseguiu lançá-lo entre as rodas da caronada. Essa ação decisiva e perigosa não teria sido executada com mais acerto e precisão por um homem exaurido por todos os exercícios descritos no livro de Durosel sobre a *Manobra de canhão naval*.

O fardo teve o efeito de uma bucha. Uma pedrinha pode travar uma rocha, um galho desvia uma avalanche. A caronada cambaleou. O canhoneiro, por sua vez, aproveitando aquela oportunidade crítica, enfiou sua barra de ferro entre os raios das rodas traseiras. O canhão parou.

Ele estava inclinado. Com um movimento de alavanca, o homem o fez tombar. O volume pesado caiu com o ruído de um sino que desaba e o canhoneiro, banhado de suor, avançou rapidamente e passou o nó corrediço do cabo de leme sobre o pescoço de bronze do monstro derrubado.

Estava acabado. O homem vencera. A formiga levara a melhor sobre o mastodonte; o pigmeu aprisionara o trovão.

Os soldados e os marinheiros aplaudiram.

Toda a tripulação se precipitou com cabos e correntes e, em um instante, o canhão foi amarrado.

O canhoneiro acenou para o passageiro.

— Senhor — disse ele —, obrigado por salvar minha vida.

O velho retomara sua atitude impassível e não respondeu.

VI
Os dois pratos da balança

O homem tinha vencido, mas poder-se-ia dizer que o canhão também vencera. O naufrágio imediato havia sido evitado, mas a corveta ainda não estava a salvo. O mau estado do navio parecia irremediável. A bordagem do costado tinha cinco fissuras, das quais uma bem grande, à proa; das trinta caronadas, vinte jaziam em seus caixilhos. A caronada resgatada e novamente acorrentada estava ela mesma fora de serviço; o parafuso da culatra fora avariado e, assim, a pontaria se tornara impossível. A bateria estava reduzida a nove peças. A água invadia o porão. Era necessário reparar imediatamente os estragos e utilizar as bombas para esvaziá-lo.

A entrecoberta, agora acessível, era uma visão assustadora. O interior de uma jaula de elefante enfurecido não ficaria mais arruinado.

Por mais que fosse indispensável para a corveta não ser percebida, havia agora uma necessidade ainda mais imperiosa, o salvamento imediato. Foi preciso iluminar o convés com algumas lanternas espaçadas, presas à bordagem.

No entanto, durante o tempo todo que levara aquele espetáculo trágico, a tripulação, absorvida por um dilema de vida ou morte, mal percebeu o que se passava ao redor da corveta. A neblina se tornara mais densa; o tempo mudara; o vento tinha feito o que queria do navio; estavam fora da rota, sem a cobertura de Jersey ou Guernesey, mais ao sul do que deveriam se encontrar; o mar estava encapelado. Ondas imensas vinham beijar as chagas escancaradas da corveta, beijos medonhos. O mar embalava a embarcação com movimentos ameaçadores. A brisa se tornara ventania. Uma forte chuva, talvez uma tempestade, anunciava-se. A visibilidade não ia além de quatro ondas.

Enquanto os homens da tripulação consertavam às pressas e sumariamente os danos da entrecoberta, obstruindo a entrada da água e reposicionando as caronadas sobreviventes do desastre, o velho passageiro tinha subido para o convés.

Ele se apoiou no mastro principal.

Os movimentos que agitavam o navio lhe passavam despercebidos. O cavaleiro de La Vieuville dispusera desordenadamente dos dois lados do mastro os soldados da infantaria naval e, com um sinal de apito do contramestre, os marujos até então ocupados se puseram sobre as vergas dos mastros.

O conde de Boisberthelot se aproximou do passageiro.

Atrás do comandante do navio vinha um homem angustiado e ofegante, as roupas em desalinho, mas com um aspecto de satisfação.

Era o canhoneiro que acabara de se mostrar bem hábil como domador de monstros e conseguira dominar o canhão.

Fazendo uma saudação militar para o velho vestido de camponês, o conde lhe disse:

— Meu general, eis aqui o homem.

O canhoneiro ficou parado, cabisbaixo, em posição regulamentar.

O conde de Boisberthelot prosseguiu:

— Meu general, diante do que fez esse homem, o senhor não acha que, por conta de seu procedimento, precisamos tomar alguma medida?

— Sim, eu acho — disse o velho.

— Faça o favor de dar as ordens então — acrescentou Boisberthelot.

— Não cabe a mim fazer isso. Não sou o comandante.

— Mas o senhor é o general — insistiu Boisberthelot.

O velho encarou o canhoneiro.

— Venha até aqui — disse ele.

O canhoneiro deu um passo à frente.

O velho se virou para o conde de Boisberthelot, arrancou-lhe a cruz de Saint-Louis e a prendeu sobre a jaqueta do canhoneiro.

— Urra! — gritaram os marinheiros.

Os soldados da Marinha apresentaram suas armas.

E o velho passageiro, apontando o dedo para o canhoneiro embevecido, acrescentou:

— Agora, fuzilem esse homem.

A aclamação deu lugar ao estupor.

Então, em meio a um silêncio sepulcral, o velho elevou a voz:

— Um ato de negligência ameaçou este navio. Neste instante mesmo, talvez ele esteja perdido. Estar ao mar é estar diante do inimigo. Um navio que faz uma travessia é um exército que trava uma batalha. A tempestade se esconde, mas não se ausenta. Todo mar é uma emboscada. Pena de morte é a punição por todos os erros cometidos à presença do inimigo. Todo erro é irreparável. A coragem deve ser recompensada e a negligência, punida.

Essas palavras eram proferidas umas atrás das outras, lentamente, com gravidade. Em uma espécie de compasso inexorável, como golpes de machado em um carvalho.

Observando os soldados, o velho acrescentou:

— Que seja feito.

O homem em cuja jaqueta cintilava a cruz de Saint-Louis abaixou a cabeça.

Obedecendo a um sinal do conde de Boisberthelot, dois marinheiros desceram até a entrecoberta e voltaram trazendo a rede que servia de mortalha. O capelão de bordo, que desde a partida estava rezando no refeitório dos oficiais, aproximou-se dos dois marinheiros; um sargento selecionou doze soldados nas fileiras e os dispôs em duas linhas, seis em cada uma; o canhoneiro, sem dizer palavra, postou-se entre as duas filas. Com o crucifixo na mão, o capelão avançou até ficar ao seu lado.

— Em marcha — disse o sargento.

O pelotão se dirigiu a passos lentos até a proa. Os dois marujos carregando a mortalha o seguiram.

Um silêncio macabro se instalou na corveta. Ao longe, ouvia-se o sopro de um tufão.

Alguns instantes depois, uma detonação rasgou as trevas com um brilho efêmero, em seguida tudo emudeceu e se ouviu apenas o baque de um corpo caindo no mar.

O velho passageiro, ainda apoiado ao mastro principal, cruzara os braços e refletia.

Boisberthelot, apontando um dedo da mão esquerda em sua direção, disse em voz baixa a La Vieuville:

— A Vendeia tem um líder.

VII
A viagem é uma loteria

Mas o que aconteceria à corveta?

As nuvens, que ao longo da noite se mesclaram às ondas, tinham se tornado tão rasantes que não havia mais horizonte e todo o mar parecia coberto por uma manta. Só se via o nevoeiro. Situação ainda perigosa, até mesmo para um navio em bom estado.

À bruma se acrescentavam as vagas.

A tripulação tentava ganhar tempo; tinham aliviado a corveta jogando ao mar tudo o que foi possível retirar do estrago causado pela caronada, os canhões desmantelados, as carretas quebradas, os cavernames empenados ou despregados, os pedaços de madeira e de ferro destroçados. Tinham aberto as portinholas e fizeram deslizar sobre uma prancha os cadáveres em direção às ondas e os restos humanos embrulhados em toldos encerados.

O mar se tornava insuportável. Não que a tempestade parecesse necessariamente iminente. Ao contrário, a impressão era de que o rumor do tufão se amainava atrás do horizonte e a ventania se dirigia para o norte; mas as ondas ainda eram bem altas, sugerindo pouca profundidade e, enferma como se encontrava a corveta, ela se mostrava pouco resistente às convulsões e as ondas imensas poderiam ser fatais.

Gacquoil, agarrado à barra do leme, refletia.

Fingir confiança quando as cartas na mão são ruins, um hábito dos comandantes em alto-mar.

La Vieuville, que era um homem de natureza alegre diante dos desastres, abordou Gacquoil.
— E então, piloto? — disse ele. — O tufão se foi. Não deu sequer um espirro. Sairemos desta. Logo teremos ventos. E pronto.
Sério, Gacquoil respondeu:
— Quem diz vento, diz mar bravio.
Nem risonho nem triste, assim é o marinheiro. A resposta tinha um sentido inquietante. Para um navio fazendo água, o mar encapelado era um risco de inundação imediata. Gacquoil realçara esse prognóstico com um indistinto franzir das sobrancelhas. Talvez, depois da catástrofe do canhão e do canhoneiro, La Vieuville tenha pronunciado essas palavras espirituosas e leves um pouco cedo demais. Existem coisas que trazem o infortúnio, quando se está ao largo. O mar é misterioso; não se sabe jamais o que ele oculta. É preciso tomar cuidado.
La Vieuville sentiu necessidade de retomar seu ar grave.
— Onde estamos agora, piloto? — perguntou ele.
O piloto respondeu:
— Estamos nas mãos de Deus.
Um piloto é um mestre; é preciso sempre deixá-lo agir e, com frequência, deixá-lo falar.
Por sinal, esse tipo de homem fala pouco. La Vieuville se afastou.
Ele viera fazer uma pergunta ao piloto, mas foi o horizonte que lhe respondeu.
Subitamente, o mar se descobriu.
As brumas que pairavam sobre as vagas se dissiparam. Toda a obscura agitação do mar se estendeu a perder de vista em uma penumbra crepuscular, e eis o que viram.
O céu parecia coberto por uma tampa de nuvens, mas essas nuvens não tocavam mais no mar; a leste, surgia uma brancura típica de amanhecer, a oeste uma outra alvura empalidecia, que era o poente da lua. Essas duas brancuras formavam sobre o horizonte, uma diante da outra, duas faixas estreitas de claridade lívida entre o mar escuro e o céu tenebroso.

Nesses dois clarões se desenhavam, retas e imóveis, silhuetas negras. Ao ocidente, no céu iluminado pelo luar, destacavam-se três altos rochedos, empertigados como menires celtas.

Ao oriente, no horizonte pálido e matinal, erguiam-se oito velas enfileiradas e espaçadas de uma maneira ameaçadora.

Os três rochedos eram recifes. As oito velas, uma esquadra.

Por trás, eles tinham as ilhas Minquiers, um arquipélago rochoso de péssima reputação; à frente, a frota francesa. A oeste, o abismo, a leste, o massacre; encontravam-se entre um naufrágio e um combate.

Para enfrentar os recifes, a corveta dispunha de um casco furado, os cabos deslocados, uma mastreação comprometida desde a raiz; para enfrentar uma batalha, dispunha de uma bateria na qual, dos trinta canhões, vinte estavam arruinados e seus melhores canhoneiros estavam mortos.

O sol surgia bem fraco, e ainda havia um resto de noite pela frente. Essa noite ainda poderia durar por muito tempo, sobretudo por causa das nuvens, que pairavam alto, espessas e profundas, com o aspecto sólido de uma abóboda.

O vento, que acabara por carregar as brumas mais baixas, começava a desviar a corveta para as ilhas Minquiers. Excessivamente exausta e devastada como estava, a embarcação não obedecia mais à barra do leme, ela vagava mais que navegava e, soprada pelo vento, se rendia às suas vontades.

Os recifes das ilhas Minquiers eram àquela época ainda mais rudes que hoje em dia. Várias torres dessa cidadela abissal tinham sido arrasadas pelo esquartejamento incessante do mar; a configuração dos recifes é instável; a força das ondas, a cada maré, torna-se devastadora. Àquela época, alcançar as ilhas Minquiers significava a morte.

Quanto à frota, tratava-se da esquadra de Cancale, que se tornou célebre sob o comando do comandante Duchesne, a quem Léquinio chamava de *père Duchêne*.[10]

---

10. Referência ao jornal francês *Le Père Duchêne*, publicado nas épocas revolucionárias do século XIX.

A situação era crítica. A corveta tinha, sem o saber, durante o arrebatamento da caronada, se desviado e avançava mais na direção de Granville que de Saint-Malo. Ainda que pudesse navegar com suas velas, as ilhas Minquiers obstruíam o retorno para Jersey e a frota a impedia de alcançar a França. Entretanto, não havia tempestade. Mas, como dissera o piloto, o mar estava encapelado e, sob o vento severo e com pouca profundidade, ele se tornara selvagem.

O mar nunca diz de pronto o que quer. E vale tudo nesse turbilhão, até mesmo a trapaça. Poder-se-ia praticamente dizer que o mar tem seu modo de proceder; ele avança e recua, propõe e se desdiz, esboça uma borrasca e depois desiste, promete o abismo e não o cumpre, ameaça pelo norte e bate pelo sul. Durante toda a noite, a corveta Claymore enfrentou o nevoeiro e temeu a tormenta; o mar acabara de se desmentir, mas de uma maneira cruel; ele anunciara a tempestade e trouxera os recifes. Sob uma forma diferente, era o mesmo naufrágio.

E à destruição pelo quebra-mar se acrescentava o extermínio pelo combate. Um inimigo complementando outro.

La Vieuville exclamou em meio à sua risada valente:

— De um lado o naufrágio, do outro a batalha. De ambos os modos, tiramos a sorte grande.

VIII
9 = 380

A corveta estava praticamente arruinada.

Na claridade esparsa e esmaecida, no breu das nuvens, na mobilidade confusa do horizonte, nas misteriosas rugas das ondas, havia uma solenidade sepulcral. Exceto pelo vento, que soprava seu hálito hostil, tudo era silêncio. A catástrofe emergia majestosamente do abismo. Assemelhava-se mais a uma aparição que a um ataque. Nos rochedos, nenhum movimento; nos navios, nenhuma agitação. Um sossego colossal. Aquilo tudo era mesmo a realidade?

Poder-se-ia dizer que era um sonho atravessando o mar. As lendas têm essas visões; a corveta se encontrava de certa maneira entre os recifes demoníacos e o mar fantasmagórico.

O conde de Boisberthelot emitiu ordens à meia-voz para La Vieuville, que desceu à bateria; depois, o comandante empunhou sua luneta e se posicionou à popa, ao lado do piloto.

Todo o esforço de Gacquoil se concentrava em manter a corveta flutuando, pois a investida lateral do vento e do mar a faria provavelmente soçobrar.

— Piloto — disse o comandante —, onde estamos?
— Nas ilhas Minquiers.
— De que lado?
— Do pior lado.
— Qual é a profundidade?
— Pode-se ouvir o som das rochas no fundo do mar.
— Podemos largar as âncoras?
— Podemos também morrer — respondeu o piloto.

O comandante direcionou sua luneta para oeste, examinando as Minquiers; depois, para leste, avistando as velas.

O piloto continuou, como se falasse sozinho.

— São as ilhas Minquiers. Servem de repouso para a gaivota-de-cabeça-preta, quando ela parte da Holanda, e também para o atobá-pardo.

Enquanto isso, o comandante contava as velas.

Havia de fato oito navios ordenadamente dispostos, desenhando sobre as águas seu perfil de guerra. Ao centro, percebia-se a alta estatura de uma embarcação de três conveses.

O comandante perguntou ao piloto:

— Você conhece aquelas velas?
— Com certeza! — respondeu Gacquoil.
— O que são?
— São da esquadra.
— Da França?
— Do diabo.

53

Houve um silêncio. O comandante perguntou:
— A frota completa?
— Não.

De fato, no dia 2 de abril, Valazé tinha anunciado à Convenção que dez fragatas e seis navios de linha cruzariam o canal da Mancha. Essa lembrança veio à cabeça do comandante.

— Na verdade — disse ele —, a esquadra é composta de dezesseis navios. E lá eu só vejo oito.

— O resto — respondeu Gacquoil — se encontra mais adiante, protegendo a costa e nos espionando.

Ainda observando por sua luneta, o comandante murmurou:

— Um navio de três conveses, duas fragatas de primeira classe e cinco de segunda.

— Mas eu também os espionei — observou Gacquoil.

— Boas embarcações — disse o comandante. — Já estive no comando de navios assim.

— E eu as vi de perto. Não confundo uma com outra. Posso descrever todas de cor.

O comandante passou a luneta para o piloto.

— Piloto, você consegue distinguir direito aquele navio de bordo elevado?

— Posso, meu comandante, é o Côte-d'Or.

— Que foi desbatizado — disse o comandante. — Antes o chamavam de États-de-Bourgogne. Um navio novo com 128 canhões.

Ele retirou do bolso uma caderneta e um lápis, anotando o número 128.

E prosseguiu:

— Qual é o primeiro navio a bombordo, piloto?
— É o Experimentée.
— Fragata de primeira classe. Com 52 canhões. Estava sendo equipada em Brest dois meses atrás.

O comandante anotou em sua caderneta o número 52.

— Piloto — ele continuou —, e o segundo navio a bombordo?
— O Dryade.

— Fragata de primeira classe, quarenta canhões de dezoito libras. Ela estava de serviço na Índia. Tem um belo histórico militar.

E escreveu embaixo do número 52 o número 40; depois voltou a erguer a cabeça.

— E a boreste?

— Meu comandante, são todas fragatas de segunda classe. São cinco.

— Qual é a primeira, a partir do navio de três conveses?

— A Résolue.

— Dispõe de 32 peças de artilharia. E a segunda?

— A Richemond.

— Mesma força. E depois?

— A Athée.

— Um nome curioso para se fazer ao mar. Em seguida?

— A Calypso.

— Depois?

— A Preneuse.

— Cinco fragatas com 32 cada uma.

O comandante anotou 160 sob os números precedentes.

— Você as reconhece bem, piloto?

— E o senhor? — respondeu Gacquoil. — O senhor é que as conhece bem, meu comandante. Reconhecer é bom, mas conhecer é melhor.

— Vejamos: 128, 52, 40, 160.

Nesse instante, La Vieuville subia à ponte de comando.

— Cavaleiro — exclamou o comandante. — Estamos diante de 380 peças de artilharia.

— Que seja — disse La Vieuville.

— Você está voltando da inspeção, La Vieuville. Temos quantos canhões em condição de fazer fogo?

— Nove.

— Que assim seja — disse Boisberthelot por sua vez.

Retomando a luneta das mãos do piloto, ele observou o horizonte.

Silenciosos e sombrios, os oito navios pareciam imóveis, porém cada vez maiores.

PRIMEIRA PARTE

Imperceptivelmente, eles se aproximavam.

La Vieuville fez a saudação militar.

— Comandante — disse ele —, aqui está meu relatório. Eu desconfiava dessa corveta Claymore. É sempre desagradável embarcar bruscamente em um navio que não nos conhece, ou que não gosta de nós. Navio inglês é uma traição para os franceses. A maldita caronada provou isso. Fiz a inspeção. Boas âncoras, nada de ferro de má qualidade, tudo forjado com as barras soldadas a golpes de martelo. As argolas das âncoras são resistentes. Cabos excelentes, fáceis de cortar, tamanho regulamentar, 120 braças. Bastante munição. Seis canhoneiros mortos. Cada peça com capacidade de 171 tiros.

— Já que só nos restam nove peças — murmurou o comandante.

Ele fixou a luneta no horizonte. A lenta aproximação da esquadra prosseguia.

As caronadas têm suas vantagens, bastam três homens para manobrá-las; mas têm uma desvantagem, o alcance é menor e a pontaria é menos exata que a dos canhões. Seria portanto necessário deixar que a esquadra chegasse ao alcance das caronadas.

O comandante deu suas ordens em voz baixa. O silêncio se impôs no navio. Não soaram os preparativos para o combate, mas estes foram executados. A corveta estava sem força de combate, fosse contra os homens ou contra o mar bravio. Eles tentavam tirar o máximo possível daquele resto de navio de guerra. Sobre o passadiço, a fim de reforçar os mastros, todos os cabos e escovéns foram agrupados. Organizaram um posto para os feridos. Em conformidade com os métodos navais de então, eles protegeram a ponte, uma garantia contra as balas, mas não contra as de um canhão. Trouxeram para ali o calibrador de balas, embora fosse um tanto tarde para esse tipo de verificação; mas não tinham sido previstos tantos incidentes. Cada marujo recebeu uma cartucheira, duas pistolas e um punhal. As redes dos marinheiros foram guardadas; a artilharia fez mira. Prepararam a mosqueteira; os machados e arpéus foram dispostos em seus lugares; o paiol estava pronto com seus cartuchos, balas de canhão e pólvora. Cada homem assumiu seu posto. Tudo isso sem dizer nada, como se estivessem no quarto de um moribundo. Foi rápido e lúgubre.

Em seguida, a corveta largou os ferros. Como uma fragata, ela possuía seis âncoras. Todas as seis foram lançadas; âncora de proa, âncora de flutuação, no costado que dava para o largo, âncora de vazante, âncora de quebra-mar, âncora de forquilha, a boreste, e a âncora principal, a bombordo.

As nove caronadas que sobravam ativas foram preparadas na bateria, todas em um mesmo bordo, o bordo do inimigo.

A esquadra, em um silêncio semelhante, também havia concluído sua manobra. Os oito navios formavam agora um arco, com as ilhas Minquiers fazendo a corda. A Claymore, fechada nesse semicírculo e atada às próprias âncoras, estava de costas para os recifes, ou seja, para o naufrágio.

Era como uma matilha cercando um javali, silenciosa, mas mostrando os dentes.

Ambos os lados pareciam aguardar.

Os canhoneiros da Claymore estavam ao lado de suas caronadas. Boisberthelot disse a La Vieuville:

— Faço questão de disparar os primeiros tiros.

— Um prazer coquete — disse La Vieuville.

IX
Alguém escapa

O passageiro continuava no tombadilho, observando tudo de modo impassível.

Boisberthelot se aproximou dele.

— Senhor — disse ele —, os preparativos estão concluídos. Estamos agarrados ao nosso túmulo, não o soltaremos. Somos prisioneiros da esquadra ou dos recifes. Não temos escolha, ou nos rendemos ao inimigo ou afundamos no quebra-mar. Só nos resta um recurso, morrer. Combater é melhor que naufragar. Prefiro ser metralhado a ser afogado; em se tratando de morte, prefiro o fogo à água. Mas morrer faz parte de nosso destino, não do seu. O senhor é o homem escolhido pelos príncipes, sua missão é importante, comandar a guerra na Vendeia. Sem o senhor, talvez a Monarquia esteja perdida; portanto, deve continuar vivo. Nossa honra é de permanecer aqui, a sua é de partir. Meu general, o senhor vai desembarcar. Eu lhe darei um homem e um bote. Fazendo um desvio, é possível alcançar a costa. Ainda não amanheceu, as ondas estão altas, o mar, escuro, o senhor conseguirá escapar. Há ocasiões em que a fuga é uma forma de vitória.

Com sua expressão severa, o velho aquiesceu.

O conde de Boisberthelot elevou a voz:

— Soldados e marujos.

Todos os movimentos foram paralisados e, de todos os cantos do navio, os rostos se viraram para o comandante.

Ele prosseguiu:

— O homem que está entre nós representa o rei. Ele nos foi confiado, devemos preservá-lo. Ele é necessário ao trono da França; na falta de um príncipe, ele será o líder da Vendeia; é o que esperamos. Trata-se de um importante oficial de guerra. Ele devia chegar à França em nossa companhia, mas será preciso que o faça sem nós. Salvando sua vida, salvam-se todas.

Em uníssono, toda a tripulação aclamou suas palavras.

O comandante prosseguiu:

— Ele também vai correr imensos perigos. Chegar à costa não será fácil. Seria preciso um bote maior para enfrentar o alto-mar, mas ao mesmo tempo pequeno para não ser visto pela esquadra. Trata-se de alcançar terra firme em algum ponto que seja seguro, preferivelmente para os lados de Fougères e não de Coutances. Será preciso um marinheiro vigoroso, bom remador e bom nadador; que seja da região e conheça as rotas. Ainda está suficientemente escuro para que o bote possa se afastar da corveta sem ser notado. E além disso, haverá muita fumaça para ocultar sua presença. Sendo pequeno, ele poderá singrar águas pouco profundas. Enquanto a pantera é caçada, a doninha escapa. Para nós, não há saída; mas

há para ele. O bote se afastará com a força dos remos; os navios inimigos não o verão; aliás, enquanto isso, nós aqui vamos nos divertir. Está entendido?
A tripulação voltou a apoiar seu comandante.
— Não há um minuto a perder — acrescentou ele. — Há entre vocês um homem de boa vontade?
Na escuridão, um marujo se destacou do grupo e disse:
— Eu.

X
Conseguirá mesmo escapar?

Alguns instantes depois, um desses botes pequenos chamados de escaler, que são com frequência postos a serviço dos comandantes, se afastou do navio. Nesse bote havia dois homens, o velho passageiro, que estava à popa, e o marinheiro "de boa vontade", sentado mais à frente. A noite ainda estava escura. Em conformidade com as instruções do comandante, o marinheiro remou energicamente na direção das Minquiers. Nenhuma outra rota de fuga era possível.

Tinham depositado no fundo do bote algumas provisões, um saco de biscoitos, uma língua de boi defumada e um barril de água.

No momento em que o escaler se fez ao mar, La Vieuville, brincando diante do precipício, se inclinou sobre o cadaste de popa da corveta e zombou daquele adeus ao bote:

— Uma boa embarcação para fugir e excelente para se afogar.
— Senhor — disse o piloto —, não devemos rir de coisas assim.

A distância foi aumentando rapidamente e logo o bote estava bem distante da corveta. Com o vento e a correnteza a favor do remador, a pequena embarcação escapou ligeira, ondulando no crepúsculo e dissimulada pela elevação das ondas.

Pairava sobre o mar uma espécie de sinistra expectativa.

De repente, naquele vasto e conturbado silêncio oceânico, elevou-se uma voz que, amplificada pelo alto-falante como se fosse uma máscara de bronze de uma tragédia da Antiguidade, parecia quase sobre-humana.

Era o comandante Boisberthelot que falava.

— Marinheiros do rei — berrou ele. — Preguem a bandeira branca[11] ao mastro grande. Iremos ver nascer nosso último sol.

E um tiro de canhão foi disparado da corveta.

— Viva o rei! — urrou a tripulação.

Ouviu-se então, vindo do horizonte, outro grito, arrastado, longínquo, confuso, porém distinto:

— Viva a República!

E um ruído semelhante ao de trezentos trovões ressoou nas profundezas do oceano.

A batalha tinha início.

O mar se cobriu de fumaça e fogo.

Os jatos de espuma das balas, ao caírem dentro d'água, perfuravam as ondas por todos os lados.

A Claymore começou a cuspir labaredas contra os oito navios. Ao mesmo tempo, toda a esquadra agrupada em semicírculo em torno da Claymore fazia fogo com todas as suas baterias. O horizonte se incendiou. Parecia um vulcão emergindo do mar. O vento retorcia a névoa púrpura e imensa da batalha dentro da qual os navios surgiam e sumiam como espectros. No primeiro plano, o esqueleto negro da corveta se desenhava contra o fundo vermelho.

Ainda se distinguia, na ponta do mastro grande, a bandeira com a flor-de-lis.

Os dois homens dentro do bote ficaram calados.

O triângulo de águas rasas em torno das Minquiers, espécie de Trinácria[12] submarina, é mais vasto que toda a ilha de Jersey; o mar o encobre; seu ponto culminante é um planalto que suplanta a maré alta e no qual se destacam, a nordeste, seis impetuosos

---

11. Trata-se da bandeira branca com a flor-de-lis ao centro, símbolo heráldico da Monarquia.
12. Antigo nome da Sicília, uma ilha igualmente com três pontas.

rochedos enfileirados em linha reta, semelhantes a uma grande muralha parcialmente desmoronada. O estreito entre esse planalto e os seis recifes só é praticável por embarcações de calados bem modestos. Através desse estreito, pode-se chegar ao largo.

O marinheiro que se encarregara do salvamento do bote conduziu a embarcação pelo estreito. Desse modo, ele punha as ilhas Minquiers entre a batalha e o bote. Ele singrou com destreza pelo exíguo canal, evitando os recifes a bombordo e a boreste; os rochedos agora ocultavam o combate. A claridade do horizonte e o fragor furioso do canhoneio começaram a declinar, por causa da distância que se fazia maior; mas, pela continuidade das detonações, podia-se perceber que a corveta se mantinha firme e disposta a disparar até a última de suas 171 balas.

Logo, o bote se encontrou em águas livres de recifes, longe da batalha, fora do alcance dos projéteis.

Aos poucos, a aparência do mar foi se tornando menos sombria, os reflexos brilhantes bruscamente afogados pela escuridão cresciam, as espumas desordenadas se rompiam em esguichos de luz, pálidos lampejos flutuavam sobre as ondas. O dia nascia.

O bote estava fora do alcance do inimigo; contudo, ainda restava fazer o mais difícil. A embarcação se salvara dos tiros, mas não do naufrágio. Estava em alto-mar, o casco imperceptível, sem uma coberta, sem vela, sem mastro, sem bússola, tendo por único recurso os remos, diante do oceano e do ciclone, um átomo à mercê dos gigantes.

Então, em meio àquela imensidão, àquele abandono, erguendo o rosto que a manhã empalidecia, o homem que estava à proa do bote observou fixamente o sujeito que se encontrava à popa e lhe disse:

— Eu sou o irmão daquele que o senhor mandou fuzilar.

LIVRO TERCEIRO
Halmalo

I
A palavra é o verbo

O velho ergueu lentamente a cabeça.

O homem que lhe falava tinha cerca de trinta anos. O mar curtira seu semblante e seus olhos eram estranhos. Tinha o olhar sagaz de marujo e as pupilas cândidas de camponês. Suas mãos apertavam firmemente os remos. Sua expressão era afável.

Via-se em sua cintura um punhal, duas pistolas e um rosário.

— Quem é você? — perguntou o velho.

— Acabei de dizer.

— E o que quer de mim?

O homem soltou os punhos dos remos, cruzou os braços e respondeu:

— Quero matá-lo.

— Como queira — disse o velho.

O homem elevou a voz.

— Prepare-se.

— Para quê?

— Para morrer.

— Por quê? — perguntou o velho.

Houve um silêncio. O homem pareceu momentaneamente confuso com a pergunta, e disse:

— Já falei, vou matá-lo.

— E eu lhe pergunto, por quê?

Um brilho atravessou o olhar do marinheiro.

— Porque matou meu irmão.
O velho começou a falar com calma:
— Primeiro, eu lhe salvei a vida.
— É verdade. Primeiro salvou, e depois o matou.
— Não fui eu quem o matou.
— Quem foi então?
— Seu próprio erro.

O marinheiro, pasmo, olhou para o velho; em seguida, suas sobrancelhas voltaram a franzir severamente.

— Como você se chama? — indagou o velho.
— Eu me chamo Halmalo, mas não precisa saber meu nome para que eu o mate.

Naquele instante, o sol surgiu. Um raio de luz se projetou diretamente no rosto do marinheiro, iluminando com intensidade sua figura selvagem. O velho o observava com atenção.

O canhoneio, que não cessara, soava agora com intermitência em uma irregularidade agonizante.

Uma fumaça densa pairava no horizonte. O bote, que o marujo não remava mais, seguia à deriva.

Com a mão direita, o marinheiro pegou uma de suas pistolas na cintura e com a mão esquerda o rosário.

O velho se levantou.

— Você acredita em Deus? — perguntou.
— Nosso Pai que está no céu — respondeu o marinheiro.

Em seguida, ele fez o sinal da cruz.

— Você tem uma mãe?
— Tenho.

Ele voltou a fazer o sinal da cruz, e prosseguiu:

— Pronto. Vou lhe dar um minuto, *monseigneur*.[1]

Ele engatilhou a arma.

— Por que me chama de *monseigneur*?
— Porque posso ver que se trata de um *monseigneur*.

---

1. Em francês, o título *monseigneur* é dado aos príncipes.

— E você tem um *monseigneur*?
— Tenho, e ele é muito importante. E pode-se lá viver sem um?
— Onde está ele?
— Não sei. Partiu do país. Chama-se senhor marquês de Lantenac, visconde de Fontenay, príncipe na Bretanha; ele é o senhor das Sete Florestas. Eu nunca o vi, o que não o impede de ser *monseigneur*.
— E se o encontrasse, você lhe obedeceria?
— Certamente. Precisaria ser um pagão para não obedecer! Devemos obediência a Deus, depois ao rei que é como Deus e depois ao *monseigneur* que é como o rei. Mas isso não importa, o senhor matou meu irmão e agora devo matá-lo.

Ao que o velho respondeu:
— Para começar, eu matei seu irmão e fiz bem.

O marinheiro apertou a pistola na mão.
— Vamos — disse ele.
— Que assim seja — respondeu o velho.

E depois, com tranquilidade, acrescentou:
— Onde está o padre?

O marinheiro olhou para ele.
— Padre?
— Sim, o padre. Dei um padre ao seu irmão, você me deve um.
— Não tenho nenhum a dar — disse o marinheiro. — E por acaso existem padres no meio do mar?

Ouviam-se as detonações convulsivas do combate cada vez mais distantes.

— Aqueles que estão morrendo por lá têm o seu — disse o velho.
— É verdade — murmurou o marinheiro. — Eles têm o senhor capelão.

O velho continuou:
— Minha alma ficará perdida, e isso é grave.

O marinheiro abaixou a cabeça, pensativo.
— E se você fizer isso — prosseguiu o velho —, a sua também estará perdida. Ouça. Tenho pena de você. Faça o que quiser. Ainda

PRIMEIRA PARTE

há pouco, cumpri com meu dever, primeiro salvando a vida de seu irmão e em seguida a retirando, e cumpro meu dever agora tentando salvar sua alma. Reflita. Isso diz respeito a você. Está ouvindo os tiros de canhão neste instante? Há homens que estão morrendo, há desesperados que agonizam, há maridos que nunca mais verão suas mulheres, pais que nunca mais verão seus filhos, irmãos que, como você, não verão mais seus irmãos. E a culpa é de quem? A culpa é de seu próprio irmão. Você acredita em Deus, não é? Pois bem, saiba que Deus sofre neste momento; Deus sofre em seu filho e fervoroso cristão, o rei da França, que é uma criança como Jesus menino e que se encontra preso na torre do Temple; Deus sofre dentro de sua igreja, na Bretanha; Deus sofre em suas catedrais insultadas, nos evangelhos rasgados, nas casas de culto violadas; Deus sofre nos padres assassinados. O que viemos fazer aqui, nós, naquele navio que perece neste exato instante? Nós viemos socorrer Deus. Se seu irmão tivesse sido um bom servidor, se tivesse executado fielmente seu trabalho de homem sábio e útil, a tragédia da caronada não teria acontecido, a corveta não teria ficado desamparada, não se desviaria de sua rota, não cairia em perdição diante daquela frota e, neste instante, estaríamos desembarcando na França, todos, guerreiros valentes do mar que somos, o sabre na mão, a bandeira branca desfraldada, e numerosos e felizes iríamos ajudar os bravos camponeses da Vendeia a salvar a França, salvar o rei, salvar Deus. Eis o que viemos fazer, eis o que faremos. Eis o que eu, o único que restou, vim fazer. Mas você se opõe. Nesta luta de ímpios contra os padres, nesta luta de regicidas contra o rei, nesta luta de Satã contra Deus, você apoia Satã. Seu irmão foi o primeiro auxiliar do demônio, você é o segundo. Ele começou, você termina. Você é pelos regicidas contra o trono, pelos ímpios contra a Igreja. Você retira de Deus seu último recurso. Porque eu não chegarei lá, eu que represento o rei, as aldeias continuarão a queimar, as famílias a chorar, os padres a sangrar, a Bretanha a sofrer, e o rei continuará preso, e Jesus Cristo em aflição. E quem terá provocado tudo isso? Você. Faça como quiser, o problema é seu.

Eu contava com você para justamente o contrário. Eu me enganei. Ah, é verdade, você tem razão, matei seu irmão. Seu irmão foi corajoso, eu o recompensei; ele foi culpado, eu o puni. Ele faltou ao seu dever, eu não faltei ao meu. O que fiz, eu voltaria a fazer. E juro pela grande Santa Anne d'Auray que vela por nós em casos assim que, da mesma forma que fiz com que fuzilassem seu irmão, eu faria fuzilar meu filho. Mas agora é você o senhor. Tenho pena de você. Você mentiu ao seu comandante. Você, um cristão, não tem fé; você, um bretão, não tem honra; eu fui confiado à sua lealdade e acolhido por sua traição; você dá minha morte àqueles a quem prometeu minha vida. Sabe quem você está destruindo aqui? Você mesmo. Tomando minha vida do rei, é sua própria eternidade que entrega ao demônio. Vá em frente, cometa esse crime, tudo bem. Está negociando por baixo seu lugar no paraíso. Graças a você, o diabo vencerá, graças a você, as igrejas serão demolidas, graças a você, os pagãos continuarão a fundir os sinos para deles fazerem canhões. Vão metralhar os homens com aquilo que salvava as almas. Neste instante em que lhe falo, o sino que anunciou seu batizado pode estar matando sua mãe. Vá em frente, ajude o demônio. Não pare. Sim, eu condenei seu irmão, mas saiba de uma coisa, eu sou um instrumento de Deus! Ah, você vai querer julgar os recursos de Deus? Vai querer julgar o relâmpago que está no céu? Infeliz, você será julgado por ele. Tome cuidado com o que vai fazer. Você sabe ao menos que estou em estado de graça? Não. Vá em frente assim mesmo. Faça o que quiser. Você é livre para me lançar ao inferno e a você também. Nossos castigos estão em suas mãos. Diante de Deus, o responsável será você. Nós estamos sós, cara a cara dentro do abismo. Continue, termine, acabe com tudo. Sou velho e você é jovem; estou sem armas e você está armado; mate-me.

Enquanto o velho homem, em pé, com a voz mais alta que o ruído do mar, dizia essas palavras, as ondulações das vagas apareciam ora envoltas em sombras, ora em luz; o marinheiro empalidecera; espessas gotas de suor escorriam por sua testa; tremia como vara verde; por instantes, ele beijava seu rosário; quando o velho acabou de falar, ele largou sua pistola e se ajoelhou.

— Piedade, *monseigneur*! Perdoe-me — exclamou ele. — O senhor fala como o bom Deus. Eu estou errado. Meu irmão estava errado. Farei tudo para reparar seu crime. Disponha de mim. Dê as ordens e eu obedecerei.

— Eu o perdoo — disse o velho.

II
A memória de um camponês equivale à ciência do capitão

As provisões a bordo do bote não foram inúteis.

Os dois fugitivos, obrigados a longos desvios, levaram 36 horas para atingir o litoral. Passaram uma noite no mar; e a noite foi bela, embora o excessivo luar desfavorecesse quem procurava se esconder.

Primeiro, tiveram de se afastar da França e ganhar o largo, na direção de Jersey.

Eles ouviram o supremo canhoneio da corveta fulminada, como se ouve o derradeiro rugido do leão que os caçadores matam nas florestas. Em seguida, o silêncio se fez sobre o mar.

Essa corveta, a Claymore, morreu da mesma maneira que o Vengeur; mas foi ignorada pela glória. Não se torna herói quem luta contra seu próprio país.

Halmalo era um marinheiro surpreendente. Ele realizou milagres de destreza e inteligência; aquela improvisação de um itinerário pelos recifes, em meio às vagas, e sua espreita do inimigo foram uma obra-prima. O vento diminuiu e o mar se tornou navegável.

Halmalo evitou os Caux des Minquiers, contornou a Chaussée--aux-Bœufs e os abrigou a fim de conseguir algumas horas de descanso na pequena enseada que se forma ao norte, na vazante da maré, em seguida, descendo para o sul, achou um modo de passar entre Granville e as ilhas Chausey sem que fossem percebidos pela sentinela de Chausey ou pela sentinela de Granville. Ele avançou pela baía de Saint-Michel, uma decisão ousada, considerando a proximidade de Cancale, onde a frota costumava fundear.

Ao anoitecer do segundo dia, cerca de uma hora antes do poente, eles deixaram para trás o monte Saint-Michel e vieram acostar em uma praia que estava sempre deserta, por conta dos perigosos lodaçais.

Mas, felizmente, a maré estava alta.

Halmalo avançou ao máximo a embarcação, experimentou a areia, achou-a sólida e encalhou o bote, saltando em terra firme.

Depois dele, o velho desembarcou e inspecionou o horizonte.

— *Monseigneur* — disse Halmalo —, estamos aqui na foz do Couesnon. Lá está Beauvoir, a boreste, e Huisnes, a bombordo. O campanário à nossa frente é o de Ardevon.

O velho se curvou dentro do bote, pegou um biscoito e, enfiando-o no bolso, disse a Halmalo:

— Pegue o resto.

Halmalo pôs em um saco o que sobrara de carne e biscoitos, prendendo a alça sobre o ombro. Depois, disse:

— *Monseigneur*, devo conduzi-lo ou acompanhá-lo?

— Nem um nem outro.

Espantado, Halmalo olhou para o velho.

E esse velho prosseguiu:

— Halmalo, vamos nos separar. Juntos, nós dois não teremos chance alguma. É preciso sermos mil ou então cada um por si.

Ele se interrompeu e retirou do bolso um laço de seda verde, bem parecido com uma roseta, no centro do qual havia uma flor-de-lis bordada em ouro. E lhe perguntou:

— Você sabe ler?

— Não.

— Muito bem. Um homem que lê perturba. Você tem boa memória?

— Tenho.

— Ótimo. Ouça, Halmalo. Você seguirá pela direita e eu pela esquerda. Irei pelos lados de Fougères, você para Bazouges. Guarde

PRIMEIRA PARTE

esse saco, que lhe dá uma aparência de camponês. Esconda suas armas. Corte uma vara de madeira. Rasteje pelos campos de centeio que são altos. Passe por trás das cercas, por cima das paliçadas e atravesse pelos campos. Mantenha distância dos passantes. Evite as estradas e as pontes. Não entre em Pontorson. Ah, você precisará cruzar o rio Couesnon. Como fará isso?

— A nado.
— Muito bem. Depois há um vau. Sabe onde ele se encontra?
— Entre Ancey e Vieux-Viel.
— Muito bem. Você conhece de fato a região.
— Mas vai anoitecer. Onde o *monseigneur* irá dormir?
— Eu cuido de mim. E você, onde vai dormir?
— Há árvores ocas por aí. Antes de ser marinheiro, fui camponês.
— Jogue fora esse seu quepe de marujo, ele o denunciará. Você acabará achando algo para cobrir a cabeça.
— Ora, um chapéu de lona se acha facilmente. O primeiro pescador que eu encontrar há de me vender o seu.
— Muito bem. Agora, ouça bem. Você conhece os bosques?
— Todos eles.
— De toda a região?
— Desde Noirmoutier até Laval.
— Conhece também seus nomes?
— Conheço os bosques, conheço os nomes, conheço tudo.
— Não se esquecerá de nada?
— De nada.
— Muito bem. Agora, atenção. Quantas léguas você consegue caminhar por dia?
— Dez, quinze, dezoito, vinte, se necessário.
— Será necessário. Não esqueça sequer uma palavra do que vou dizer. Você irá ao bosque de Saint-Aubin.
— Perto de Lamballe?
— Exatamente. À margem do córrego que se encontra entre Saint-Rieul e Plédéliac há uma enorme castanheira. Você vai parar ali. Não verá ninguém.

— O que não impede que possa haver alguém. Eu entendo.
— Você assobiará para dar o sinal. Sabe fazê-lo?

Halmalo inflou as bochechas, virou-se para o mar e imitou o pio da coruja.

Poder-se-ia dizer que o som provinha das profundezas noturnas; uma imitação perfeita e sinistra.

— Ótimo — disse o velho. — É isso mesmo.

Ele entregou a Halmalo o laço de seda verde.

— Eis minha insígnia de comando. Pegue-a. É importante que ninguém saiba ainda meu nome. Mas esse laço bastará. A flor-de-lis foi bordada pela Madame Real[2] na prisão do Temple.

Halmalo apoiou um joelho no chão. Comovido, ele recebeu o laço de flor-de-lis e o aproximou de seus lábios; mas parou de repente, como se aquele beijo o aterrorizasse.

— Posso? — perguntou ele.

— Pode, assim como beijar o crucifixo.

Halmalo beijou a flor-de-lis.

— Levante-se — ordenou o velho.

Halmalo se ergueu e prendeu o laço no peito.

O velho prosseguiu.

— Ouça bem o que vou dizer. Eis a minha ordem: *Revoltem-se, sem trégua.* Quando chegar à margem do bosque de Saint-Aubin, você fará o chamado. Faça-o três vezes. À terceira vez, você verá um homem sair da terra.

— De um buraco sob as árvores. Eu sei.

— Esse homem chama-se Planchenault, conhecido também como Cœur-de-Roi. Você lhe mostrará esse laço. Ele entenderá. Em seguida, você tomará o caminho de sua preferência para o bosque d'Astillé; lá, encontrará um homem de pernas tortas cujo apelido é Mousqueton, uma criatura sem misericórdia. Você lhe dirá que eu o amo e que ele deve começar a agir com suas paróquias. Depois, você irá para o bosque de Couesbon, que fica a uma légua

---

2. Como era conhecida Marie-Thérèse Charlotte de France, filha de Luís XVI.

de Ploërmel. Faça então o pio da coruja; um homem sairá de seu buraco; será o senhor Thuault, senescal de Ploërmel, que fez parte do que chamam de a Assembleia Constituinte, mas do lado bom. Você lhe dirá que prepare o castelo de Couesbon, que pertence ao marquês de Guer, emigrado. Ao seu redor, há córregos, matas, terrenos irregulares, o lugar ideal. O senhor Thuault é um homem digno e justo. Em seguida, você irá para Saint-Ouen-les-Toits e falará com Jean Chouan[3], que é aos meus olhos o verdadeiro líder. Depois, siga para o bosque de Ville-Anglose e verá Guitter, a quem chamam de Saint-Martin, diga-lhe para ficar de olho em um certo Courmesnil, que é genro do velho Goupil de Préfeln e que lidera os jacobinos de Argentan. Guarde bem tudo isso. Não escreverei nada porque não devemos deixar nada por escrito. Rouarie escreveu uma lista e com isso arruinou tudo. Você irá depois para o bosque de Rougefeu, onde se encontra Miélette, que atravessa os córregos saltando com uma longa vara.

— A isso chamamos de percha.

— Você sabe utilizar uma?

— Eu não seria um bretão nem um camponês se não soubesse. A percha é nossa aliada. Ela ajuda a aumentar os braços e alongar as pernas.

— Isso significa que ela rebaixa o inimigo e encurta o caminho. Um bom instrumento.

— Certa vez, com minha percha, enfrentei três coletores de impostos armados com sabres.

— Quando foi isso?

— Faz dez anos.

— Sob a Monarquia.

— Certamente.

— Então você lutou sob a Monarquia?

— Mas é claro.

---

3. Jean Chouan foi um dos chefes da insurreição contrarrevolucionária e pró-monarquista. Os insurretos que o seguiam eram chamados de *chouans*.

— Contra quem?
— Isso eu não sei. Eu contrabandeava sal.
— Muito bem.
— Na época, chamávamos isso de lutar contra as gabelas.[4] Essas gabelas são a mesma coisa que o rei?
— Sim. Não. Mas você não precisa entender isso.
— Peço perdão ao *monseigneur* por lhe ter feito uma pergunta.
— Continuemos. Você conhece a Tourgue?
— Se conheço a Tourgue? Eu sou de lá.
— Como assim?
— Ora, venho de Parigné.
— Verdade. Tourgue é vizinha de Parigné.
— Se eu conheço a Tourgue! O grande castelo redondo que é o castelo da família de meus senhores! Há uma espessa porta de ferro que separa a construção nova da construção antiga, e que nem mesmo um canhão é capaz de demolir. É dentro da construção nova que está o famoso livro sobre São Bartolomeu, que as pessoas iam ver por curiosidade. Há muitas rãs naquele terreno. Quando era pequeno, eu brinquei muito com essas rãs. E a passagem subterrânea! Eu a conheço. Talvez eu seja agora o único a conhecê-la.
— Que passagem subterrânea? Não entendo o que está dizendo.
— Faz muito tempo, quando a Tourgue estava sitiada. As pessoas que estavam dentro podiam fugir por uma passagem sob a terra que vai até a floresta.
— De fato, há uma passagem subterrânea desse tipo no castelo da Jupellière, e no castelo da Hunaudaye, e na torre de Champéon, mas não há nada parecido na Tourgue.
— Mas claro que há. Eu não conheço essas passagens que o *monseigneur* falou. Só conheço a da Tourgue, porque sou da região. E ainda assim, sou o único que a conhece. Não se fala sobre ela. É proibido, pois essa passagem tinha servido no tempo das guerras do senhor Rohan. Meu pai conhecia o segredo e me mostrou.

---

4. Tributos cobrados pelo sal durante o Antigo Regime.

Conheço o segredo para entrar e para sair. Se estou na floresta, posso entrar na torre, e se estou na torre, posso ir para a floresta sem ser visto. E quando os inimigos entram, não acham mais ninguém. Assim é a Tourgue. Ah, eu a conheço bem.

O velho ficou em silêncio por um instante.

— Você está evidentemente enganado; se houvesse tal passagem, eu a conheceria.

— *Monseigneur*, eu tenho certeza. Há uma pedra que pode ser virada.

— É mesmo? Vocês, camponeses, acreditam em pedras que podem ser viradas, pedras que cantam, pedras que vão beber no riacho à noite. Um monte de fábulas.

— Mas eu mesmo virei essa pedra...

— Assim como outros a ouvem cantar. Camarada, a Tourgue é uma bastilha segura e resistente, fácil de defender; mas aquele que quiser contar com uma saída subterrânea para fugir não passa de um ingênuo.

— Mas, *monseigneur*...

O velho encolheu os ombros.

— Não percamos mais tempo, falemos do que nos interessa.

Seu tom peremptório pôs um fim brusco à insistência de Halmalo.

E o velho continuou:

— Agora, ouça. De Rougefeu, você irá para o bosque de Montchevrier, onde se encontra Bénédicité, que é o chefe da Comuna de Douze. Um homem igualmente distinto. Ele abençoa com uma das mãos e, com a outra, mata com um tiro de arcabuz. Na guerra, nada de sentimentalismo. E de Montchevrier você partirá para... — Ele se calou bruscamente. — Já ia me esquecendo do dinheiro.

O marquês entregou uma bolsa e uma carteira para Halmalo.

— Dentro dessa carteira, há trinta mil francos em *assignats*, o equivalente a cerca de três mil e poucas libras; na verdade, esses *assignats* são falsos, mas os verdadeiros valem tanto quanto; e aí nessa bolsa, atenção, cem luíses de ouro. Eu lhe dou tudo o que tenho. Não preciso de mais nada. Aliás, é melhor mesmo que não achem esse dinheiro comigo. Recapitulando. De Montchevrier você partirá para Antrain, onde encontrará o senhor Frotté; de Antrain para Jupellière, onde encontrará o senhor de Rochecotte; da Jupellière até Noirieux, onde encontrará o abade Baudouin. Vai conseguir se lembrar de tudo isso?

— Como do "Padre-Nosso".

— Você encontrará com o senhor Dubois-Guy, em Saint-Brice--en-Cogle, o senhor Turpin, em Morannes, que é um burgo fortificado, e o príncipe de Talmont, em Château-Gonthier.

— E um príncipe falará comigo?

— Pois se estou dizendo.

Halmalo removeu seu quepe.

O velho prosseguiu:

— Ao virem essa flor-de-lis bordada pela Madame, você será bem acolhido por todos. Não esqueça que precisará ir a lugares onde há montanheses e *patauds*.[5] Você se disfarçará. É fácil. Esses republicanos são tão tolos que, com um traje azul, um chapéu de três pontas e uma insígnia tricolor, qualquer um passa quando quiser. Não há mais regimentos, não há mais uniformes, as companhias não são mais numeradas; cada um se veste como bem entende. Você irá a Saint-Mhervé. Lá, falará com Gaulier, chamado de Grand-Pierre. Depois irá ao cantão de Parné, onde encontrará homens com os rostos escurecidos. Eles põem saibro em seus fuzis e dupla carga de pólvora para fazer mais barulho, e o fazem bem; mas, sobretudo, diga-lhes para matar, matar, matar. E seguirá até o acampamento da Vache-Noire, que fica em uma colina, no meio do bosque de la Charnie, em seguida ao acampamento de Avoine, depois ao acampamento Vert, depois ao acampamento de Fourmis. Irá igualmente ao Grand-Bordage, também conhecido como o Haut-des-Prés, e que é habitado por uma viúva cuja filha se casou com Treton, vulgo o Inglês. Grand-Bordage fica na paróquia de Quelaines. E visitará

---

5. Montanheses: grupo político que apoiava a República. *Patauds*: termo pejorativo que usavam os vendeanos insurretos (os *chouans*) para designar os patriotas.

Épineux-le-Chevreuil, Sillé-le-Guillaume, Parannes e todos os homens que estão em todos os bosques. Você fará amigos e os enviará à margem do alto e baixo Maine; você verá Jean Treton na paróquia de Vaisges, Sans-Regret em Bignon, Chambord em Bonchamps, os irmãos Corbin em Maisoncelles, e Petit-Sans-Peur em Saint-Jean-sur--Erve. Ele é o mesmo a quem chamam de Bourdoiseau. Depois de fazer tudo isso e a senha *Revoltem-se, sem trégua* ter sido distribuída a todos, você se unirá ao grande exército, ao exército católico e real, onde quer que ele esteja. Você verá os senhores d'Elbée, de Lescure, de Rochejaquelein, os chefes que ainda estiverem vivos. Você lhes mostrará minha insígnia de comando. Eles a conhecem. Você não passa de um marinheiro, mas Cathelineau não passa de um carroceiro. Você lhes dirá, de minha parte, o seguinte: é hora de travar as duas guerras juntas; a grande e a pequena. A grande chama mais a atenção, a segunda dá mais trabalho. A Vendeia é boa, a Chouannerie[6], pior; e, em uma guerra civil, a pior é a melhor. A bondade de uma guerra se julga pela quantidade de mal que ela faz.

Ele se calou.

— Halmalo, eu digo tudo isso e você não compreende as palavras, mas compreende as coisas. Passei a confiar em você ao vê-lo manejando o bote; você não conhece a geometria e ainda assim faz manobras surpreendentes no mar; quem sabe conduzir uma embarcação é capaz de pilotar uma insurreição; pelo modo como você geriu a situação no mar, estou seguro de que se sairá bem em todas essas incumbências. Continuemos. Então você dirá tudo isso a esses chefes, aproximadamente, como você for capaz, mas será o bastante. Eu prefiro a guerra nas florestas às guerras em planícies; não tenho a intenção de enfileirar cem mil camponeses diante das metralhas dos soldados Azuis e sob a artilharia do senhor Carnot; dentro de um mês, quero dispor de quinhentos mil homens emboscados nas florestas, prontos para matar. O exército republicano é minha presa. Roubar a caça é travar a guerra. Sou o estrategista do mato. Pronto,

---

6. Assim ficou conhecida a guerra civil que opunha republicanos e monarquistas.

mais uma palavra que não compreenderá, não tem problema, estas agora você entenderá: Sem trégua! E emboscadas por todos os lados! Prefiro uma tática de guerrilha na Vendeia. E você acrescentará que os ingleses estão conosco. Encurralemos a República em um fogo cruzado. A Europa nos ajuda. Acabemos com a revolução. Os reis fazem a guerra dos reinos, nós faremos a guerra das paróquias. Você lhes dirá tudo isso. Entendeu?

— Entendi. Fogo e sangue para todos os lados.
— Isso mesmo.
— Sem trégua.
— Para ninguém, exatamente.
— Eu irei a todos esses lugares.
— E tome cuidado. Pois nesta região, um homem pode morrer muito fácil.
— A morte não me interessa. Aquele que dá seu primeiro passo talvez esteja usando seus últimos sapatos.
— Você é um homem de coragem.
— E se perguntarem seu nome, *monseigneur*?
— Ninguém deve conhecê-lo ainda. Diga que você não sabe, e isso será a verdade.
— Onde voltarei a vê-lo, meu senhor?
— Onde eu me encontrar.
— Como saberei?
— Quando todo mundo souber. Em menos de oito dias, falarão de mim, servirei de exemplo, vingarei o rei e a religião, e você saberá perfeitamente que é de mim que falam.
— Entendo.
— Não se esqueça de nada.
— Fique tranquilo.
— Agora, parta. Que Deus o guie. Vá.
— Farei tudo o que me disse. Partirei. Falarei com todos. Obedecerei. Darei suas ordens.
— Ótimo.
— E se eu tiver sucesso...

— Farei de você cavalheiro de Saint-Louis.

— Como meu irmão; e se eu não tiver êxito, fará com que me fuzilem.

— Como seu irmão.

— Está entendido, *monseigneur*.

O velho abaixou a cabeça, parecendo se deixar levar por graves devaneios. Quando ergueu os olhos, estava sozinho. Halmalo não passava de um ponto escuro sumindo no horizonte.

O sol acabava de se pôr.

Os alcatrazes e as gaivotas voltavam do mar.

Sentia-se no ar essa espécie de inquietação que precede a noite; as rãs coaxavam, martins-pescadores revoavam, piando sobre o charco, os mergulhões, as gralhas, as narcejas, as chucas faziam seu estardalhaço vespertino; os pássaros de beira-mar chamavam uns aos outros; contudo, sem um ruído humano. A solidão profunda. Não havia sequer uma vela na baía, sequer um camponês em meio à vegetação. O deserto se estendia a perder de vista. Os longos cardos estremeciam. O céu branco do crepúsculo lançava sobre a praia uma vasta e lívida claridade. Ao longe, os pântanos nas planícies sombrias pareciam placas de estanho estendidas ao sol. O vento soprava do mar.

LIVRO QUARTO
Tellmarch

I
No alto da duna

O velho aguardou até que Halmalo desaparecesse, em seguida fechou sua capa de marinha e se pôs em marcha. Caminhava pensativo a passos lentos. Dirigia-se para Huisnes, enquanto Halmalo rumava na direção de Beauvoir.

Atrás dele, erguia-se como um enorme triângulo negro o monte Saint-Michel, com sua tiara de catedral e sua couraça de fortaleza, com suas duas grandes torres a leste, uma redonda, outra quadrada, que ajudam a montanha a suportar o peso da igreja e da aldeia, e estão para o oceano assim como Quéops está para o deserto.

O movimento constante da areia da baía do monte Saint-Michel deslocava insensivelmente as dunas. Nessa época, havia entre Huisnes e Ardevon uma duna altíssima, hoje inexistente. Essa duna, que a ação do equinócio nivelou, possuía a rara característica de ser antiga e de exibir em seu cume um monumento militar erigido no século XII, comemorando o concílio realizado em Avranches contra os assassinos de São Tomás de Canterbury. Do alto dessa duna, avistava-se toda a região e era possível se orientar.

O velho caminhou até a duna e subiu.

Quando chegou no alto, ele se apoiou no monumento militar, sentou-se em uma das pedras que formavam os ângulos e começou a examinar aquela espécie de mapa geográfico que tinha aos seus pés. Ele parecia procurar uma estrada em uma região familiar. Naquela vasta paisagem, difusa por conta do crepúsculo, só o horizonte era nítido, uma faixa negra sob um céu branco.

Ele podia ver grupos de telhados dos onze burgos e aldeias; a várias léguas de distância, distinguiam-se todos os campanários da costa, que são bem elevados, a fim de servir de ponto de referência aos navegantes.

Ao cabo de alguns instantes, o velho pareceu achar naquela penumbra o que estava procurando; seu olhar se imobilizou em um grupamento de árvores, muros e telhados, mais ou menos visíveis, no meio da planície e dos bosques. Era uma granja; ele fez um gesto satisfeito com a cabeça, como um homem que diz mentalmente a si mesmo: "É lá"; e começou a traçar com o dedo no espaço o esboço de um itinerário através do mato e das plantações. De vez em quando, examinava um objeto informe e vago que se agitava sobre o telhado principal da granja; e parecia se perguntar: "O que é aquilo?" Àquela hora, tudo se tornava incolor e confuso; não era um cata-vento, visto que flutuava, e não havia razão alguma para que fosse uma bandeira.

Estava exausto; sua vontade era de permanecer ali sentado; e ele se deixou ficar naquela espécie de vago esquecimento que domina os homens nos primeiros minutos de repouso.

Há uma hora do dia em que os ruídos se ausentam, o sereno anoitecer; era precisamente essa hora. Ele se deleitava; observando e ouvindo o quê? A tranquilidade; até mesmo os bravos têm seus instantes de melancolia. De súbito, aquele sossego foi não perturbado, mas acentuado por vozes que passavam; eram vozes de mulheres e crianças. Por vezes, surgem na sombra esses sobressaltos de inesperada alegria. Por causa da vegetação, não se via o grupo de onde vinham essas vozes, mas aquelas pessoas caminhavam ao pé da duna e seguiam em direção à planície e à floresta. As vozes subiam claras e frescas até o velho pensativo; estavam tão próximas que ele nada deixava escapar.

Uma mulher dizia:

— Vamos depressa, Flécharde. É mesmo por aqui?

— Não, é por ali.

E o diálogo continuava entre as duas vozes, uma soando alta e a outra, tímida.

— Como você chama esta granja onde moramos atualmente?

— Herbe-en-Pail.

— E ainda estamos longe?

— Uns bons quinze minutos.

— Vamos rápido para tomar a sopa.

— É verdade que estamos atrasadas.

— Deveríamos correr, mas seus filhos estão cansados. Somos apenas duas mulheres, não podemos carregar três crianças. Além disso, você já tem uma no braço, Flécharde. Pesada como chumbo. Você já desmamou essa comilona, mas ainda a carrega no colo. Mau costume. Faça com que ela ande. Ah! Deixe para lá, a sopa vai esfriar.

— Mas como são bons os calçados que você me deu! Parece que foram feitos para mim.

— É melhor que andar com as patas no chão.

— Apresse-se, René-Jean.

— E foi ele quem nos atrasou. Precisa falar com todas as pequenas camponesas que encontramos? Já se comporta como um homem.

— Nossa Senhora, está com quase cinco anos.

— Diga uma coisa, René-Jean, por que você falou com aquela menina na aldeia?

Uma voz infantil, que era a do menino, respondeu:

— Porque é uma garota que eu conheço.

A mulher retrucou:

— Como? Você a conhece?

— Conheço — respondeu o garoto. — Ela me deu uns bichinhos hoje de manhã.

— Esse menino não é fácil! — exclamou a mulher. — Chegamos a esta região faz apenas três dias. Tão pequenino e já tem uma namorada!

As vozes se distanciaram. Todo ruído cessou.

PRIMEIRA PARTE

II
Aures habet, et non audiet[1]

O velho ficou imóvel. Seus pensamentos se tornaram devaneios. Ao seu redor tudo estava sereno, sonolento, seguro e desolado. Ainda fazia dia sobre a duna, mas quase noite na planície e noite fechada no bosque. A lua surgia ao oriente. Algumas estrelas cintilaram no pálido azul do zênite. Esse homem, ainda que cheio de violentas preocupações, se abismava na inexprimível mansidão do infinito. Ele sentia crescer em si aquela alvorada obscura, a esperança, se é que a palavra esperança pode se aplicar às expectativas da guerra civil. Por ora, parecia-lhe que, saindo daquele mar que se mostrara inexorável e pisando a terra firme, todo perigo se dissipava. Ninguém sabia seu nome, ele estava sozinho, despistara o inimigo sem deixar vestígios, pois a superfície do mar não retém nada, sua presença era oculta, ignorada, insuspeita mesmo. O apaziguamento que sentia era supremo. Um pouco mais e cairia no sono.

Para esse homem, tomado por dentro e por fora por tantas agitações, aquelas horas calmas tinham um estranho encanto que se devia ao profundo silêncio tanto na terra quanto no céu.

Ouvia-se apenas o vento vindo do mar, mas o vento é um contrabaixo contínuo e quase cessa de ser um ruído, assim que nos habituamos a ele.

De repente, ele se ergueu.

Sua atenção acabara de ser bruscamente despertada; ele observou o horizonte. Algo dava a seu olhar uma fixidez singular.

O que ele observava era o campanário de Cormeray, diante dele, no fundo da planície. De fato, algo de extraordinário acontecia naquele campanário.

A silhueta do campanário se destacava com nitidez; via-se a torre encimada pelo pináculo e, entre a torre e o pináculo, o campanário

---

1. "Tem ouvido e não ouve", salmo 110, Isaías 6,10.

do sino, retangular, aberto, sem para-vento, visível dos quatro lados, como costumam ser os campanários bretões.

Ora, esse campanário parecia se abrir e fechar alternadamente, em intervalos idênticos; sua janela alta aparecia toda branca, depois toda preta, via-se o céu através dela; a claridade era intermitente, e a abertura e o fechamento se sucediam de um segundo ao outro com a regularidade de um martelo sobre a bigorna.

O velho via esse campanário de Cormeray à sua frente, a uma distância de cerca de duas léguas; à sua direita, o campanário de Baguer-Pican, igualmente ereto contra o horizonte; as janelas desse campanário também abriam e fechavam, como as de Cormeray.

Olhando para a esquerda, via-se o campanário de Tanis. As janelas do compartimento dos sinos se abriam e fechavam como as de Baguer-Pican.

Ele observou todos os campanários do horizonte, um depois do outro, à sua esquerda os campanários de Courtils, de Précey, de Crollon e de Croix-Avranchin; à sua direita os campanários de Raz-sur-Couesnon, de Mordrey e de Pas; à frente, o campanário de Pontorson. O compartimento de todos esses campanários passava alternadamente do branco ao preto.

O que isso queria dizer?

Que todos os sinos estavam em movimento.

Para que aparecessem e desaparecessem assim, era preciso que eles fossem sacudidos com brusquidão. Do que se tratava então? Evidentemente, um alarme.

Estavam dando um alarme, tocavam-no freneticamente, soavam o alerta em todos os cantos, em todos os campanários, em todas as paróquias, em todas as aldeias, e não se ouvia nada.

Isso se devia a distância que impedia o som de chegar e ao vento do mar que soprava para o lado oposto, carregando todos os barulhos da terra para o horizonte.

Com fúria, todos os sinos clamavam de todas as partes e, ao mesmo tempo, aquele silêncio; o que poderia haver de mais sinistro?

O velho observava e tentava ouvir alguma coisa.

Não conseguia ouvir o toque de alarme, mas podia vê-lo. Ver um sinal sonoro, estranha sensação. A quem se dirigia a ira desses sinos? Contra quem soava o alarme?

III
A utilidade dos grandes caracteres

Com certeza, alguém estava sendo perseguido. Quem? E o velho homem de aço sentiu um arrepio. Só podia ser ele mesmo. Tinham conseguido descobrir sua chegada; parecia-lhe impossível que os representantes em missão já tivessem sido informados; ele acabara de desembarcar. A corveta decerto havia sido afundada sem deixar sobreviventes. E mesmo a bordo da corveta, ninguém sabia seu nome, exceto Boisberthelot e La Vieuville.

Os campanários prosseguiram com seus jogos perversos. Ele os examinava e os contava maquinalmente, e seus devaneios, passando de uma conjectura a outra, possuíam essa flutuação que abre o caminho de uma segurança profunda para uma certeza absoluta. No entanto, afinal de contas, o toque de alarme poderia ser explicado de muitas maneiras, e ele acabou por se tranquilizar, repetindo a si mesmo: "Conclusão, ninguém está a par da minha chegada e ninguém sabe meu nome."

Depois de alguns instantes, surgiu um leve ruído em cima e atrás dele. Esse barulho se assemelhava ao farfalhar de uma folha de árvore agitada. De início, ele não deu atenção; depois, com o barulho persistindo, poder-se-ia dizer insistente, ele acabou se virando. Era uma folha, de fato, mas uma folha de papel. O vento descolava, acima de sua cabeça, um enorme cartaz que havia sido pregado sobre o monumento. Esse cartaz se encontrava afixado ali fazia pouco tempo, pois ainda estava úmido e vulnerável ao vento que começou a brincar com ele e aos poucos o soltava.

O velho escalara a duna pelo outro lado e não vira o cartaz ao chegar ali.

Ele subiu até a base do monumento, onde estivera sentado, e pôs a mão sobre o cartaz que o vento açoitava; o céu estava sereno, os crepúsculos tardam em junho; ao pé da duna reinavam as trevas, mas o alto estava iluminado; uma parte do cartaz tinha letras grandes impressas, e ainda estava claro o bastante para que pudessem ser lidas. Ele leu o seguinte:

REPÚBLICA FRANCESA, UNA E INDIVISÍVEL

"Eu, Prieur de la Marne, representante do povo em missão próxima ao exército de Côtes-de-Cherbourg, disponho que: — o deposto marquês de Lantenac, visconde de Fontenay, assim chamado príncipe bretão, desembarcou furtivamente no litoral de Granville e é considerado um fora da lei. — Sua cabeça é posta a prêmio. — Uma recompensa de sessenta mil libras será paga àquele que o trouxer, vivo ou morto. — Esse valor não será pago em *assignats*, mas em ouro. — Um batalhão do exército de Côtes-de-Cherbourg será imediatamente deslocado para busca e apreensão do deposto marquês de Lantenac. — É solicitada a ajuda das comunas. — Redigido à casa comunal de Granville, dia 2 de junho de 1793. — Assinado:
Prieur de la Marne."[2]

Sob esse nome, havia outra assinatura em caracteres bem menores, impossível de ser lida por conta da claridade minguante.

O velho abaixou o chapéu sobre os olhos, fechou a capa até o queixo e desceu rapidamente a duna. Era sem dúvida inútil permanecer naquele cume iluminado.

---

2. Pierre-Louis Prieur (1756-1827), chamado de Prieur de la Marne, homem político francês e um dos principais representantes em missão (emissários especiais republicanos).

Talvez já estivesse ali por tempo demasiado; o topo da duna era o único ponto da paisagem que continuava visível.

Quando chegou embaixo, na escuridão, ele desacelerou o passo.

Ele se dirigia no sentido do itinerário que havia traçado até a granja, provavelmente por razões de segurança.

Estava tudo deserto. Àquela hora ninguém mais passava por lá.

Atrás do matagal, ele parou, removeu a capa, vestiu seu casaco com o lado felpudo para fora, recolocou a capa que não passava de um andrajo preso a uma corda e retomou seu caminho.

A lua brilhava.

Ele chegou a um entroncamento de dois caminhos onde se erguia uma cruz de pedra. Sobre o pedestal da cruz, distinguia-se um pedaço de papel branco que era provavelmente um cartaz semelhante ao que acabara de ler. Ele se aproximou.

— Aonde o senhor vai? — disse-lhe uma voz.

Ele se virou.

Havia um homem no meio do mato, de alta estatura como ele, idoso como ele, cabelos brancos como os dele e ainda mais maltrapilho que ele próprio. Quase um sósia.

Apoiado em um longo bastão de madeira, este homem disse:

— Estou perguntando aonde vai.

— Para começar, onde estou? — disse ele com uma calma quase arrogante.

O homem respondeu:

— Aqui é o domínio senhorial de Tanis, do qual sou o mendigo e o senhor, o fidalgo.

— Eu?

— Sim, o senhor, marquês de Lantenac.

IV
O Crocodilo

O marquês de Lantenac, vamos doravante chamá-lo por seu nome, respondeu com gravidade:

— Que assim seja. Pode me denunciar.

O homem prosseguiu:

— Nós dois estamos em casa aqui, o senhor no castelo e eu no mato.

— Acabemos com isso, vamos. Pode me entregar — disse o marquês.

O homem continuou:

— O senhor vai para a granja de Herbe-en-Pail, não é mesmo?

— Vou.

— Pois não vá.

— Por quê?

— Porque os Azuis estão lá.

— Desde quando?

— Faz três dias.

— Os habitantes da fazenda e do vilarejo resistiram?

— Não. Abriram todas as portas.

— Ah! — exclamou o marquês.

O homem apontou o dedo para o telhado da granja, que podia ser percebido a pouca distância, por cima das árvores.

— Está vendo o telhado, senhor marquês?

— Estou.

— Está vendo o que há lá em cima?

— Que se agita?

— Sim.

— É uma bandeira.

— Uma bandeira tricolor — disse o homem.

Era o objeto que já chamara a atenção do marquês, quando ele se encontrava no alto da duna.

— Não estão soando o sinal de alarme? — perguntou o marquês.

— Sim, estão.

— E por qual motivo?

— Evidentemente por causa do senhor.

— Mas não o ouvimos?

— O vento não deixa.

E o homem prosseguiu.
— Viu seu cartaz?
— Sim.
— Estão à sua procura.
E olhando de soslaio para a granja, ele acrescentou:
— Há ali a metade de um batalhão.
— Republicanos?
— Parisienses.
— Pois bem — disse o marquês —, caminhemos.
Ele deu um passo na direção da granja.
O homem o reteve pelo braço.
— Não vá.
— E aonde você quer que eu vá?
— Venha à minha casa.
O marquês examinou o mendigo.
— Ouça bem, senhor marquês, minha casa não é bela, mas é segura. Uma cabana baixa como uma gruta. O chão é uma camada de sargaço, o teto é feito de galhos e ramos. Venha. Na granja, o senhor seria fuzilado. Na minha casa, poderá dormir. Deve estar cansado; e amanhã cedo, os Azuis retomarão sua marcha e o senhor irá aonde bem entender.

O marquês observou aquele homem.
— De que lado está você, então? — inquiriu o marquês. — Você é republicano ou monarquista?
— Sou um pobre.
— Nem monarquista nem republicano?
— Acho que não.
— Você é contra ou a favor do rei?
— Não tenho tempo para isso.
— O que você pensa do que se passa atualmente?
— Não tenho do que viver.
— No entanto, vem em meu socorro.
— Vi que o senhor foi considerado um fora da lei. Mas o que é isso que chamam de lei? É possível então ficar fora dela. Eu não

entendo. E quanto a mim, estou dentro da lei? Estou fora da lei? Não sei dizer. Morrer de fome é estar fora da lei?

— Desde quando você está morrendo de fome?

— Desde que nasci.

— E vem me salvar?

— Sim.

— Por quê?

— Eu já disse. Aí está alguém mais pobre que eu. Eu tenho direito de respirar, ele nem isso tem.

— É verdade. E você me salva?

— Sem dúvida. Agora somos irmãos, *monseigneur*. Eu peço pão, o senhor pede a vida. Somos dois mendigos.

— Mas você sabe que puseram minha cabeça a prêmio?

— Sei.

— E como ficou sabendo?

— Li no cartaz.

— Você sabe ler?

— Sei. E escrever também. Por que seria um bronco?

— Então, já que sabe ler, e como leu o cartaz, deve saber também que o homem que me entregar ganhará sessenta mil francos?

— Sim, eu sei.

— E não será na forma de *assignats*.

— Eu sei. Em ouro.

— Você sabe que sessenta mil francos representam uma fortuna.

— Sei.

— E a pessoa que me denunciar ganhará essa fortuna?

— Sei, e daí?

— Vai se tornar rica.

— É exatamente o que eu pensei. Ao vê-lo, disse a mim mesmo: pensar que a pessoa que entregar esse homem ganhará sessenta mil francos, uma verdadeira fortuna! Rápido, é preciso escondê-lo.

O marquês seguiu o pobretão.

Eles sumiram dentro da mata cerrada. A toca do mendigo estava lá. Era uma espécie de acomodação que um velho e imenso carvalho deixara aquele homem ocupar; o espaço havia sido cavado entre as raízes e coberto de galhos. Um lugar obscuro, profundo, oculto, invisível. Havia espaço para os dois.

— Eu sabia que um dia poderia receber um hóspede — disse o mendigo.

Aquela espécie de habitação subterrânea, mais comum na Bretanha do que se pensa, chama-se *carnichot* no dialeto dos camponeses. Essa palavra se aplica igualmente aos esconderijos dentro da espessura dos muros. Por mobília, havia alguns potes, um catre de palha ou sargaço, lavado e ressecado, um cobertor grosso de lã, alguns pavios de sebo com um isqueiro e alguns caules ocos de uma planta conhecida como acanto, que serviam como fósforos.

Eles se curvaram, rastejaram um pouco, penetrando no cômodo, onde as raízes grossas da árvore recortavam estranhos compartimentos, e sentaram-se sobre um monte de sargaços secos, que eram seu leito. O espaço entre duas raízes por onde tinham entrado e que servia de porta deixava passar um pouco de claridade. A noite caíra, mas o olhar se ajusta à escuridão, e sempre se acaba achando um vestígio do dia nas sombras. Um reflexo do luar branqueava de leve a entrada. Em um canto, havia um jarro de água, um pão de sarraceno e castanhas.

— Vamos jantar — disse o pobre homem.

Eles dividiram as castanhas; o marquês lhe deu seu pedaço de biscoito; eles morderam o pão de trigo escuro e beberam alternadamente a água do jarro.

E conversaram.

O marquês começou a interrogar o homem.

— Então é assim, tudo o que acontece ou deixa de acontecer é a mesma coisa para você?

— Mais ou menos. Vocês são os senhores. O problema é de vocês.

— Mas, ainda assim, o que está acontecendo...

— Está acontecendo lá em cima.

E o mendigo acrescentou:

— E depois, há coisas que se passam ainda mais alto, o sol que se levanta, a lua que enche e míngua, são essas coisas que me interessam.

Ele bebeu um pouco e disse:

— Como é boa esta água fresca!

E continuou:

— O que acha desta água, *monseigneur*?

— Como você se chama? — quis saber o marquês.

— Eu me chamo Tellmarch, mas me chamam de Crocodilo.

— Eu sei. Crocodilo é uma palavra usada nesta região.

— Que quer dizer mendigo. Também me chamam de Velho.

E ele prosseguiu:

— Já faz quarenta anos que me chamam de Velho.

— Quarenta anos! Mas você era jovem?

— Nunca fui jovem. O senhor ainda o é, marquês. Tem pernas de vinte anos, é capaz de escalar a grande duna; já eu tenho dificuldades para andar; ao cabo de um quarto de légua fico cansado. No entanto, temos a mesma idade; mas os ricos têm essa vantagem sobre nós, eles comem todos os dias. E a comida preserva.

Depois de um instante de silêncio, o mendigo continuou:

— Pobres e ricos, é uma história terrível. É isso que produz as catástrofes. Pelo menos, é o que me parece. Os pobres querem ser ricos, os ricos não querem ser pobres. No fundo, acho que é isso. Eu não me meto. Os acontecimentos são acontecimentos. Não sou pelo credor nem pelo devedor. Sei que existe uma dívida que deve ser paga. E pronto. Eu teria preferido que não matassem o rei, mas não saberia dizer por quê. Aí então me dizem: "Mas antigamente, por um nada amarravam as pessoas às árvores!" Veja só, meus olhos são testemunhas, depois de disparar um tiro cruel de fuzil em um cabrito do rei, enforcaram um homem que tinha mulher e sete filhos. Essas coisas acontecem dos dois lados.

Ele se calou por um momento e enfim prosseguiu:

— O senhor me entende. Eu não sei ao certo, as pessoas vêm e vão, acontecem coisas; mas eu permaneço aqui, sob as estrelas.

Tellmarch se interrompeu outra vez, arrebatado por um devaneio, depois continuou:

— Eu sou um pouco curandeiro, um pouco médico, conheço as ervas e uso as plantas, os camponeses me veem concentrado no nada, e isso os leva a pensar que sou um bruxo. Como eu medito, eles pensam que conheço alguma coisa.

— Você é desta região? — perguntou o marquês.

— Sou e daqui nunca saí.

— Você me conhece?

— Sem dúvida. A última vez que o vi foi quando o senhor passou por aqui, dois anos atrás, a caminho da Inglaterra. Agora há pouco, notei a presença de um homem no alto da duna. Um homem de grande estatura. Os homens grandes são raros; a Bretanha é uma região de homens baixos. Eu observei bem, tinha lido o cartaz. E disse a mim mesmo: "Veja só!" E quando o senhor desceu, sob o luar, eu o reconheci.

— No entanto, eu não o conheço.

— O senhor me viu, mas não me viu.

E Tellmarch, o Crocodilo, acrescentou:

— Mas eu o vi. Um mendigo e um passante não veem a mesma coisa.

— E já nos encontramos antes?

— Várias vezes, já que sou seu mendigo. Aquele pobre que ficava no fim do caminho de seu castelo era eu. Certa ocasião, o senhor me deu uma esmola; mas aquele que dá não vê, aquele que recebe examina e observa. Quem diz mendigo, diz espião. Eu, porém, ainda que frequentemente triste, procuro não ser um mau espião. Eu estendi a mão e o senhor só viu minha mão, depois me lançou a esmola de que eu precisava naquela manhã para não morrer de fome à noite. Às vezes, passamos 24 horas sem comer. Às vezes, uma única moeda significa a vida. Eu lhe devo a vida, e agora estou saldando minha dívida.

— É verdade. Está me salvando.

— Exatamente, meu senhor, estou o salvando.

E a voz de Tellmarch se tornou grave.
— Mas com uma condição.
— Qual?
— Que o senhor não venha fazer o mal aqui.
— Estou aqui para fazer o bem — disse o marquês.
— Vamos dormir — sugeriu o mendigo.

Eles se deitaram lado a lado sobre o leito de sargaços. O mendigo adormeceu na mesma hora. O marquês, embora exausto, ficou um tempo pensando e, depois, em meio às sombras, observou o pobre homem e se instalou. Deitar-se naquela cama era o mesmo que deitar no chão; e ele aproveitou para colar a orelha no solo e ouvir. Havia sob a terra uma vibração sombria; é sabido que o som se propaga nas profundezas do solo; ouvia-se o som de sinos.

O sinal de alarme persistia.

O marquês adormeceu.

V
Assinado: Gauvain

Quando ele acordou, o dia já raiara.

O mendigo se encontrava de pé, não dentro da toca, pois isso seria impossível, mas lá fora, à soleira. Ele estava apoiado em seu bastão. O sol iluminava seu rosto.

— *Monseigneur* — disse Tellmarch —, acabam de soar quatro horas da manhã no campanário de Tanis. Eu ouvi quatro badaladas. Portanto, o vento mudou; é o vento da terra; não ouvi nenhum outro barulho; então o alarme cessou. Está tudo sossegado na granja e no vilarejo de Herbe-en-Pail. Os Azuis dormem ou então partiram. O perigo maior já passou; seria mais sensato nos separarmos. Está na hora de eu partir.

Ele indicou um ponto indistinto no horizonte.

— Vou naquela direção.

E depois, apontando para o lado oposto:

— O senhor irá por ali.

O mendigo fez um gesto solene com a mão e acrescentou, referindo-se ao que restara do jantar:

— Leve as castanhas, se estiver com fome.

Um instante depois, ele havia desaparecido entre as árvores.

O marquês se levantou e seguiu na direção indicada por Tellmarch.

Era uma hora agradável do dia, que a velha língua camponesa normanda chama de "hora dos piados". Ouviam-se os pintassilgos e os pardais tagarelando. O marquês seguiu o caminho pelo qual tinham vindo na véspera. Saindo da mata cerrada, ele se encontrou no entroncamento das estradas, onde havia a cruz de pedra. O cartaz ainda estava lá, parecendo alegre por refletir o sol nascente. Ele se lembrou de que havia na parte inferior do cartaz algo que não pudera ler no dia anterior por conta das letras miúdas e da escassa claridade. Ele caminhou até o pedestal da cruz. De fato, o cartaz terminava embaixo da assinatura de PRIEUR DE LA MARNE com duas linhas escritas em pequenos caracteres:

"Uma vez constatada a identidade do antigo marquês de Lantenac, ele será imediatamente fuzilado. Assinado: *o comandante do batalhão e da coluna expedicionária*, GAUVAIN."

— Gauvain! — exclamou o marquês.

Ele se pôs a refletir profundamente, os olhos fixos no cartaz.

— Gauvain! — repetiu.

Ele deu alguns passos, parou e se virou para a cruz. Voltou e releu o cartaz.

Em seguida, afastou-se lentamente. Se houvesse alguém ao seu lado, teria ouvido-o murmurar à meia-voz: "Gauvain!"

Ao fim dos caminhos côncavos pelos quais seguia não se viam mais os telhados da granja, que ficara à sua esquerda. Ele margeava uma saliência abrupta, toda encoberta de juncos em flor, da espécie chamada "espinho longo". Essa saliência culminava em uma elevação do terreno que, na região, chamavam de "cabeça de javali". À base da saliência, o olhar logo se extraviava sob as árvores. As folhagens pareciam banhadas de luz. Toda a natureza exalava a alegria profunda da manhã.

De repente, a paisagem se tornou horrível. Foi como o desencadeamento de uma emboscada. Uma espécie de tromba de gritos selvagens e disparos de fuzis se abateram sobre o campo e o bosque cheios de sol, e ele viu se erguer, do lado da granja, uma densa fumaça entrecortada de chamas claras, como se o vilarejo e a fazenda tivessem se tornado um feixe de palha incendiado. Foi súbita e lúgubre, a passagem brusca da calma à fúria, uma explosão infernal em plena aurora, um horror sem transição. Um combate era travado para os lados de Herbe-en-Pail. O marquês parou.

Não há quem não tenha, nessa situação, sentido que a curiosidade é mais forte que o perigo; é preciso saber, ainda que arriscando a vida. Ele subiu a elevação, ao pé da qual se estendia o caminho encovado. Era um lugar exposto, mas de onde se podia ver alguma coisa. Ao alcançar a cabeça de javali, minutos depois, ele observou.

De fato, ocorrera um combate e um incêndio. Ouviam-se os clamores, via-se o fogo. A granja parecia o centro daquela espécie de catástrofe. O que acontecera? A granja de Herbe-en-Pail fora atacada? Mas por quem? Havia ocorrido um confronto? Não se trataria antes de uma execução militar? Os Azuis, segundo uma autorização do passado por um decreto revolucionário, puniam com incêndio as fazendas e aldeias refratárias; para dar o exemplo, queimavam toda granja e todo vilarejo que não houvessem realizado os abates de árvores prescritos pela lei e que não tivessem cortado no mato uma passagem para a cavalaria republicana. Recentemente, tinham punido dessa maneira a paróquia de Bourgon, próxima de Ernée. Teria acontecido o mesmo com Herbe-en-Pail? Estava claro que nenhuma das passagens estratégicas ordenadas pelo decreto havia sido aberta naquele bosque e na área de Tanis ou Herbe-en-Pail. Seria um castigo? Teria chegado uma ordem à linha avançada que ocupava a granja? Esse batalhão avançado talvez fizesse parte de uma das colunas expedicionárias chamadas *colunas infernais*.

Uma vegetação espinhosa e densa envolvia por todos os lados a saliência, no alto da qual o marquês se posicionara e observava. Esse matagal, a que chamavam de arvoredo de Herbe-en-Pail, mas que tinha as proporções de um bosque, se estendia até a granja e escondia como todas as florestas bretãs uma rede de córregos, atalhos e veredas, labirintos onde se perdiam os batalhões do exército republicano.

A execução, se tivesse realmente havido uma, devia ter sido violenta, pois não durou muito. Como todos os atos brutais, foi rápida. A atrocidade das guerras civis comporta esse tipo de selvageria. Enquanto o marquês, multiplicando suas hipóteses, hesitando em descer ou permanecer onde estava, aguçava seus ouvidos, os fragores da exterminação cessaram, ou, melhor dizendo, se dispersaram. O marquês identificou dentro da mata uma espécie de debandada de uma tropa furiosamente alegre. Um formigamento assustador surgiu sob as copas das árvores. Da granja, eles partiam para o bosque. Tambores rufavam. Não foram mais disparados outros tiros de fuzil. Aquilo parecia agora uma batida de busca; como se eles vasculhassem, perseguissem a pista de alguém; era óbvio que procuravam algo; os ruídos eram difusos e profundos; uma balbúrdia de palavras coléricas e triunfantes, um rumor composto de clamores; não se distinguia coisa alguma; bruscamente, como uma forma insurgindo em meio à fumaça, um som pareceu se articular e se precisar naquele tumulto, era um nome, um nome repetido por mil vozes, e o marquês ouvia perfeitamente o que gritavam:

"Lantenac! Lantenac! Marquês de Lantenac!"

Era ele que procuravam.

VI
As peripécias da guerra civil

E subitamente, ao seu redor e de todos os lados ao mesmo tempo, o mato se encheu de fuzis, baionetas e sabres, uma bandeira tricolor foi erguida na penumbra, o grito "Lantenac!" repercutiu em seus ouvidos, aos seus pés, e rostos violentos apareceram através das sarças e das ramagens.

O marquês estava sozinho, em pé no alto da elevação, visível de todos os ângulos do bosque. Ele via apenas aqueles que berravam seu nome, mas todos podiam vê-lo. Era como um alvo para os talvez mil fuzis que surgiam pelo bosque. Ele não distinguia nada no meio da mata, senão aquelas pupilas ardentes fixadas sobre ele.

Ele retirou seu chapéu, dobrou a aba, arrancou um longo espinho seco de um junco, pegou no bolso uma insígnia branca, prendeu o espinho na aba dobrada e a insígnia da mesma forma que seu chapéu, que repôs sobre a cabeça. Em seguida, deixando entrever seu semblante e a insígnia, e elevando a voz na direção de toda a floresta, disse:

— Sou eu o homem que vocês estão procurando. Eu sou o marquês de Lantenac, visconde de Fontenay, príncipe bretão, tenente-general dos exércitos do rei. Acabemos com isso. Apontem as armas! Atirem!

E, abrindo os braços com sua capa de pele de cabra, expôs seu peito nu.

Ele baixou o olhar, procurando os fuzis apontados em sua direção, e logo se viu cercado por vários homens ajoelhados.

Um brado se fez ouvir: "Viva Lantenac! Viva Lantenac! Viva o general!"

Ao mesmo tempo que os chapéus eram lançados ao ar, os sabres se agitavam entusiasticamente e bastões se ergueram do mato com os bonés de lã marrom presos à ponta.

O que se encontrava em torno dele era um bando de vendeanos. E esse grupo se ajoelhara ao vê-lo.

Conta a lenda que existiam nas velhas florestas turingianas criaturas estranhas, uma raça de gigantes parecidos com os homens, que eram consideradas pelos romanos como animais terríveis, e pelos alemães como encarnações divinas, e que, segundo os encontros que se produziam, corriam o risco de ser exterminadas ou adoradas.

O marquês sentiu algo parecido ao que devia sentir um desses seres quando, esperando ser tratado como monstro, era bruscamente tratado como um deus.

Todos aqueles olhares cintilantes e temíveis se fixaram sobre o marquês com uma espécie de amor selvagem.

A multidão estava armada de fuzis, sabres, foices, varas e bastões; todos portavam grandes chapéus de feltro ou bonés marrons com insígnias brancas, uma profusão de rosários e amuletos, calças largas rasgadas ao joelho, casacas de pelo, caneleiras de couro até os joelhos, cabelos compridos, e embora alguns tivessem a expressão cruel, todos tinham um aspecto ingênuo.

Um jovem de bela aparência atravessou entre os que estavam ajoelhados e subiu a passos largos na direção do marquês. Esse homem, como os camponeses, portava um chapéu de feltro de aba levantada e insígnia branca, vestia um casacão de pelo, mas suas mãos eram brancas e sua camisa, fina, e sobre o casaco trazia uma echarpe de seda da qual pendia uma espada de cabo dourado.

Tendo alcançado a cabeça de javali, ele jogou ao chão seu chapéu, soltou a echarpe, pôs um dos joelhos no solo e, apresentando ao marquês a echarpe e a espada, disse:

— Nós o procurávamos realmente; nós o achamos. Aqui está a espada de comando. Esses homens agora lhe pertencem. Eu os comandei, mas agora fui promovido, sou seu soldado. Aceite nossa homenagem, *monseigneur*. Dê suas ordens, meu general.

Em seguida, ele fez um sinal e alguns homens carregando a bandeira tricolor saíram do mato. Depois de subirem até onde se encontrava o marquês, depositaram a bandeira aos seus pés. Era a mesma que ele acabara de ver entre as árvores.

— Meu general — disse o jovem que lhe apresentara a echarpe e a espada —, acabamos de tomar essa bandeira dos Azuis, que estavam na granja de Herbe-en-Pail. Eu me chamo Gavard, *monseigneur*. Estive a serviço do marquês de la Rouarie.

— Muito bem — disse o marquês.

E com um gesto calmo e grave, ele cingiu a echarpe.

Depois, pegando a espada, ele a brandiu sobre a cabeça:

— Levantem-se! — bradou ele. — E viva o rei!

Todos se ergueram.

Ouviu-se então nas profundezas do bosque um clamor desvairado e triunfante: "Viva o rei! Viva nosso marquês! Viva Lantenac!"
O marquês se virou para Gavard.
— Quantos são vocês?
— Sete mil.

E descendo da elevação, enquanto os camponeses desbastavam o junco e abriam caminho para o marquês de Lantenac, Gavard prosseguiu:

— *Monseigneur*, nada há de mais simples. Tudo pode ser explicado com uma palavra. Aguardávamos a fagulha. O cartaz da República, revelando sua presença, fez com que nos insurgíssemos pelo rei. Além disso, fomos avisados secretamente pelo prefeito de Granville, que é um dos nossos, o mesmo que salvou o abade Olivier. E esta noite nós soamos o alarme.

— Por quem?
— Pelo senhor.
— Ah! — exclamou o marquês.
— E aqui estamos — concluiu Gavard.
— E vocês são sete mil?
— Hoje. Seremos quinze mil amanhã. O contingente de nossa região. Quando o senhor Henri de La Rochejaquelein partiu para se unir ao exército católico, nós soamos o alarme e, em uma só noite, seis paróquias, Isernay, Corqueux, Échaubroignes, Aubiers, Saint-Aubin e Nueil, lhe forneceram dez mil homens. Não tínhamos munição, achamos na casa de um pedreiro sessenta libras de pólvora de mina, e La Rochejaquelein partiu com tudo. Bem que desconfiávamos que o senhor devia se encontrar em algum canto desta floresta, por isso o procurávamos.

— E vocês atacaram os Azuis na granja de Herbe-en-Pail?
— O vento os impediu de ouvirem o alarme. Não desconfiavam de nada; o povo do vilarejo, aquele bando de gente rústica, os acolhera. Hoje pela manhã, investimos contra a granja, os Azuis dormiam, e em um piscar de olhos tudo estava acabado. Tenho um cavalo. O senhor aceitaria usá-lo, meu general?

— Aceito.

Um camponês trouxe o cavalo branco com arreio militar. Sem precisar da ajuda oferecida por Gavard, o marquês montou sobre o cavalo.

— Hurra! — comemoraram os camponeses, pois os brados ingleses são muito usados no litoral normando-bretão, por conta de seus negócios contínuos com as ilhas do canal da Mancha.

Gavard fez uma saudação militar e perguntou:

— Onde será seu quartel-general, meu senhor?

— De início, na floresta de Fougères.

— É uma de suas sete florestas, senhor marquês.

— Precisamos de um padre.

— Nós temos um.

— Quem?

— O vigário da Chapelle-Erbrée.

— Eu o conheço. Ele fez a viagem a partir de Jersey?

Um padre surgiu entre as fileiras e disse:

— Três vezes.

O marquês se virou para ele.

— Bom dia, senhor vigário. Não vai lhe faltar trabalho.

— Melhor assim, senhor marquês.

— Vai haver muita gente para confessar. Aqueles que o desejarem. Não obrigamos ninguém.

— Senhor marquês — disse o padre —, Gaston, em Guéménée, obriga os republicanos a confessarem.

— É um peruqueiro — retorquiu o marquês. — Mas a morte deve ser livre.

Gavard, que se afastara para dar algumas instruções, voltou:

— Meu general, aguardo seu comando.

— Primeiro, o ponto de encontro é a floresta de Fougères. Podemos dispersar e partir.

— A ordem está dada.

— Você não disse que o povo de Herbe-en-Pail acolheu bem os Azuis?

— Disse, meu general.

— Vocês incendiaram a fazenda?
— Sim.
— Incendiaram o vilarejo?
— Não.
— Pois então, façam-no.
— Os Azuis tentaram se defender; mas eles eram 150 e nós éramos sete mil.
— Quem são esses Azuis?
— Azuis do general Santerre.
— Aquele que comandou o rufar dos tambores, enquanto decapitavam o rei. Portanto, trata-se de um batalhão de Paris?
— A metade de um batalhão.
— E como se chama esse batalhão?
— Meu general, está escrito na bandeira: Batalhão dos Boinas Vermelhas.
— Uns animais selvagens.
— O que faremos com os feridos?
— Acabem com eles.
— E o que fazer com os prisioneiros?
— Fuzilem todos.
— São cerca de oitenta.
— Fuzilem todos.
— Há duas mulheres entre eles.
— Elas também.
— E três crianças.
— Levaremos conosco. Veremos depois o que fazer.

E o marquês partiu em seu cavalo.

VII
Sem piedade (divisa da Comuna)
Sem trégua (divisa dos príncipes)

Enquanto isso acontecia perto de Tanis, o mendigo se dirigira para Crollon. Ele se enfiara pelas ravinas, sob a vasta folhagem surda, desatento a tudo, atento a nada, como ele mesmo dissera, mais sonhador que pensativo, pois o pensativo tem um objetivo e o sonhador, não. Errando, vagando, parando, comendo aqui e ali alguns frutos silvestres, bebendo nas fontes, erguendo por vezes a cabeça ao ouvir estrondos distantes, depois submergindo no ofuscante fascínio da natureza, expondo seus trapos ao sol, escutando talvez o ruído dos homens, mas ouvindo o canto dos pássaros.

Ele era velho e vagaroso; não podia ir longe; como dissera ao marquês de Lantenac, um quarto de légua já o cansava; ele percorreu um breve circuito na direção de Croix-Avranchin, e já anoitecia ao seu retorno.

Um pouco depois de Macey, a vereda que ele seguia o conduziu a uma espécie de ponto culminante livre e descampado de onde a vista era ampla e de onde se avistava todo o horizonte do oeste até o mar.

Uma fumaça lhe chamou a atenção.

Nada é mais aprazível que uma fumaça, e nada é mais assustador. Há fumaças pacíficas e fumaças celeradas. Uma fumaça, a espessura e a cor de uma fumaça, faz toda diferença entre a paz e a guerra, entre a fraternidade e o ódio, entre a hospitalidade e o sepulcro, entre a vida e a morte. Uma fumaça que sobe entre as árvores pode significar o que há de mais agradável no mundo, a chaminé de uma casa, e o que há de mais hediondo, o incêndio; e toda felicidade, assim como toda infelicidade do homem, está às vezes dentro dessa coisa que o vento dispersa.

A fumaça que Tellmarch observava era inquietante.

Negra com rubores súbitos, como se o braseiro de onde saía fosse intermitente e começasse a se apagar, e ela se elevava acima de Herbe-en-Pail.

Apressando o passo, Tellmarch se dirigiu àquela fumaça. Estava bem cansado, mas queria saber o que acontecera.

Ele alcançou o alto de uma encosta à qual se escorava o vilarejo e a granja.

Não havia mais granja nem vilarejo.

Onde havia Herbe-en-Pail, agora havia uma ruína ardente.
Se existe algo de mais pungente que um castelo incendiado é um casebre em chamas. Um casebre destruído pelo fogo é lastimável. A devastação se abatendo sobre a miséria, o abutre se obstinando sobre um verme, há nisso uma espécie de contrassenso que dói no peito.

A crer no que diz a lenda bíblica, ao observar um incêndio, uma criatura humana se transforma em estátua. O espetáculo diante de seus olhos o deixou imobilizado. Aquela destruição se concluía em silêncio. Não se ouvia um grito. Nem sequer um suspiro humano se misturava àquela fumaça. A fornalha obrava devorando o vilarejo, sem que se ouvisse outro ruído senão o do madeiramento estalando e o das palhas crepitando. Por um instante, a fumaça se esgarçava, os tetos desmoronados deixavam entrever cômodos escancarados, o braseiro revelava todos os seus rubis, trapos escarlates e móveis velhos cor de púrpura se consumiam dentro de um interior vermelho, e Tellmarch sentia-se entorpecido com a crueldade da tragédia.

Algumas árvores do castanhal vizinho às casas tinham se incendiado e ainda flamejavam.

Ele prestava atenção, tentando ouvir uma voz, um apelo, uma súplica; mas nada se movia, exceto as chamas; tudo se calava, exceto o incêndio. Teriam todos conseguido fugir?

Onde estava aquela gente trabalhadora e ativa de Herbe-en-Pail? O que acontecera com aquele povo humilde?

Tellmarch desceu da encosta.

Um enigma fúnebre se dispunha à sua frente. Ele o abordou sem pressa e com olhar fixo. Avançava em direção à ruína com a lentidão de uma sombra; sentia-se como um fantasma dentro daquele túmulo.

Ele chegou ao que um dia fora o portão da granja e olhou dentro do pátio que, agora, desprovido de muralhas, se confundia com o vilarejo agrupado ao seu redor.

Ainda não tinha visto nada. E mal se dera conta disso, quando o horrendo, o nefando surgiu à sua frente.

No centro do pátio, havia uma pilha escura vagamente iluminada pelo fogo de um lado e, do outro, pela lua; aquela pilha era um monte de homens mortos.

Havia em torno daquele amontoado humano uma vasta poça da qual escapava um pouco de fumaça; o incêndio se refletia nessa poça, mas ela não precisava do fogo para ser vermelha; era sangue.

Tellmarch se aproximou. Examinou cada um daqueles corpos que ali jaziam, eram todos cadáveres.

A lua iluminava, o incêndio também.

Aqueles cadáveres eram de soldados. Todos estavam descalços; tinham lhes retirado os sapatos; e lhes arrancado também as armas; ainda vestiam seus uniformes azuis; por momentos, distinguiam-se naquela desordem de membros e cabeças os chapéus perfurados com suas insígnias tricolores. Eram republicanos.

Eram esses parisienses que, à véspera ainda, estavam todos vivos, montando guarnição na granja de Herbe-en-Pail. Aqueles homens haviam sido supliciados, como indicava a queda simétrica dos corpos; fulminados ali mesmo e com esmero. Estavam todos mortos. Não se ouvia sequer um estertor.

Tellmarch passou em revista os cadáveres, sem esquecer de nenhum; todos estavam crivados de balas.

Aqueles que os tinham fuzilado, provavelmente apressados em partir para algum lugar, não tiveram tempo de enterrá-los.

Quando ia embora, seus olhos avistaram um muro baixo dentro do pátio, e ele viu quatro pés estendidos na extremidade do muro.

Esses pés estavam calçados; eram menores que os outros; Tellmarch se aproximou. Eram pés de mulher.

Duas mulheres jaziam lado a lado atrás do muro, igualmente fuziladas.

Tellmarch se inclinou sobre elas. Uma delas estava com uma espécie de uniforme; ao seu lado, um jarro rachado e vazio; era uma vivandeira. Morta com quatro balas na cabeça.

Tellmarch examinou a outra. Era uma camponesa. Estava lívida e boquiaberta. Os olhos fechados. Não havia ferimento algum em sua cabeça. Seus trajes, que a fadiga sem dúvida transformara em andrajos, tinham se aberto durante a queda, deixando entrever seu dorso seminu. Tellmarch abriu sua blusa e viu uma ferida circular no ombro, feita por uma bala; a clavícula estava quebrada. Ele olhou para seus seios esmaecidos.

— Uma mãe que amamentava — murmurou.

Ele tocou nela. Seu corpo ainda não esfriara.

Não havia outro ferimento, senão a clavícula partida e uma chaga no ombro.

Pondo a mão sobre seu peito, ele sentiu uma débil pulsação. Ela não estava morta.

Tellmarch se levantou e berrou com uma voz horrenda:

— Não há ninguém por aqui?

— É você, Crocodilo? — manifestou-se alguém, tão baixo que mal se podia ouvi-lo.

E, ao mesmo tempo, uma cabeça surgiu de um buraco na ruína.

Em seguida, outro rosto apareceu entre os escombros.

Eram dois camponeses que tinham se escondido; os únicos sobreviventes.

A voz conhecida de Crocodilo os tranquilizou, fazendo com que saíssem do refúgio onde haviam se ocultado.

Eles avançaram até Tellmarch, ainda tremendo.

Tellmarch conseguira gritar, mas não podia falar; assim são as emoções profundas.

Ele lhes mostrou com o dedo a mulher estendida a seus pés.

— Ela ainda está viva? — perguntou um dos camponeses.

Com a cabeça, Tellmarch assentiu.

— E a outra mulher, está viva? — perguntou o outro camponês.

Tellmarch acenou negativamente a cabeça.

O camponês que aparecera primeiro prosseguiu:

— Todos os outros estão mortos, não estão? Eu vi tudo. De meu esconderijo. Como a gente agradece a Deus nestas horas por não possuir uma família! Incendiaram minha casa. Meu Jesus! Mataram todos. Essa mulher aí tinha três filhos bem pequenos! As crianças gritavam: "Mamãe!" A mãe gritava: "Meus filhos!" Mataram a mãe e levaram as crianças. Eu vi, meu Deus! Meu Deus! Meu Deus! Depois do massacre, eles partiram. Estavam contentes. Levaram as crianças e mataram a mãe. Mas ela não está morta, está? Diga, Crocodilo, você acha que poderá salvá-la? Quer nossa ajuda para levá-la até sua toca?

Tellmarch concordou.

O bosque era contíguo à granja. Eles fizeram rapidamente uma padiola com a folhagem e os galhos. Colocaram sobre a padiola a mulher ainda imóvel e saíram marchando dentro da mata, os dois camponeses carregando a padiola, um à frente e o outro atrás; Tellmarch segurava o braço da mulher, verificando seu pulso.

Enquanto caminhavam, os dois camponeses conversavam e, sobre o corpo da mulher ensanguentada cujo rosto pálido a lua iluminava, eles trocavam exclamações de pavor.

— Mataram todos!

— Queimaram tudo!

— Ah, meu senhor, meu Deus, será sempre assim a partir de agora?

— Foi aquele homem grande e velho que ordenou isso.

— Sim, foi ele quem comandou.

— Eu não o vi quando começou o fuzilamento. Ele estava presente?

— Não, já tinha ido embora. Mas dá no mesmo, tudo foi feito obedecendo às suas ordens.

— Então foi ele que fez tudo isso.

— Ele disse: "Matem! Queimem! Sem piedade!"

— É um marquês?

— Claro, posto que é nosso marquês.

— Como ele se chama mesmo?

— É o senhor de Lantenac.

Tellmarch ergueu os olhos para o céu e murmurou entre dentes:

— Se eu soubesse!

SEGUNDA PARTE
EM PARIS

LIVRO PRIMEIRO
Cimourdain

I
As ruas de Paris nessa época

Vivia-se publicamente, comia-se em mesas postas diante das portas; sentadas à entrada das igrejas, as mulheres desfiavam velhos tecidos cantando "A Marselhesa", o parque de Monceau e o jardim de Luxemburgo serviam como terreno de manobras militares, em todos os cruzamentos havia armeiros trabalhando sem parar, fabricavam fuzis diante dos olhos dos transeuntes que aplaudiam; em todos os lábios as mesmas palavras: *Paciência. Estamos vivendo uma revolução.* Sorrisos heroicos estampavam os rostos. Ia-se ao espetáculo como em Atenas, durante a guerra do Peloponeso; viam-se cartazes nas esquinas: *O cerco de Thionville.* — *A mãe de família resgatada das chamas.* — *O clube dos despreocupados.* — *A irmã mais velha da papisa Jeanne.* — *Os filósofos soldados.* — *A arte de amar na aldeia.* Os alemães estavam às portas da cidade, rumores diziam que o rei da Prússia tinha reservado um camarote na Ópera de Paris. Tudo era assustador e ninguém parecia assustado. A lei tenebrosa que punia os suspeitos, um crime de Merlin de Douais, mantinha a guilhotina suspensa sobre todas as cabeças. Um procurador chamado Séran, denunciado, aguardou que viessem prendê-lo em robe e em pantufas, tocando flauta à sua janela. Todos pareciam afobados. Todos se apressavam. Não havia um chapéu que não ostentasse uma insígnia. As mulheres diziam: "Ficamos bonitas com uma boina vermelha." Toda Paris parecia de mudança. Os mercadores de quinquilharias estavam atulhados de coroas, mitras, cetros em madeira dourada e flores-de-lis, relíquias das casas reais; era a demolição da Monarquia em andamento. Os brechós tinham mantos e sobrepelizes sacerdotais à venda para quem quisesse comprar. Em Porcherons e no cabaré de Ramponneau, homens trajando vestimentas e estolas eclesiásticas, montados em mulas com arreios paramentados, faziam--se servir de vinho de taberna dentro dos cibórios das catedrais. Na rua Saint-Jacques, calceteiros descalços, pavimentando as vias, paravam o carrinho de mão de um vendedor ambulante, se juntavam e compravam quinze pares de sapatos que enviavam à Convenção para os soldados. Os bustos de Franklin, Rousseau, Brutus, e também o de Marat, abundavam por todos os lados; sobre um desses bustos, de Marat, na rua Cloche-Perce, emoldurado em madeira e vidro, havia um requisitório contra Malouet, baseado em fatos, e estas duas linhas na margem: "Esses detalhes me foram fornecidos pela amante de Sylvain Bailly, boa patriota e que é muito generosa comigo. — Assinado: MARAT." Na praça do Palais-Royal, a inscrição na fonte, *Quantos effundit in usus!*[1], fora escondida por duas grandes estrelas pintadas à têmpera, uma representando Cahier de Gerville denunciando à Assembleia Nacional o toque de reunir dos *chiffonnistes* de Arles; a outra, Luís XVI sendo trazido de Varennes em sua carruagem real e, sob essa carruagem, uma prancha atada a duas cordas transportava em suas duas extremidades dois granadeiros com as baionetas caladas aos fuzis. Das grandes lojas, poucas estavam abertas; as mercearias e os bazares de miudezas montados em carroças circulavam, puxados por mulheres, iluminados com velas, a cera derretendo sobre as mercadorias; os comércios ao ar livre eram responsabilidade de ex-religiosas com perucas louras; uma cerzidora remendava meias sob uma tenda, era uma condessa; outra costureira era marquesa; a senhora de Boufflers morava em um celeiro, de onde podia ver sua mansão. Pregoeiros passavam apressados, oferecendo "notícias em papel". Chamavam de *escrofulosos*[2] aqueles

---

1. Por quem derrama essa água.
2. Tuberculosos.

que ocultavam o queixo sob as gravatas. Os cantores ambulantes fervilhavam. A multidão vaiava Pitou, o cancioneiro monarquista, homem valente por sinal, pois foi preso 22 vezes e julgado pelo tribunal revolucionário por ter batido no traseiro ao pronunciar a palavra *civismo*; vendo que seu pescoço corria perigo, ele exclamou: "Mas é o oposto de minha cabeça que é culpado!", o que fez os juízes rirem e o salvou. Esse mesmo Pitou zombava da moda dos nomes gregos e latinos; sua canção favorita era sobre um sapateiro que ele chamava de *Cujus*, e cuja mulher chamava de *Cujusdam*. Faziam rodas de dança; não se dizia *o cavalheiro e a dama*, dizia-se "o cidadão e a cidadã". Dançava-se nos mosteiros em ruína com lampiões sobre o altar; na abóbada, dois bastões formando uma cruz sustentavam quatro velas, os túmulos sob os pés. Vestiam-se com casacos de coloração azul-celeste. Usavam alfinetes de camisa "nas boinas da liberdade" feitos de pequeninas pedras brancas, azuis e vermelhas. A rua de Richelieu se chamava rua da Loi[3]; o *faubourg* Saint-Antoine se chamava *faubourg* da Gloire. Havia na praça da Bastilha uma estátua da Natureza. Viam-se alguns passantes conhecidos, Chatelet, Didier, Nicolas e Garnier-Delaunay, que vigiava a porta do marceneiro Duplay; Voullant, que não perdia um dia de execução à guilhotina e seguia as charretes dos condenados, e a isso chamava "ir à missa vermelha"; Montflabert, membro do júri revolucionário e marquês, que se fazia chamar de *Dix-Août*.[4] Os alunos da Escola Militar desfilavam, qualificados pelos decretos da Convenção como "aspirantes à escola de Mars"[5] e pelo povo como "pajens de Robespierre". Eram lidas as proclamações de Fréron denunciando os suspeitos de crime de "negociantismo". Os "janotas", amotinados às portas das prefeituras, ridicularizavam os casamentos civis, impedindo a passagem da esposa e do esposo, dizendo:

---

3. *Rue de la Loi*: rua da Lei.
4. Dez de Agosto (*Dix-Août*) de 1792, data da tomada do palácio das Tulherias pela comuna de Paris.
5. Estabelecimento de ensino militar durante a Revolução.

"*Civilmente* casados." Nos Invalides, as estátuas de santos e reis estavam com as cabeças cobertas de gorros frígios vermelhos. Jogavam baralho nas calçadas dos cruzamentos; os jogos de cartas estavam também em plena revolução; os reis eram substituídos pelos gênios, as damas pelas liberdades, os valetes pelas igualdades e os ases pelas leis. Cuidavam dos canteiros públicos; o arado percorria os jardins das Tulherias. A tudo isso se misturava, sobretudo entre as partes vencidas, uma espécie de arrogante lassidão de viver; um homem escrevia a Fouquier-Tinville: "Tenha a bondade de me livrar dessa vida. Eis aqui meu endereço." Champcenetz foi preso por ter gritado em pleno Palais-Royal: "E agora, quando haverá a revolução na Turquia? Eu queria ver a República na Porta."[6] Os jornais circulavam em todos os cantos. Os jovens auxiliares de peruqueiros frisavam diante do público as perucas femininas, enquanto o patrão lia em voz alta o *Moniteur*; outros comentavam em meio a um grupo, com gestos eloquentes, o jornal *Entendons-nous*, de Dubois-Crancé, ou a *Trompette du Père Bellerose*. Em algumas ocasiões, os barbeiros faziam as vezes de salsicheiros; e se podiam ver presuntos e chouriços pendurados ao lado de uma boneca de cabelos dourados. Comerciantes vendiam na via pública "vinhos de emigrantes"; um mercador anunciava vinhos de 52 espécies; outros negociavam antiguidades como pêndulos em forma de lira e sofás à *la duchesse*; um peruqueiro tinha por lema o seguinte: "Barbeio o clero, penteio a nobreza e dou um jeito no Terceiro Estado." No número 173 da rua d'Anjou, antiga rua Dauphine, o cartomante Martin previa o futuro das pessoas. Faltava pão, faltava carvão, faltava sabão. Viam-se passar rebanhos de vacas leiteiras oriundas das províncias. No cais da Vallée, um cordeiro era vendido a quinze francos a libra. Um cartaz da Comuna designava para cada boca uma libra de carne por semana. Formavam-se filas à porta dos comércios; uma delas se tornou lendária, começava à porta da mercearia da rua do Petit--Carreau e se estendia até a metade da rua Montorgueil. Fazer fila,

---

6. "Sublime Porta", referência ao Império Otomano.

à época, dizia-se "segurar o cordão", por causa de uma longa corda que as pessoas que esperavam seguravam com a mão. Em meio a essa miséria, as mulheres se mostravam corajosas e meigas. Passavam noites esperando sua vez de entrar na padaria. Esses recursos favoreciam a revolução; ela acentuava essa imensa aflição por dois meios perigosos, o *assignat* e o limite máximo dos preços; o *assignat* era a alavanca, o limite máximo dos preços era o ponto de referência. Esse empirismo salvou a França. O inimigo, tanto de Coblentz quanto de Londres, especulava com o *assignat*. Moças iam e vinham, oferecendo água de lavanda, ligas para as meias, tranças postiças, cobrando ágio; havia os agiotas da rua Vivienne, com calçados cheios de lama, cabelos oleosos, boinas de pelo com rabo de raposa, e os dândis da rua de Valois com suas botas engraxadas, palito entre os dentes, chapéu de veludo na cabeça, com os quais as moças falavam familiarmente. O povo os caçava, assim como os ladrões, que os monarquistas chamavam de "cidadãos ativos". De resto, os roubos eram raros. Uma indigência cruel, uma probidade estoica. Com o olhar grave para o chão, os descalçados e os mortos de fome passavam diante das fachadas das joalherias do Palais-Égalité. Em uma visita domiciliar feita à seção Antoine na residência de Beaumarchais, uma mulher colheu uma flor no jardim; o povo a insultou. O metro cúbico de lenha custava quatrocentos francos em moedas de prata; na rua, viam-se pessoas serrando a madeira de suas camas; no inverno, as fontes ficavam congeladas; dois baldes de água custavam vinte moedas; todos se transformavam em carregadores de água. Uma peça de um Louis em ouro valia 3.950 francos. Uma corrida em fiacre custava seiscentos francos. Depois de um trajeto de fiacre, ouvia-se o seguinte diálogo: "Cocheiro, quanto devo?" "Seis mil libras." Uma vendedora de verduras conseguia tirar vinte mil francos por dia. Um mendigo dizia: "Por caridade, me socorram! Faltam-me 230 libras para pagar meus sapatos." Nas extremidades das pontes, havia colossos esculpidos por David, que Mercier insultava: "Enormes polichinelos de madeira", dizia ele. Esses colossos representavam o federalismo e a coalizão derrubados. Nenhuma fraqueza entre o povo. A alegria sombria de ter enfim acabado com os tronos. Os voluntários afluíam, com o peito exposto. Cada rua possuía seu batalhão. As bandeiras dos distritos não paravam de passar, cada qual com sua divisa: *Ninguém nos vencerá.* Em uma outra: *Nobreza, agora, só no coração.* Em todos os muros, cartazes grandes, pequenos, brancos, amarelos, verdes, vermelhos, impressos ou manuscritos, lia-se o mesmo clamor: *Viva a República!* As crianças balbuciavam "Ça ira!"[7]

Esses pequenos representavam o futuro grandioso.

Mais tarde, a cidade trágica se transformou em cidade cínica; as ruas de Paris apresentavam dois aspectos revolucionários bem distintos, antes e depois do 9 Termidor; a Paris de Saint-Just deu lugar à Paris de Tallien; são essas as incessantes antíteses de Deus: imediatamente depois do Sinai, surgiu a Courtille.[8]

Via-se logo, era uma crise de loucura pública. E isso já se observara oitenta anos antes. Deixa-se para trás Luís XIV como se deixa para trás Robespierre, com uma necessidade voraz de respirar; a Regência no começo do século e o Diretório[9] ao final. Duas saturnais após dois reinos terroristas. A França se libertava, escapando do claustro puritano como do claustro monárquico, com a alegria de uma nação que se salvou.

Depois do 9 Termidor, Paris se animou de um contentamento desvairado. O extravasamento de uma alegria doentia. Ao frenesi da morte sucedia o frenesi de viver, e a grandeza se eclipsou. Houve um Trimálquio[10] que chamou a si mesmo de Grimod de la Reynière; houve um *Almanach des Gourmands.* Jantava-se ao som de fanfarras no mezanino do Palais-Royal, com orquestras de mulheres batendo o tambor e soprando a trombeta: o rigodão, com o arco na mão, era

---

7. *Ah! Ça ira, ça ira, ça ira*: refrão emblemático da Revolução.
8. Sinai se refere à Montanha, o partido pró-republicano; Courtille: local de reuniões festivas.
9. O Diretório foi a assembleia que sucedeu a Convenção.
10. Trimálquio: personagem de *Satyricon*, de Petrônio.

dançado em todos os cantos. Ceava-se "à oriental" no restaurante Méot, em meio a incensos perfumados. O pintor Boze retratava suas filhas, inocentes e encantadoras meninas de dezesseis anos, "como guilhotinadas", ou seja, com blusas vermelhas decotadas. Depois das danças selvagens dentro das igrejas em ruínas vinham os bailes de Ruggieri, de Luquet, de Wenzel, de Mauduit, da Montansier. Depois das cidadãs de olhar grave desfazendo tecidos para fazer curativos, sucediam as sultanas, as selvagens, as ninfas; depois dos pés nus dos soldados cobertos de sangue, de lama e de poeira, sucediam os pés nus das mulheres enfeitados com diamantes; ao mesmo tempo que o despudor, a improbidade reapareceu; havia no alto os fornecedores e embaixo a "pequena corja"; um formigamento de larápios tomou conta de Paris, e todos tiveram de vigiar seu *luc*, ou seja, sua carteira; um dos passatempos era ir à praça do Palais-de-Justice, ver as ladras amarradas aos postes; precisavam prender suas saias; à saída dos teatros, os meninos ofereciam cabriolés, dizendo: "Cidadão e cidadã, há lugar para dois"; não anunciavam mais aos gritos os jornais *Le Vieux Cordelier* e *L'Ami du Peuple*, agora gritavam *La Lettre de Polichinelle* e *La Pétition des Galopins*; o marquês de Sade presidia a seção de Piques, na praça Vendôme. A reação foi jovial e feroz: os *Dragões da Liberdade* de 1792 renasciam sob o nome de *Chevaliers du Poignard*.[11] Ao mesmo tempo, entrava em cena um novo tipo, Jocrisse.[12] Houve as "maravilhosas" e, depois delas, as "inconcebíveis"; jurava-se por sua "palavra vitimada" e por suas "palavras cruas"; retrocedia-se de Mirabeau até Bobèche.[13] É assim que Paris vai e vem; é o imenso pêndulo da civilização; oscilando de um polo ao outro, as Termópilas e Gomorra. Depois de 93, a Revolução atravessou uma ocultação singular, o século pareceu se esquecer de terminar aquilo que começara, não se sabe que orgia se interpôs, tomando o primeiro plano, fazendo recuar o segundo

---

11. Cavaleiros do Punhal: jovens aristocratas que defendiam o rei.
12. Criado espancado por seu senhor.
13. Bobèche: um palhaço famoso no Primeiro Império.

e assustador apocalipse, eis a visão desmesurada, e desatou a rir depois do pavor; a tragédia desapareceu na paródia, e no fundo do horizonte, uma fumaça de Carnaval apagou ligeiramente a Medusa.

Mas estamos em 93, as ruas de Paris tinham ainda todo o aspecto grandioso e cruel dos primórdios. Havia seus oradores, Varlet que passeava com uma tenda sobre rodas, e lá do alto ele arengava os transeuntes, seus heróis, dos quais um se chamava "o capitão dos bastões marcados", seus favoritos, Guffroy, autor do panfleto *Rougiff*. Algumas dessas celebridades eram maléficas; outras, saudáveis. E, dentre todas, uma era honesta e fatal: tratava-se de Cimourdain.

II
Cimourdain

Cimourdain era um homem de consciência pura, porém sombria. Carregava em si o absoluto. Havia sido padre, o que é grave. Como o céu, o homem pode ter uma serenidade sombria; basta para isso que algo escureça dentro de si. O sacerdócio infiltrara a noite em Cimourdain. Uma vez padre, padre para sempre.

Aquilo que a noite cria dentro de nós pode nos legar estrelas. Cimourdain era um homem pleno de virtudes e verdades, mas dessas que brilhavam no meio das trevas.

Sua história era breve. Havia sido pároco de aldeia e preceptor em uma família importante; depois, recebeu uma modesta herança e conquistou a liberdade.

Era antes de tudo um obstinado. Servia-se da meditação como as pessoas se servem de uma pinça; achava que só tinha o direito de abandonar uma ideia quando tivesse chegado ao íntimo dela; seus pensamentos eram cheios de determinação. Conhecia todas as línguas faladas na Europa e um pouco de outras; esse homem estudava sem parar, o que o ajudava a conservar sua castidade, mas nada há de mais perigoso que esse tipo de repressão.

Quando era padre, ele tinha, por orgulho, acaso ou elevação da alma, cumprido seus votos; mas não conseguira conservar sua crença. A ciência havia demolido sua fé; o dogma se dissipara. Então, examinando a si mesmo, ele se sentia como se houvesse sido mutilado e, incapaz de se desfazer do padre, tratou de se refazer homem, mas de uma maneira austera; tinham lhe retirado a família, ele adotara a pátria; tinham lhe recusado uma mulher, ele desposara a humanidade. Essa imensa plenitude, no fundo, é o vazio.

Seus pais, camponeses, ao fazerem com que ele se tornasse padre, tinham desejado retirá-lo do meio do povo; ao povo ele voltava.

E de modo apaixonado. Ele dedicava aos que sofriam uma ternura inabalável. De padre, tornara-se filósofo, e de filósofo, atleta. Luís XV ainda estava vivo e Cimourdain já se considerava um republicano. Mas de que República? Da República de Platão talvez, e talvez também da República de Draconte.[14]

Tendo sido interditado de amar, adotara o ódio. Ele odiava as mentiras, a Monarquia, a teocracia, sua bata de padre; odiava o presente e invocava intensamente o futuro; ele o pressentia, previa-o e o imaginava assustador e magnífico. Ele percebia que, para pôr um fim à lamentável miséria humana, era necessário algo como um vingador capaz de libertar todos. A distância, ele adorava a catástrofe.

Em 1789, essa catástrofe chegou, e ele estava pronto. Cimourdain se lançou na vasta renovação humana com lógica, quer dizer, para um espírito de sua índole, de modo inexorável; a lógica não se enternece. Ele vivera os importantes anos revolucionários e experimentara os tremores de todos esses ventos: em 89, a queda da Bastilha, o fim do suplício dos povos; em 90, o dia 4 de agosto, o fim do feudalidade; em 91, Varennes, o fim da realeza; em 92, o advento da República. Ele vira a Revolução surgir; não era de sua índole temer essa criatura gigantesca; longe disso, a intensidade crescente o revigorara; e ainda que fosse quase um velho — tinha

---

14. Legislador ateniense no século VII a.C.

cinquenta anos —, e um padre envelhece mais rápido que os outros homens, ele também se pôs a crescer. De um ano para outro, ele vira os acontecimentos se expandirem, e se expandira como eles. De início, temera um aborto da Revolução, ele a observava, ela possuía a razão e o direito, ele exigia que ela também tivesse êxito; e à medida que ela amedrontava, ele se sentia tranquilo. Ele queria que essa Minerva, coroada pelas estrelas do futuro, fosse também Palas e que tivesse por escudo a máscara das serpentes. Queria que seu olho divino pudesse, se necessário, lançar aos demônios o clarão infernal, e lhes devolver todos os terrores cometidos.

E assim, ele chegou a 93.

Noventa e três é a guerra da Europa contra a França e a da França contra Paris. É essa a revolução? A vitória da França contra a Europa e a de Paris sobre o resto da França. Daí a imensidão desse minuto assustador, 93, mais longo que todo o resto do século.

Nada de mais trágico, a Europa atacando a França e a França atacando Paris. Um drama com a estatura da epopeia.

Noventa e três é um ano intenso. A tempestade está presente com toda a sua cólera e toda a sua grandeza. Cimourdain se sentia à vontade. Esse ambiente desvairado, selvagem e esplêndido convinha à sua envergadura. Esse homem tinha, como a águia marinha, uma profunda calma interior, com o gosto pelo risco externo. Algumas naturezas aladas, indomáveis e tranquilas são feitas para os vendavais. As almas tempestuosas existem.

Sua compaixão era reservada apenas para os miseráveis. Diante do tipo de sofrimento que horroriza, sua dedicação era completa. Nada o repugnava. Era essa a bondade que praticava. Era um homem hediondo e divinamente caridoso. Ele procurava úlceras para beijá-las. As belas ações, feias de se ver, são as mais difíceis de realizar; eram essas suas prediletas. Um dia, no hospital, um homem agonizava, sufocado por um tumor na garganta, um abcesso fétido, horrível, contagioso talvez, e era preciso removê-lo de lá imediatamente. Cimourdain estava presente; ele pôs os lábios sobre o tumor, chupou-o, cuspindo à medida que sua boca se enchia, esvaziou o abcesso e salvou o homem. Como nessa época ele ainda vestia os trajes religiosos, alguém lhe disse: "Se fizesse isso com o rei, o senhor seria um bispo." "Eu não faria isso com o rei", respondeu Cimourdain. O gesto e sua resposta se tornaram conhecidos pelo povo nos bairros sombrios de Paris.

De tal forma que ele fazia àqueles que sofrem, que choram, que ameaçam, o que bem entendia. À época que as cóleras visavam os monopolistas, cóleras tão fecundas de desprezos, foi Cimourdain que, com a palavra, impediu que fosse pilhado um barco carregado de sabão no porto Saint-Nicolas e dissipou a multidão, bloqueando o acesso na barreira Saint-Lazare.

Foi ele quem, dois dias após o 10 de agosto, conduziu o povo para derrubar as estátuas dos reis. Ao cair, elas mataram algumas pessoas; na praça Vendôme, uma mulher, Reine Violet, foi esmagada por Luís XIV, depois de amarrar uma corda no pescoço para puxá-lo. Essa estátua de Luís XIV tinha permanecido em pé durante cem anos; erguida em 12 de agosto de 1692, foi derrubada em 12 de agosto de 1792. Na praça da Concorde, um homem de nome Guinguerlot havia chamado os demolidores de canalhas. Ele foi abatido sobre o pedestal de Luís XV. A estátua foi despedaçada. Mais tarde, esses fragmentos viraram dinheiro. Somente o braço escapou; era o braço direito que Luís XV estendia com um gesto de imperador romano. Foi a pedido de Cimourdain que o povo cedeu e uma delegação levou esse braço a Latude, que ficara 39 anos trancado na Bastilha. Quando Latude, com a argola de ferro ao pescoço e acorrentado pela cintura, apodrecia, imerso naquela prisão por ordem desse rei cuja estátua dominava Paris, quem diria que essa prisão cairia e que essa estátua cairia, que ele sairia do sepulcro e que a Monarquia seria ali encarcerada, que ele, prisioneiro, se tornaria dono daquela mão de bronze que assinara o decreto de sua detenção, e que daquele rei de argila restaria apenas um braço de bronze!

Cimourdain era desses homens que carregam uma voz dentro de si, e que a ouvem. Homens assim parecem distraídos; engano; estão atentos.

Cimourdain sabia tudo e tudo ignorava. Sabia tudo sobre a ciência e tudo ignorava sobre a vida. Daí vinha sua rigidez. Tinha os olhos vendados como a Têmis de Homero. Possuía a certeza cega da flecha que não vê senão o alvo à frente. Em uma revolução, nada há de mais temível que uma linha reta. Cimourdain avançava com uma determinação fatal.

Cimourdain acreditava que, nas gêneses sociais, o ponto extremo é o terreno sólido; erro próprio aos espíritos que substituíam a razão pela lógica; ele foi além da Convenção; além da Comuna; ele fazia parte da Diocese.

Esse grupo era chamado de Diocese porque suas reuniões se realizavam em uma das salas do velho palácio episcopal; tratava-se mais de uma confusão de homens que de uma reunião. Como na Comuna, ali os frequentadores eram espectadores silenciosos e significativos que carregavam consigo, como dizia Garat, "a mesma quantidade de pistolas e de bolsos". A Diocese era uma estranha mixórdia cosmopolita e parisiense, o que não era uma contradição, pois Paris era o local onde batia o coração dos povos. Lá se encontrava a grande incandescência plebeia. Comparada à Diocese, a Convenção era fria e a Comuna, morna. A Diocese era uma dessas formações revolucionárias semelhantes às formações vulcânicas; a Diocese continha tudo, ignorância, estupidez, probidade, heroísmo, cólera e política. Ali, Brunswick infiltrara seus agentes. Havia homens dignos de Esparta e homens dignos de trabalhos forçados. A maioria era composta de homens loucos, mas honestos. A Gironda, pela boca de Isnard, presidente momentâneo da Convenção, dissera algo monstruoso: "Tomem cuidado, parisienses. Não restará pedra sobre pedra de sua cidade e um dia irão procurar o lugar onde existiu Paris." Essas palavras haviam criado a Diocese. Homens, e como acabamos de dizer, homens de todas as nações, tinham sentido a necessidade de se reunir perto de Paris. Foi a esse grupo que Cimourdain aderiu.

Esse grupo reagia contra os reacionários. Ele nascera dessa necessidade pública de violência, que é o lado temível e misterioso das revoluções. Assim fortalecida, a Diocese fez sua parte. Durante as comoções de Paris, era a Comuna que disparava o canhão, era a Diocese que acionava o alarme.

Cimourdain acreditava, em sua implacável ingenuidade, que tudo é justo a serviço da verdade, o que o tornava capaz de dominar os partidos extremos. Os velhacos se consideravam honestos e estavam satisfeitos. Há crimes lisonjeados por serem norteados por uma virtude. Isso os incomoda e os apraz. Palloy, o arquiteto que explorara a demolição da Bastilha lucrando com a venda das pedras e que, encarregado de caiar o calabouço de Luís XVI, cobriu zelosamente os muros de barras, correntes e argolas de ferro; Gonchon, o orador suspeito do *faubourg* Saint-Antoine, de quem encontraram mais tarde os recibos; Fournier, chamado de O Americano, que, em 17 de julho, disparara contra Lafayette um tiro de pistola que tinha sido paga, pelo que diziam, por Lafayette; Henriot, que vinha de Bicêtre e que fora valete, saltimbanco, ladrão e espião, antes de se tornar general e de apontar os canhões contra a Convenção; La Reynie, o antigo grande pároco de Chartres, que substituíra seu breviário pelo *Père Duchesne*[15]; todos esses homens respeitavam Cimourdain e, por vezes, a fim de impedir os piores deles de reagir, bastava que sentissem, congelada diante deles, aquela temível e convicta candura. Foi assim que Saint-Just aterrorizou Schneider. Ao mesmo tempo, a maior parte da Diocese, composta sobretudo de pobres e de homens violentos, que eram bons, acreditava em Cimourdain e o seguia. Ele tinha no posto de vigário ou ajudante de campo, como preferir, outro padre republicano, Danjou, que o povo amava por sua alta estatura e que o batizara de abade de Seis Pés. Cimourdain poderia ter levado para onde quisesse esse líder intrépido que chamavam de general *La Pique*, e o audacioso Truchon, vulgo Grand-Nicolas, que tinha querido salvar a madame de Lamballe lhe dando o braço e a ajudando a passar por cima dos cadáveres; o que teria conseguido, não fosse a brincadeira cruel do barbeiro Charlot.

---

15. Jornal extremamente radical publicado durante a Revolução Francesa.

SEGUNDA PARTE

A Comuna vigiava a Convenção, a Diocese vigiava a Comuna. Cimourdain, espírito íntegro ao qual repugnavam as intrigas, desvendara mais de um mistério na mão de Pache, que Beurnonville chamava de "o homem negro"; na Diocese, Cimourdain se encontrava no mesmo nível de todos. Ele era consultado por Dobsent e Momoro. Falava em espanhol com Gusman, italiano com Pio, inglês com Arthur, flamengo com Pereyra, alemão com o austríaco Proly, filho ilegítimo de um príncipe. Ele estabelecia o entendimento entre essas discordâncias. Isso lhe dava uma posição obscura e forte. Hébert[16] o temia.

Cimourdain tinha, nessa época e dentro desses grupos trágicos, o vigor dos inexoráveis. Um homem impecável que se considerava infalível. Ninguém o vira chorar. Uma virtude inacessível e glacial. Era o assustador homem justo.

Na revolução, não havia meio-termo para um padre. Um padre não podia se dedicar a essa prodigiosa e flagrante aventura senão pelos motivos mais elevados ou pelos mais rasteiros; ele precisava ser infame ou sublime; mas sublime no isolamento, em sua inacessibilidade, em sua inóspita lividez; sublime na companhia de precipícios. As altas montanhas têm essa virgindade sinistra.

Cimourdain era um homem de aparência comum; vestia-se de qualquer modo, com aspecto pobretão. Jovem, ele raspara a cabeça; velho, ficara calvo. Os poucos cabelos que lhe restavam eram grisalhos. Sua testa era ampla e, para um observador atento, nela havia um sinal. Cimourdain tinha uma maneira de falar brusca, apaixonada e solene; a voz seca; um tom peremptório, a boca triste, amargurada. Olhos claros e profundos e, em todo o rosto, uma expressão indignada.

Assim era Cimourdain.

Hoje em dia, ninguém conhece seu nome. Na história existem esses desconhecidos extraordinários.

---

16. Jacques Hébert, redator do jornal revolucionário *Père Duchesne*.

III
O calcanhar que o rio Estige não molhou[17]

Um tal homem era de fato um homem? Poderia o servidor do gênero humano sentir algum tipo de afeto? Não seria ele demasiadamente alma para ser um coração? Esse abraço imenso que acolhia tudo e todos poderia ser reservado a alguém? Cimourdain seria capaz de amar? A resposta é sim.

Quando era jovem e preceptor ao seio de uma residência quase principesca, ele tivera um aluno, filho e herdeiro da família; e ele o amava. É tão fácil amar uma criança. O que não se perdoa a uma criança? São perdoadas por serem senhores, por serem príncipes, por serem reis. A inocência da idade faz esquecer os crimes da raça; a fragilidade do ser faz esquecer o exagero da posição social. Ele é tão pequeno que o perdoamos por ser grande. O escravo o perdoa por ser seu dono. O negro velho idolatra o garoto branco. Cimourdain foi tomado de paixão por seu aluno. A infância tem isso de inefável, de podermos dedicar-lhe todo o nosso amor. Tudo aquilo suscetível de amar em Cimourdain desabou, pode-se assim dizer, sobre essa criança; esse doce ser inocente tinha se tornado uma espécie de presa para seu coração condenado à solidão. Todas as ternuras alimentavam seu amor por essa criança, a do pai, do irmão, do amigo, do criador. Era seu filho; o filho, não de seu sangue, mas de seu espírito. Ele não era o pai e não se tratava de uma obra sua; mas era seu mestre e se tratava de sua obra-prima. Daquele pequeno senhor ele faria um homem. Quem sabe? Talvez um grande homem. Pois assim são os sonhos. Sem que a família soubesse — e é preciso permissão para criar uma inteligência, uma vontade, uma retidão? —, ele transmitira ao jovem visconde, seu aluno, todo o progresso que havia alcançado; ele lhe inoculara o temível vírus de sua virtude; ele lhe infundiu nas veias suas próprias

---

17. Referência a Aquiles, que se tornou invulnerável ao ser mergulhado no rio Estige, exceto por seu calcanhar, por onde o segurava sua mãe, Tétis.

convicções e consciência, seu ideal; dentro daquele cérebro de aristocrata, ele vertera a alma do povo.

O espírito amamenta, a inteligência é um seio. Há analogia entre a ama de leite, que dá seu peito, e o preceptor, que dá seu pensamento. Algumas vezes, o preceptor é mais pai que o próprio pai, da mesma maneira que, algumas vezes, a ama de leite é mais mãe que a própria mãe.

Essa paternidade espiritual profunda unia Cimourdain a seu aluno. Bastava olhar para aquela criança e ele logo se enternecia.

E acrescentemos o seguinte: substituir o pai era fácil, o menino perdera o seu; era órfão; seu pai estava morto, sua mãe estava morta; para cuidar dele restaram apenas uma avó cega e um tio-avô ausente. A avó morreu; o tio-avô, chefe de família, soldado e dono de um grande domínio senhorial, com responsabilidades na corte, fugia da residência familiar, vivia em Versalhes. Integrando o Exército, deixara o órfão sozinho no castelo vazio. O preceptor era portanto o mestre em todas as acepções do termo.

E acrescentemos também isto: Cimourdain vira nascer a criança que se tornara seu aluno. O garoto, órfão desde pequenino, foi acometido de grave enfermidade. Cimourdain, durante essa luta pela vida, cuidara dele noite e dia; é o médico que trata, mas quem salva é aquele que cuida do doente, e Cimourdain havia salvado a criança. Seu aluno não apenas lhe devia sua educação, instrução, ciência, mas também sua convalescença e sua saúde; não somente seu aluno lhe devia a capacidade de pensar, mas também lhe devia a própria vida. Adoramos aqueles que nos devem tudo; Cimourdain adorava esse menino.

Os desvios naturais da vida os separaram. A educação concluída, Cimourdain teve de deixar a criança, que se tornara um rapazinho. Com que crueldade fria e inconsciente se produzem essas separações! Como as famílias demitem tranquilamente o preceptor, que deixa seus pensamentos para uma criança, e a ama de leite, que deixa suas próprias entranhas! Cimourdain, tendo sido pago e posto para fora, saía da alta sociedade e ingressava no estrato inferior; a porta entre os ricos e os modestos se fechou; o jovem senhor, oficial de nascença, foi logo promovido a capitão e enviado a uma guarnição qualquer; o humilde preceptor, que no fundo do coração já era um padre insubmisso, se apressou em descer de novo para aquele obscuro rés do chão da Igreja, a que chamavam de baixo clero; e Cimourdain perdeu de vista seu aluno.

Veio a Revolução; a lembrança daquele ser que ele transformara em um homem continuou incubada em seu peito, oculta, mas não fora extinta pela imensidão das questões sociais.

Modelar uma estátua e lhe dar vida é uma bela coisa; modelar uma inteligência e lhe dar a verdade é algo ainda mais belo. Cimourdain era o Pigmalião[18] de uma alma.

Um espírito pode ter filho.

Esse aluno, essa criança, esse órfão, era a única criatura que ele amava sobre a terra.

Mas, mesmo sentindo tanto afeto, poderia um homem assim ser vulnerável?

É o que veremos.

---

18. Na mitologia grega, Pigmalião era um rei da ilha de Chipre que, tendo esculpido a estátua da mulher ideal, por ela se apaixonou.

LIVRO SEGUNDO
O cabaré da rua do Paon

I
Minos, Éaco e Radamanto[1]

Havia na rua do Paon um cabaré a que chamavam de café. Esse café dispunha de um cômodo nos fundos, hoje histórico. Era ali que se encontravam de maneira relativamente secreta homens tão poderosos e tão vigiados que hesitavam se falar em público. Ali foi trocado, em 23 de outubro de 1792, um célebre beijo entre a Montanha e a Gironda. Foi para lá que Garat, ainda que o omita em suas *Mémoires*, se dirigiu naquela noite lúgubre em busca de informações, após deixar Clavière em segurança na rua de Beaune, parando sua carruagem sobre o Pont-Royal para ouvir o sinal de alarme.[2]

No dia 28 de junho de 1793, três homens se encontravam reunidos em torno de uma mesa nesse cômodo dos fundos. Suas cadeiras não se encostavam umas nas outras; cada um se achava sentado em um lado da mesa, deixando um espaço vazio entre eles. Eram cerca de oito horas da noite; ainda estava claro na rua, mas a noite já caíra sobre o cômodo e um candeeiro preso ao teto, um luxo na época, iluminava a mesa.

O primeiro desses três homens era pálido, jovem, expressão séria, com os lábios finos e o olhar frio. Ele tinha um tique nervoso em uma das bochechas que devia incomodá-lo quando sorria. Estava maquiado,

---

1. São três juízes, na mitologia grega.
2. Noite em que os jacobinos invocaram uma insurreição que não teve êxito. Respectivamente, Clavière e Garat eram ministro das Finanças e ministro do Interior.

luvas nas mãos, penteado, abotoado até o pescoço; seus trajes azul-claros não tinham sequer um vinco; sua calça era de algodão amarelo, as meias brancas, gravata apertada, camisa preguead, botas com fivelas de prata. Um dos dois outros homens era uma espécie de gigante, o outro, uma espécie de anão. O maior, desleixado dentro de um traje enorme de tecido escarlate, o pescoço descoberto por uma gravata solta que pendia abaixo da camisa, o casaco aberto com os botões arrancados, calçava botas altas e seus cabelos estavam desalinhados; embora ainda se notasse um vestígio de penteado e de afetação, sua peruca tinha fios de crina de cavalo. Marcas de varíola estampavam seu rosto, uma ruga de cólera se interpunha entre as sobrancelhas, um esgar de bondade no canto da boca, lábios espessos, dentes grandes, mãos calejadas, um brilho nos olhos. O menor era um homem de tez descorada que, ali sentado, parecia disforme; sua cabeça estava inclinada para trás, os olhos injetados de sangue, manchas lívidas no rosto, um lenço atando seus cabelos oleosos e lisos, uma testa inexistente, uma boca enorme e terrível. Sua calça era bem comprida, pantufas, um colete que parecia ter sido, um dia, de cetim branco e, por cima do colete, uma sobrecasaca cujas dobras abruptas deixavam adivinhar um punhal.

O primeiro desses homens se chamava Robespierre; o segundo, Danton; e o terceiro, Marat.

Estavam sozinhos naquele cômodo. Havia, à frente de Danton, um copo e uma garrafa de vinho coberta de poeira, lembrando a caneca de cerveja de Luther; diante de Marat, uma xícara de café; à frente de Robespierre, apenas papéis.

Ao lado dos papéis, via-se um desses pesados tinteiros de chumbo, redondos e estriados, dos quais se recordam aqueles que frequentaram a escola no início do século. Uma pena estava largada ao lado do tinteiro. Sobre as folhas de papel, achava-se um grande carimbo de cobre no qual se lia *Palloy fecit*[3], com a forma exata da torre da Bastilha.

No centro da mesa, um mapa da França estendido.

---

3. Executado por (Pierre-François) Palloy, já citado anteriormente, arquiteto que demoliu a Bastilha.

À porta e lá fora, como um cão de guarda de Marat, encontrava-se Laurent Basse, comissário no número 18 da rua dos Cordeliers, que, em 13 de julho, quinze dias depois do 28 de junho, acertaria com uma cadeira a cabeça de uma mulher chamada Charlotte Corday, que naquele instante se achava em Caen, um pouco distraída. Laurent Basse era o emissário com as provas escritas do jornal *L'Ami du Peuple*. Naquela noite, trazido por seu chefe ao café da rua do Paon, ele fora instruído a manter fechado o cômodo onde se encontravam Marat, Danton e Robespierre, e não deixar ninguém entrar, a menos que se tratasse de alguém do Comitê de Salvação Pública, da Comuna ou da Diocese.

Robespierre não queria fechar a porta para Saint-Just, Danton não queria fechá-la para Pache e Marat não queria fechá-la para Gusman.

A reunião já durava havia um bom tempo. O assunto eram os papéis espalhados sobre a mesa, que Robespierre já lera. As vozes começavam a se exaltar. Uma espécie de ira rugia entre esses três homens. Do lado de fora, ouvia-se por vezes a explosão das palavras. A essa época, o hábito das tribunas públicas parecia ter dado a todos o direito de ouvir. Era o tempo em que o expedicionário Fabricius Pâris observava pelo buraco da fechadura o que fazia o Comitê de Salvação Pública. O que, diga-se de passagem, não se revelou inútil, pois foi esse mesmo Pâris que preveniu Danton na noite de 30 para 31 de março de 1794. Laurent Basse tinha colado a orelha contra a porta do cômodo dos fundos, onde estavam Danton, Marat e Robespierre. Laurent Basse servia a Marat, mas pertencia à Diocese.

II
Magna testantur voce per umbras[4]

Danton acabara de se levantar, recuando energicamente sua cadeira.

— Ouçam! — exclamou ele. — Há uma única urgência, a República está em perigo. Só quero uma coisa, libertar a França do

---

4. "Em voz alta, eles testemunham entre as sombras."

inimigo. Para isso, todos os meios são válidos. Todos! Todos! Todos! Quando me encontro diante de todos os perigos, lanço mão de todos os recursos, e quando temo tudo, enfrento tudo. Meu pensamento é um leão. Nada de meias medidas. Nada de pudor quando se trata de uma revolução. Nêmesis não é um puritano. Sejamos terríveis e úteis. Por acaso o elefante olha onde põe sua pata? Esmaguemos o inimigo.

Robespierre respondeu com amabilidade:

— Eu concordo.

E acrescentou:

— A questão é saber onde está o inimigo.

— Ele está lá fora, e eu o expulsei — disse Danton.

— Ele está no interior, e eu o vigio — completou Robespierre.

— E ainda assim o expulsarei — insistiu Danton.

— Não se expulsa o inimigo que está dentro.

— E o que fazemos?

— Nós o exterminamos.

— Eu concordo — disse Danton, por sua vez. E prosseguiu: — Mas estou dizendo que ele se encontra lá fora, Robespierre.

— Danton, eu digo que ele está no interior.

— Robespierre, ele se encontra na fronteira.

— Danton, ele se encontra na Vendeia.

— Acalmem-se — disse uma terceira voz. — Ele está em todos os lugares; e vocês estão perdidos.

Era Marat que falava.

Robespierre olhou para Marat e continuou calmamente:

— Chega de generalidades. Estou sendo preciso. Eis os fatos.

— Pedante! — resmungou Marat.

Robespierre pôs as mãos em seus papéis dispersos sobre a mesa e prosseguiu:

— Acabei de ler para vocês os informes de Prieur de la Marne. Acabei de lhes comunicar as informações dadas por esse tal de Gélambre. Ouça, Danton, a guerra estrangeira não é nada, o que importa é a guerra civil. A guerra estrangeira é um arranhão no cotovelo; a guerra civil é a úlcera que nos devora o fígado. Depois de tudo que acabo de lhes dizer, a conclusão é a seguinte: a Vendeia, até hoje dispersa entre vários líderes, está se reunindo neste momento. Ela terá agora um único comando...

— Um chefe para os bandidos — murmurou Danton.

— Trata-se — continuou Robespierre — do homem que desembarcou perto de Pontorson no dia 2 de junho. Vocês viram o que ele representa. Notem que esse desembarque coincidiu com a prisão dos representantes em missão, Prieur de la Côte-d'Or e Romme, em Bayeux, graças àqueles traidores de Calvados, no mesmo dia, 2 de junho.

— E sua transferência para o castelo de Caen — disse Danton.

Robespierre retomou a palavra:

— Continuo com o resumo dos informes. A guerra na floresta se organiza em ampla escala. Ao mesmo tempo, uma investida inglesa se prepara; vendeanos e ingleses, bretões e britânicos. Os broncos do Finistère falam a mesma língua que os tupinambás da Cornualha. Coloquei diante de vocês uma carta interceptada de Puisaye onde se lê que "vinte mil uniformes vermelhos[5] foram distribuídos aos insurretos e isso atrairá mais cem mil deles". Quando a insurreição camponesa estiver concluída, os ingleses desembarcarão. Aqui está o plano, sigam no mapa.

Robespierre pôs um dedo sobre o mapa e continuou:

— Os ingleses podem escolher o local de desembarque, de Cancale a Paimpol. Craig há de preferir a baía de Saint-Brieuc; Cornwallis, a baía de Saint-Cast. A margem esquerda do Loire está protegida pelo exército rebelde vendeano, e quanto às 28 léguas desguarnecidas entre Ancenis e Pontorson, quarenta paróquias normandas prometeram ajudar. O desembarque se fará em três pontos, Plérin, Iffiniac e Pléneuf; de Plérin, seguirão até Saint-Brieuc, e de Pléneuf até Lamballe; no segundo dia, chegarão a Dinan, onde há novecentos prisioneiros ingleses, e ocuparão ao mesmo tempo

---

5. Uniformes dos soldados ingleses.

Saint-Jouan e Saint-Méen; deixarão lá a cavalaria; no terceiro dia, duas colunas se dirigirão, uma de Jouan para Bédée, a outra de Dinan para Becherel, que é uma fortaleza natural onde instalarão duas baterias; no quarto dia, estarão em Rennes. E Rennes é a chave da Bretanha. Quem se apoderar de Rennes terá todo o controle. Rennes conquistada, Châteauneuf e Saint-Malo cairão. Há em Rennes um milhão de cartuchos e cinquenta peças de artilharia de campanha...

— Que levarão com eles — murmurou Danton.

Robespierre prosseguiu:

— Vou concluir. De Rennes, três colunas se lançarão, uma contra Fougères, outra contra Vitré e a terceira contra Redon. Como as pontes foram destruídas, os inimigos vão se equipar, e vocês viram esse fato ser confirmado, com plataformas e pranchas flutuantes, e terão guias para os locais de travessia para a cavalaria. De Fougères, eles se irradiarão para Avranches, de Redon para Ancenis, de Vitré para Laval. Nantes se renderá, Brest se renderá. Redon abre o caminho para Vilaine, Fougères abre o caminho para a Normandia, Vitré abre caminho para Paris. Em quinze dias, teremos um exército de trezentos mil bandidos, e toda a Bretanha pertencerá ao rei da França.

— Ou seja, ao rei da Inglaterra — disse Danton.

— Não. Ao rei da França.

E Robespierre acrescentou:

— O rei da França é ainda pior. São necessários quinze dias para expulsar os estrangeiros e 1.800 anos para eliminar a Monarquia.

Danton, que voltara a sentar, pôs os cotovelos sobre a mesa e a cabeça entre as mãos, meditativo.

— Está vendo o perigo? — disse Robespierre. — Vitré abre o caminho de Paris para os ingleses.

Danton reergueu a cabeça e bateu com as mãos grossas como uma bigorna sobre o mapa.

— Robespierre, por acaso Verdun não abria o caminho de Paris para os prussianos?

— E daí?

— Pois bem, expulsaremos os ingleses como expulsamos os prussianos.

Danton se levantou mais uma vez.

Robespierre segurou com sua mão fria o punho febril de Danton.

— Danton, Champagne não era favorável aos prussianos como a Bretanha é aos ingleses. Retomar Verdun é uma guerra estrangeira; retomar Vitré é uma guerra civil. — E Robespierre murmurou em um tom gélido e profundo: — Há uma séria diferença. — E prosseguiu: — Sente-se, Danton, e observe o mapa, em vez de espancá-lo.

Mas Danton estava imerso em seus pensamentos.

— Isso é demais! — exclamou ele. — Ver a catástrofe a oeste, quando ela se encontra a leste. Robespierre, eu concordo que a Inglaterra se assoma pelo mar; mas a Espanha surge dos Pirineus, a Itália, dos Alpes, a Alemanha, do Reno. E o grande urso russo está atrás disso. Robespierre, o perigo é um círculo e nós estamos dentro dele. No exterior, a coalizão; no interior, a traição. No sul da França, Servant deixa entreaberta a porta para o rei da Espanha. Ao norte, Dumouriez passa para o lado inimigo. Por sinal, ele sempre foi uma ameaça menor para a Holanda que para Paris. Nerwinde liquida Jemmapes e Valmy. O filósofo Rabaut Saint-Étienne, traidor como um protestante, se corresponde com o cortesão Montesquiou. O exército está dizimado. Agora, não há sequer um batalhão com mais de quatrocentos homens; o valente regimento de Deux-Ponts está reduzido a 150 homens; o acampamento de Pamars está rendido; em Givet, sobraram apenas quinhentos sacos de farinha; recuamos em Landau; Wurmser pressiona Kléber; Mayence sucumbe corajosamente, Condé com covardia. Valenciennes também. Isso não impede que Chancel, que defende Valenciennes, e o velho Féraud, que defende Condé, sejam dois heróis, assim como Meunier, que protege Mayence. Mas todos os outros nos traíram. Dharville nos traiu em Aix-la-Chapelle, Mouton em Bruxelas, Valence em Bréda, Neuilly em Limbourg, Miranda em Maëstricht; Stengel, um traidor, Lanoue, um traidor, Ligonnier, um traidor, Menou, um traidor, Dillon, um traidor; o horrendo troco de Dumouriez. Precisamos de exemplos. As contramarchas de Custine me parecem suspeitas; desconfio que Custine prefira a tomada lucrativa de Frankfurt à tomada útil de Coblentz. Frankfurt pode pagar quatro milhões em tributo de guerra, concordo. O que isso representa ao lado de um ninho de emigrantes esmagados? Traição, estou dizendo. Meunier morreu em 13 de junho. Agora Kléber está sozinho. Enquanto isso, Brunswick cresce e avança, fincando a bandeira alemã em todas as praças francesas que conquista. O margrave de Brandebourg[6] é atualmente o árbitro da Europa; ele embolsa nossas províncias e atribuirá a Bélgica a si mesmo, você vai ver; parece que trabalhamos para Berlim; se continuar assim e se nós não pusermos ordem nisso, a Revolução Francesa será feita em benefício de Potsdam[7]; ela terá por único resultado ampliar o pequeno estado de Frederico II, e nós teremos matado o rei da França para o bem do rei da Prússia.

E Danton, impagável, desandou a rir.

A risada de Danton contagiou Marat.

— Cada um de vocês tem uma ideia fixa; você, Danton, a Prússia; você, Robespierre, a Vendeia. Vou ser direto, também. Vocês não enxergam o verdadeiro perigo; ele está nos cafés e nos salões de jogos. O café de Choiseul é jacobino, o café Patin é monarquista, o café Rendez-Vous ataca a guarda nacional, o café da Porte-Saint--Martin a defende, o café da Régence é contra Brissot, o café Corazza é a favor, Procope confia em Diderot, o café do Théâtre-Français confia em Voltaire. No café da Rotonde rasgam os *assignats*, nos cafés Saint-Marceau estão furiosos, o café Manouri levanta a questão das farinhas, no café de Foy só há socos e pancadas, no Perron zumbem os zangões das finanças. Eis o que é grave.

Danton já não ria mais. Marat ainda sorria. Sorriso de anão, pior que a risada de um colosso.

— Você está zombando disso, Marat? — repreendeu-o Danton.

---

6. Rei da Prússia.
7. Cidade alemã próxima de Berlim.

Marat mexeu convulsivamente os quadris, como lhe era típico. Seu sorriso se apagou.

— Ah! Eu o reconheço, cidadão Danton. Foi justo você que, em plena Convenção, me chamou de "o indivíduo Marat". Ouça bem. Eu o perdoo. Atravessamos um momento imbecil. Ah! Se estou zombando? De fato, que tipo de homem sou eu? Denunciei Chazot, denunciei Pétion, denunciei Kersaint, denunciei Moreton, denunciei Dufriche-Valazé, denunciei Ligonnier, denunciei Menou, denunciei Banneville, denunciei Gensonné, denunciei Biron, denunciei Lidon e Chambon; agi errado? Eu farejo a traição no traidor, e acho útil denunciar o criminoso antes do crime. Costumo dizer na véspera o que vocês só dizem no dia seguinte. Eu sou o homem que propôs à Assembleia um plano completo de legislação criminal. O que fiz até agora? Pedi que instruíssem as seções a fim de disciplina-las à revolução, fiz com que retirassem o lacre judicial de 32 cofres, exigi os diamantes depositados nas mãos de Roland, provei que os adeptos de Brissot tinham dado ao Comitê de Segurança Geral ordens de prisão em branco, assinalei as omissões do relatório de Lindet sobre os crimes de Capeto, votei pelo suplício do tirano em 24 horas, defendi os batalhões Mauconseil e Républicain, impedi a leitura da carta de Narbonne e de Malouet, apresentei uma proposta para os soldados feridos, fiz com que fosse suprimida a comissão dos seis, pressenti no caso de Mons a traição de Dumouriez, pedi que guardasse cem mil parentes de emigrados como reféns pelos comissários entregues ao inimigo, propus que fosse declarado traidor todo representante que passasse pelas barreiras, desmascarei a facção rolandina nos distúrbios de Marselha, insisti para que pusessem a prêmio a cabeça do filho de Égalité, defendi Bouchotte, exigi a chamada nominal para expulsar Isnard da poltrona, fiz com que fosse declarado que os parisienses fizeram bem por merecer sua pátria; é por isso que sou tratado como fantoche por Louvet, o Finistère pede que me expulsem, a cidade de Loudun deseja meu exílio, a cidade de Amiens deseja que me ponham uma focinheira, Cobourg quer que me prendam e

Lecointe-Puiraveau propõe à Convenção que eu seja declarado louco. Ora essa, cidadão Danton, por que me fez vir a esse conciliábulo, se não é para saber minha opinião? Por acaso pedi que concordasse comigo? Longe disso. Não me agrada nem um pouco esses confrontos pessoais com contrarrevolucionários, como Robespierre e você. Mas afinal, eu deveria ter esperado isso, vocês não me compreenderam, nem você nem Robespierre. Então, não há aqui um homem de Estado? É necessário que eu soletre a política para vocês? É necessário que se ponham os pingos nos *is* para vocês? O que eu lhes disse significa o seguinte: vocês dois estão equivocados. O perigo não está nem em Londres, como crê Robespierre, nem em Berlim, como crê Danton; ele está em Paris. Está na ausência de unidade, no direito que todos têm de favorecer a si mesmos, a começar por vocês dois, no esfacelamento dos espíritos, na anarquia das vontades...

— A anarquia! — interrompeu Danton. — Quem a provocou, senão você mesmo?

Mas Marat não se calou.

— Robespierre, Danton, o perigo se encontra nesses cafés e nesses antros de jogatinas, em todos esses clubes, clube dos Noirs, clube dos Fédérés, clube das Dames, clube dos Impartiaux, que data de Clermont-Tonnerre e que foi o clube monárquico de 1790, círculo social imaginado pelo padre Claude Fauchet, clube dos Bonnets de Laine, fundado pelo jornalista Prudhomme, *et cetera*; sem contar seu clube dos Jacobinos, Robespierre, e seu clube dos Cordeliers, Danton. O perigo está na penúria, que levou o carregador de bagagem Blin a pendurar na lanterna do poste do hotel de Ville o padeiro do mercado Palu, François Denis, e na justiça, que enforcou o carregador Blin por ter enforcado o padeiro Denis. O perigo está no papel-moeda que está se depreciando. Na rua do Temple, um *assignat* de cem francos caiu no chão e um passante, um homem do povo, disse: "Nem vale a pena apanhá-lo." Os agiotas e os monopolizadores, aí está o perigo. Arvorar a bandeira preta no hotel de Ville, isso não adianta nada! Vocês prendem o barão de Trenck, mas isso não basta. Vocês deviam torcer o pescoço daquele velho criador de intrigas. Vocês acham que estão a salvo porque o presidente da Convenção põe uma coroa cívica na cabeça de Labertèche, que recebeu 41 golpes de espada em Jemmapes, ciceroneado por Chénier? Comédias e ninharias. Ah! Vocês não estão vendo Paris! Ah! Estão procurando o perigo bem longe, quando ele está tão perto. A que serve sua polícia, Robespierre? Para que você tem seus espiões, Payan, na Comuna, Coffinhal, no Tribunal revolucionário, David, no Comitê de Segurança Geral, Couthon, no Comitê de Salvação Pública! Como pode ver, estou bem informado. Pois bem, saibam o seguinte: o perigo paira sobre suas cabeças, o perigo se encontra sob seus pés; conspira-se por todos os lados; as pessoas nas ruas leem os jornais juntas e trocam acenos com a cabeça; seis mil homens sem certificado de civismo, emigrados de retorno, janotas e monarquistas do Sul, estão escondidos nos porões e nos sótãos, e nas galerias de madeira do Palais-Royal; há filas nas padarias; as mulheres, à soleira da porta, com as mãos juntas, dizem: "Quando teremos paz?" Não adiantou vocês se fecharem para ficar entre si na sala do Conselho executivo, sabemos tudo o que vocês disseram lá dentro; e a prova, Robespierre, aqui está: as palavras que pronunciou ontem à noite para Saint-Just: "Barbaroux começa a ficar barrigudo, isso vai atrapalhá-lo na hora de fugir." Sim, o perigo está em todos os cantos e sobretudo no centro. Em Paris, os nobres conspiram, os patriotas andam descalços, os aristocratas presos em 9 de março já estão soltos, os cavalos de luxo, que deveriam estar atrelados aos canhões na fronteira, nos respingam lama nas ruas, o pão de quatro libras vale três francos e doze *sous*, nos teatros encenam peças impuras, e Robespierre fará guilhotinar Danton.

Danton soltou um grunhido.

Robespierre observava o mapa com atenção.

— O que é preciso — exclamou bruscamente Marat — é um ditador. Robespierre, você sabe que eu quero um ditador.[8]

---

8. Marat tem em mente o cargo romano de *dictatore*, empossado por seis meses em caso de crises extremas.

Robespierre ergueu a cabeça.

— Eu sei, Marat. Você ou eu.

— Eu ou você — disse Marat.

Danton grunhiu entre dentes:

— A ditadura, tentem isso!

Marat percebeu o cenho franzido de Danton.

— Veja bem — recomeçou ele. — Em um último esforço, cheguemos a um acordo. A situação vale a pena. Já não chegamos a um acordo em relação ao dia 31 de maio? A questão do conjunto é mais importante ainda que o girondino, que é uma questão de detalhe. Há verdade no que vocês dizem; mas a verdade, toda a verdade, a verdadeira verdade é o que estou dizendo. No Sul, o federalismo; a oeste, a Monarquia; em Paris, o duelo da Convenção e da Comuna; nas fronteiras, o recuo de Custine e a traição de Dumouriez. Mas o que é isso? O desmembramento. E do que precisamos? Da unidade. Aí está a salvação; mas temos de nos apressar. É preciso que Paris assuma o governo da Revolução. Se perdermos tempo, amanhã os vendeanos podem chegar a Orléans, e os prussianos a Paris. Reconheço isso, Danton, e admito isso, Robespierre. Que seja. Pois bem, a conclusão é a ditadura. Tentemos a ditadura, nós três juntos representamos a Revolução. Somos as três cabeças de Cérbero.[9] Dessas três cabeças, uma fala, é você, Robespierre; a outra ruge, é você, Danton...

— A outra morde — disse Danton. — É você, Marat.

— Todas as três mordem — acrescentou Robespierre.

Houve um silêncio. Depois, repleto de convulsões sombrias, o diálogo recomeçou.

— Ouça, Marat, antes de casar é preciso se conhecer. Como você soube o que eu disse ontem a Saint-Just?

— Isso é assunto meu, Robespierre.

— Marat!

---

9. Na mitologia grega, um cão monstruoso de três cabeças.

— É meu dever manter-me informado, e é problema meu procurar por essas informações.

— Marat!

— Procuro saber das coisas.

— Marat!

— Robespierre, eu sei o que você disse a Saint-Just, como sei o que Danton disse a Lacroix; assim como sei o que acontece no cais de Théatins, na mansão de Labriffe, refúgio frequentado pelas ninfas da emigração; como sei o que acontece na casa de Thilles, perto de Gonesse, que pertence a Valmerange, antigo administrador dos correios, aonde outrora iam Maury e Cazalès, aonde foram em seguida Sieyès e Vergniaud, e aonde, agora, uma certa pessoa vai uma vez por semana.

Ao pronunciar esse *certa pessoa*, Marat olhou para Danton.

Danton reagiu:

— Se eu tivesse uma pequena dose de poder, isso seria terrível.

Marat prosseguiu:

— Sei o que está dizendo, Robespierre, assim como sei o que acontecia na torre do Temple, quando engordavam Luís XVI, e de tal forma que, em setembro unicamente, o lobo, a loba e os lobinhos comeram 86 cestos de pêssegos. Enquanto isso, o povo passa fome. Eu sei disso, como sei que Roland esteve escondido dentro de uma casa que dava para o pátio dos fundos, rua da Harpe; como sei que seiscentas lanças do 14 de julho foram fabricadas por Faure, serralheiro do duque de Orléans; como sei o que se passa na casa da Saint-Hilaire, amante de Sillery; nos dias de baile, é o velho Sillery em pessoa que passa o giz no assoalho do salão amarelo da rua Neuve-des-Mathurins; Buzot e Kersaint jantam lá. Saladin lá jantou no dia 27 e com quem, Robespierre? Com seu amigo Lasource.

— Verborreia — murmurou Robespierre. — Lasource não é meu amigo. — E depois acrescentou, pensativo: — Enquanto isso, há em Londres dezoito fábricas de falsos *assignats*.

Marat prosseguiu com a voz tranquila, mas um ligeiro estremecimento assustador:

— Vocês são a facção dos importantes. Sim, eu sei de tudo, apesar de Saint-Just chamar isso de *segredo de Estado*... — Marat realçou essas palavras com seu sotaque, olhou para Robespierre e continuou: — Sei o que dizem à sua mesa nos dias em que Lebas convida David a vir provar a comida feita pela sua prometida, Élisabeth Duplay, sua futura cunhada, Robespierre. Eu sou o olho imenso do povo, e do fundo de meu porão, eu observo. Sim, eu vejo; sim, eu ouço; sim, eu sei. Para vocês, bastam as miudezas. Robespierre se faz contemplar por sua madame de Chalabre, a filha desse marquês de Chalabre, que jogou cartas com Luís XV na noite da execução de Damiens. Sim, todos de cabeça erguida; Saint-Just porta sua gravata. Legendre é correto; capote novo, colete branco e um lenço bufante para que esqueçam seu avental. Robespierre imagina que a história vai querer saber se ele possuía uma sobrecasaca verde-oliva da Constituinte e uma veste azul-celeste da Convenção. Ele tem o próprio retrato pendurado em todas as paredes de seu quarto...

Robespierre o interrompeu com uma voz ainda mais calma que a de Marat.

— E você, Marat, tem o seu em todos os esgotos.

Eles continuaram em um tom cordial, cuja lentidão acentuava a violência das réplicas e das tréplicas, adicionando uma espécie de ironia à ameaça.

— Robespierre, você qualificou aqueles que querem a derrubada dos tronos de *Don Quixotes do gênero humano*.

— E você, Marat, depois do 4 de agosto, no número 559 de seu *Ami du Peuple*, ah! Eu guardei o número, pode ser útil. Você exigiu que devolvessem aos nobres seus títulos. Você disse: "Um duque será sempre um duque."

— Robespierre, na sessão do dia 7 de dezembro, você defendeu madame Roland contra Viard.

— Assim como meu irmão o defendeu dos ataques dos jacobinos. O que isso prova? Nada.

— Robespierre, nós conhecemos o gabinete das Tulherias, onde você disse a Garat: "Eu estou cansado da Revolução."

— Marat, foi aqui, neste cabaré, que, em 29 de outubro, você abraçou Barbaroux.

— Robespierre, você disse a Buzot: "A República, o que significa isso?"

— Marat, foi neste cabaré que você convidou três marselheses a almoçar.

— Robespierre, você se faz escoltar por um brutamontes do mercado armado com um bastão.

— E você, Marat, na véspera do dia 10 de agosto, pediu ajuda a Buzot para fugir até Marselha, disfarçado de moço de carruagem.

— Enquanto os tribunais trabalhavam em setembro, você se escondeu, Robespierre.

— E você, Marat, você apareceu por lá?

— Robespierre, você jogou no chão a boina vermelha.

— Joguei, sim, quando um traidor a ostentava em sua cabeça. O que enfeita Dumouriez macula Robespierre.

— Robespierre, você recusou, durante a passagem dos soldados de Chateauvieux, que cobrissem Luís XVI com um véu.

— Fiz melhor que cobrir sua cabeça com um véu, eu a cortei.

Danton interveio, mas como a lenha na fogueira.

— Robespierre, Marat, acalmem-se — disse ele.

Marat não apreciava que o citassem em segundo lugar, e virando-se, disse:

— E no que você está se metendo, Danton? — inquiriu ele.

Danton deu um pulo:

— No que estou me metendo? Estou dizendo que não podemos nos deixar levar ao fratricídio, que os homens que servem ao povo não devem lutar entre si; que basta a guerra estrangeira, basta a guerra civil, não precisamos de uma guerra doméstica; estou dizendo que fui eu que fiz a Revolução e não quero que a desfaçam. Eis no que estou me metendo.

Marat respondeu com a voz calma:

— Trate de prestar suas contas.

— Minhas contas! — gritou Danton. — Vá pedi-las ao cortejo de Argonne, à Champagne que se rendeu, à Bélgica conquistada, aos exércitos aos quais já ofereci quatro vezes meu peito aos tiros! Vá pedir na praça da Révolution, no patíbulo de 21 de janeiro, ao trono jogado ao chão, à guilhotina, essa viúva...

Marat interrompeu Danton.

— A guilhotina é uma virgem; pode-se deitar sobre ela, mas não se pode fecundá-la.

— O que sabe você? — replicou Danton. — Saiba que eu a fecundei!

— Veremos — disse Marat.

Em seguida, ele sorriu.

Danton percebeu.

— Marat — berrou ele —, você é o homem escondido, eu sou o homem ao ar livre, à luz do dia. Odeio a vida réptil. Ser um verme não é para mim. Você mora em um porão; eu moro na rua. Você não se comunica com ninguém; a mim, qualquer um que passa pode me ver e falar comigo.

— Quer vir até minha casa, belo rapaz? — murmurou Marat.

E, parando de sorrir, ele continuou em um tom peremptório:

— Danton, preste conta dos 33 mil escudos em dinheiro vivo que Montmorin lhe pagou em nome do rei, sob pretexto de indenizar os gastos como o advogado no Châtelet.

— Eu participei do 14 de julho — disse Danton, orgulhoso.

— E o depósito de móveis? E os diamantes? E a Coroa?

— Eu estive presente no dia 6 de outubro.

— E os roubos de seu alter ego, Lacroix, na Bélgica?

— Eu participei do 20 de junho.

— E os empréstimos feitos a Montansier?

— Eu incentivei o povo ao voltar de Varennes.

— E o salão da Ópera que foi construído com o dinheiro que você forneceu?

— Eu armei as seções de Paris.

— E as cem mil libras de fundos secretos do ministério da Justiça?

— Eu participei do 10 de agosto.

— E os dois milhões de gastos sigilosos na Assembleia, dos quais você ficou com um quarto?

— Eu interrompi o avanço do inimigo e obstruí a passagem dos reis da coalizão.

— Prostituto! — disse Marat.

Danton se levantou com um ar ameaçador.

— Isso — gritou ele. — Eu sou uma meretriz, vendi meu ventre, mas salvei o mundo.

Robespierre começara a roer as unhas. Ele não podia nem rir nem sorrir. O riso, o raio de Danton, e o sorriso, o ferrão de Marat, lhe faziam falta.

Danton prosseguiu:

— Sou como o oceano. Tenho meus fluxos e refluxos; à maré baixa, veem-se meus fundos; à maré alta, veem-se minhas cristas.

— Suas espumas — disse Marat.

— Minha tempestade — disse Danton.

Assim como Danton, Marat se levantou, ele também explosivo. A cobra-d'água se tornara subitamente um dragão.

— Ah! — exclamou ele. — Robespierre! Danton! Vocês não querem me ouvir! Pois bem, eu digo assim mesmo, vocês estão perdidos. Sua política conduz às impossibilidades de seguir mais além; vocês não têm mais saída; e agem de uma maneira que todas as portas se fecham à sua frente, exceto a do túmulo.

— Nossa grandeza é essa — disse Danton, erguendo os ombros.

Marat continuou:

— Danton, tome cuidado. Vergniaud também tem uma grande boca, os lábios espessos e as sobrancelhas coléricas; Vergniaud também está marcado como Mirabeau e como você; isso não impediu o 31 de maio. Ah! Você dá de ombros. Às vezes, dar de ombros faz cair a cabeça. Danton, eu lhe digo, sua voz grossa, sua gravata frouxa, suas botas flácidas, suas pequenas ceias, seus grandes bolsos, isso conduz à Louisette.

Louisette era o nome afetuoso que Marat dava à guilhotina.

E ele prosseguiu:

— E quanto a você, Robespierre, é um moderado, mas isso não lhe servirá de nada. Vá, pode se maquiar, pentear-se, escovar-se, torne-se um janota, use roupas finas, faça depilação, permanente, lustre os cabelos, nem assim escapará da praça da Grève[10]; leia a declaração de Brunswick; ainda assim, será tratado como o regicida Damiens; sua elegância não servirá de nada quando for esquartejado.

— Eco de Coblentz! — disse Robespierre entre dentes.

— Robespierre, não sou o eco de ninguém, eu sou o grito de todos. Ah! Vocês ainda são jovens. Quantos anos você tem, Danton? Trinta e quatro. Quantos anos você tem, Robespierre? Trinta e três. Pois bem, eu sempre estive vivo, sou o velho sofrimento humano, tenho seis mil anos.

— É verdade — replicou Danton. — Faz seis mil anos que Caim está conservado dentro do ódio, como o sapo dentro da pedra, a rocha se parte, Caim salta entre os homens, e é Marat.

— Danton! — gritou Marat, um luz lívida surgindo em seus olhos.

— O quê? — disse Danton.

Assim falavam esses três homens formidáveis. Uma contenda de trovões.

III
Entrelaçamento de fibras profundas

Antes que a conversa fosse retomada, esses titãs se recolheram, cada um em seu pensamento.

Os leões se inquietam com as hidras. Robespierre empalidecera muito e Danton estava corado. Um estremecimento percorreu ambos por um instante. As chamas nos olhos de Marat tinham se apagado; a calma, uma calma imperiosa, voltara a encobrir o rosto desse homem, temido pelos mais temíveis.

---

10. Praça onde se realizavam as execuções públicas.

Danton se sentia derrotado, mas não queria se render. E recomeçou:

— Marat fala muito em ditadura e em unidade, mas só existe uma força, a da ruptura.

Robespierre, relaxando os lábios estreitos, acrescentou:

— Pessoalmente, tenho a mesma opinião que Anarchasis Cloots; eu digo: nem Roland nem Marat.

— E eu — respondeu Marat —, eu digo: nem Danton nem Robespierre.

Olhando fixamente para os dois, ele acrescentou:

— Deixe-me lhe dar um conselho, Danton. Você está apaixonado, pensa em se casar de novo, não se meta mais em política, seja sensato.

E recuando um passo na direção da porta a fim de partir, ele lhes fez esta sinistra saudação:

— Adeus, senhores.

Danton e Robespierre sentiram um arrepio.

Nesse momento, uma voz se elevou ao fundo da sala e disse:

— Você está enganado, Marat.

Todos se viraram. Durante a explosão de Marat, e sem que ninguém notasse, um homem entrara pela porta dos fundos.

— É você, cidadão Cimourdain? — perguntou Marat. — Bom dia.

Era de fato Cimourdain.

— Eu digo que você está enganado, Marat — repetiu ele.

Marat esverdeou, que era seu modo de empalidecer.

Cimourdain prosseguiu:

— Você é útil, mas Robespierre e Danton são necessários. Para que ameaçá-los? União! União, cidadãos! O povo deseja que fiquemos unidos.

Essa chegada teve o efeito de um balde de água fria e, como a chegada de um estranho em meio a uma discussão de casal, ela o apaziguou, senão a fundo, ao menos superficialmente.

Cimourdain avançou em direção à mesa.

Danton e Robespierre o conheciam. Já tinham notado várias vezes nas tribunas públicas da Convenção aquele homem possante e obscuro que o povo saudava. Robespierre, porém, formalista, perguntou:

— Cidadão, como entrou aqui?

— Ele faz parte da Diocese — respondeu Marat com uma voz na qual se sentia uma espécie de submissão.

Marat enfrentava a Convenção, comandava a Comuna e temia a Diocese.

Isso é certo.

Numa profundeza incógnita, Mirabeau sente Robespierre agitar-se, Robespierre sente agitar-se Marat, Marat sente agitar-se Hébert, Hébert sente agitar-se Babeuf. Enquanto as camadas subterrâneas estão tranquilas, o homem político pode caminhar; mas sob os passos do mais revolucionário dos homens há um subsolo, e os mais arrojados param, inquietos, quando sentem sob seus pés o movimento que eles mesmos criaram em suas cabeças.

Saber distinguir o movimento que vem das cobiças do movimento proveniente dos princípios, combater um e ajudar o outro, é a engenhosidade e a virtude dos grandes revolucionários.

Danton viu Marat se inclinar.

— Ora! O cidadão Cimourdain é bem-vindo. — Danton estendeu a mão a Cimourdain. Depois: — Pois bem, expliquemos a situação ao cidadão Cimourdain. Sua presença aqui é oportuna. Eu represento a Montanha, Robespierre representa o Comitê de Salvação Pública, Marat representa a Comuna, Cimourdain representa a Diocese. Ele saberá julgar.

— Que assim seja — disse Cimourdain, de um modo grave e simples. — Do que se trata?

— Da Vendeia — respondeu Robespierre.

— A Vendeia! — exclamou Cimourdain.

E ele prosseguiu:

— É a grande ameaça. Se a Revolução morrer, morrerá por causa da Vendeia. Um vendeano é mais temível que dez alemães. Para que a França viva, é preciso matar a Vendeia.

Essas poucas palavras contagiaram Robespierre.

Entretanto, ele fez a seguinte pergunta:
— Você não é um antigo padre?
O aspecto de padre não escapava a Robespierre. Ele reconhecia no exterior o que havia dentro de si.
Cimourdain respondeu:
— Sim, cidadão.
— E o que tem isso? — indagou Danton. — Quando os padres são bons, eles valem mais que os outros. Em tempos de revolução, os padres se transformam em cidadãos, como os sinos em moedas e em canhões. Danjou é padre, Daunou é padre. Thomas Lindet é bispo de Évreux. Robespierre, você tem assento na Convenção, lado a lado com Massieu, bispo de Beauvais. O grão-vigário Vaugeois estava no comitê de insurreição em 10 de agosto. Chabot é capuchinho. Foi dom Gerle que fez o juramento de Jeu de Paume[11]; e foi o abade Audran que declarou que a Assembleia Nacional era superior ao rei; foi o abade Goutte que pediu à Legislativa que retirasse o dossel da poltrona de Luís XVI; foi o abade Grégoire que provocou a abolição da realeza.
— Apoiado pelo histrião Collot-d'Herbois — escarneceu Marat. — Juntos, os dois cuidaram de tudo: o padre derrubou o trono, o ator lançou o rei ao chão.
— Voltemos à Vendeia — disse Robespierre.
— Pois bem — interveio Cimourdain —, e o que tem isso? O que ela fez, essa Vendeia?
Robespierre respondeu:
— Eis o que ela fez: ela tem um líder. Ela vai se tornar assustadora.
— Quem é esse líder, cidadão Robespierre?
— É um deposto, o marquês de Lantenac, que se intitula príncipe bretão.
Cimourdain fez um gesto.
— Eu o conheço — disse ele. — Fui padre em sua região. — Ele pensou um instante e continuou: — Era um homem interessado nas mulheres, antes de começar a se interessar pelas guerras.

---

11. O *Serment de Jeu de Paume* foi o marco inicial da Revolução Francesa.

— Como Biron, que se tornou duque de Lauzun — disse Danton. Pensativo, Cimourdain acrescentou:

— É um homem que antes se dedicava aos prazeres. Ele deve ser terrível.

— Medonho — disse Robespierre. — Ele incendeia as aldeias, liquida os feridos, massacra os prisioneiros, fuzila as mulheres.

— As mulheres?

— Sim. Entre outras, fez com que fuzilassem a mãe de três crianças. Não se sabe o que aconteceu às crianças. Além disso, é um capitão. Conhece a guerra.

— De fato — respondeu Cimourdain. — Ele fez a guerra de Hanôver, e os soldados diziam: Richelieu em cima, Lantenac embaixo; foi Lantenac o verdadeiro general. Fale sobre isso com Dussaulx, seu colega.

Robespierre meditou por um instante, em seguida o diálogo foi retomado entre ele e Cimourdain.

— Pois bem, cidadão Cimourdain, esse homem se encontra na Vendeia.

— Desde quando?

— Faz três semanas.

— É preciso considerá-lo um fora da lei.

— Já foi feito.

— É preciso pôr sua cabeça a prêmio.

— Já foi feito.

— É preciso oferecer muito dinheiro a quem o capturar.

— Já foi feito.

— Nada de *assignats*.

— Já foi feito.

— Uma recompensa em ouro.

— Já foi feito.

— E é preciso guilhotiná-lo.

— Isso será feito.

— Por quem?

— Por você.

— Por mim?

— Sim, por você. Vamos lhe dar plenos poderes, como delegado do Comitê de Salvação Pública.

— Eu aceito — disse Cimourdain.

Robespierre era rápido em suas escolhas; qualidade de um homem de Estado. Na pasta à sua frente, ele apanhou uma folha de papel em branco sobre a qual se lia o seguinte cabeçalho impresso: REPÚBLICA FRANCESA, UNA E INDIVISÍVEL. COMITÊ DE SALVAÇÃO PÚBLICA.

Cimourdain prosseguiu:

— Certo, eu aceito. Terror contra terror. Lantenac é feroz, eu também serei. Guerrearei até a morte contra ele. Livrarei a República desse homem, se Deus o desejar.

Ele fez uma pausa e depois continuou:

— Sou padre; dá no mesmo, eu acredito em Deus.

— Deus envelheceu — disse Danton.

— Eu creio em Deus — retrucou Cimourdain, impassível.

Com um gesto da cabeça, Robespierre, sinistro, concordou.

Cimourdain retomou a palavra:

— E junto a quem serei designado?

— Junto ao comandante da coluna expedicionária enviada contra Lantenac. No entanto, eu o previno, trata-se de um nobre.

Danton exclamou:

— Isso me é indiferente. Um nobre? E daí? Nobres ou padres, dá no mesmo. Quando são bons, eles são excelentes. A nobreza é um preconceito, não convém tomá-la de um jeito nem de outro, nem a favor nem contra. Robespierre, Saint-Just não é um nobre? Florelle de Saint-Just, meu Deus! Anacharsis Cloots é barão. Nosso amigo Charles Hesse, que está presente em todas as sessões dos Cordeliers, é príncipe e irmão do príncipe que reina em Hesse-Rothenbourg. Montaut, amigo íntimo de Marat, é marquês de Montaut. Há no tribunal revolucionário um jurado que é padre, Vilate, e um jurado que é nobre, Leroy, marquês de Montflabert. Ambos são de confiança.

— E você se esquece — acrescentou Robespierre — do líder do júri revolucionário...

— Antonelle?

— Que é o marquês Antonelle — disse Robespierre.

Danton prosseguiu:

— E Dampierre, um nobre que acaba de ser morto diante de Condé pela República, e é igualmente um nobre, Beaurepaire, que estourou o cérebro para não ter de abrir os portões de Verdun aos prussianos.

— Ainda assim — resmungou Marat —, no dia em que Condorcet disse: "Os Gracos[12] eram nobres", Danton gritou: "Todos os nobres são traidores, a começar por Mirabeau e terminando por você."

A voz grave de Cimourdain se fez ouvir.

— Cidadão Danton, cidadão Robespierre, talvez vocês tenham razão para confiar, mas o povo desconfia, e não está errado em desconfiar. Quando um padre é encarregado de vigiar um nobre, a responsabilidade é redobrada, e é preciso que o padre seja inflexível.

— Certamente — concordou Robespierre.

Cimourdain prosseguiu:

— E inexorável.

Robespierre continuou:

— Disse-o muito bem, cidadão Cimourdain. Você estará com um jovem. Terá ascendência sobre ele, já que tem o dobro de sua idade. É preciso orientá-lo, mas controlando-o. Ao que parece, ele possui talentos militares, todos os relatórios são unânimes quanto a isso. Ele faz parte de um regimento que foi destacado do exército do Reno para combater na Vendeia. Serviu na fronteira, onde se mostrou admirável em inteligência e bravura. Ele comanda perfeitamente a coluna expedicionária. Faz quinze dias que mantém esse velho marquês de Lantenac encurralado. Ele o cerca e o caça. Acabará por empurrá-lo até o mar e derrotá-lo. Lantenac tem a astúcia de um velho general e ele, a audácia de um jovem capitão. Esse jovem já colheu inimigos e invejosos. O general adjunto Rochelle tem ciúmes dele...

---

12. Antiga família da República romana.

— Esse Léchelle — interrompeu Danton — quer ser general de divisão! Para ele, existe apenas um jogo de palavras: "É preciso uma escada para montar sobre Charette."[13] Enquanto isso, Charette luta.

— E não quer — prosseguiu Robespierre — que outro senão ele vença Lantenac. O que há de pior na guerra da Vendeia se acha nessas rivalidades. Heróis mal comandados, eis o que são nossos soldados. Um mero capitão dos hussardos, Chérin, entrou em Saumur com um trompete tocando "Ça ira"; e assim tomou Saumur; poderia seguir em frente e tomar Cholet, mas não tendo ordens para isso, não avançou. É preciso reorganizar todos os comandos da Vendeia. Dispersam-se os guarda-costas, espalham-se as forças; um exército esparso é um exército paralisado; como um bloco transformado em poeira. No acampamento de Paramé, só restam as tendas. Há, entre Tréguier e Dinan, cem pequenos postos inúteis com os quais se poderia fazer uma divisão e cobrir todo o litoral. Léchelle, apoiado por Parein, desguarnece o litoral norte sob pretexto de proteger o litoral sul e abre assim a França aos ingleses. Meio milhão de camponeses revoltados e um desembarque da Inglaterra na França, esse é o plano de Lantenac. O jovem comandante da coluna expedicionária enfia a espada nos rins desse Lantenac e a pressiona, sem a permissão de Léchelle; ora, Léchelle é seu superior; então Léchelle o denuncia. As opiniões divergem sobre esse rapaz. Léchelle quer que seja fuzilado. Prieur de la Marne quer torná-lo general adjunto.

— Esse rapaz — disse Cimourdain — me parece dispor de grandes qualidades.

— Mas ele tem um defeito! — interrompeu-o Marat.

— Qual? — perguntou Cimourdain.

— A clemência — respondeu Marat. — E continuou: — É firme durante o combate, mas depois amolece. Chega a ser indulgente, pronto a perdoar, a agraciar, a proteger os religiosos e as freiras,

---

13. O jogo de palavra só funciona em francês: *Il faut Léchelle pour monter sur Charette* (é preciso a escada para subir na carroça).

e salvar as mulheres e as filhas dos aristocratas, soltar os prisioneiros, libertar os padres.

— Faltas graves — disse Cimourdain.

— Crime — acrescentou Marat.

— Às vezes — ponderou Danton.

— Com frequência — corrigiu Robespierre.

— Quase sempre — concluiu Marat.

— Quando se enfrenta os inimigos da pátria, sempre — exclamou Cimourdain.

Marat se dirigiu a Cimourdain:

— E o que você faria de um líder republicano que desse liberdade a um líder monarquista?

— Penso como Léchelle, eu o fuzilaria.

— Ou a guilhotina — sugeriu Marat.

— A escolher — concedeu Cimourdain.

Danton começou a rir.

— Aprecio tanto um método quanto outro.

— Com certeza, será um ou outro — murmurou Marat.

E, desviando o olhar de Danton, ele o fixou em Cimourdain mais uma vez.

— Portanto, cidadão Cimourdain, se um líder republicano vacilar, você faria com que lhe cortassem a cabeça?

— Em 24 horas.

— Pois bem — recomeçou Marat —, eu penso como Robespierre, devemos enviar o cidadão Cimourdain como comissário delegado do Comitê de Salvação Pública, ao lado do comandante da coluna expedicionária do exército litorâneo. Como se chama mesmo esse comandante?

Robespierre respondeu:

— É um antigo nobre.

Ele começou a folhear seus papéis.

— Deixemos que o padre cuide do nobre — disse Danton. — Desconfio de um padre sozinho; desconfio de um nobre sozinho; quando estão juntos, não tenho receio; um vigia o outro, assim será melhor.

A indignação característica das sobrancelhas de Cimourdain se acentuou, mas achando sem dúvida que a observação era no fundo justa, ele sequer se virou para Danton e, elevando sua voz severa, disse:

— Se o comandante republicano que me for confiado der um passo em falso, pena de morte.

Robespierre, olhando para os papéis, disse:

— Aqui está o nome. Cidadão Cimourdain, o comandante sobre o qual você terá plenos poderes é um antigo visconde, ele se chama Gauvain.

Cimourdain empalideceu.

— Gauvain? — exclamou ele.

Marat notou a palidez no rosto de Cimourdain.

— O visconde Gauvain! — repetiu Cimourdain.

— Exato — confirmou Robespierre.

— E então? — indagou Marat, os olhos fixos em Cimourdain.

Houve uma pausa, antes de Marat voltar a falar:

— Cidadão Cimourdain, com as condições exigidas por você mesmo, aceita a missão de comissário delegado junto ao comandante Gauvain? Tem certeza?

— Sim, tenho certeza — respondeu Cimourdain.

Ele estava cada vez mais lívido.

Robespierre pegou a pena que estava ao seu lado, anotou com sua escritura lenta e correta quatro linhas sobre a folha com cabeçalho COMITÊ DE SALVAÇÃO PÚBLICA, assinou e passou a folha e a pena para Danton. Danton assinou e Marat, que não tirava os olhos do rosto descorado de Cimourdain, assinou depois de Danton.

Robespierre apanhou a folha, datou-a e a entregou a Cimourdain, que a leu:

ANO II DA REPÚBLICA

"Plenos poderes são outorgados ao cidadão Cimourdain, comissário delegado do Comitê de Salvação Pública, junto ao cidadão Gauvain, comandante da coluna expedicionária do exército litorâneo.

"Robespierre — Danton — Marat"
E sob as assinaturas: "28 de junho de 1793."

O calendário revolucionário, chamado de calendário civil, ainda não existia legalmente nessa época e só seria adotado pela Convenção, conforme a proposta de Romme, no dia 5 de outubro de 1793.
Enquanto Cimourdain lia, Marat o observava.
E então, à meia-voz, como se falasse consigo mesmo, ele disse:
— É necessário especificar tudo isso em um decreto da Convenção ou por uma resolução especial do Comitê de Salvação Pública. Ainda há algo a ser feito.
— Cidadão Cimourdain, onde você mora? — perguntou Robespierre.
— Na Cour du Commerce.
— Ora, eu também — disse Danton. — Você é meu vizinho.
Robespierre voltou a falar:
— Não há um instante a perder. Amanhã, você receberá sua comissão em regra, assinada por todos os membros do Comitê de Salvação Pública. Isso é uma confirmação da comissão que o oficializará junto aos representantes em missão, Philippeaux, Prieur de la Marne, Lecointre, Alquier e os outros. Nós sabemos quem você é. Seus poderes são ilimitados. Pode promover Gauvain a general ou enviá-lo ao patíbulo. Sua comissão estará pronta amanhã às três horas. Quando você vai partir?
— Partirei às quatro horas — respondeu Cimourdain.
Em seguida, eles se separaram.
Voltando para casa, Marat preveniu Simonne Évrard[14] que iria à Convenção no dia seguinte.

---

14. Companheira e colaboradora de Marat.

LIVRO TERCEIRO
A Convenção

I
A Convenção

I

Nós nos aproximamos do estágio mais elevado.

Eis a Convenção.

O olhar se petrifica à presença desse pico.

Nunca houve nada mais alto que surgisse no horizonte dos homens.

Há o Himalaia e há a Convenção.

A Convenção talvez seja o ponto culminante da história.

Enquanto viveu a Convenção, pois se trata de algo vivo, ainda não se tinha ideia do que era uma assembleia. O que escapava à compreensão dos contemporâneos era precisamente sua grandeza; o temor era demasiado para permitir o fascínio. Tudo o que é grande possui um horror sagrado. Admirar os medíocres e as colinas era fácil; mas aquilo que se encontra alto demais, seja um gênio ou uma montanha, seja uma assembleia ou uma obra-prima, vistos de muito perto, assusta. Todo cume parece um exagero. Escalar cansa. As escarpas nos deixam ofegantes, escorregamos nas encostas, ferem-nos as asperezas que lhes tornam belas; as torrentes espumantes denunciam os precipícios, as nuvens ocultam os picos; a ascensão aterroriza tanto quanto a queda. Há mais assombro que admiração. Somos tomados por um sentimento bizarro, a aversão ao que é grande. Veem-se os abismos, não o que é sublime; vê-se o monstro, não o pródigo. Assim foi inicialmente julgada a Convenção.

A Convenção foi avaliada pelos míopes, ela que foi feita para ser contemplada pelas águias.

Hoje em dia, ela se encontra em perspectiva, e desenha no céu profundo, a uma distância serena e trágica, o imenso perfil da Revolução Francesa.

II

O 14 de julho havia libertado.

O 10 de agosto havia fulminado.

O 21 de setembro fundou.[1]

O 21 de setembro, o equinócio de outono, o equilíbrio. *Libra*. A balança. Segundo observação de Romme, foi sob o signo da igualdade e da justiça que a República foi proclamada. Uma constelação a anunciou.

A Convenção é o primeiro avatar do povo. Foi através da Convenção que uma nova página importante se abriu, e que teve início o futuro de nossos tempos atuais.

Toda ideia carece de um envelope visível, todo princípio necessita de uma vivenda; uma igreja é Deus entre quatro paredes; todo dogma precisa de um templo. Quando se criou a Convenção, houve um primeiro problema a ser resolvido: onde alojá-la.

No começo, optaram pela sala de Manège, depois pelo palácio das Tulherias. Ali se ergueu uma estrutura, decorada com um grande camafeu pintado por David, bancos dispostos em simetria, uma tribuna quadrada, pilastras paralelas, as bases parecidas com cepos, longas vigas retilíneas, alvéolos retangulares para onde se precipitava uma multidão e que chamavam de tribunas públicas, um velário romano, tecidos gregos e, nesses ângulos retos e dentro da retidão dessas, se instalou a Convenção; no interior dessa geometria confinaram a tempestade. Sobre a tribuna, a boina vermelha foi pintada de cinza. No início, os monarquistas acharam graça daquela

---

1. Catorze de julho de 1789, a tomada da Bastilha; 10 de agosto de 1792, a tomada das Tulherias; 21 de setembro de 1792, abolição da Monarquia.

boina vermelha e cinza, daquela sala postiça, daquele monumento em papelão, daquele santuário em papel maché, daquele panteão de lama e saliva. Não demoraria a desaparecer. As colunas eram em aduelas de barris, as abóbadas eram de ripas, os baixos-relevos eram em mástique, os entablamentos eram em pinho, as estátuas eram em gesso, os mármores eram pintados, as muralhas eram em panos, e dentro desse improviso a França faria o eterno.

As muralhas da sala de Manège, quando a Convenção ali realizou uma sessão, estavam todas cobertas de cartazes que haviam pululado em Paris à época do retorno de Varennes. Em um deles, lia-se: *O rei entra. Espancado será quem o aplaudir, enforcado quem o insultar.* Em outro: *Paz. Chapéus sobre a cabeça. Ele vai passar diante de seus juízes.* Em outro: *O rei mirou contra a nação. Ele atirou por muito tempo, agora é a nação que deve disparar.* Em outro ainda: *A Lei! A Lei!* Foi entre esses muros que a Convenção julgou Luís XVI.

No palácio das Tulherias, onde a Convenção se reuniu em 10 de maio de 1793, e que era chamado de Palais-National, o plenário ocupava inteiramente o intervalo entre o pavilhão do Horloge, chamado pavilhão Unidade, e o pavilhão Marsan, chamado pavilhão Liberdade. O pavilhão de Flore se chamava pavilhão Igualdade. Era pela escadaria projetada por Jean Bullant que se chegava ao plenário. Sob o primeiro andar ocupado pela assembleia, todo o andar térreo do palácio era uma espécie de sala de armas comprida, apinhada de feixes de armas e leitos de campanha de todas as tropas que vigiavam a Convenção. A assembleia dispunha de uma guarda de honra que chamavam de "os granadeiros da Convenção".

Uma fita tricolor separava o castelo, onde se situava a assembleia, do jardim por onde o povo transitava.

III

Mas é preciso concluir a descrição desse plenário. Tudo era interessante nesse local terrível.

O que mais impressionava ao olhar de quem ali entrasse era a grande estátua da Liberdade, entre duas amplas janelas.

SEGUNDA PARTE

Quarenta e dois metros de comprimento, dez de largura, onze metros de altura, tais eram as dimensões daquele espaço que havia sido o teatro do rei e que se tornara o teatro da revolução. O salão elegante e magnífico construído por Vigarani[2] para os cortesões desapareceu sob o madeiramento rústico que, em 93, precisou suportar o peso do povo. Essa estrutura de madeira sobre a qual se erguiam as tribunas públicas, vale a pena observar esse detalhe, tinha todo o seu ponto de apoio num único poste. Essa coluna era composta de um só pedaço inteiriço que alcançava dez metros. Poucas cariátides trabalharam como esse poste; durante anos, ele sustentou os rudes arrebatamentos da Revolução. Suportou a aclamação, o entusiasmo, a injúria, o barulho, o tumulto, o imenso caos das cóleras, o motim. E jamais se envergou. Depois da Convenção, veio o Conselho dos Anciãos.[3] O 18 Brumário tomou seu lugar.

Percier[4] então trocou o pilar de madeira por colunas de mármore, que duraram menos tempo.

O ideal dos arquitetos é, por vezes, singular; o arquiteto da rua de Rivoli teve por ideal a trajetória de uma bala de canhão, o arquiteto Carlsruhe idealizou um leque; uma gigantesca gaveta de cômoda parece ter sido o ideal do arquiteto que construiu o salão onde a Convenção se instalou, em 10 de maio de 1793. Era comprido, alto e plano. Em um dos lados maiores do paralelogramo havia um vasto semicírculo, que era o anfiteatro dos bancos dos representantes, sem mesas ou carteiras; Garan-Coulon, que escrevia um bocado, fazia-o sobre as próprias pernas; diante dos bancos, a tribuna; à frente da tribuna, o busto de Lepelletier-Saint-Fargeau[5]; atrás da tribuna, a poltrona do presidente.

---

2. Gaspare Vigarani (1586-1663), arquiteto italiano.
3. Conselho dos Anciãos: o Consulado havia instituído o sistema bicameral, o Conselho dos Quinhentos, que propunha as leis, e o Conselho dos Anciãos, que as adotava ou rejeitava.
4. Charles Percier (1764-1838), arquiteto neoclássico francês.
5. Michel Lepelletier de Saint-Fargeau, regicida assassinado em janeiro de 1793 por um monarquista.

A cabeça do busto ultrapassava um pouco o bordo da tribuna, razão pela qual mais tarde o retiraram de lá.

O anfiteatro se compunha de dezenove bancos semicirculares, sobrepostos uns atrás dos outros; as extremidades dos bancos prolongavam esse anfiteatro nos dois sentidos.

Embaixo, em um espaço na forma de ferradura, ao pé da tribuna, se encontravam os oficiais de justiça.

Do outro lado da tribuna, em uma moldura de madeira escura, via-se um cartaz de nove pés de altura exibindo sobre duas páginas separadas por uma espécie de cetro a Declaração dos Direitos Humanos; do outro lado, havia um espaço vazio que mais tarde foi ocupado por uma moldura semelhante, contendo a Constituição do ano II[6] e cujas duas páginas eram separadas por um gládio. Acima da tribuna e acima da cabeça do orador, projetando-se de um camarote profundo de dois compartimentos repletos de gente, fremiam três imensas bandeiras tricolores, quase horizontais, apoiadas num altar sobre as quais se lia: A LEI. Atrás desse altar, como uma sentinela da livre expressão, erguia-se uma enorme insígnia romana, alta como uma coluna. Estátuas colossais, eretas contra a parede, confrontavam os representantes. O presidente tinha à sua direita Licurgo e à sua esquerda Sólon[7]; no alto da Montanha, havia Platão.

Essas estátuas tinham como pedestais apenas simples cubos, dispostos sobre uma cornija que dava a volta no salão e separava o povo da assembleia. Os espectadores se acotovelam sobre essa cornija.

A moldura em madeira escura do cartaz com os Direitos Humanos erguia-se da cornija e sobrepunha uma parte do entablamento, quebrando a linha reta e arrancando de Chabot o seguinte comentário feito a Vadier[8]: "É feio."

---

6. Na verdade, trata-se do ano I (e não do ano II), adotado em junho de 1793.
7. Respectivamente, legisladores de Esparta e Atenas.
8. Marc-Guillaume Aléxis Vadier (1736-1828), político francês ativo durante a Revolução.

Sobre a cabeça das estátuas, alternavam-se coroas de carvalho e louro.

Um tecido verde, onde estavam pintadas em tom esverdeado mais escuro as mesmas coroas, descia com enormes vincos da cornija circular, revestindo todo o solo do salão ocupado pela assembleia. Acima desse tecido, o muro era branco e frio. Nesse muro havia, encavados de improviso, sem caixilhos nem ornamentos de folhagens, dois andares de tribuna pública, quadrados embaixo, arredondados no alto; obedecendo às regras, posto que Vitruve[9] não fora destituído, as arquivoltas eram sobrepostas às vigas mestras. Havia dez tribunas em cada uma das amplas laterais do salão e, em cada uma das duas extremidades, dois camarotes desmesurados; no total, 24, onde se aglomerava a multidão.

Os espectadores das tribunas inferiores transbordavam sobre todas as amuradas e se agrupavam sobre os relevos da arquitetura. Uma longa barra de ferro, solidamente chumbada à altura do apoio, servia de parapeito às tribunas superiores e protegia os espectadores contra a pressão do povo que subia pelas escadas. Assim mesmo, certa vez, um homem foi projetado dentro da Assembleia e caiu parcialmente sobre Massieu, bispo de Beauvais, mas não morreu. E o homem disse: "Ora veja! Afinal um bispo serve para alguma coisa!"

O salão da Convenção podia acolher duas mil pessoas e, nos dias de insurreição, três mil.

A Convenção realizava duas sessões. Uma de dia e outra no início da noite.

O espaldar da poltrona do presidente era redondo, com pregos dourados, sua mesa se apoiava em quatro monstros alados com um único pé, que diziam ter saído do Apocalipse para assistir à Revolução. Pareciam ter sido desatrelados da carruagem de Ezequiel para vir puxar a carroça de Sanson.[10]

---

9. Arquiteto e teórico de estilo considerado "clássico".
10. Charles-Hebri Sanson ou seu filho Henri, carrascos de pai para filho, executores de Luís XVI e de Maria Antonieta.

Sobre a mesa do presidente havia uma grande campainha, quase um sino, um grande tinteiro em cobre e um in-fólio de pergaminho encadernado, que era o livro de registro dos processos verbais.

Cabeças cortadas, suspensas na ponta de uma lança, esvaziaram seu sangue sobre essa mesa.

Nove degraus levavam à tribuna. Eram degraus altos, íngremes, bem difíceis; um dia, eles fizeram tropeçar Gensonné[11], que os subia. "É uma escada de patíbulo!", exclamou ele. "Pois comece a praticar", disse-lhe Carrier.[12]

Ali onde as paredes pareciam demasiadamente nuas, nos ângulos do salão, o arquiteto aplicou fasces ornamentais com um machado exposto.[13]

À direita e à esquerda da tribuna, pedestais sustentavam dois candelabros de doze pés de altura no topo dos quais havia quatro pares de candeeiros. Dentro de cada camarote público havia um candelabro semelhante. Sobre os pedestais desses candelabros tinham sido esculpidos círculos, que o povo chamava de "colares da guilhotina".

Os bancos da Assembleia subiam até quase a cornija das tribunas; os representantes e o povo podiam dialogar. As passagens internas escoavam em um labirinto de corredores que, por vezes, emitiam um ruído atroz.

A Convenção atulhava o palácio e refluía até as mansões vizinhas, a mansão de Longueville, a mansão de Coigny. Foi para a mansão de Coigny que, depois de 10 de agosto, segundo uma carta de lorde Bradford, levaram a mobília real. O esvaziamento do palácio das Tulherias durou dois meses.

Os comitês ficavam instalados nas vizinhanças do salão; no pavilhão Igualdade, os da Legislação, da Agricultura e do Comércio; no pavilhão Liberdade, os da Marinha, das Colônias, das Finanças,

---
11. Armand Gensonné (1758-1793), deputado da Gironda.
12. Presidente do Tribunal Revolucionário de Nantes.
13. Símbolo de origem turca usado pelo Império Romano.

dos *Assignats* e da Salvação Pública; no pavilhão Unidade, o Comitê de Guerra.

O Comitê de Segurança Geral se comunicava diretamente com o Comitê de Salvação Pública através de um corredor obscuro, iluminado noite e dia por um candeeiro, por onde espiões de todos os partidos iam e vinham. Ali, ninguém se falava.

A barra de separação da Convenção foi várias vezes deslocada. Habitualmente, ela se encontrava à direita do presidente.

Nas duas extremidades do salão, as duas divisórias verticais que fechavam, à direita e à esquerda, os semicírculos concêntricos do anfiteatro deixavam, entre elas e a parede, corredores estreitos e profundos, dentro dos quais se abriam duas grandes portas sombrias. Por ali, se entrava e se saía.

Os representantes acessavam diretamente o salão por uma porta que dava para o terraço dos Feuillants.[14]

Esse salão, pouco iluminado de dia pelas pálidas janelas, mal iluminado ao crepúsculo pelas tochas lívidas, tinha algo de noturnal. Essa penumbra se misturava às trevas da noite; as sessões clareadas com lamparinas eram lúgubres. Impossível ver alguma coisa; de uma ponta a outra do salão, da direita à esquerda, grupos de rostos indistintos se insultavam. As pessoas se encontravam sem se reconhecer. Um dia, Laignelot, correndo até a tribuna, esbarrou em alguém na rampa do corredor. "Perdão, Robespierre", disse ele. "Por quem você me toma?", perguntou uma voz rouca. "Perdão, Marat", disse Laignelot.

Embaixo, à direita e à esquerda do presidente, duas tribunas eram mantidas reservadas; pois, por estranho que pareça, havia na Convenção espectadores privilegiados. Essas tribunas eram as únicas que possuíam cortinas. No meio da viga mestra, duas borlas douradas sustentavam os tecidos. As tribunas populares eram nuas.

Todo esse conjunto era violento, selvagem, regular. A retidão dentro do indomável; quase um resumo de toda a Revolução. O salão

---

14. Os monarquistas constitucionais.

da Convenção oferecia o mais completo espécime daquilo que os artistas chamam desde então de "a arquitetura messidor"[15]; maciço e frágil. Os construtores dessa época confundiam simetria com beleza. A última palavra da Renascença havia sido dita sob o reinado de Luís XV, e daí surgiu uma reação. O que era nobre se tornou insípido, o que era pureza se tornou tédio. Existe algo de melindroso na arquitetura. Depois das orgias deslumbrantes de forma e cor do século XVIII, a arte começou uma dieta, autorizando-se apenas a linha reta. Esse tipo de projeto conduziu à feiura. A arte reduzida ao esqueleto, foi esse o resultado. É o inconveniente nessa espécie de sabedoria e de abstinência; o estilo é tão sóbrio que se torna frugal.

E além de toda emoção política, considerando-se apenas a arquitetura, um certo arrepio emanava desse salão. Vinha confusamente à memória o teatro antigo, os camarotes cheios de grinaldas, o teto azul e púrpura, o lustre brilhante, os candelabros com reflexos de diamantes, tapeçarias da cor do peito de pombo, uma profusão de amores e ninfas sobre a cortina e sobre os tecidos, todo o idílio real e galante, pintado, esculpido e dourado que enchera de sorriso esse local severo, e via-se em todos os cantos à sua volta esses ângulos duros, retilíneos, frios e incisivos como o aço; era algo como Boucher[16] guilhotinado por Davi.[17]

IV

Quem visse a Assembleia não pensava mais no salão. Quem visse o drama não pensava mais no teatro. Nada havia de mais disforme e de mais sublime. Um bocado de heróis e uma manada de covardes. Animais selvagens sobre uma montanha, répteis dentro de um brejo. Ali, formigavam, acotovelavam-se, ameaçavam-se, lutavam e viviam todos esses combatentes que hoje são fantasmas.

Um inventário titânico.

---

15. Messidor: o décimo mês no calendário revolucionário francês.
16. François Boucher (1703-1776), pintor favorito de Luís XV.
17. Jacques-Louis David (1748-1825), nome importante do movimento neoclássico.

SEGUNDA PARTE

À direita, a Gironda, legião de pensadores; à esquerda, a Montanha, grupo de atletas. De um lado, Brissot, que recebera as chaves da Bastilha; Barbaroux, a quem obedeciam os marselheses; Kervélégan, que tinha nas mãos o batalhão de Brest, aquartelado no *faubourg* Saint-Marceau; Gensonné, que estabelecera a supremacia dos representantes sobre os generais; o fatal Guadet a quem, certa noite no palácio das Tulherias, a rainha mostrou o delfim adormecido; Guadet beijou a testa do filho e cortou a cabeça do pai; Salles, o denunciador quimérico das intimidades da Montanha com a Áustria; Sillery, o coxo da direita, assim como Couthon era o único estropiado da esquerda; Lause-Duperret, que, tratado como *celerado* por um jornalista, o convida a jantar, dizendo: "Eu sei que 'celerado' quer dizer apenas 'o homem que não pensa como nós'"; Rabaut-Saint--Étienne, que começara seu almanaque em 1790 com estas palavras: "A Revolução acabou"[18]; Quinette, um dos que derrubaram Luís XVI; o jansenista Camus, que redigia a constituição civil do clero, acreditava nos milagres do diácono Pâris e se prostrava todas as noites diante do Cristo de sete pés de altura pregado à parede de seu quarto; Fauchet, um padre que, com Camille Desmoulins, participou do 14 de julho; Isnard, que cometeu o crime de dizer: "Paris será destruída", no mesmo momento em que Brunswick dizia: "Paris será incendiada"; Jacob Dupont, o primeiro a bradar: "Eu sou ateu", e a quem Robespierre respondeu: "O ateísmo é aristocrático"; Lanjuinais, determinada, sagaz e valente cabeça bretã; Ducos, o Euríales de Boyer-Fonfrède; Rebecqui, o Pilades de Barbaroux[19]; Rebecqui se demitiu porque não tinham ainda guilhotinado Robespierre; Richaud, que combatia a permanência das seções; Lasource, que proferiu este apotegma assassino: "Maldição às nações agradecidas!", e que ao pé do patíbulo viria a se contradizer através destas palavras orgulhosas lançadas aos montanheses: "Nós morremos porque o povo dorme,

---

18. Redator-chefe do jornal *Le Moniteur Universel* e autor do *Almanach historique de la Révolution* (1791).
19. Alusão à amizade de Nisus por Euríales, personagens da *Eneida* de Virgílio.

e vocês morrerão porque o povo despertará"; Biroteau, que fez com que fosse decretada a abolição da inviolabilidade, foi assim, sem o saber, o ferreiro do cutelo e ergueu o patíbulo para si mesmo; Charles Villatte, que protegeu sua consciência com este protesto: "Eu não quero votar com a faca no pescoço"; Louvet, o autor de *Faublas*, que acabaria livreiro no Palais-Royal com Lodoïska no balcão; Mercier, autor de *Tableau de Paris*, que exclamaria: "Todos os reis sentiram na nuca o 21 de janeiro"; Marec, cuja preocupação era "a facção dos antigos limites"; o jornalista Carra que, ao pé do patíbulo, disse ao carrasco: "Morrer me aborrece, eu gostaria de ver a sequência"; Vigée, que se intitulava granadeiro no segundo batalhão de Mayenne-et-Loire, e que, ameaçado pelas tribunas públicas, exclamou: "Peço que, ao primeiro murmúrio das tribunas, nos retiremos todos e marchemos para Versalhes, com a espada à mão!" Buzot, destinado a morrer de fome; Valazé, vítima de seu próprio punhal; Condorcet, que morreria em Bourg-la-Reine, rebatizada Bourg-Égalité, denunciado por Horace que o tinha em suas mãos; Pétion, cuja sina foi a de ser adorado pela multidão em 1792 e devorado pelos lobos em 1793[20]; e vinte outros, Pontécoulant, Marboz, Lidon, Saint-Martin, Dussaulx, tradutor de Juvenal, que fizera a campanha de Hanôver, Boilleau, Bertrand, Lesterp-Beauvais, Lesage, Gomaire, Gardien, Mainvielle, Duplantier, Lacaze, Antiboul e, à frente, um Barnave a quem chamavam de Vergniaud.

Do outro lado, Antoine-Louis-Léon Florelle de Saint-Just, pálido, sempre cabisbaixo, perfil correto, olhar misterioso, tristeza profunda, vinte e três anos; Merlin de Thionville, a quem os alemães chamavam Feuer-Teufel, "o diabo de fogo"; Merlin de Douai, o autor culpado pela lei dos suspeitos; Soubrany, que o povo de Paris, em 1º prairial, pediu que se tornasse general; o antigo padre Lebon, empunhando

---

20. Quando tiveram suas prisões decretadas, Buzot e Pétion viveram escondidos durantes dez meses, antes de se suicidarem. Mais tarde, seus cadáveres foram encontrados no bosque, devorados pelos lobos. Condenado à morte, Valazé apunhala a si mesmo diante dos juízes. Preso em um cabaré, Condorcet se envenena na prisão em março de 1793.

uma espada com a mão que aspergira água benta; Billaud-Varennes, que previa a magistratura do futuro; sem juízes e sem árbitros; Fabre d'Églantine, que fez uma descoberta fascinante, o calendário republicano, como Rouget de Lisle teve uma inspiração sublime, "A Marselhesa", mas ambos sem recidiva; Manuel, o procurador da Comuna, que dissera: "Um rei morto não significa um homem a menos"; Goujon, que ajudou a tomar Tripstadt, Newstadt e Spire, e viu fugir o exército prussiano; Lacroix, advogado que se tornou general e cavaleiro de Saint-Louis seis dias antes de 10 de agosto; Fréron-Thersite, filho de Fréron-Zoïle; Ruhl, inexorável pesquisador do armário de ferro que continha os arquivos do rei, predestinado ao grande suicídio republicano, vindo a se matar no dia que morria a República; Fouché, alma de demônio, rosto de cadáver; Camboulas, amigo de Duchesne, que dizia a Guillotin: "Você é do clube dos Feuillants, mas sua filha é do clube dos Jacobinos"; Jagot que, àqueles que se queixavam da nudez dos prisioneiros, respondia com estas palavras cruéis: "Uma prisão é uma roupa de pedra"; Javogues, o atemorizante desenterrador de túmulos de Saint-Denis; Osselin, proscritor que escondia em sua casa uma proscrita, madame Charry; Bentabolle, que, quando presidia, fazia sinais para que a tribuna aplaudisse ou vaiasse; o jornalista Robert, marido da senhorita Kéralio, que escrevia: "Nem Robespierre nem Marat vem à minha casa; Robespierre virá quando quiser, Marat nunca"; Garan-Coulon, que exigira com arrogância, quando a Espanha interveio no processo de Luís XVI, que a Assembleia não se dignasse a ler a carta de um rei para um rei; Grégoire, bispo, que no início era representante da Igreja primitiva, porém mais tarde, sob o império, eliminou o republicano Grégoire, trocando-o por conde Grégoire; Amar, que dizia: "Toda a Terra condena Luís XVI, a quem poderá ele recorrer de seu julgamento? Aos planetas"; Rouyer, que se opusera em 21 de janeiro que disparassem o canhão do Pont-Neuf, dizendo: "A cabeça de um rei não deve fazer, ao cair, mais barulho que a cabeça de outro homem"; Chénier, irmão de André; Vadier, um daqueles que pousavam sua pistola sobre a tribuna; Panis, que dizia a Momoro:

"Quero que Marat e Robespierre se abracem na mesa de minha casa." "Onde você mora?" "Em Charenton." "Estranharia que fosse em outro lugar", dizia Momoro; Legendre, que foi o açougueiro da revolução da França como Pride foi o da revolução da Inglaterra; "Venha, que eu acabo com você", gritou ele para Lanjuinais. E Lanjuinais respondeu: "Antes faça decretar que eu sou um boi"; Collot d'Herbois, esse lúgubre ator, portando no rosto a máscara antiga com duas bocas, uma dizendo "Sim" e a outra "Não", aprovando com uma o que a outra criticava, desonrando Carrier em Nantes e venerando Châlier em Lyon, enviando Robespierre ao patíbulo e Marat ao Panteão; Génissieux, que exigia a pena de morte contra todos que usassem a medalha de Luís XVI martirizado; Léonard Bourdon, professor que oferecera sua casa ao velho do Mont-Jura[21]; Topsent, marinheiro; Groupilleau, advogado; Laurent Lecointre, comerciante; Duhem, médico; Sergent, escultor; David, pintor; Joseph Égalité, príncipe. E mais outros, Lecointe Puiraveau, que pedia que Marat fosse declarado por decreto "em estado de demência"; Robert Lindet, o inquietante criador de um polvo cuja cabeça era o Comitê de Segurança Geral envolvendo a França com seus 21 mil braços, os chamados comitês revolucionários[22]; Lebœuf, sobre quem Girey--Dupré, em seu *Noël des faux patriotes*, escreveu o seguinte verso:
Lebœf viu Legendre e mugiu.[23]

Thomas Payne, americano e clemente; Anacharsis Cloots, alemão, barão, milionário, ateu, hebertista[24], cândido; o íntegro Lebas, amigo de Duplay; Rovère, um dos raros homens malvados pela malvadeza, pois o sentimento de arte pela arte é mais comum do que se pensa; Charlier, que exigia que os aristocratas fossem tratados pelo pronome

---

21. Com 120 anos, era o "decano do gênero humano" e foi festejado pela Assembleia Constituinte em 1789.
22. A partir de março de 1793, os comitês revolucionários detinham todos os suspeitos.
23. Jogo de palavras intraduzível: O boi (*beuf*) viu o genro (*genre*) e mugiu.
24. Os hebertistas, também conhecidos como os "exagerados", partidários de Jacques--René Hébert, líder da esquerda jacobina na Assembleia.

vous; Tallien, elegíaco e raivoso, que fará o 9 Termidor por amor[25]; Cambacérès, procurador que se tornará príncipe, Carrier, procurador que se tornará um tigre; Laplanche, que um dia exclamou: "Peço prioridade para o canhão de alarme"; Thuriot, que queria que o voto fosse proferido em voz alta pelos jurados do tribunal revolucionário; Bourdon de l'Oise, que desafiou Chambon em duelo, denunciou Payne e foi denunciado por Hébert; Fayau, que propunha "o envio de um exército incendiário" à Vendeia; Tavaux, que, em 13 de abril, agiu praticamente como um mediador entre a Gironda e a Montanha; Vernier, que pedia que os chefes da Gironda e da Montanha fossem servir como simples soldados; Rewbell, que se isolou em Mayence; Bourbotte, que teve o cavalo morto sob suas pernas na reconquista de Saumur; Guimberteau, que comandou o exército de Côtes de Cherbourg; Jard-Panvilliers, que comandou as tropas de Côtes de la Rochelle; Lecarpentier, que comandou a esquadra de Cancale; Roberjot, que aguardava a emboscada de Rastadt; Prieur de la Marne, que usava nos campos sua velha dragona sem franja de líder de esquadrão; Levasseur de la Sarthe que, com uma só palavra, convenceu Serrent, comandante do batalhão de Saint-Amand, a se matar; Reverchon, Maure, Bernard de Saintes, Charles Richard, Lequinio e, no topo desse grupo, um Mirabeau que chamavam de Danton.

Fora desses dois campos, e com todo o respeito que merecem, se erguia um homem, Robespierre.

V

Sob eles, agachavam-se o pavor, que pode ser nobre, e o medo, que é vil. Sob as paixões, sob os heroísmos, sob a devoção, sob as iras, a morna multidão dos anônimos. As camadas inferiores da Assembleia eram chamadas de *Planície*.[26] Ali se encontravam os

---

25. Depois da prisão de sua amante, Theresia de Cabarrus, em 1794, ele jurou vingança a Robespierre.
26. *Plaine*, em francês. Designação dos deputados do meio do hemicírculo, que se sentavam nos bancos inferiores e nos degraus da Sala de Manège.

flutuantes: os homens que duvidam, que hesitam, que recuam, que procrastinam, que espiam, todos com medo de alguém. A Montanha era uma elite; a Gironda era uma elite; a Planície era formada por gente do povo. A Planície se resumia e se condensava na pessoa de Emmanuel Joseph Sieyès.

Sieyès, um homem profundo que se tornara oco. Ele parou no Terceiro Estado e não soube ascender ao povo. Alguns espíritos são feitos para ficar no meio do caminho. Sieyès chamava Robespierre de tigre e este o chamava de toupeira. Esse metafísico tinha alcançado não a sabedoria, mas a prudência. Era um cortesão, não um servidor da Revolução. Ele apanhava uma pá e ia trabalhar com o povo no Champ de Mars, atrelado à mesma charrete que Alexandre de Beauharnais.[27] Ele aconselhava a todos que fossem enérgicos, algo que ele próprio não era. Dizia aos girondinos: "Usem o canhão de seu partido." Existem pensadores que são lutadores; estes agiam como Condorcet com Vergniaud, ou como Camille Desmoulins com Danton. Existem pensadores que querem viver, e estes estavam com Sieyès.

As cubas mais generosas têm seus sedimentos. Logo abaixo da Planície havia o *Pântano*.[28] A medonha estagnação deixava entrever as transparências do egoísmo. Ali, tiritava a espera muda dos medrosos. O que podia haver de mais miserável. Todos os opróbrios e nenhuma vergonha; a cólera latente; a revolta sob a servidão. Mostravam-se cinicamente amedrontados; eles tinham todas as coragens da covardia; preferiam a Gironda e escolhiam a Montanha, deles dependia o desenlace; pendiam para o lado que tinha sucesso; entregaram Luís XVI a Vergniaud, Vergniaud a Danton, Danton a Robespierre, Robespierre a Tallien. Ridicularizavam Marat enquanto estava vivo e veneraram Marat depois de sua morte. Eles apoiavam tudo, até o dia em que derrubavam tudo. Tinham o

---

27. Mais de três mil operários e todo tipo de voluntários trabalharam no canteiro do Champ de Mars, onde se celebraria o aniversário da Revolução.
28. *Marais*, em francês.

instinto capaz de dar o empurrão decisivo a tudo que hesita. Aos olhos deles, como haviam se engajado à condição de se mostrarem sólidos, hesitar era traí-los. Eram numerosos, eram a força, eram o medo. Daí a audácia das torpezas.

Daí o 31 de maio, o 11 Germinal, o 9 Termidor[29]; tragédias urdidas pelos gigantes e desurdidas pelos anões.

VI

A esses homens cheios de paixões se misturavam os homens cheios de sonhos. A utopia estava presente em todas as suas formas, sob a configuração belicosa que admitia o patíbulo, e sob o formato inocente que abolia a pena de morte; o espectro para os tronos, o anjo para o povo. Comparativamente aos espíritos que combatiam, havia os espíritos que incubavam. Uns tinham na cabeça a guerra, outros a paz; um cérebro, Carnot, gestava catorze exércitos; outro cérebro, Jean Debry[30], meditava sobre uma federação democrática universal. Em meio a essas furiosas eloquências, em meio às vozes que urravam e que rugiam, havia silêncios fecundos. Lakanal se calava e preparava em seus pensamentos a educação pública nacional; Lanthenas se calava e criava as escolas primárias; Révellière-Lépeaux se calava e sonhava com a elevação da filosofia à dignidade da religião. Outros cuidavam das questões detalhadas, menores e mais práticas. Guyton--Morveau estudava o saneamento dos hospitais; Maire, a abolição das servidões reais; Jean-Bon-Saint-André, a supressão da prisão por dívidas e da coação física; Romme, a proposta de Chappe[31]; Duboë, a reorganização dos arquivos; Coren-Fustier, a criação do gabinete de anatomia e do museu de história natural; Guyomard, a navegação fluvial e a represa de Escaut. A arte possuía seus fanáticos e até seus monomaníacos; no dia 21 de janeiro, enquanto a cabeça da Monarquia rolava na praça da Révolution, Bézard, representando

---

29. Queda dos girondinos; queda dos dantonistas; queda de Robespierre.
30. Jean Debry, relator girondino.
31. Claude Chappe, inventor da telegrafia ótica.

o departamento de Oise, foi ver um quadro de Rubens achado em um sótão da rua Saint-Lazare. Artistas, oradores, profetas, homens colossais como Danton, homens infantis como Cloots, gladiadores e filósofos, todos perseguiam a mesma meta, o progresso. Nada os desnorteava. A grandeza da Convenção foi procurar o que havia de real naquilo que os homens chamam de impossível. Em um desses extremos, Robespierre olhava fixamente para o direito; no outro extremo, Condorcet fixava seu olhar no dever.

Condorcet era um homem de devaneios e lucidez; Robespierre, um homem de execução; e às vezes, nas derradeiras crises das sociedades envelhecidas, execução significa extermínio. As revoluções têm duas vertentes, aclive e declive, e trazem sobrepostas nessas vertentes todas as estações, desde o gelo até as flores. Cada zona dessas vertentes produz os homens que convêm ao seu clima, desde os que vivem no sol até os que vivem no relâmpago.

VII

As pessoas apareciam no desvão do corredor da esquerda, onde Robespierre dissera ao ouvido de Garat, o amigo de Clavière, estas palavras terríveis: "Clavière conspirou em todos os lugares em que respirou." Nesse mesmo recanto, conveniente aos apartes e às cóleras sussurradas, Fabre d'Églantine discutira com Romme, criticando-o por desfigurar seu calendário ao trocar *fervidor* por *termidor*. As pessoas se reuniam no canto onde se encontravam reunidos os sete representantes da Haute-Garonne que, sendo os primeiros convocados a fim de pronunciar seus veredictos sobre Luís XVI, assim responderam, um depois do outro: Mailhe: a morte. — Delmas: a morte. — Projean: a morte. — Calès: a morte. — Ayral: a morte. — Julien: a morte. — Desaby: a morte. Eterna repercussão que ocupou toda a história, e que, desde que a justiça humana existe, sempre lançou o eco do sepulcro sobre as paredes de um tribunal. Na tumultuosa mistura de rostos, podiam ser identificados todos esses homens de onde viera o alvoroço da trágica votação; Paganel, que disse: "A morte. Um rei só se torna útil com sua morte"; Millaud, que disse: "Hoje, se a morte não existisse, teria sido necessário inventá-la"; o velho Raffron du Trouillet, que disse: "A morte, imediatamente!"; Goupilleau, que gritou: "Rápido, ao patíbulo. A lentidão agrava a morte"; Sieyès, que foi de uma funesta concisão: "A morte"; Thuriot, que rejeitou o recurso do povo, proposto por Buzot: "O quê! As assembleias primárias! O quê! Quarenta e quatro mil tribunais! Um processo sem fim. A cabeça de Luís XVI terá tempo de embranquecer antes de rolar"; Augustin-Bon Robespierre, que gritou para seu irmão: "Ignoro totalmente a humanidade que assassina os povos e que perdoa os déspotas. A morte! Uma suspensão da sentença é o mesmo que substituir o recurso do povo pelo recurso dos tiranos"; Foussedoire, ocupando o lugar de Bernardin de Saint-Pierre, que disse: "Abomino a efusão de sangue humano, mas o sangue de um rei não é o sangue de um homem. A morte"; Jean-Bon-Saint-André, que disse: "Não há povo livre sem tirano morto"; Lavicomterie, que proclamou a seguinte fórmula: "Enquanto o rei respira, a liberdade sufoca. A morte"; Chateauneuf-Randon, que lançou este grito: "A morte de Luís, o Derradeiro!"; Guyardin que emitiu este desejo: "Que se execute a Barreira-Derrubada!" A Barreira-Derrubada era a barreira do trono; Tellier, que disse: "Que seja forjado, para atirar contra o inimigo, um canhão do calibre da cabeça de Luís XVI." E os indulgentes: Gentil, que disse: "Voto pela reclusão. Fazer um Carlos I é o mesmo que fazer um Cromwell"; Bancal, que disse: "O exílio. Quero ver o primeiro rei do universo condenado a exercer uma profissão para ganhar a vida"; Albouys, que disse: "O desterro. Que esse espectro vivo vá assombrar outros tronos"; Zangiacomi, que disse: "A detenção. Mantenhamos Capeto vivo, como um espantalho"; Chaillon, que disse: "Que ele viva. Não quero fazer um morto para que Roma faça dele um santo." Enquanto essas sentenças saíam de lábios severos e, uma após a outra, se dispersavam na história, nas tribunas, mulheres enfeitadas de trajes decotados contavam os votos, uma lista na mão, espetando alfinetes em cada um deles.

Onde entrou a tragédia, o horror e a piedade permanecem.
Ver a Convenção em qualquer época de seu reino é rever o julgamento do último Capeto; a lenda de 21 de janeiro parecia se misturar a todos esses atos; a temível assembleia estava plena de um sopro fatal que passara sobre a velha tocha monárquica, acesa havia dezoito séculos, e a apagara; o julgamento decisivo de todos os reis em um só era como o ponto de partida da grande guerra que ela travava contra o passado; qualquer que fosse a sessão da Convenção a que se assistisse, via-se projetada a sombra do patíbulo de Luís XVI; os espectadores contavam uns para os outros a demissão de Kersaint, a demissão de Roland, e Duchâtel, o deputado de Deux-Sèvres, que fez com que o transportassem doente em seu leito e, moribundo, votou pela vida, o que fez rir Marat; e com os olhos se buscava o representante, hoje esquecido pela história, que, depois dessa sessão de 37 horas, tomado de lassidão e de sono em seu banco, foi acordado pelo oficial da assembleia quando foi sua vez de votar e, entreabrindo os olhos, disse: "A morte!", e voltou a adormecer.

No momento em que eles condenaram Luís XVI à morte, restavam ainda a Robespierre dezoito meses de vida; a Danton, quinze meses; a Vergniaud, nove meses; a Marat, cinco meses e três semanas; a Lepelletier-Saint-Fargeau, apenas um dia. O breve e terrível sopro das bocas humanas!

VIII

O povo dispunha de uma janela aberta para a Convenção, as tribunas públicas e, quando a janela não bastava, ele abria a porta e a rua penetrava na assembleia. As invasões da multidão nesse senado são umas das visões mais surpreendentes da história. Em geral, essas irrupções eram cordiais. O cruzamento das ruas se confraternizava com a cadeira curul.[32] Mas é uma cordialidade perigosa a de um povo que, em um só dia, em três horas se apoderara dos canhões dos Invalides e de quarenta mil fuzis. A cada instante, um desfile

---

32. Assento de marfim onde se instalavam os cônsules na Roma Antiga.

interrompia a sessão; eram delegações admitidas à barra, eram petições, homenagens, oferendas. A lança de honra do *faubourg* Saint-Antoine entrava, carregada pelas mulheres. Os ingleses doaram vinte mil calçados aos pés nus de nossos soldados. "O cidadão Arnoux", dizia o *Moniteur*, pároco de Aubignan, comandante do batalhão da Drôme, "pede para marchar até as fronteiras e que sua paróquia lhe seja preservada." Os delegados das seções chegavam trazendo sobre as padiolas pratos, pátenas, cálices, ostensórios, pilhas de ouro, prata e cobre, oferecidos à pátria por essa multidão de esfarrapados, e pediam como recompensa a permissão de dançar a carmanhola[33] diante da Convenção. Chenard, Narbonne e Valliére vinham cantar estrofes em homenagem à Montanha. A seção de Mont-Blanc trouxe o busto de Lepelletier, e uma mulher pôs uma boina vermelha sobre a cabeça do presidente, que a beijou; "os cidadãos da seção de Mail" lançavam flores aos legisladores; os "alunos da pátria" vinham, ao som de música, agradecer à Convenção por ter "preparado a prosperidade do século"; as mulheres da seção das Gardes-Françaises ofereciam rosas; as mulheres da seção de Champs-Élysées ofereciam uma coroa de folhas de carvalho; as mulheres da seção do Temple vinham à barra jurar que "só se uniriam com verdadeiros republicanos"; a seção de Molière apresentou uma medalha de Franklin que, por decreto, foi presa à coroa da estátua da Liberdade; os Enfants-Trouvés, declarados "crianças da República", desfilavam, trajando o uniforme nacional; as mocinhas da seção de Quatrevingt-douze chegavam com seus longos vestidos brancos e, no dia seguinte, o *Moniteur* publicou estas linhas: "O presidente recebe um buquê das mãos inocentes de uma jovem beldade." Os oradores saudavam a multidão; às vezes a lisonjeando; eles diziam ao povo: "Você é infalível, impecável, sublime"; o povo tem um lado infantil; ele adora guloseimas. Algumas vezes, a turba entrava ali furiosa e saía apaziguada, como o rio Rhône, que atravessa o lago Léman, enlameado ao entrar e azul ao sair.

---

33. Canção e dança populares dos revolucionários franceses de 1792.

Às vezes, era menos pacífico e Henriot fazia com que trouxessem grelhas à porta do palácio das Tulherias a fim de esquentar as balas de canhão.

IX

Ao mesmo tempo que emanava da Revolução, essa assembleia produzia a civilização. Era uma fornalha, mas também fundição. Dentro dessa cuba onde fervia o Terror, o progresso fermentava. Desse caos de sombra e dessa tumultuosa revoada de nuvens surgiam imensos raios de luz paralelos às leis eternas. Raios que permaneceram sobre o horizonte, visíveis para sempre no céu dos povos e que são a justiça, a tolerância, a bondade, a razão, a verdade, o amor. A Convenção promulgava este grande axioma: "A liberdade do cidadão termina onde começa a liberdade de outro cidadão", o que resume em duas linhas toda a sociabilidade humana. Ela declarava a indigência sagrada; declarava a enfermidade sagrada no cego e no surdo e mudo, que eram transformados em pupilos do Estado; a maternidade sagrada na mãe solteira que ela consolava e reerguia, a infância sagrada no órfão que ela fazia adotar pela pátria, a inocência sagrada no réu absolvido que ela indenizava; ela estigmatizava o comércio dos negros; ela abolia a escravidão. Ela proclamava a solidariedade cívica. Decretava o ensino gratuito. Organizava a educação nacional por meio da Escola Normal de Paris, da escola central na sede administrativa e da escola primária na Comuna. Criava os conservatórios e os museus. Decretava a unidade dos códigos, a unidade dos pesos e das medidas, e a unidade do cálculo pelo sistema decimal. Ela fundava as finanças da França, e a longa falência monárquica era sucedida pelo crédito público. Ela dava à circulação de informações o telégrafo, à velhice os asilos equipados, à doença os hospitais saneados, ao ensino a escola politécnica, à ciência o gabinete de astronomia, ao espírito humano o Instituto Nacional da França. Ao mesmo tempo, ela era nacional e cosmopolita. Dos 11.200 decretos emitidos pela Convenção, um terço tinha fins políticos, dois terços tinham fins humanos. Ela declarava a moral universal como base da sociedade e a consciência universal como base da lei. E tudo isso, a servidão abolida, a fraternidade proclamada, a humanidade protegida, a consciência humana retificada, a lei do trabalho transformada em direito que, deixando de ser onerosa, se tornava solidária, a riqueza nacional consolidada, a infância esclarecida e assistida, letras e ciências propagadas, a luz acesa sobre todos os cumes, a ajuda a todas as misérias, a promulgação de todos os princípios, a Convenção o fazia carregando nas entranhas esta hidra, a Vendeia, e sobre os ombros este bando de tigres, os reis.

X

Lugar imenso. Todos os tipos de humanos, inumanos e sobre-humanos estavam ali. Um acúmulo de antagonismos. Guillotin evitando David, Bazire insultando Chabot, Guadet zombando de Saint-Just, Vergniaud desdenhando de Danton, Louvet atacando Robespierre, Buzot denunciando Égalité, Chambon difamando Pache, todos execrando Marat. E quantos nomes ainda seria preciso mencionar! Armonville[34], chamado de Boina Vermelha porque estava sempre com seu boné frígio, era amigo de Robespierre e desejava, "depois de Luís XVI, guilhotinar Robespierre" por uma questão de equilíbrio; Massieu, colega e quase sósia do bom Lamourette, um bispo que legou seu nome a um beijo[35]; Lehardy, do Morbihan, que estigmatizava os padres da Bretanha; Barère, o homem das maiorias, que presidia quando Luís XVI foi levado ao tribunal e que era para Paméla o que Louvet era para Lodoïska; o oratoriano Daunou, que dizia: "Ganhemos tempo"; Dubois-Crancé, ao ouvido do qual Marat se confiava; o marquês de Chateauneuf, Laclos[36], Hérault de Séchelles, que recuava diante de Henriot, gritando: "Canhoneiros, aos

---

34. Jean-Baptiste Armonville, representante dos trabalhadores na Convenção.
35. *Baiser Lamourette*, um beijo Lamourette. Em um discurso do bispo Lamourette proferido na Assembleia, adversários se reconciliaram momentaneamente, trocando beijos e dando origem à expressão.
36. Choderlos de Laclos, escritor francês. Autor de *Ligações perigosas*.

seus canhões!"; Julien, que comparava a Montanha às Termópilas; Gamon, que queria uma tribuna pública exclusivamente para as mulheres; Laloy, que outorgou as honrarias da sessão ao bispo Gobel, quando este veio à Convenção depor sua mitra para pôr na cabeça uma boina vermelha; Lecomte, que exclamava: "Então as honras caberão àquele que abandonar o sacerdócio!"; Féraud, cuja cabeça foi cumprimentada por Boissy-d'Anglas, deixando à história a seguinte pergunta: "Boissy-d'Anglas cumprimentara a cabeça, ou seja, a vítima, ou a lança, quer dizer, os assassinos?" "Os dois irmãos Duprat, um montanhês, o outro girondino, que se odiavam, assim como os dois irmãos Chénier."

Nessa tribuna, foram ditas palavras vertiginosas que têm, por vezes, independentemente de quem as pronuncia, a entonação fatídica das revoluções, e em consequência das quais os fatos materiais parecem ganhar de repente algo de desgostoso e apaixonado, como se tivessem levado a mal as coisas que acabaram de ouvir; os eventos parecem tensos pelo que foi dito; as catástrofes sobrevêm furiosamente e um tanto exasperadas pelas palavras dos homens. Assim como uma voz na montanha basta para desencadear uma avalanche. Uma palavra a mais pode ser sucedida por um desmoronamento. Se não tivessem falado, isso não teria acontecido. Às vezes, parece-nos que os eventos são irascíveis.

Foi desse modo, ao acaso de uma palavra do orador mal interpretada, que a cabeça de madame Élisabeth[37] foi cortada.

Na Convenção, a intemperança da linguagem era permitida.

As ameaças voavam e se cruzavam nas discussões como faíscas em um incêndio. Pétion: "Robespierre, vamos ao fato." Robespierre: "Você é o fato, Pétion. Virei ao fato e você verá." Uma voz: "Morte a Marat!" Marat: "No dia que Marat morrer, não haverá mais Paris, e no dia que Paris perecer, não haverá mais República." Billaud-Varennes se levanta e diz: "Nós queremos..." Barrère o interrompe: "Você fala como um rei." Num outro dia, Philippeaux: "Um membro sacou sua espada contra mim."

---

37. Irmã de Luís XVI, madame Élizabeth foi guilhotinada em maio de 1794.

Audouin: "Presidente, chame a atenção do assassino." O presidente: "Espere." Panis: "Presidente, eu chamo sua atenção." Ria-se muito também, de modo grosseiro; Lecointre: "O padre de Chant-de-Bout se queixa de Fauchet, seu bispo, que o proíbe de se casar." Uma voz: "Não vejo por que Fauchet, que tem lá suas amantes, vai impedir os outros de terem uma esposa." Uma outra voz: "Um padre com uma mulher!" As tribunas se envolviam na discussão. Elas tratam a Assembleia de igual para igual. Certo dia, o representante Ruamps sobe à tribuna. Ele possuía uma "anca" maior que a outra. Um dos espectadores gritou para ele: "Vire-se para a direita, porque você tem uma 'bochecha' como a de David!" Essas eram as liberdades que o povo tomava com a Convenção. Uma vez, contudo, no tumultuado 11 de abril de 1793, o presidente ordenou a prisão de um homem que interrompeu o discurso na tribuna.

Um dia, a sessão teve por testemunha o velho Buonarotti; Robespierre toma a palavra e fala durante duas horas, observando Danton, ora fixamente, o que era grave, ora obliquamente, o que era ainda pior. Ele fulmina à queima-roupa, concluindo com uma explosão indignada, repleta de palavras fúnebres: "Conhecemos os intrigantes, conhecemos os corruptores e os corrompidos, conhecemos os traidores: eles estão nesta assembleia. Eles nos ouvem; nós os vemos e os vigiamos. Que olhem acima de suas cabeças e verão o gládio da lei; que olhem acima de sua consciência e verão sua infâmia. Que tomem cuidado." E quando Robespierre acabou, Danton, encarando o teto, os olhos semiabertos, um dos braços pendendo sobre o encosto de seu assento, virou-se para trás e foi ouvido cantarolando:

Cadete Roussel faz discursos
Que não são longos quando são curtos.

As imprecações recebiam suas réplicas. "Conspirador!" "Assassino!" "Bandido!" "Moderado!" Faziam denúncias diante do busto de Brutus, que ali se encontrava. Apóstrofes, injúrias, desafios. Olhares furiosos de um lado ao outro, punhos erguidos, pistolas dissimuladas, punhais parcialmente expostos. Arroubo figurante da tribuna.

Alguns falavam como se estivessem encostados à guilhotina. As cabeças ondulavam, assustadas e terríveis. Montanheses, girondinos, *feuillants*, moderantistas, terroristas, jacobinos, *cordeliers*; dezoito padres regicidas.

Uma multidão de homens! Nuvens de fumaça dispersas em todos os sentidos.

XI

Espíritos atormentados pelo vento.

Mas esse vento era um vento pródigo.

Ser um membro da Convenção significava ser uma onda do oceano. E isso era uma grande verdade. A força de impulsão vinha do alto. Havia na Convenção uma vontade que era de todos e não era de ninguém. Essa vontade era uma ideia, ideia indomável e desmesurada, sendo soprada à sombra das alturas. A isso chamamos Revolução. Quando essa ideia passava, ela abatia um e erguia outro; este era carregado sobre a crista e o primeiro ela esmagava contra a areia. Essa ideia sabia aonde ia, e deslocava o turbilhão à sua frente. Imputar a revolução aos homens é imputar a maré às ondas.

A revolução é uma ação do Desconhecido. Chame-a de boa ou má ação, segundo suas aspirações pelo futuro ou pelo passado, mas deixe-a nas mãos de quem a fez. Ela se assemelha à obra coletiva dos grandes eventos e dos grandes indivíduos reunidos, mas ela é na verdade apenas a resultante dos eventos. Os eventos gastam, os homens pagam. Os eventos ditam, os homens assinam. O 14 de julho é assinado por Camille Desmoulins, o 10 de agosto é assinado por Danton, o 2 de setembro é assinado por Marat, o 21 de setembro é assinado por Grégoire, o 21 de janeiro é assinado por Robespierre; mas Desmoulins, Danton, Marat, Grégoire e Robespierre são apenas os escrivães. O redator imenso e sinistro dessas grandes páginas tem um nome, Deus, e uma máscara, o Destino. Robespierre acreditava em Deus. Certamente!

A Revolução é uma forma do fenômeno imanente que nos pressiona de todos os lados e a que chamamos de Necessidade.

Diante dessa misteriosa complicação de benefícios e de sofrimentos, ergue-se o *Por quê?* da história.

Porque. Essa é a resposta daquele que nada sabe e é igualmente a resposta daquele que sabe tudo.

Na presença dessas catástrofes climatéricas que devastam e vivificam a civilização, hesitamos em julgar o detalhe. Culpar ou louvar os homens por causa das consequências é quase como se culpássemos ou louvássemos os algarismos por causa do resultado da conta. O que deve passar passa, o que deve soprar sopra. A serenidade eterna não sofre com esses aquilões.[38] Acima das revoluções, a verdade e a justiça pairam como o céu estrelado acima das tempestades.

XII

Assim era essa Convenção desmedida; campo entrincheirado do gênero humano atacado por todas as trevas de uma vez, fogos noturnos de um exército de ideias sitiadas, imenso acampamento dos espíritos em uma vertente do abismo. Na história, nada se compara a esse grupo, a um só tempo senado e populacho, conclave e cruzamento urbano, areópago e praça pública, tribunal e réu.

A Convenção sempre se vergou ao vento; mas esse vento saía da boca do povo e era o sopro de Deus.

E hoje, decorridos oitenta anos, toda vez que diante do pensamento de um homem, seja ele quem for, historiador ou filósofo, a Convenção aparece, esse homem para e medita. Impossível não dar atenção a essa grande procissão de sombras.

II
Marat nos bastidores

Conforme Marat informara a Simonne Évrard, no dia seguinte ao encontro na rua do Paon, ele foi à Convenção.

---

38. Ventos tempestuosos do Norte.

Havia na Convenção um marquês partidário de Marat, Louis de Montaut, que mais tarde ofereceu à Convenção um pêndulo decimal sobreposto por um busto de Marat.

No instante em que Marat entrou, Chabot acabava de se aproximar de Montaut.

— Aí está, o deposto... — disse ele.

Montaut arregalou os olhos.

— Por que você me chama de deposto?

— Porque é isso que você é.

— Eu?

— Visto que você era marquês.

— Jamais.

— Ora!

— Meu pai foi soldado, meu avô tecelão.

— O que você está inventando, Montaut?

— Não me chamo Montaut.

— Como se chama então?

— Eu me chamo Maribon.

— Na verdade — disse Chabot —, para mim dá no mesmo. — E acrescentou entre dentes: — Hoje em dia, ninguém mais quer ser marquês.

Marat parou no corredor da esquerda e observou Montaut e Chabot.

Toda vez que Marat entrava, um rumor ambiente se disseminava, mas longe dele. À sua volta, calavam-se. Marat não se importava. Ele desdenhava o "grasnar do pântano".

Na penumbra dos bancos obscuros, mais embaixo, Coupé da Oise, Prunelle, Villars, um bispo que mais tarde foi membro da Academia Francesa, Boutroue, Petit, Plaichard, Bonet, Thibaudeau, Valdruche apontavam para ele.

— Vejam só, é Marat!

— Então, ele não está doente?

— Claro que sim, está de roupão.

— Roupão?

— Exatamente.

— Ele acha que tudo lhe é permitido!

— Como ousa vir vestido assim à Convenção!

— Se já veio um dia usando uma coroa de louros na cabeça, pode muito bem vir em roupão.

— Face de cobre e dentes de verdete.

— Seu roupão parece novo.

— De que tecido é feito?

— Em repes.[39]

— Listrado.

— Vejam o forro.

— Revestido de pele.

— De tigre.

— Não, de arminho.

— Falsa.

— E com meias por baixo!

— Muito estranho.

— E fivelas nos sapatos.

— São de prata!

— Os tamancos de Camboulas[40] nunca o perdoarão por isso.

Em outros bancos, fingia-se não perceber a presença de Marat. Conversavam sobre outras coisas. Santhonax abordava Dussaulx.

— Você sabia, Dussaulx?

— O quê?

— O deposto conde de Brienne?

— Que fez campanha com o deposto duque de Villeroy?

— Esse mesmo.

— Eu conheci ambos. E daí?

— Eles estavam com tanto medo que cumprimentavam todos os carcereiros de boinas vermelhas, e um dia eles se recusaram a jogar uma partida de cartas porque no baralho havia reis e rainhas.

---

39. Tecido de seda ou lã grossa para estofar sofás e cadeiras.
40. Joseph Camboulas, deputado do Aveyron que se vestia de maneira rústica.

— E daí?
— Foram guilhotinados ontem.
— Ambos?
— Ambos.
— Enfim, como se comportaram na prisão?
— Como covardes.
— E sobre o patíbulo?
— Intrépidos.
E Dussaulx lançou a seguinte exclamação:
— Morrer é mais fácil que viver.

Barère estava lendo um relatório que tratava da Vendeia. Novecentos homens do Morbihan tinham partido com um canhão para socorrer Nantes. Redon estava ameaçada pelos camponeses. Paimbœuf fora atacada. Uma unidade naval se dirigia para Maindrin a fim de impedir as investidas. De Ingrande até Maure, toda a margem esquerda do Loire estava apinhada de baterias monarquistas. Três mil camponeses haviam conquistado Pornic. Eles bradavam "Viva aos ingleses!" Uma carta de Santerre para a Convenção, que Barère estava lendo, terminava assim: "Sete mil camponeses atacaram Vannes. Nós os rechaçamos e eles deixaram em nossas mãos quatro canhões..."

— E quantos prisioneiros? — interrompeu uma voz.

Barère prosseguiu:

— *Post-scriptum* da carta: "Não temos prisioneiros. Não fazemos mais isso."

Marat, ainda imóvel, não dava ouvidos, parecia absorvido por uma grave preocupação.

Entre suas mãos, ele esfregava com os dedos um papel sobre o qual, se alguém o desdobrasse, leria aquelas linhas com a caligrafia de Momoro e que eram provavelmente uma resposta a uma pergunta feita por Marat:

"Nada há a fazer contra a onipresença dos comissários delegados, sobretudo contra os delegados do Comitê de Salvação Pública. Foi em vão que Génissieux disse na sessão de 6 de maio: 'Cada comissário é mais que um rei', isso de nada adiantou. Eles têm o poder de vida e morte. Massade em Angers, Trullard em Saint--Amand, Nyon próximo ao general Marcé, Parrein no exército de Sables, Millier no exército de Niort, são todo-poderosos. O clube dos jacobinos chegou até a nomear Parrein general de brigada. As circunstâncias absolvem tudo. Um delegado do Comitê de Salvação Pública controlando um general supremo."

Marat acabou de amassar o papel, enfiou-o no bolso e avançou com calma na direção de Montaut e Chabot, que continuavam conversando e não o viram chegar.

Chabot dizia:

— Maribon ou Montaut, ouça isso: acabo de sair do Comitê de Salvação Pública.

— E que fazem por lá?

— Mandaram um nobre vigiar um padre.

— Ah!

— Um nobre como você...

— Eu não sou um nobre — disse Montaut.

— Um padre...

— Como você.

— Eu não sou padre — disse Chabot.

Os dois se puseram a rir.

— Seja mais preciso — retomou Montaut.

— É o seguinte: delegaram a um padre chamado Cimourdain plenos poderes junto a um visconde de nome Gauvain; esse visconde comanda a coluna expedicionária do exército litorâneo. Trata-se de impedir que o nobre trapaceie e que o padre traia.

— É bem simples — respondeu Montaut. — Basta pôr a morte nessa aventura.

— É por isso que vim aqui — disse Marat.

Os dois levantaram a cabeça.

— Bom dia, Marat — disse Chabot. — É raro que venha participar de nossas sessões.

— Meu médico me receitou os banhos — respondeu Marat.

— É preciso desconfiar dos banhos — interveio Chabot. — Sêneca morreu durante o banho.[41]

Marat sorriu.

— Mas, Chabot, não há nenhum Nero por aqui.

— Há você — disse uma voz áspera.

Era Danton, que passava a caminho de seu assento.

Marat não se virou.

Ele se curvou entre os rostos de Montaut e Chabot.

— Ouçam, vim aqui para dizer uma coisa séria: é necessário que um de nós três proponha hoje um projeto de decreto na Convenção.

— Eu não — disse Montaut. — Não me ouvem, pois sou marquês.

— A mim — respondeu Chabot — não ouvem porque sou um capuchinho.

— E a mim — disse Marat — não ouvem porque sou Marat.

O silêncio pousou sobre eles.

Quando Marat estava preocupado, era difícil interrogá-lo. Montaut, porém, arriscou uma pergunta.

— Marat, que decreto é esse que você deseja?

— Um decreto que puna com a morte todo chefe militar que ajudar a evasão de um prisioneiro.

Chabot interveio.

— Esse decreto já existe. Nós o votamos ao final de abril.[42]

— Então, é como se não existisse — disse Marat. — Em todos os cantos da Vendeia os prisioneiros estão sendo soltos e protegidos impunemente.

— Marat, o problema é que o decreto está obsoleto.

— Chabot, é preciso que volte a vigorar.

— Sem dúvida.

---

41. Assim como o filósofo Sêneca, coagido por Nero, abriu as veias dentro da banheira, Marat também morreu assassinado enquanto tomava banho.
42. Trata-se do decreto que dava como missão aos representantes destacados para atuar com as tropas descobrir e deter os generais que insuflavam ou orientavam uma conspiração contra a República.

— E para isso, deve-se falar à Convenção.

— Marat, a Convenção não é necessária; o Comitê de Salvação Pública é o bastante.

— A meta pode ser alcançada — acrescentou Montaut — se o Comitê de Salvação Pública afixar cartazes em todas as comunas da Vendeia, e dar dois ou três bons exemplos.

— Com os principais chefes — disse Chabot. — Com os generais.

Marat murmurou:

— De fato, isso será o bastante.

— Marat — recomeçou Chabot —, vá você mesmo dizer isso ao Comitê de Salvação Pública.

Marat olhou fixamente em seus olhos, algo que era bem desagradável, mesmo para Chabot.

— Chabot — disse ele —, o Comitê de Salvação Pública é como a casa de Robespierre; e eu não vou à casa de Robespierre.

— Eu irei — exclamou Montaut.

— Ótimo — disse Marat.

No dia seguinte, foi expedida em todas as direções uma ordem do Comitê de Salvação Pública impondo a fixação do decreto em todas as cidades e aldeias da Vendeia, exigindo o cumprimento estrito do decreto que condenava à morte todos que se mostrassem convenientes na evasão de bandidos e prisioneiros insurgentes.

Esse decreto foi apenas o primeiro passo; a Convenção iria ainda mais longe. Alguns meses depois, no 11 Brumário do ano II (novembro de 1793), a propósito de Laval, que abrira suas portas aos vendeanos fugitivos, foi decretado que toda cidade que desse asilo aos rebeldes seria demolida e destruída.

De seu lado, os príncipes da Europa, no manifesto do duque de Brunswick inspirado pelos emigrados e redigido pelo marquês de Linnon, intendente do duque d'Orléans, tinham declarado que todo francês descoberto com armas nas mãos seria fuzilado, e que, se tocassem em um único fio de cabelo do rei, Paris seria arrasada.

A selvageria contra a barbárie.

TERCEIRA PARTE
NA VENDEIA

LIVRO PRIMEIRO
A Vendeia

I
As florestas

Na época, havia na Bretanha sete florestas terríveis. Na Vendeia, era a revolta sacerdotal. Essa revolta foi auxiliada pela floresta. As trevas se ajudavam mutuamente.

As sete Florestas Negras da Bretanha eram a floresta de Fougères, que obstrui a passagem entre Dol e Avranches; a floresta de Princé, com oito léguas de circunferência; a floresta de Paimpont, cheia de córregos e riachos, quase inacessível pelo lado de Baignon, mas de fácil acesso por Concornet, que era um burgo monarquista; a floresta de Rennes, de onde se ouvia dobrar o sino das paróquias republicanas, sempre numerosas perto das cidades — foi lá que Puysaye perdeu Focard; a floresta de Machecoul, controlada por Charette; a floresta de Garnache, que estava nas mãos de La Trémoille, dos Gauvains e dos Rohans; a floresta de Brocéliande, que pertencia às fadas.[1]

Um nobre na Bretanha tinha o título de *senhor das Sete Florestas*. Era o visconde de Fontenay, príncipe bretão.

Esse príncipe bretão existia e era inteiramente distinto do príncipe francês. Os Rohans eram príncipes bretões. Garnier de Saintes, em seu relatório para a Convenção, no 15 Nivoso do ano II, classifica assim o príncipe de Talmont: "Esse Capeto dos bandidos, soberano do Maine e da Normandia."

---

1. Floresta lendária dos romances da Távola Redonda.

A história das florestas bretãs, de 1792 a 1800, poderia ser contada à parte e ainda assim se misturaria à vasta aventura da Vendeia como uma lenda.

A história tem sua verdade, a lenda também. A verdade lendária é de natureza distinta à da verdade histórica. A verdade lendária é a invenção tendo por resultado a realidade. No mais, a história e a lenda têm o mesmo objetivo, pintar sobre o homem momentâneo o homem eterno.

A Vendeia só pode ser completamente explicada se a lenda completar a história; a história é necessária para o conjunto; e a lenda, para o detalhe.

Digamos que a Vendeia vale a pena. A Vendeia é um portento.

Essa Guerra dos Ignorantes, tão estúpida e tão esplêndida, abominável e magnífica, devastou e orgulhou a França. A Vendeia é uma ferida que é uma glória.

Em certos momentos, a sociedade humana tem seus enigmas, enigmas que, para os sábios, se resolvem à luz e, para os ignorantes, na escuridão, na violência e na barbárie. O filósofo hesita em acusar. Ele leva em conta o distúrbio que os problemas produzem. Os problemas nunca passam sem lançar sob eles uma sombra, como as nuvens.

Se quisermos compreender a Vendeia, é preciso considerar este antagonismo: de um lado a Revolução Francesa, do outro o camponês bretão. Diante desses eventos incomparáveis, a imensa ameaça a todos os benefícios ao mesmo tempo, acesso de cólera da civilização, excesso de progresso furioso, melhoria desmesurada e ininteligível, é onde se coloca este selvagem grave e singular, este homem de olhar claro e cabelos longos, vivendo de leite e de castanhas, limitado a seu telhado de colmo, sua cerca e sua vala, distinguindo cada vilarejo da vizinhança ao som dos sinos, usando a água apenas para beber, vestido com um casaco de couro com arabescos de seda, inculto e bordado, tatuando os trajes como seus ancestrais celtas tatuavam o rosto, respeitando o mestre em seu carrasco, falando uma língua morta, o que significa fazer o pensamento morar em um túmulo, espetando seus bois, afiando sua foice, capinando seu trigo negro, amassando seu pão de sarraceno, venerando em primeiro lugar seu arado, depois sua avó, acreditando na Virgem Santa e na Dama Branca[2], devoto do altar e também da pedra alta e misteriosa erguida sobre o pântano, lavrando na planície, pescando na costa, caçando no matagal, amando seus reis, seus senhores, seus padres, seus piolhos; pensativo, muitas vezes imóvel durante longas horas na grande praia deserta, sombrio ouvinte do mar.

E nos perguntamos se esse cego poderá aceitar essa luz.

II
Os homens

O camponês depende de duas coisas: do campo que o alimenta e do bosque que o oculta.

É difícil imaginar o que eram as florestas bretãs; eram cidades. Não existia nada mais surdo, mais mudo e mais selvagem que esse emaranhado de espinhos e ramagens; essas vastas matas eram o refúgio da imobilidade e do silêncio; a aparência mais morta e sepulcral da solidão; se fosse possível, de súbito e em um só golpe fulminante, cortar todas as árvores, veríamos em meio às sombras um formigamento humano.

Poços redondos e estreitos, dissimulados externamente por tampas de pedras e de galhos, verticais e, depois, horizontais, alargando-se sob a terra como um funil, desembocando em câmaras tenebrosas, assim como as que Cambises descobriu no Egito e que Westermann descobriu na Bretanha; uma no deserto, outra dentro da floresta; nas grutas do Egito havia mortos, nas grutas da Bretanha havia vivos. Uma das mais agrestes clareiras do bosque de Misdon, toda perfurada de galerias e de células por onde ia e vinha uma gente misteriosa, chamava-se "a Cidade Grande". A outra clareira,

---

2. Referência ao fantasma da ópera de Boïeldieu, *La Dame Blanche*.

não menos deserta em cima e não menos povoada embaixo, chamavam de "a Praça Real".

Essa vida subterrânea era imemorial na Bretanha. Ali, em todos os tempos os homens fugiram de outros homens. Daí as tocas de répteis cavadas sob as árvores. Isso datava da época dos druidas, e algumas dessas criptas eram tão antigas quanto os dólmens. As larvas da lenda e os monstros da história, tudo passara por essa região escura, Teutates, César, Hoël, Néomène, Geoffroy da Inglaterra, Alain-Luva-de-Ferro, Pierre Mauclerc, a família francesa de Blois, a família inglesa de Montfort, os reis e os duques, os nove barões da Bretanha, os juízes dos Grands-Jours[3], os condes de Nantes discutindo com os condes de Rennes, os salteadores, os malandros, as grandes companhias, René II, visconde de Rohan, os governadores a favor do rei, o "bom duque de Chaulnes" enforcando camponeses sob a janela de madame de Sévigné, no século XV as carnificinas senhoriais, no XVI e no XVII, as guerras de religião, no século XVIII, trinta mil cães adestrados para caçar os homens; diante dessa humilhação horrenda, o povo preferiu desaparecer. Sucessivamente, os trogloditas para escaparem dos celtas, os celtas para escaparem dos romanos, os bretões para escaparem dos normandos, os huguenotes para escaparem dos católicos, os contrabandistas para escaparem dos coletores de impostos, todos se refugiaram de início nas florestas e, em seguida, sob a terra. Um recurso dos animais. É nesse ponto que a tirania reduz as nações. Há dois mil anos, o despotismo sob todas as suas formas, a conquista, a feudalidade, o fanatismo, o fisco perseguiram essa Bretanha desesperada. Uma espécie de batida implacável que, quando cessava sob um aspecto, começava sob outro. Os homens então se enfurnavam na terra.

O pavor, que é um tipo de cólera, já estava em suas almas e as tocas estavam prontas dentro dos bosques, quando a República

---

3. Os *Grands-Jours* eram sessões extraordinárias do Parlamento realizadas ao ar livre em cidades secundárias.

francesa começou a jorrar. A Bretanha se revoltou, achando-se oprimida por essa liberação forçada. Desprezo habitual pelos escravos.

III
Conivência entre os homens e as florestas

As trágicas florestas bretãs reassumiram seu velho papel e foram servidoras e cúmplices dessa rebelião, como tinham sido em todas as outras.

O subsolo de tal floresta era uma espécie de madrépora[4] perfurada e atravessada em todos os sentidos por um emaranhado de fossas, células e galerias. Cada uma das células sem saída abrigava cinco ou seis homens. Respirar era extremamente difícil. Dispomos de alguns números estranhos que nos permitem compreender essa poderosa organização do vasto motim camponês. Em Ille-et-Vilaine, na floresta do Pertre, asilo do príncipe de Talmont, não se ouvia sequer uma respiração, sequer um vestígio humano, e havia seis mil homens com Focard; em Morbihan, na floresta de Meulac, não se via ninguém, e havia ali oito mil homens. Essas duas florestas, Pertre e Meulac, não estavam entre as maiores florestas bretãs. Marchar sobre seus solos era terrível. Suas brenhas enganosas, repletas de combatentes escondidos em uma espécie de labirinto subjacente, eram como esponjas enormes e obscuras de onde, sob a pressão desse pé gigantesco que é a revolução, brotava a guerra civil.

Batalhões invisíveis espreitavam. Essas tropas ignoradas serpenteavam sob o exército republicano, saíam repentinamente do chão e depois se ocultavam, surgiam em grande número e sumiam, dotadas de ubiquidade e de dispersão, avalanche e, depois, poeira, colossos que tinham o dom de se encolher, gigantes ao combaterem, anões ao desaparecerem. Jaguares com hábitos de toupeiras.

Não havia apenas as florestas, havia os bosques. Assim como abaixo das cidades há as aldeias, sob as florestas havia o matagal.

---
4. Conjunto de corais-pétreos.

TERCEIRA PARTE

As florestas se ligavam pelo dédalo esparso dos bosques. Os antigos castelos que eram fortalezas, as aldeias que eram campos, as fazendas que eram recintos crivados de emboscadas e armadilhas, as granjas circundadas por valas encobertas pelas árvores, eram essas as malhas da rede que enredava o exército republicano.

Tudo isso era chamado de Bocage.[5]

Havia o bosque de Misdon, no centro do qual se achava uma lagoa, e que pertencia a Jean Chouan; havia o bosque de Gennes, que era de Taillefer; havia o bosque de Huisserie, que era de Gouge--le-Bruant; o bosque de Charnie, que era de Courtillé-le-Bâtard, chamado de apóstolo São Paulo, chefe do acampamento de Vache-Noire; o bosque de Burgault, que era desse enigmático senhor Jacques, cujo destino lhe reservava um fim misterioso no subterrâneo de Juvardeil; havia o bosque de Charreau, onde Pimousse e Petit-Prince, atacados pela guarnição de Châteauneuf, detiveram as fileiras republicanas de granadeiros e as fizeram prisioneiras; o bosque de Heureuserie, testemunha da debandada do posto de Longue-Faye; o bosque de Aulne, de onde se espreitava a estrada entre Rennes e Laval; o bosque de Gravelle, que um príncipe de La Trémoille ganhara em um jogo de bocha; o bosque de Lorges, em Côtes-du-Nord, onde reinou Charles Boishardy, depois de Bernard de Villeneuve; o bosque de Bagnard, próximo de Fontenay, onde Lescure desafiou Chalbos, que, sendo um contra cinco, aceitou; o bosque de Durondais, que outrora fora disputado por Alain le Redru e Hérispoux, filho de Charles le Chauve; o bosque de Croqueloup, na periferia desse matagal, onde Coquereau tosquiava os prisioneiros; o bosque de Croix-Bataille, que assistiu aos insultos homéricos de Jambe-d'Argent a Morière e de Morière a Jambe-d'Argent; o bosque de la Saudraie, que vimos ser vasculhado por um batalhão de Paris. E muitos outros ainda.

Em várias dessas florestas e desses bosques não havia apenas aldeias subterrâneas agrupadas em volta da toca do chefe, mas

---

5. Bocage: região francesa situada a oeste da Vendeia.

também verdadeiros povoados de cabanas baixas escondidas sob as árvores, e tão numerosas eram que, às vezes, ocupavam toda a floresta. Com frequência, a fumaça das chaminés a traía. Dois desses povoados do bosque de Misdon se tornariam célebres: Lorrière, perto de Létang, e, do lado de Saint-Ouen-les-Toits, o grupo de cabanas chamado Rue-de-Bau.

As mulheres viviam nas cabanas e os homens, dentro das criptas. Nessa guerra, eles utilizavam as galerias das fadas[6] e as velhas fossas célticas. Elas levavam comida para os homens escondidos. Houve alguns que, esquecidos, morreram de fome. Eram na verdade os desajeitados que não souberam reabrir seus poços. Habitualmente, a tampa, feita de musgo e de galhos, era fabricada de modo tão artístico que se tornava impossível distingui-la da vegetação rasteira, podia ser aberta com bastante facilidade do interior. Esses refúgios eram escavados com todo cuidado. A terra extraída do poço era jogada dentro de algum charco na proximidade. A parede interna e o solo eram revestidos de plantas e de musgo. Chamavam esse recanto de "choupana". Era confortável lá dentro, pena que faltassem luz, calor, pão e ar.

Subir sem precaução de volta ao mundo dos vivos e se desenterrar sem razão eram faltas graves. Podia-se se acabar entre as pernas de uma tropa em marcha. Bosques temíveis; armadilhas com alçapão duplo. Os Azuis não ousavam entrar e os Brancos não ousavam sair.

IV
A vida sob a terra

Os homens dentro dessas cavernas selvagens se entediavam. Algumas vezes, à noite, arriscadamente, eles saíam e iam dançar na vizinhança; ou então rezavam para matar o tempo. "Todo dia", disse Bourdoiseau, "Jean Chouan nos fazia rezar o terço."

---

6. Túneis subterrâneos naturais que o imaginário à época associava a uma passagem para as fadas.

TERCEIRA PARTE

Quando chegava a época, era quase impossível impedir aqueles de Bas-Maine de sair para comparecer à Festa da Gerbe. Alguns sempre davam um jeito. Denys, chamado de Corta-Montanha, se fantasiava de mulher para assistir à comédia em Laval; depois, retornava para seu buraco.

Às vezes, acontecia de eles saírem e serem mortos, trocando a masmorra pelo sepulcro.

Em outras ocasiões, eles levantavam a tampa de suas covas e aguçavam os sentidos a fim de saber se havia conflito ao longe; acompanhavam de ouvido o combate. O fogo dos republicanos era regular, o fogo dos monarquistas era disperso; este os orientava. Se o fogo do pelotão cessasse de súbito, era sinal de que os monarquistas tinham sido derrotados, se o fogo intermitente prosseguisse e se afastasse no horizonte, era sinal de que eles estavam por cima. Os Brancos perseguiam sempre, os Azuis jamais, pois tinham a região contra eles.

Esses beligerantes subterrâneos estavam admiravelmente bem informados. Suas comunicações eram transmitidas com extrema rapidez, e isso era o mais misterioso. Eles tinham derrubado todas as pontes, desmontado todas as charretes e ainda achavam um meio de tudo se dizer e de tudo prevenir. O revezamento de emissários era estabelecido de floresta em floresta, de aldeia em aldeia, de casebre em casebre, de arbusto em arbusto.

Um camponês podia ter um ar estúpido, mas carregava despachos dentro de seu bastão oco.

Um antigo constituinte, Boétidoux, lhes fornecia para ir e vir de uma ponta a outra da Bretanha passaportes republicanos de um novo modelo, com os nomes em branco, e esse traidor tinha uma enorme quantidade deles. Era impossível surpreendê-los. "Segredos transmitidos a mais de quatrocentos mil indivíduos", disse Puysaye, "eram religiosamente preservados."

Aparentemente, esse quadrilátero limitado ao sul pela linha de Sables a Thouars, a leste pela linha de Thouars a Saumur e pelo rio Thoue, ao norte pelo rio Loire e a oeste pelo oceano, possuía um mesmo sistema nervoso, e um ponto determinado desse território não podia estremecer sem que tudo se abalasse. Em um piscar de olhos, a informação alcançava Noirmoutier e Luçon, e o acampamento de La Loue sabia o que fazia o acampamento de Croix-Morineau. Poder-se-ia pensar que os pássaros colaboravam. Hoche escreveu, em 7 Messidor do ano III: "Parecia que eles tinham telégrafos."

Eram clãs, como na Escócia. Cada paróquia tinha seu capitão. Essa guerra, meu pai a lutou, e eu sei do que estou falando.[7]

V
A vida durante a guerra

Para muitos, as lanças não eram as únicas armas. Boas carabinas de caça eram abundantes. Não existiam melhores atiradores que os caçadores de Bocage e os contrabandistas de Loroux. Eram estranhos combatentes, assustadores e intrépidos. O decreto instituindo o recrutamento de trezentos mil homens fez dobrar os sinos em seiscentas aldeias. A crepitação do incêndio se desencadeou em todos os pontos ao mesmo tempo. Em Poitou e Anjou, as explosões foram ouvidas no mesmo dia. Digamos que os primeiros estrondos se fizeram ouvir a partir de 1792, no dia 8 de julho, um mês antes do 10 de agosto, na planície de Kerbader. Alain Redeler, hoje ignorado, foi o percursor de La Rochejaquelein e de Jean Chouan. Os monarquistas obrigavam, sob pena de morte, todos os homens válidos a marchar. Eles confiscavam as atrelagens, as carroças e os mantimentos. De imediato, Sapinaud reuniu três mil soldados, Cathelineau, dez mil, Stofflet, 20 mil, e Charette conquistou Noirmoutier. O visconde de Scépeaux agitou o Haut-Anjou; o cavaleiro de Dieuzie, o Entre-Vilaine-et-Loire; Tristan, o Eremita, o Bas-Maine; o barbeiro Gaston, a cidade de Guéménée; e o abade Bernier, todo o resto. Para levantar essas multidões, não precisava muito. Punha-se no tabernáculo de um padre ajuramentado, de um *prêtre jureur*, como

---

7. Leopold Hugo, pai de Victor, lutou durante três anos na Vendeia (1793-1796).

diziam, um enorme gato preto que dava um salto repentino no meio da missa. "É o diabo!", exclamavam os camponeses, e todo um cantão se insurgia. Um sopro de fogo saía dos confessionários. Para investir contra os Azuis e transpor as ravinas, eles dispunham de seu longo bastão de quinze pés de comprimento, a *ferte*, como o chamavam, arma de combate e de fuga. Nos momentos mais graves dos conflitos, quando os camponeses atacavam os republicanos, caso encontrassem no campo de batalha uma cruz ou uma capela, todos se ajoelhavam e rezavam sob os tiros; o rosário concluído, aqueles que restavam se erguiam e se lançavam contra o inimigo. Mas que gigantes! Eles recarregavam suas armas enquanto corriam; era o talento deles. Faziam com que acreditassem em qualquer coisa; os padres lhes mostravam outros padres cujos pescoços se avermelhavam com uma corda apertada, e lhes diziam: "São guilhotinados ressuscitados." Tinham acessos de cavalheirismo; eles enalteceram Fesque, um porta-bandeira republicano que foi morto pelas espadas sem soltar sua bandeira. E os camponeses zombavam deles; chamavam os padres casados de *sans-calottes devenus sans-culottes*.[8] No início, eles temeram os canhões; depois, lançaram-se contra eles com seus bastões e os dominaram. Primeiro, eles tomaram um belo canhão de bronze que chamaram de Missionnaire; depois outro, que datava das guerras católicas e no qual estava gravado o brasão de Richelieu e uma imagem da Virgem; eles o chamaram de Marie-Jeanne. Quando perderam Fontenay, eles perderam Marie-Jeanne, e ao seu lado seiscentos camponeses destemidos morreram; em seguida, retomaram Fontenay a fim de resgatar Marie-Jeanne, e o levaram sob a bandeira de flor-de-lis, coberto de flores, fazendo com que as mulheres o beijassem ao passar. Mas dois canhões não bastavam. Stofflet se apoderara de Marie-Jeanne; enciumado, Cathelineau partiu de Pin-en-Mange, atacou Jallais e tomou um terceiro canhão; Forest investiu contra Saint-Florent e capturou o quarto. Dois outros capitães, Chouppes e Saint-Pol, foram mais longe; com

---

8. Em português, "os sem-solidéu se tornaram *sans-culottes*", ou sem calças.

troncos de árvores cortados, fizeram falsos canhões, com bonecos no lugar dos canhoneiros, e com essa artilharia, que lhes fazia rir vigorosamente, rechaçaram os Azuis em Mareuil. Esses foram seus grandes momentos. Mais tarde, quando Chalbos pôs em debandada La Marsonnière, os camponeses deixaram para trás, no campo de batalha da desonra, 32 canhões das tropas da Inglaterra. Assim, a Inglaterra pagava aos príncipes franceses, e enviaram "os fundos ao *monseigneur*", escreveu Nantiat em 10 de maio de 1794, "porque disseram ao senhor Pitt[9] que isso era um gesto decente". Mellinet, em um relatório de 31 de março, diz: "Os gritos dos rebeldes são 'Viva os ingleses!'" Os camponeses tardavam a saquear. Esses devotos eram ladrões. Os selvagens têm seus vícios. É assim que a civilização os dominará depois. Puysaye disse, tomo II, página 187: "Várias vezes impedi que o burgo de Plélan fosse saqueado." E mais adiante, na página 434, ele se abstém de entrar em Montfort: "Eu a circundei a fim de evitar que as residências dos jacobinos fossem saqueadas." Eles pilharam Cholet; saquearam Challans. Depois de fracassarem na tomada de Granville, eles pilharam Ville-Dieu. Chamavam de *massa jacobina* aqueles entre os camponeses que tinham se unido aos Azuis, e os exterminaram ainda mais que os outros. Gostavam da carnificina como soldados e do massacre como bandidos. Fuzilar os "parvos", ou seja, os burgueses, eles adoravam; chamavam a isso "desforra". Em Fontenay, um de seus padres, o reverendo Barbotin, abateu um velho com um golpe de espada. Em Saint-Germain-sur--Ille, um de seus capitães, um fidalgo, matou com um tiro de fuzil o procurador da Comuna e tomou seu relógio. Em Machecoul, decapitavam os republicanos com regularidade, uns trinta por dia; isso durou cinco semanas; a cada fileira de trinta chamavam de "rosário". Aproximavam a corrente humana de uma vala e fuzilavam; os fuzilados caíam dentro da vala, às vezes ainda vivos; eles os enterravam assim mesmo. Já vimos isso acontecer. Joubert, presidente do distrito, teve as mãos serradas. Eles prendiam as mãos dos prisioneiros com

---

9. William Pitt, primeiro-ministro do Reino Unido entre 1794 e 1801.

algemas cortantes, forjadas com esse objetivo. Eles os abatiam nas praças públicas ao som de gritos de guerra. Charette, que assinava: *Fraternidade, o cavaleiro Charette* e que usava na cabeça, como Marat, um lenço cobrindo as sobrancelhas, incendiou a cidade de Pornic com os habitantes dentro de suas casas. Nesse período, Carrier era assustador. O terror replicava o terror. O insurreto bretão tinha quase o aspecto de um insurreto grego, casaco curto, fuzil a tiracolo, perneiras, calças largas como os saiotes dos gregos; os homens se assemelhavam aos Kleftes.[10] Henri de la Rochejaquelein, com vinte e um anos, partiu para essa guerra com um bastão e um par de pistolas. O exército vendeano contava com 54 divisões. Elas sitiavam constantemente as cidades; durante três dias, mantiveram Bressuire bloqueada. Em uma Sexta-Feira Santa, dez mil camponeses canhonearam a cidade de Sables com balas ardentes. Aconteceu de, em um único dia, destruírem catorze aquartelamentos republicanos, de Montigné até Courbeveilles. Em Thouars, de cima da alta muralha, podia-se ouvir o diálogo soberbo entre La Rochejaquelein e um homem: "Carle!" "Estou aqui." "Abaixe-se para que eu suba em seus ombros." "Pode subir." "O fuzil." "Tome." E La Rochejaquelein saltou dentro da cidade onde, sem escadas, foram tomadas as torres que Duguesclin havia sitiado. Preferiam um cartucho a uma moeda em ouro. Choravam quando perdiam de vista o campanário. Fugir lhes parecia simples; então os líderes gritavam: "Joguem fora seus tamancos, guardem suas armas!" Quando faltava munição, eles rezavam seus terços e iam pegar pólvora dentro dos caixotes da artilharia republicana; posteriormente, d'Elbée solicitou mais aos ingleses. Quando o inimigo se aproximava, se houvesse feridos, eles os escondiam dentro dos trigais ou dentro da mata virgem, e quando tudo terminava, voltavam para buscá-los. Não havia uniformes. Suas roupas se deterioravam. Camponeses e fidalgos se vestiam com os primeiros farrapos que encontravam. Roger Mouliniers portava um turbante e um sobretudo recuperados na sala de figurinos do teatro

---

10. Bandidos que viviam nas montanhas da Grécia durante a ocupação otomana.

La Flèche; o cavaleiro de Beauvilliers usava trajes de procurador e um chapéu de mulher sobre seu gorro de lã. Todos usavam echarpe e cinto branco; a patente era designada pelos nós. Stofflet tinha um nó vermelho; La Rochejaquelein tinha um nó preto; Wimpfen, meio girondino, que aliás não saiu da Normandia, usava uma braçadeira dos *carabots*[11] de Caen. Havia mulheres em suas fileiras; madame de Lescure, que mais tarde se tornou senhora de La Rochejaquelein; Thérèse de Mollien, amante de La Rouarie, que queimaria depois a lista dos líderes paroquiais; madame La Rochefoucauld, jovem, bela, a espada na mão, reunindo os camponeses ao pé da espessa torre do castelo de Puy-Rousseau, e uma tal Antoinette Adams, chamada de cavaleira Adams, tão valente que, ao ser capturada, foi fuzilada, mas em pé, por respeito. Esse tempo épico era cruel. Estavam todos enlouquecidos. Madame Lescure fazia propositadamente seu cavalo marchar sobre os republicanos que jaziam fora de combate; "mortos", dizia ela; feridos, talvez. Algumas vezes, os homens traíam, as mulheres jamais. A senhorita Fleury, atriz do Théâtre-Français, passou de La Rouarie a Marat, mas por amor. Com frequência, os capitães eram tão ignorantes quanto os soldados; o senhor de Sapinaud desconhecia a ortografia; ele escrevia: "A gente teremo du noço lado." Os líderes se odiavam mutuamente; os capitães do Marais gritavam: "Abaixo aqueles do País Alto!"

Sua cavalaria era pouco numerosa e de formação difícil. Puysaye escreveu: "O mesmo homem que me dá seus dois filhos com satisfação fica congelado se eu lhe pedir um de seus cavalos." Varas, forquilhas, foices, fuzis velhos e novos, facões de caça, espetos, cacetes revestidos de ferro e pregos, eram essas suas armas; alguns portavam um cordão com uma cruz feita com dois ossos de mortos. Eles atacavam aos berros, surgiam subitamente de todos os cantos, dos bosques, das colinas, dos arbustos, dos caminhos profundos, dispersavam-se, ou seja, posicionavam-se em arco, matavam,

---

11. Assembleia popular da cidade de Caen cujos membros usavam uma braçadeira com uma caveira sobre dois ossos cruzados.

exterminavam, fulminavam e se dissipavam. Quando atravessavam um burgo republicano, cortavam a Árvore da Liberdade[12], queimavam-na e dançavam em torno do fogo. Todas essas ações eram noturnas. Regra do vendeano: surpreender sempre. Eles percorriam quinze léguas em silêncio, sem amassar a grama sob os pés. Com a chegada da noite, depois de combinar com os líderes em um conselho de guerra o local em que na manhã seguinte eles surpreenderiam os postos republicanos, carregavam de balas seus fuzis, murmuravam suas preces, retiravam seus tamancos e seguiam em longas colunas através do bosque, descalços sobre o mato e o musgo, sem fazer barulho, sem dizer palavra, sem respirar. Os passos de um gato dentro das trevas.

VI
A alma da terra atravessa o homem

A Vendeia insurreta podia ser estimada em mais de quinhentos mil homens, mulheres e crianças. Meio milhão de combatentes, é esse o número fornecido por Tuffin de La Rouarie.

Os federalistas ajudavam; a Vendeia teve a Gironda como cúmplice. La Lozère enviou para Bocage trinta mil homens. Oito departamentos se coligaram, cinco na Bretanha, três na Normandia. Évreux, que se confraternizava com Caen, se fazia representar na rebelião por Chaumont, seu prefeito, e Gardembas, um de seus líderes. Buzot, Gorsas e Barbaroux em Caen, Brissot em Moulins, Chassan em Lyon, Rabaut-Saint-Étienne em Nismes, Meillan e Duchâtel na Bretanha, todas essas bocas soprando dentro da fornalha.

Houve duas Vendeias; a grande, que fazia a guerra nas florestas, e a pequena, que fazia a guerra nas moitas; aí está a nuance que distinguia Charette de Jean Chouan. A pequena Vendeia era ingênua, a grande era corrompida; a pequena valia mais. Charette foi feito marquês, tenente-general dos exércitos do rei, e recebeu a grande

---

12. A Árvore da Liberdade é um símbolo da liberdade desde a Revolução Francesa.

cruz de Saint-Louis; Jean Chouan permaneceu Jean Chouan. Charette associado ao bandido; Jean Chouan, ao paladino.

Quanto aos chefes magnânimos, Bonchamps, Lescure, La Rochejaquelein, eles se enganaram. O grande exército católico[13] foi um esforço insensato; o desastre viria em seguida; pode-se imaginar uma tempestade camponesa atacando Paris, uma coalizão de aldeias sitiando o Panthéon, uma matilha de cânticos natalinos e orações em torno da "Marselhesa", a multidão de tamancos investindo contra a legião dos espíritos? Le Mans e Savenay puniram os que tentaram esse desvario. Era impossível para a Vendeia atravessar o Loire. Ela podia fazer tudo, salvo essa travessia. A guerra civil nada conquista. Cruzar o rio Reno coroou César e glorificou Napoleão; cruzar o rio Loire mataria La Rochejaquelein.

A verdadeira Vendeia se encontra dentro de suas fronteiras, onde é mais que invulnerável: é inatingível. Em sua terra, o vendeano é contrabandista, lavrador, soldado, pastor, caçador ilegal, franco-atirador, guardador de cabras, sineiro, camponês, espião, assassino, sacristão, bicho do mato.

La Rochejaquelein é apenas um Aquiles, Jean Chouan é Proteu.

A Vendeia abortou. Outras revoltas tiveram sucesso, a Suíça por exemplo. Há uma certa diferença entre o insurreto de montanha, como o suíço, e o insurreto de floresta, como o vendeano, que, quase sempre fatal, influencia o ambiente, um se bate por um ideal, outro pelos preconceitos. Um voa e outro rasteja. Um combate pela humanidade, o outro pela solidão; um quer a liberdade, o outro quer o isolamento; um defende a Comuna, o outro a paróquia. Comunas! Comunas! Gritavam os heróis de Morat.[14] Um lida com precipícios, outro com os charcos; um é homem de torrentes e espumas, o outro, das poças estagnadas de onde brota a febre; um tem sobre a cabeça

---

13. Os bandidos angevinos se intitularam "Exército Cristão" e, mais tarde, "Exército Católico".
14. Na batalha de Morat, os confederados suíços, aliados a Luís XI, da França, venceram Carlos, o Temerário.

o azul do céu, o outro, a ramagem das árvores; um se encontra em um cume, o outro, à sombra.

As montanhas e as planícies não transmitem o mesmo tipo de educação.

A montanha é uma cidadela, a floresta é uma emboscada; uma inspira a audácia, a outra, a cilada. A Antiguidade punha os deuses sobre a cumeeira e os sátiros no matagal. O sátiro é o selvagem; meio homem, meio bicho. As regiões livres têm seus Apeninos, Alpes, Pirineus, um Olimpo. O Parnaso é uma colina. O Mont Blanc auxiliou Guilherme Tell; ao fundo e por cima das lutas imensas dos espíritos contra a noite, que preenchem os poemas da Índia, pode-se perceber o Himalaia. A Grécia, a Espanha, a Itália, a Helvécia são representadas por montanhas: a Crimeia, a Germânia[15] ou a Bretanha têm as matas. A floresta é bárbara.

A configuração do solo aconselha ao homem determinadas ações. Ela é cúmplice, mais do que se imagina. Na presença de certas paisagens agrestes, sentimo-nos tentados a exonerar o homem e incriminar a criação; percebe-se uma surda provocação da natureza; às vezes, o deserto é insalubre para a consciência, sobretudo para as consciências pouco esclarecidas; a consciência pode ser gigante, como as de Sócrates e Jesus; ela pode ser anã, como as de Atreu e Judas. A consciência pequena logo se torna réptil; as matas crepusculares, as sarças, os espinhos, o pântano sob os galhos das árvores são para ela uma péssima frequentação; ela sofre a misteriosa infiltração das persuasões malignas. As ilusões de ótica, as miragens inexplicáveis, os pavores de hora ou lugar, lançam o homem nessa espécie de assombro, meio religioso, meio bestial, que engendra em momentos ordinários a superstição e, nas épocas violentas, a brutalidade. As alucinações empunham as tochas que iluminam o caminho do assassinato. Há um toque de vertigem no bandido. A prodigiosa natureza tem um senso duplo que deslumbra os grandes espíritos e que cega as almas incultas.

---

15. A Germânia era um vasto território que se estendia do rio Reno até as florestas e estepes da Rússia atual.

Quando o homem é ignorante, quando o deserto é visionário, acrescenta-se a obscuridade da solidão à obscuridade da inteligência; assim vêm ao homem as visões de abismo. Certos rochedos, certas ravinas, certos matagais, certas claraboias selvagens ao anoitecer através das árvores impelem o homem às ações insanas e atrozes. Poderia quase se dizer que existem lugares perversos.

Quantas tragédias foram vistas da sinistra colina que fica entre Baignon e Plélan!

Os vastos horizontes conduzem a alma às ideias gerais: os horizontes circunscritos engendram ideias parciais; o que por vezes condena os bons corações a serem pequenos de espírito. Jean Chouan, por exemplo.

As ideias gerais odiadas pelas ideias parciais, eis a verdadeira luta do progresso.

Campo, pátria, essas duas palavras resumem toda a guerra da Vendeia; desavença da ideia local contra a ideia universal; camponeses contra patriotas.

VII
A Vendeia acabou com a Bretanha

A Bretanha é uma velha rebelde. Durante dois mil anos, toda vez que se revoltou ela teve razão; na última vez, estava errada. E no entanto, no fundo, contra a Revolução como contra a Monarquia, contra os representantes em missão assim como o duque governante e seus pares, contra os *assignats* e contra os impostos, quaisquer que fossem os personagens combatendo, Nicolas Rapin, François de La Noue, o capitão Pluviaut e a dama de La Garnache, ou Stofflet, Coquereau e Lechandelier de Pierreville, sob o comando do senhor de Rohan contra o rei e o comando do senhor de La Rochejaquelein pelo rei, era sempre a mesma guerra que a Bretanha travava, a guerra do espírito local contra o espírito central.

Essas províncias antigas eram como um lago; essas águas estagnadas eram avessas ao deslocamento; o vento que soprava não as vivificava, ele as irritava. Finistère, ali terminava a França, ali acabava o chão dado ao homem e a marcha das gerações se imobilizava. Pare!, gritava o oceano para a terra e a barbárie para a civilização. Todas as vezes que o centro, Paris, dá um impulso, que esse impulso venha da realeza ou da República, que seja no sentido do despotismo ou no sentido da liberdade, é uma novidade, e a Bretanha se arrepia. Deixem-nos tranquilos. O que querem de nós? O Marais apanha sua forquilha, o Bocage sua carabina. Todas as nossas tentativas, nossa iniciativa em legislação e em educação, nossas enciclopédias, nossas filosofias, nossos gênios, nossas glórias vêm encalhar diante de Houroux; o som do sino de Bazouges ameaça a Revolução Francesa, a terra do Faou se insurge contra nossas tumultuadas praças públicas, e o sino de Haut-des-Prés declara guerra à Torre do Louvre.

Extraordinária surdez.

A insurreição vendeana é um lúgubre mal-entendido.

Escaramuça colossal, chicana de titãs, rebelião desmesurada, destinada a só deixar na história uma palavra, Vendeia, palavra ilustre e sinistra; suicidando-se pelos ausentes, devota ao egoísmo, passando seu tempo a fazer a covardia ser vista como uma imensa bravura; sem cálculo, sem estratégia, sem tática, sem plano, sem objetivo, sem líder, sem responsabilidade; demonstrando a que ponto a vontade pode significar impotência; cavaleiresca e selvagem; o absurdo no cio, erguendo contra a luz uma balaustrada de trevas; a ignorância exercendo contra a verdade, a justiça, o direito, a razão, a libertação, uma longa resistência bestial e soberba; o assombro de oito anos, a destruição de catorze departamentos, a devastação dos campos, a aniquilação das colheitas, o incêndio das aldeias, a ruína das cidades, a pilhagem das casas, o massacre das mulheres e das crianças, o fogo ateado às choupanas, a espada nos corações, o pavor da civilização, a esperança do senhor Pitt[16]; assim foi essa guerra, um inconsciente experimento de parricídio.

---

16. Referência ao apoio da Inglaterra aos príncipes e planos de desembarque na França das forças monarquistas.

Resumindo, ao demonstrar a necessidade de perfurar em todos os sentidos a velha sombra bretã e de trespassar esse mato com todas as flechas da luz de uma vez, a Vendeia serviu ao progresso. As catástrofes têm um modo sinistro de resolver as coisas.

LIVRO SEGUNDO
As três crianças

I
Plus quam civilia bella[1]

O verão de 1792 foi chuvoso; o verão de 1793 foi muito quente. Em consequência da guerra civil, não restaram praticamente mais estradas na Bretanha. Ainda assim, as pessoas viajavam graças ao esplendor do verão. O melhor caminho é sobre a terra seca.

Ao final de um dia sereno de julho, cerca de uma hora depois do poente, um homem a cavalo que vinha dos lados de Avranches parou diante do pequeno albergue chamado Croix-Branchard, que se situava à entrada de Pontorson, e cujo letreiro trazia a seguinte inscrição que podia ser lida até poucos anos atrás: *Boa cidra de barril*. Havia feito calor o dia todo, mas o vento começava a soprar.

Esse viajante trajava uma longa capa que cobria o traseiro de seu cavalo. Ele usava um chapéu largo com a roseta tricolor, algo audacioso em uma região de cercas vivas e tiros de fuzil, onde uma roseta era um alvo. A capa, atada ao pescoço, estava aberta para deixar os braços livres e sob ela era possível entrever um cinto tricolor e dois cabos de pistolas. A espada pendia da cintura, com a ponta visível abaixo da capa.

Com o ruído do cavalo ao chegar, a porta do albergue foi aberta e o estalajadeiro surgiu, carregando um lampião. Era um horário intermediário; ainda era dia na estrada e noite dentro de casa.

---

1. *Plus quam civilia bella jusque datum sceleri* (Guerras mais que civis, e a consagração do direito concedido ao crime), de Lucain.

O hospedeiro olhou para a roseta.
— Cidadão — disse ele. — Vai parar aqui?
— Não.
— Para onde vai então?
— Para Dol.
— Nesse caso, volte para Avranches ou fique em Pontorson.
— Por quê?
— Porque há um combate em Dol.
— É mesmo? — exclamou o cavaleiro, acrescentando: — Traga aveia para meu cavalo.

O hospedeiro trouxe o balde e esvaziou um saco de aveia, desbridando o cavalo, que começou a bufar e comer.

O diálogo continuou.
— Cidadão, esse é um cavalo requisitado?
— Não.
— Ele lhe pertence?
— Sim. Eu o comprei e paguei por ele.
— De onde você vem?
— De Paris.
— Mas não diretamente?
— Não.
— Creio que as estradas estão bloqueadas. Mas a diligência postal ainda funciona.
— Só até Alençon. Foi onde eu a deixei.
— Arre, em breve não haverá mais diligência postal na França. Não há mais cavalos. Um cavalo de trezentos francos custa agora seiscentos francos, e as forragens estão caríssimas. Já fui agente postal, agora sou taberneiro. Dos 1.313 agentes postais que existiam, duzentos se demitiram. Cidadão, sua viagem foi paga pela última tarifação?
— De 1º de maio, sim.
— Vinte moedas por escala postal dentro da diligência, doze de cabriolé e cinco moedas dentro da carroça. Você comprou esse cavalo em Alençon?

— Comprei.
— E cavalgou o dia todo?
— Desde a alvorada.
— E ontem também?
— E antes de ontem igualmente.
— Dá para notar. Você passou por Domfront e Mortain.
— E Avranches.
— Ouça-me, cidadão, descanse. Você deve estar exausto. Assim como seu cavalo.
— Os cavalos têm o direito de se cansar, os homens não.

O hospedeiro voltou a olhar fixamente para o viajante. Era um rosto grave, calmo e severo, emoldurado pelos cabelos grisalhos.

O hospedeiro olhou na direção da estrada, que estava deserta até onde a vista alcançava, e disse:

— E você viaja assim, sozinho?
— Tenho uma escolta.
— Onde ela está?
— São minha espada e minhas pistolas.

O estalajadeiro foi buscar um balde de água e deu ao cavalo. Enquanto o animal bebia, o hospedeiro observava o viajante e dizia a si mesmo: "Ainda assim, ele parece um padre."

O cavaleiro voltou a falar:

— Você disse que se batiam em Dol?
— Sim, a luta deve estar começando neste instante.
— E quem está se batendo?
— Um deposto contra o outro.
— Como?
— Eu disse que um deposto que apoia a República se bate contra um deposto que apoia o rei.
— Mas não existe mais um rei.
— Há ainda o pequenino.[2] E o curioso é que esses dois depostos são parentes.

---

2. Louis-Charles de France, ou Luís XVII, então com oito anos.

O cavaleiro ouvia com atenção. O hospedeiro prosseguiu:

— Um é jovem e o outro, velho; o sobrinho enfrentando o tio. O tio é monarquista, o sobrinho, patriota. O tio comanda os Brancos, o sobrinho comanda os Azuis. Ah, essa será uma luta sem trégua. Uma guerra até a morte.

— A morte?

— Exatamente, cidadão. Quer ver o tipo de gentilezas que se jogam na cara? Este aqui é um cartaz que o velho tem conseguido colar em todos os lugares, nas casas e até nas árvores. Chegaram mesmo a colá-lo em minha porta.

O hospedeiro aproximou seu lampião de um pedaço de papel fixado sobre um dos batentes de sua porta e, como as letras no cartaz eram bem grandes, o cavaleiro pôde ler de cima de sua montaria.

"O marquês de Lantenac tem a honra de informar ao seu sobrinho-neto, o senhor visconde Gauvain, que, se o senhor marquês tiver a sorte de capturar sua pessoa, ele fará com que o senhor visconde seja devidamente fuzilado."

— Eis a resposta — prosseguiu o hospedeiro.

Virando-se, ele iluminou com o lampião outro cartaz afixado, assim como o primeiro, no outro batente da porta. O viajante leu:

"Gauvain adverte Lantenac que, se o apanhar, ele será executado."

— Ontem — disse o hospedeiro — o primeiro cartaz foi colado em minha porta e, hoje de manhã, o segundo. A réplica não tardou a vir.

O viajante, à meia-voz, como se falasse consigo mesmo, pronunciou as seguintes palavras, que o hospedeiro ouviu sem entender por inteiro:

— Exatamente. É mais que uma guerra dentro da pátria, é uma guerra dentro da família. É necessária, e é bom que assim seja. É o preço dos importantes rejuvenescimentos dos povos.

E levando a mão ao seu chapéu, o viajante olhou com intensidade para o segundo cartaz e fez um gesto à sua intenção.

O hospedeiro continuou:

— Está vendo, cidadão, como é a situação? Nas cidades e nos burgos importantes, nós somos pela revolução, no campo eles são contra; é o mesmo que dizer que nas cidades somos franceses e nas aldeias eles são bretões. É uma guerra de burgueses e camponeses. Eles nos chamam de parvos, nós os chamamos de broncos. Os nobres e os padres estão com eles.

— De maneira alguma — interrompeu o cavaleiro.

— Não há dúvidas, cidadão, já que temos aqui um visconde contra um marquês. — E depois acrescentou de modo quase involuntário: — E tenho certeza de que estou falando com um padre.

O cavaleiro perguntou:

— E qual dos dois vencerá?

— Até o momento, o visconde. Mas com dificuldades. O velho é um homem rude. Essa gente é da família de Gauvain, os nobres daqui. É uma família com duas ramificações; há o grande ramo cujo chefe se chama marquês de Lantenac, e o pequeno ramo, cujo chefe se chama visconde Gauvain. Hoje, os dois ramos se batem. Essas coisas não acontecem com as árvores, mas acontecem entre os homens. Esse marquês de Lantenac é o todo-poderoso na Bretanha; para os camponeses, é um príncipe. No dia de seu desembarque, ele pôde contar na mesma hora com oito mil homens; em uma semana, três paróquias se rebelaram. Se ele tivesse conseguido se apoderar de uma parte do litoral, os ingleses teriam desembarcado. Por sorte, esse Gauvain se encontrava por lá, justamente seu sobrinho-neto. Curiosa situação. Ele é comandante republicano e repeliu seu tio-avô. E depois, quis o destino que esse Lantenac, ao chegar massacrando uma grande quantidade de prisioneiros, fizesse fuzilar duas mulheres, uma das quais tinha três filhos, que haviam sido adotados por um batalhão de Paris. E esse batalhão se tornou terrível. Chama-se o batalhão dos Boinas Vermelhas. Não sobraram muitos desses parisienses, mas são baionetas furiosas. Eles foram incorporados à coluna do comandante Gauvain. São irresistíveis. Querem vingar as mulheres e recuperar as crianças. Não se sabe o que o velho fez dessas pobres crianças. É a razão da raiva dos granadeiros de Paris. Supondo que essas crianças não tivessem se envolvido, a guerra não seria assim. O visconde é um rapaz bom e corajoso. Mas o velho é um marquês temível. Os camponeses chamam isso de uma guerra santa entre São Miguel e Belzebu. Você talvez saiba que São Miguel é um anjo nesta região. Há um monte dedicado a ele no meio do mar, dentro da baía. Dizem que ele derrubou o demônio e o enterrou sob um outro monte, que fica perto daqui, e que chamam de Tombelaine.

— Pois é — murmurou o cavaleiro —, Tumba Beleni, o túmulo de Belenus, de Bélus, de Bel, de Bélia, de Belzebu.

— Vejo que está bem informado. — E depois o hospedeiro acrescentou para si mesmo: "Realmente, ele sabe latim. Trata-se de um padre." Depois prosseguiu: — Pois bem, cidadão, para os camponeses é essa guerra que recomeça. Não preciso dizer que, para eles, São Miguel é o general monarquista, e Belzebu é o comandante patriota; mas se há um diabo, com certeza é Lantenac, e se há um anjo, este é Gauvain. Não quer tomar alguma coisa, cidadão?

— Tenho meu cantil e um pedaço de pão. Mas você não me disse o que está acontecendo em Dol.

— Muito bem. Gauvain comanda a coluna de expedição do litoral. A meta de Lantenac era a insurgência generalizada, apoiar a Baixa Bretanha sobre a Baixa Normandia, abrir as portas para Pitt e dar um auxílio ao grande exército vendeano de vinte mil ingleses e duzentos mil camponeses. Gauvain interrompeu logo esse plano. Ele domina a costa, repelindo Lantenac para o interior e os ingleses para o mar. Lantenac esteve aqui e foi desalojado; tomaram-lhe a Pont-au-Beau; foi expulso de Avranches, expulso de Villedieu e impedido de chegar a Granville. Agora estão manobrando para rechaçá-lo até a floresta de Fougères e cercá-lo. Ontem, tudo ia bem. Gauvain esteve aqui com sua coluna. De repente, deram o alerta. O velho, muito hábil, fez uma investida; descobriu-se que invadira Dol. Se ele conquistar Dol e estabelecer no Mont-Dol uma bateria, pois ele dispõe de canhões, haverá um ponto da costa por onde os ingleses poderão entrar, e tudo estará perdido. Foi por isso que, sem perder sequer um minuto, Gauvain, homem determinado, não ouviu senão seu próprio conselho, não esperou ordem e não desperdiçou seu tempo, fez soar o clarim, atrelou sua artilharia, reuniu a tropa, desembainhou sua espada e pronto, enquanto Lantenac ataca Dol, Gauvain ataca Lantenac. É em Dol que essas duas cabeças bretãs vão se chocar. Vai ser uma colisão tremenda. Eles estão lá neste instante.

— Quanto tempo é preciso para chegar a Dol?
— Para uma tropa levando carroças, pelo menos três horas. Mas eles já estão lá.

O viajante aguçou a audição e disse:
— De fato, parece-me ter ouvido um canhão.

O hospedeiro prestou atenção.
— Sim, cidadão. E o tiroteio. Estão em pleno combate. Você deveria pernoitar aqui. Não há nada de bom por lá.
— Não posso parar. Devo seguir meu caminho.
— Está errado. Não sei de sua vida, mas o risco é grande e, a menos que se trate do que há de mais precioso para você...
— É exatamente esse o caso — respondeu o cavaleiro.
— ... Seu filho, por exemplo...
— Mais ou menos isso — disse o cavaleiro.

O estalajadeiro ergueu a cabeça e disse aos seus botões: "Esse cidadão, no entanto, mais parece um padre."

Depois, refletindo:
— Afinal de contas, um padre pode muito bem ter filhos.
— Ponha de volta a rédea em meu cavalo — disse o viajante.
— Quanto devo?

Em seguida, pagou.

O hospedeiro pôs a tina e o balde perto do muro e voltou a se dirigir ao viajante.

— Já que está determinado a partir, ouça meu conselho. Não há dúvida de que você se dirige a Saint-Malo. Pois bem, não passe por Dol. Há dois caminhos, o caminho que passa por Dol e o caminho ao longo do mar. Um não é mais curto que o outro. O caminho ao longo do mar vai por Saint-Georges de Brehaigne, Cherrueix e

Hirel-le-Vivier. Deixe Dol ao sul e Cancale ao norte. Cidadão, ao fim da estrada, você encontrará a bifurcação de dois caminhos; o que conduz a Dol fica à esquerda, o de Saint-Georges de Brehaigne à direita. Ouça bem, se você for por Dol, cairá no meio do massacre. Por isso, não siga pela esquerda, siga pela direita.

— Obrigado — agradeceu o viajante.

E ele se foi com seu cavalo.

A escuridão era absoluta, quando seguiu noite adentro.

O estalajadeiro o perdeu de vista.

Quando o viajante alcançou o fim da estrada, na encruzilhada dos dois caminhos, ele ouviu a voz do estalajadeiro gritando ao longe:

— Vá pela direita!

E ele seguiu à esquerda.

II
Dol

Dol, uma cidade espanhola da França na Bretanha, assim a qualificam os cartulários, não é uma cidade, é uma rua. Uma grande e antiga rua gótica, bordada à direita e à esquerda de um casario irregular sobre pilastras, com ângulos e quinas sobre a rua, por sinal bem ampla. O restante da cidade não passa de um entrelaçamento de ruelas que se unem a essa ampla rua diametral, nela desaguando como os riachos no leito de um rio. A cidade, sem portas ou muralhas, aberta, dominada pelo Mont-Dol, não conseguiria resistir a um cerco; mas a rua poderia. Os promontórios das casas, que já existiam cinquenta anos antes, e as duas galerias sob os pilares à sua margem oferecem um local de combate bem sólido e bem resistente. Cada casa era uma fortaleza; e fazia-se necessário tomar uma após a outra. O velho mercado se achava mais ou menos no centro da rua.

O estalajadeiro da Croix-Branchard dissera a verdade, um tumulto feroz tomava conta de Dol no instante em que eles conversavam.

Um duelo noturno entre os Brancos, que chegaram pela manhã, e os Azuis, vindos à noite, tinha sido subitamente desencadeado na cidade. As forças eram desiguais, os Brancos eram seis mil, os Azuis, 1.500, mas a obstinação era idêntica. Fato notável, tinham sido os 1.500 que atacaram os seis mil.

De um lado uma multidão, do outro uma falange. De um lado seis mil camponeses, com o coração de Jesus pregado em seus casacos de couro, fitas brancas em torno dos chapéus redondos, insígnias cristãs sobre as braçadeiras, rosários presos aos cinturões, armados mais com forquilhas do que com espadas e carabinas sem baionetas, arrastando os canhões atados às cordas, mal equipados, mal disciplinados, mal armados, porém frenéticos. Do outro, 1.500 soldados com seus chapéus de três pontas ostentando uma roseta tricolor, casacas com grandes vincos e lapelas largas, os boldriés cruzando o peito, a carabina com cabo de cobre e o fuzil com longa baioneta, ordenados, alinhados, dóceis e cruéis, sabendo obedecer àquele que souber comandar, eles também voluntários, mas voluntários da pátria, por sinal esfarrapados e descalços. Pela Monarquia, os camponeses paladinos; pela revolução, os heróis de pés descalços; e cada uma das duas tropas tendo por alma seu líder; os monarquistas, um velho, os republicanos, um jovem. De um lado Lantenac, do outro, Gauvain.

A Revolução, ao lado de personagens gigantescos, tais como Danton, Saint-Just e Robespierre, tem os jovens personagens ideais, como Hoche e Marceau. Gauvain era um desses.

Gauvain tinha trinta anos, um pescoço hercúleo, o olhar grave de um profeta e o riso de uma criança. Ele não fumava, não bebia, não blasfemava. Carregava durante a guerra um estojo de higiene pessoal; tomava grande cuidado com as unhas, os dentes e os cabelos, que eram negros e soberbos; e quando paravam, ele próprio sacudia ao vento seu uniforme de capitão, perfurado de balas e coberto de poeira. Sempre se investira desesperadamente nos combates, mas jamais fora ferido. Sua voz bem branda tinha bruscos estilhaços de comando. Ele dava o exemplo quando era preciso dormir no chão, sob o vento, sob a chuva, na neve, enrolado na capa e com sua cabeça fascinante apoiada a uma pedra. Era uma alma heroica e inocente. A espada na mão o transfigurava. Ele possuía modos efeminados que se revelavam formidáveis nas batalhas.

Além disso, era um pensador e um filósofo, um jovem sábio; Alcebíades para quem o visse, Sócrates para quem o escutasse.

Nesse imenso improviso que é a Revolução Francesa, esse jovem se tornara imediatamente um chefe guerreiro.

Sua coluna, por ele mesmo formada, era como a legião romana, uma espécie de pequeno exército completo; composta de infantaria e cavalaria, ela possuía batedores, percussores, sapadores, pontoneiros; e, assim como a legião romana tinha catapultas, eles tinham canhões. Três peças de artilharia bem atreladas fortaleciam a coluna e a mantinham manejável.

Lantenac também era um chefe guerreiro, e ainda pior. Ele era ao mesmo tempo mais ponderado e mais arrojado. Os velhos heróis de verdade têm mais frieza que os jovens, porque estão longe da aurora, e têm mais audácia, posto que estão próximos da morte. O que têm a perder? Tão pouco. Daí as manobras temerárias e ao mesmo tempo engenhosas de Lantenac. Mas resumindo, e como ocorre quase sempre, nesse corpo a corpo obstinado do velho e do jovem, Gauvain ficava por cima. Devia isso mais à sorte que a outra coisa. Todas as felicidades, mesmo a felicidade horrenda, fazem parte da juventude. De certo modo, a vitória é como uma garotinha.

Lantenac estava exasperado contra Gauvain. Para começar, porque Gauvain o vencia; em seguida, porque era seu parente. Que ideia era essa de se tornar jacobino? Esse Gauvain! Que atrevido! Seu herdeiro, pois o marquês não tinha filhos; um sobrinho-neto era quase um neto! "Arre!", exclamava esse quase avô, "se ponho a mão nele, eu o mato como faria com um cão!"

Além disso, a República tinha razão de se inquietar com esse marquês de Lantenac. Mal desembarcara, ele já provocava tremores. Seu nome correra pela insurreição vendeana como um rastilho de pólvora, e Lantenac logo se tornou uma figura central. Em uma revolta dessa natureza em que todos se invejam e na qual cada um tem sua moita e sua ravina, a chegada de alguém superior é capaz de congregar os líderes dispersos, reconciliando-os no que têm de igual. Quase todos os capitães dos bosques tinham se unido a Lantenac e, de perto ou de longe, lhe obedeciam. Um só o abandonara, e fora o primeiro a se unir a ele, Gavard. Por quê? Porque se tratava de um homem de confiança. Gavard tinha tomado conhecimento de todos os segredos e adotara todos os planos do antigo sistema de guerra civil, que Lantenac suplantaria e substituiria. Não se herda um homem de confiança; os sapatos de Rouarie não cabiam em Lantenac. Gavard se fora ao encontro de Bonchamp.

Lantenac, sendo um homem de guerra, fazia parte da escola de Frederico II[3]; ele pretendia combinar a grande guerra com a pequena. Não queria uma "massa confusa", como o inchado exército católico e real, uma multidão destinada a ser esmagada; nem uma dispersão pelos matagais e bosques, que servem para assediar, mas são impotentes para destruir. A guerrilha não conclui coisa alguma, ou o faz mal; começa-se atacando uma República e acaba-se roubando diligências. Lantenac não compreendia essa guerra bretã, nem em campo aberto como fazia La Rochejaquelein e tampouco dentro da floresta como Jean Chouan; nem a insurreição vendeana nem a bretã; ele queria a verdadeira guerra; utilizar o camponês, mas apoiado pelo soldado. Ele queria bandos para a estratégia e regimentos para a tática. Considerava essas tropas das aldeias excelentes para o ataque, a emboscada e a surpresa, eram fáceis de reunir, fáceis de dispersar; mas as achava demasiadamente fluidas; ele as tinha em sua mão como se fossem líquidas. Nessa guerra flutuante e difusa, ele queria criar um ponto sólido; queria acrescentar ao exército selvagem das florestas uma tropa regular que agisse como eixo de manobra dos camponeses. Pensamento profundo e terrível; se tivesse alcançado êxito, a Vendeia teria se tornado inexpugnável.

---

3. Frederico, o Grande (1712-1786), rei da Prússia.

Mas onde encontrar uma tropa regular? Onde encontrar soldados? Onde encontrar regimentos? Na Inglaterra. Esta era a ideia fixa de Lantenac: preparar o desembarque dos ingleses. É assim que capitula a consciência dos partidos; a roseta branca lhe ocultava o uniforme vermelho.[4] Lantenac só tinha uma coisa na cabeça: conquistar um trecho no litoral e entregá-lo a Pitt. Foi por isso que, ao ver Dol indefesa, ele investiu contra ela, a fim de se apoderar do Mont-Dol passando pela cidade, e a costa a partir do Mont-Dol.

O local fora bem escolhido. O canhão de Mont-Dol varreria de um lado Fresnois e do outro Saint-Brelade, manteria afastada a frota de Cancale, deixando toda a praia livre para um desembarque, de Raz-sur-Couesnon até Saint-Mêloir-des-Ondes.

Para que essa tentativa decisiva tivesse êxito, Lantenac comandava pouco mais de seis mil homens, o que havia de mais robusto à sua disposição, e toda a sua artilharia, dez colubrinas de dezesseis, um canhão de oito e uma peça de regimento de quatro libras, sua intenção sendo a de estabelecer uma forte bateria sobre o Mont-Dol, segundo a teoria de que mil tiros disparados com dez canhões são mais eficazes que 1.500 tiros disparados com cinco canhões.

O sucesso parecia garantido. Eram seis mil homens. Na direção de Avranches, o receio era com Gauvain e seus 1.500 homens, e na direção de Dinan, apenas Léchelle. É verdade que Léchelle dispunha de 25 mil homens, mas estavam a vinte léguas. Lantenac então se tranquilizou. No que dizia respeito a Léchelle, a distância era grande e grande era a tropa, e quanto a Gauvain, a distância era pequena e pequena era sua tropa. Acrescente-se que Léchelle era um imbecil e, mais tarde, levou seus 25 mil homens à destruição nas terras de Croix-Bataille, fracasso que ele pagou se suicidando.

Lantenac sentia-se pois em total segurança. Sua chegada a Dol fora repentina e violenta. O marquês de Lantenac tinha uma áspera reputação, sabia-se que era impiedoso. Nenhuma resistência foi esboçada. Os habitantes, aterrorizados, se fecharam em barricadas

---

4. Uniforme das tropas inglesas.

dentro de suas casas. Os seis mil vendeanos se instalaram na cidade em meio à confusão rústica, quase um parque de diversões, sem batedores, sem revistar as residências, acampando ao acaso, cozinhando ao ar livre, espalhando-se pelas igrejas, largando os fuzis e pegando os rosários. Com rapidez, Lantenac partiu com alguns oficiais de artilharia para fazer um reconhecimento do Mont-Dol, deixando o comando nas mãos de Gouge-le-Bruant, que fora promovido a ajudante de campo.

Esse Gouge-le-Bruant deixou um vago vestígio na história. Ele tinha dois apelidos, *Brise-bleu*[5], por causa das carnificinas que cometera contra os patriotas, e *Imânus*, pois havia nele algo inexprimivelmente horrível. *Imânus*, derivado de *immanis*, uma remota palavra da Baixa Normandia que significa a feiura sobre-humana e quase divina que existe no pavor, no demônio, no sátiro, no ogro. Um antigo manuscrito diz: *d'mes daeux iers j'vis l'imânus*.[6] Os velhos de Bocage hoje em dia não sabem quem foi Gouge-le-Bruant nem o que significa *Brise-bleu*; mas conhecem vagamente o termo *imânus*. O *imânus* está associado às superstições locais. Ainda se fala em *imânus* em Trémorel e Plumaugat, duas aldeias em que Gouge-le-Bruant deixou a marca de sua presença sinistra. Na Vendeia, os selvagens eram os outros, Gouge-le-Bruant era o bárbaro. Ele era uma espécie de cacique, tatuado com *croix-de-par-Dieu*[7] e flores-de-lis; em seu rosto havia o brilho medonho e quase sobrenatural de uma alma que não se parecia com nenhuma outra alma humana. Era infernalmente aguerrido nos combates e, em seguida, atroz. Um coração cheio de conclusões tortuosas, disposto a toda devoção, inclinado a todos os furores. Ele raciocinava? Sim, mas como as serpentes rastejantes; em espiral. Ele partia do heroísmo para chegar ao assassinato. Impossível saber de onde lhe vinham

---

5. *Brise-bleu*, demolidor de Azuis.
6. "Com meus dois olhos eu vi o *imânus*."
7. Alfabeto usado para ensinar as crianças a ler.

suas resoluções, às vezes grandiosas à força de serem monstruosas. Capaz de todas as surpresas horríveis. Sua ferocidade era épica.

Daí seu apelido deformado, Imânus.

O marquês de Lantenac confiava em sua crueldade.

A crueldade era justa e Imânus se sobressaía; mas em estratégia e tática, ele era menos brilhante, e talvez o marquês tenha se equivocado ao fazer dele seu ajudante de campo. De qualquer forma, ele deixou Imânus na cidade para substituí-lo e vigiá-la.

Gouge-le-Bruant, antes um guerreiro que um militar, era mais propenso a degolar um clã que proteger uma cidade. Assim mesmo ele posicionou algumas sentinelas.

Ao anoitecer, quando o marquês de Lantenac, depois de vistoriar o local onde projetava instalar sua bateria, voltava para Dol, de repente, ouviu a detonação de um canhão. Ele notou uma fumaça vermelha que se elevava na rua principal. Houve surpresa, irrupção e assalto; havia um combate na cidade.

Mesmo sendo alguém difícil de se assustar, ele ficou estupefato. Não esperava nada parecido. Quem poderia ser? Evidentemente que não era Gauvain. Não se ataca quando se é um contra quatro. Seria Léchelle? Se fosse o caso, devia ter chegado em marcha acelerada! Improvável que fosse Léchelle, impossível que fosse Gauvain.

Lantenac impeliu seu cavalo; no caminho, encontrou os habitantes que fugiam; ele lhes fez perguntas, estavam loucos de medo; gritavam: "Os Azuis! Os Azuis!" E quando ele chegou, a situação era péssima.

Eis o que se passou.

III
Pequenos exércitos e grandes batalhas

Ao chegar a Dol, os camponeses, como acabamos de ver, tinham se dispersado dentro da cidade, cada um fazendo o que bem entendesse, como acontece quando "obedecemos por amizade", era uma expressão dos vendeanos. Espécie de obediência que faz heróis, mas não soldados. Eles tinham deixado a artilharia com as bagagens, sob as arcadas do velho mercado e, exaustos, comendo, bebendo, rezando seus terços, deitaram-se de qualquer maneira através da rua principal, atulhando-a em vez de protegê-la. Como a noite caía, a maioria adormeceu, as cabeças sobre os sacos, alguns com suas esposas ao lado; pois era comum que a camponesa acompanhasse o camponês; na Vendeia, as mulheres grávidas serviam de espiãs. Fazia uma agradável noite de julho; as constelações resplandeciam no azul-escuro e profundo do céu. Aquele amontoado de barracas, que se assemelhava mais a uma pausa de caravana que a um acampamento militar, se pôs a cochilar pacificamente. De súbito, sob a claridade do crepúsculo, aqueles que ainda não tinham fechado os olhos viram três canhões apontados para eles na entrada da rua principal.

Era Gauvain. Ele surpreendera as sentinelas e se encontrava dentro da cidade com sua coluna, no início da rua.

Um camponês se ergueu e gritou: "Quem vem lá?" Depois fez um disparo com seu fuzil, que logo foi respondido por uma deflagração de canhão. Em seguida, desencadeou-se um furioso tiroteio. Todos os homens adormecidos despertaram em um sobressalto. Um abalo violento. Adormecer sob as estrelas e acordar sob o fogo.

O primeiro instante foi terrível. Nada mais trágico que o formigamento de uma multidão sendo fulminada. Todos se lançaram para suas armas. Gritos, correrias, muitos caíram. Perplexos, os homens não sabiam o que fazer e acabavam atirando uns contra os outros. Algumas pessoas aturdidas saíam de suas casas, voltavam para o interior e saíam de novo, perdendo-se no meio da batalha, desesperadas. As famílias tentavam se reunir. Um lúgubre combate, misturando mulheres e crianças. As balas zuniam, deixando um traço na escuridão. Os disparos partiam de todos os cantos sombrios. Tudo era fumaça e tumulto. O emaranhado de carroças e charretes aumentava a desordem. Os cavalos fugiam assustados. Pisava-se os feridos. Do chão brotavam berros. O horror para uns, o estupor para outros. Os soldados e os oficiais se procuravam. No meio de tudo isso, algumas atitudes de mórbida indiferença. Uma mulher amamentava seu recém-nascido, sentada contra a parede na qual se apoiava também o marido, ferido na perna e que, enquanto o sangue escorria, recarregava calmamente sua carabina e atirava ao acaso, matando aqueles que estavam à sua frente, no escuro. Estendidos no chão, homens atiravam entre as rodas das charretes. Por momentos, ouvia-se uma algazarra de clamores. A voz grossa do canhão então vinha e encobria tudo. Era assustador.

Era como árvores sendo abatidas; uns caíam sobre os outros. De sua emboscada, Gauvain fazia disparos certeiros e perdia poucos soldados.

No entanto, a desordem intrépida dos camponeses acabou conseguindo se defender; eles se refugiaram no mercado, um vasto reduto obscuro, floresta de pilares de pedra. Ali conseguiram se recuperar; tudo o que se assemelhasse a um bosque lhes dava confiança. Imânus fazia o máximo para substituir Lantenac. Eles tinham canhões, mas, para a grande surpresa de Gauvain, não os usavam; isso porque os oficiais de artilharia tinham acompanhado o marquês no reconhecimento do Mont-Dol; os camponeses não sabiam o que fazer com aquelas colubrinas e canhões de oito libras; mas seus mosquetes respondiam com rajadas de balas aos Azuis que os sitiavam. Agora, eram eles que estavam protegidos. Tinham amontoado as carroças, as carretas, suas bagagens e os tonéis do velho mercado, improvisando uma alta barricada com brechas para os canos das carabinas. Por esses espaços, os tiros eram fatais. Tudo isso foi feito com bastante rapidez. Em quinze minutos, o mercado se tornou uma frente inexpugnável.

A situação se agravava para Gauvain. Aquele mercado transformado de repente em cidadela era inesperado. Os camponeses estavam lá dentro, amontoados solidamente. Gauvain tinha conseguido surpreendê-los, mas era incapaz de derrotá-los. Ele desceu do cavalo. Atento, a espada em punho e os braços cruzados, em pé sob a claridade da tocha que iluminava sua bateria, ele observava aquela sombra imensa.

Sua alta estatura o tornava visível para os homens atrás da barricada. Era um alvo fácil, mas ele não pensava nisso.

As rajadas de balas vindas da barricada levantavam a poeira ao lado de um Gauvain pensativo.

Mas contra todas aquelas carabinas, havia o canhão. E suas balas pesadas acabam sempre se impondo. Quem tiver a artilharia pesada detém a vitória. E sua bateria, bem guarnecida, lhe garantia a superioridade.

De súbito, um clarão surgiu do mercado entrevado, como um relâmpago, e a bala veio acertar uma casa perto de Gauvain.

A barricada respondia ao canhão com um canhão.

O que está acontecendo? Algo novo? A artilharia agora não estava de um único lado.

Uma segunda bala seguiu a primeira, atingindo uma parede bem perto de Gauvain. Uma terceira bala de canhão o fez perder o chapéu.

Eram balas de grosso calibre. Um canhão de dezesseis que as disparava.

— Vocês estão na nossa mira, comandante — gritaram os artilheiros.

As tochas foram apagadas. Gauvain, distraído, se abaixou e apanhou seu chapéu.

De fato, alguém visava Gauvain. Era Lantenac.

O marquês acabara de chegar à barricada pelo lado oposto.

Imânus se precipitou até ele.

— *Monseigneur*, nós fomos surpreendidos.

— Por quem?

— Não sei.

— A estrada de Dinan está desobstruída?

— Creio que sim.

— Vamos começar a retirada.

— Já começou. Muitos escaparam.

— Não podem escapar; é preciso bater em retirada. Por que vocês não usaram a artilharia?

— Ficamos desorientados, e depois, os oficiais não estavam aqui.

— Vou cuidar disso.

— Senhor, já mandei as bagagens, as mulheres e tudo o que não é necessário para o bosque de Fougères. O que vamos fazer com as três crianças prisioneiras?

— Ah! Aquelas crianças?

— Sim.

— São nossos reféns. Que sejam levadas para a Tourgue.

Tendo dito isso, o marquês se dirigiu à barricada. A chegada do chefe transformava tudo. A barricada estava malfeita para a artilharia, só havia espaço para dois canhões; o marquês instalou dois canhões de dezesseis na bateria, para os quais abriram um vão na barreira. Quando estava apoiado sobre um desses canhões, observando a artilharia inimiga por essa fresta, ele notou a presença de Gauvain.

— É ele! — exclamou o marquês.

Então, ele pegou o escovilhão com as próprias mãos, a calandra, carregou a bala e ajustou a mira.

Por três vezes apontou para Gauvain e errou o alvo. O terceiro tiro só conseguiu remover seu chapéu.

— Desajeitado! — murmurou Lantenac. — Um pouco mais abaixo e eu acertava sua cabeça.

Bruscamente, a tocha se apagou e tudo escureceu à sua frente.

— Que assim seja — disse ele.

Virando-se para o camponês que operava o canhão, ele gritou:

— Faça fogo!

De seu lado, Gauvain também levava a situação a sério, percebendo seu agravamento. Uma nova etapa do combate se esboçava. Da barricada vinham disparos de canhão. Quem sabe se não tinham passado da defensiva à ofensiva? À sua frente, havia pelo menos cinco mil combatentes, descontando os mortos e os desertores, e ele dispunha apenas de 1.200 homens sob seu comando. O que seria dos republicanos se o inimigo descobrisse que seu efetivo era reduzido? Os papéis seriam invertidos. Eles atacaram e agora seriam atacados. Se a barricada investisse, tudo poderia estar perdido.

O que fazer? Não era sensato atacar frontalmente a barricada; um ataque vigoroso era quimérico: 1.200 homens não afugentariam cinco mil. Atacar era impossível, esperar era funesto. Precisavam acabar com aquilo. Mas como?

Gauvain era filho daquela região, ele conhecia a cidade; sabia que o velho mercado, onde os vendeanos tinham se reunido, se encontrava na vizinhança de um dédalo de ruelas estreitas e sinuosas.

Ele se virou para seu lugar-tenente, o bravo capitão Guéchamp, que mais tarde ficaria famoso por ter desbravado a floresta de Concise, onde nasceu Jean Chouan, e por ter impedido a tomada de Bourgneuf, ao obstruir a passagem dos rebeldes à margem da lagoa da Chaîne.

— Guéchamp — disse ele —, você vai assumir o comando. Faça quantos disparos forem possíveis. Arrebente a barricada com as balas de canhão. Deixe aquela gente bastante ocupada.

— Entendido — assentiu Guéchamp.

— Reúna toda a coluna e que as armas sejam recarregadas. Preparem-se para o ataque.

Depois, ele acrescentou algumas palavras ao pé do ouvido de Guéchamp.

— Entendido — repetiu Guéchamp.

E Gauvain perguntou em seguida:

— Todos os nossos tambores estão prontos?

— Estão.

— Temos nove. Guarde dois e me dê os outros sete.

Os sete soldados equipados com seus tambores vieram em silêncio se posicionar diante de Gauvain, que gritou em seguida:

— Venha a mim o batalhão dos Boinas Vermelhas!

Doze homens, entre eles um sargento, se destacaram do grosso da tropa.

— Eu chamei todo o batalhão — reiterou Gauvain.

— Aqui estamos — respondeu o sargento.

— Vocês são doze!

— Foi o que sobrou.

— Muito bem — concluiu Gauvain.

TERCEIRA PARTE

Esse sargento era o bom e rude soldado Radoub que, em nome do batalhão, adotara as três crianças encontradas no bosque de la Saudraie.

Apenas a metade de um batalhão, conforme lembramos, fora aniquilada em Herbe-en-Pail, e Radoub teve a sorte de não fazer parte desse grupo.

Havia uma carroça de forragem na proximidade; Gauvain a indicou com o dedo ao sargento.

— Sargento, faça com que seus homens fabriquem cordas com as palhas e cubram seus fuzis com elas, para que ninguém ouça o barulho se eles se entrechocarem.

No espaço de um minuto, a ordem foi executada, em silêncio e na escuridão.

— Pronto — disse o sargento.

— Soldados, retirem seus calçados — continuou Gauvain.

— Estamos todos descalços — respondeu o sargento.

Contando com os sete tambores, eles totalizavam dezenove homens; Gauvain era o vigésimo. Ele ordenou:

— Em fila única, sigam-me. Os tambores bem atrás de mim. Em seguida, o batalhão. Sargento, você comandará o batalhão.

Ele se pôs à frente da coluna e, enquanto os canhões disparavam de ambos os lados, esses vinte homens deslizaram feito sombras, enfiando-se pelas ruelas desertas.

Eles caminharam algum tempo assim, serpenteando ao longo das casas. Tudo parecia morto na cidade; os habitantes tinham se refugiado nos porões. Todas as portas estavam bloqueadas, todas as janelas, fechadas. Não havia luz alguma.

Da rua principal, em meio a esse silêncio, vinham fragores furiosos; o combate entre os canhões prosseguia; a bateria republicana e a barricada monarquista cuspiam raivosamente suas balas uma contra a outra.

Depois de vinte minutos de marcha tortuosa, Gauvain, que no meio da escuridão avançava com passos firmes, chegou à extremidade de uma ruela que dava acesso à rua principal; mas agora eles se encontravam do outro lado do mercado.

As posições tinham se invertido. Desse lado, não havia entrincheiramentos, e essa é a eterna imprudência dos construtores de barricadas, o mercado estava exposto e era possível entrar sob os pilares onde se encontravam atreladas algumas carroças de bagagem, prontas para partir. Gauvain e seus dezenove homens se depararam com cinco mil vendeanos, mas de costas e não de frente.

À voz baixa, Gauvain se dirigiu ao sargento; eles começaram a desfazer os feixes de palha em torno dos fuzis; os doze granadeiros se posicionaram prontos para o combate atrás da esquina da ruela, e os sete soldados com tambores ergueram suas baquetas e aguardaram.

Os disparos da artilharia eram intermitentes. De repente, em um intervalo entre duas deflagrações, Gauvain ergueu a espada e sua voz soou no silêncio como um toque de clarim:

— Duzentos homens para a direita, duzentos homens para a esquerda, os outros no centro!

Doze tiros de fuzil foram disparados e os tambores rufaram a ordem de ataque.

Gauvain lançava o grito assustador dos Azuis:

— Calar baionetas! Atacar!

O efeito foi inaudito.

Toda aquela massa de camponeses se sentiu surpreendida pela retaguarda, imaginado haver outro exército às suas costas. Ao mesmo tempo, ao ouvir os tambores, a coluna no outro lado da rua principal, sob o comando de Guéchamp, se pôs em ação e atacou também, avançando na direção da barricada; os camponeses se viram dentro de um fogo cruzado. No desespero, o pânico amplifica tudo, um tiro de pistola faz o barulho de tiro de canhão, todo clamor se torna fantasmagórico e o latido de um cachorro parece o rugido de um leão. Acrescente-se que os camponeses se deixam tomar pelo medo como a palha pelo fogo, e com a mesma facilidade que um fogo de palha se torna um incêndio, o medo do camponês se torna uma debandada. Deu-se uma fuga inexprimível.

Em poucos instantes, o mercado se esvaziou, os homens aterrorizados se desagregaram, deixando os oficiais impotentes,

Imânus matou inutilmente dois ou três desertores, só se ouvia um grito: "Salve-se quem puder!" E esse exército se dispersou pelo campo, escorrendo pelas ruas como se fossem os orifícios de uma peneira em uma velocidade de nuvem arrebatada por um furacão.

Uns escaparam para Châteauneuf, outros para Plerguer ou na direção de Antrain.

O marquês de Lantenac assistiu a essa debandada. Ele encravou os canhões pessoalmente a fim de inutilizá-los e se retirou por último, lenta e friamente, dizendo: "De fato, esses camponeses não são confiáveis. Precisamos dos ingleses."

IV
Pela segunda vez

A vitória foi completa.

Gauvain se virou para os homens do batalhão dos Boinas Vermelhas e disse:

— Vocês são doze, mas valem por mil.

Um cumprimento do líder, nessa época, era o equivalente a uma medalha de honra.

Guéchamp, enviado para fora da cidade por Gauvain, perseguiu os desertores e matou vários deles.

As tochas foram acesas e eles revistaram toda a cidade.

Todos que não conseguiram se evadir se renderam. A rua principal foi iluminada com fogueiras dentro dos barris. Ela estava repleta de mortos e feridos. Grupos desesperados de camponeses ainda resistiam em alguns cantos, mas logo foram cercados e entregaram suas armas.

No tumulto desenfreado, Gauvain tinha notado a fuga de um homem intrépido, uma espécie de selvagem, ágil e robusto, que cobrira a fuga de outros e não tentara escapar. Esse camponês tinha utilizado magistralmente sua carabina, disparando e usando o cabo para golpear os adversários, de tal forma que o cabo se partira;

agora, tinha uma pistola em uma das mãos e uma espada na outra. Ninguém ousava se aproximar dele. De súbito, Gauvain o viu cambalear e se apoiar contra uma coluna na rua principal. O homem acabara de ser atingido, mas ainda empunhava a pistola e o sabre. Gauvain guardou a espada e caminhou até ele.

— Renda-se — intimou ele.

O homem olhou-o fixamente. Seu sangue escorria sobre a roupa, saindo de um ferimento e formando uma poça aos seus pés.

— Você é meu prisioneiro — prosseguiu Gauvain.

O homem permaneceu mudo.

— Como você se chama?

O homem respondeu.

— Eu me chamo Danse-à-l'Ombre.[8]

— Você é valente — disse Gauvain, estendendo-lhe a mão.

O homem respondeu:

— Viva o rei!

E reunindo as forças que lhe restavam, erguendo ao mesmo tempo os dois braços, disparou sua pistola na direção do coração de Gauvain e desferiu um golpe de espada contra sua cabeça.

Seu gesto foi de uma precisão felina; mas alguém foi ainda mais rápido. Um homem a cavalo que acabara de chegar e assistia a tudo sem que ninguém o notasse. Esse homem, vendo o vendeano erguer a espada e a pistola, lançou-se entre ele e Gauvain. Sem esse homem, Gauvain estaria morto. O cavalo foi atingido pela bala e o homem, pelo golpe da espada. Os dois caíram. Tudo isso ocorreu em uma fração de segundo.

O vendeano, por sua vez, ficou estendido na rua.

O golpe de espada acertara o homem em pleno rosto; ele estava deitado ao chão, desmaiado. O cavalo estava morto.

Gauvain se aproximou, perguntando a si mesmo: "Quem é esse homem?"

---

8. Dançarino das sombras.

Ele o observou atentamente. O sangue do corte escorria sobre o rosto do ferido, cobrindo-o com uma máscara vermelha. Era impossível distinguir suas feições. Seus cabelos pareciam grisalhos.

— Esse homem acaba de salvar minha vida. Alguém o conhece?

— Meu comandante — disse um soldado —, esse homem entrou na cidade há pouco tempo. Eu o vi chegando. Veio pela estrada de Pontorson.

O major cirurgião da coluna se aproximou com sua maleta. O ferido ainda estava desmaiado. O médico o examinou e disse:

— Um simples corte. Não é nada. Pode ser costurado. Dentro de oito dias, estará de pé. Mas foi um belo golpe de espada.

O ferido tinha uma capa, um cinturão tricolor, pistolas e uma espada. Trouxeram um balde de água fresca e o cirurgião lavou o ferimento, revelando seu rosto, enquanto Gauvain o observava com uma atenção profunda.

— Ele tem documentos? — perguntou Gauvain.

O cirurgião apalpou um dos bolsos e retirou uma carteira, entregando-a a Gauvain.

Enquanto isso, o ferido, reanimado pela água fria, voltava a si. Suas pálpebras se moviam de modo inconstante.

Gauvain examinou a carteira e encontrou uma folha de papel dobrada em quatro. Desdobrando-a, ele a leu:

"Comitê de Salvação Pública. O cidadão Cimourdain..."

Ele soltou um grito:

— Cimourdain!

O berro fez com que o ferido abrisse os olhos.

Gauvain estava perplexo.

— Cimourdain! É você! Pela segunda vez, você me salva a vida.

Cimourdain olhava para Gauvain. Um inefável brilho de alegria iluminava seu rosto ensanguentado.

Gauvain se ajoelhou diante do ferido, exclamando:

— Meu mestre!

— Seu pai — disse Cimourdain.

V
A gota de água fria

Fazia muitos anos que não se viam, mas seus corações nunca se afastaram; eles se reconheceram como se tivessem se separado na véspera.

Haviam improvisado uma ambulância para seguir até a prefeitura de Dol. Puseram Cimourdain em um leito dentro de um quartinho contíguo à enfermaria dos feridos. O cirurgião, que recosera a ferida, interrompeu a efusão entre os dois homens, alegando que Cimourdain carecia de repouso. Por sinal, Gauvain era requisitado pelos mil cuidados que exigem os deveres e as preocupações decorrentes da vitória. Cimourdain ficou sozinho, mas não dormiu; ele estava tomado por duas febres, a febre do ferimento e a febre de sua alegria.

Se não adormeceu, tampouco ficou acordado. Seria possível? Seu sonho se concretizara. Cimourdain era desses que não acreditam na sorte grande, mas ela lhe sorria. Reencontrara Gauvain. Ele o deixara ainda criança, e o reencontrava já homem; grande, temível, intrépido. Reencontrava-o triunfante e triunfando pelo povo. Na Vendeia, Gauvain era o ponto de apoio da Revolução, e era ele, Cimourdain, que oferecera esse suporte à República. Esse homem vitorioso era seu aluno. Esse homem que ele via resplandecer através de sua jovem figura prometida talvez ao panteão republicano era uma ideia dele, Cimourdain; seu discípulo, filho de seu espírito, que já era desde aquele instante um herói e em breve alcançaria a glória; Cimourdain tinha a impressão de ver sua própria alma transformada em gênio. Ele acabara de testemunhar com os próprios olhos como Gauvain fazia a guerra; ele se sentia como Quíron[9], tendo visto Aquiles em combate. Uma relação misteriosa entre o padre e o centauro, pois o padre é um homem só até a cintura.

---

9. Na mitologia grega, Quíron era um centauro que iniciava seus discípulos na caça e nas artes.

TERCEIRA PARTE

Todos os riscos dessa aventura, misturados à insônia depois do ferimento, enchiam Cimourdain de uma espécie de embriaguez misteriosa. Um jovem destino se erguia, magnífico e, aumentando sua alegria profunda, ele tinha plenos poderes sobre esse destino; mais um sucesso como o que acabara de presenciar, e Cimourdain só precisaria dizer uma palavra para que a República confiasse a Gauvain um exército. Nada é mais ofuscante que o espanto de ver tudo dar certo. Nessa época, todos tinham seus sonhos militares pessoais; todos queriam fazer um general; Danton queria fazer um de Westermann, Marat, um de Rossignol, Hébert queria fazer um de Ronsin; Robespierre queria desfazê-los todos. Por que não Gauvain?, perguntava-se Cimourdain; e ele se deixou levar pelos devaneios. À sua frente não havia limites; ia passando de uma hipótese a outra; todos os obstáculos desvaneciam; basta pôr um pé no primeiro degrau dessa escada e não se consegue mais parar, é a subida infinita, partindo do homem se alcança a estrela. Um grande general é apenas um chefe das Forças Armadas; um grande líder é ao mesmo tempo um chefe ideológico; Cimourdain sonhava em ver Gauvain liderando. Na fluidez de seus delírios, tinha a impressão de ver Gauvain no mar, expulsando os ingleses; no Reno, punindo os reis do Norte; nos Pirineus, rechaçando a Espanha; nos Alpes, acenando para Roma se levantar. Havia dois homens em Cimourdain, um homem carinhoso e um homem sinistro; ambos estavam contentes; pois o inexorável era seu ideal: ao mesmo tempo que via a magnificência de Gauvain, ele também o sabia impiedoso. Cimourdain refletiu sobre tudo o que seria necessário destruir, antes de construir e, decerto, ele pensava que não era hora para compaixão. Gauvain se mostrará "à altura", expressão da época. Cimourdain imaginava Gauvain esmagando com os pés as trevas, blindado de luz, com uma claridade de meteoro na testa, abrindo as grandes asas ideais da justiça, da razão e do progresso, e uma espada na mão; anjo sim, mas exterminador.

Num dos momentos mais intensos desses devaneios, que eram quase um êxtase, pôde ouvir pela porta entreaberta que falavam sobre ele na enfermaria contígua ao seu quarto; ele reconheceu a voz de Gauvain; aquela voz que, apesar dos anos de ausência, sempre estivera em seus ouvidos, e a voz da criança pode ser reencontrada na voz do homem. Ele ouviu com atenção em meio ao ruído de passos. Alguns soldados diziam:

— Meu comandante, aqui está o homem que quis matá-lo. Enquanto estávamos distraídos, ele se arrastou para dentro de um porão. Nós o achamos. Aí está ele.

Então, Cimourdain ouviu o seguinte diálogo entre Gauvain e o homem:

— Você está ferido?

— Estou em bom estado para ser fuzilado.

— Ponham esse homem em um leito. Tratem de seu ferimento, cuidem dele, quero vê-lo curado.

— Eu quero morrer.

— Você viverá. Você quis me matar em nome do rei; eu o perdoo em nome da República.

Uma sombra percorreu a fronte de Cimourdain. Era como se acordasse sobressaltado, e ele murmurou em uma espécie de prostração sinistra:

— De fato, ele é um homem clemente.

VI
O peito curado, o coração sangrando

Um corte se cura com rapidez; mas havia em algum lugar alguém ferido mais gravemente que Cimourdain. Era a mulher quase fuzilada que o mendigo Tellmarch removera da grande poça de sangue da granja de Herbe-en-Pail.

Michelle Fléchard corria mais perigo do que Tellmarch tinha imaginado; além da perfuração acima do seio, havia outro buraco na omoplata; ao mesmo tempo que uma bala lhe partira a clavícula, outra lhe atravessara o ombro; mas, como o pulmão não fora atingido, ela pôde sarar. Tellmarch era um "filósofo", termo campônio que significa um pouco médico, um pouco cirurgião e um pouco bruxo. Ele cuidou da mulher ferida dentro de sua toca de bicho, sobre seu leito de sargaços, usando substâncias misteriosas chamadas de "remédios simples" e, graças a isso, ela sobreviveu.

A clavícula foi ressoldada, as perfurações no peito e no ombro se fecharam; poucas semanas depois, a mulher ferida já estava convalescente.

Certa manhã, ela conseguiu sair do buraco sob as raízes, apoiando-se em Tellmarch, e foi sentar-se sob uma árvore ao sol. Tellmarch pouco sabia sobre ela, as chagas no peito exigem silêncio e, durante essa quase agonia que precedera sua cura, a mulher se limitara a poucas palavras. Quando ela queria falar, Tellmarch fazia com que se calasse; mas seus sonhos eram intensos e Tellmarch observava em seus olhos a sombra intermitente de pensamentos pungentes. Nessa manhã, ela estava forte, podia quase andar sozinha; uma cura é uma paternidade e Tellmarch a admirava, satisfeito. Sorrindo, esse bom velho lhe disse:

— Pois bem, estamos em pé, sinal de que os ferimentos acabaram.

— Menos no coração — respondeu ela. — Então, você não tem a menor ideia de onde estão eles?

— Eles quem? — indagou Tellmarch.

— Meus filhos.

Esse "então" exprimia todo um mundo de pensamentos; isso significava "já que você não fala comigo, já que depois de tantos dias você está ao meu lado sem abrir a boca, já que você me cala cada vez que quero romper o silêncio, já que você parece temer que eu fale sobre isso, é porque você não tem nada a me dizer". Com frequência, quando estava febril, tomada pelos devaneios, ela chamava por seus filhos e devia ter percebido, posto que o desvario faz também suas observações, que ele não lhe respondia.

Na verdade, era porque Tellmarch não sabia o que dizer. Não é fácil falar com uma mãe sobre seus filhos desaparecidos. E depois, o que sabia ele? Nada. Sabia que uma mãe havia sido fuzilada e que essa mãe tinha sido encontrada por ele caída no chão e que, ao levantá-la, ela parecia mais um cadáver, que esse cadáver tinha três filhos, e que o marquês de Lantenac, depois de ordenar o fuzilamento da mãe, havia levado as crianças. Suas informações paravam por aí. O que teria acontecido a essas crianças? Estariam ao menos ainda vivas? Ele sabia, por ter se informado, que havia dois garotos e uma menina pequena, apenas desmamada. E mais nada. Fazia a si mesmo uma infinidade de perguntas sobre esses três desafortunados, mas não obtinha respostas. Os habitantes da região que ele interrogara tinham se limitado a assentir com a cabeça. O marquês de Lantenac não era um homem sobre o qual as pessoas falassem voluntariamente.

Não se falava voluntariamente sobre Lantenac e tampouco se falava voluntariamente com Tellmarch. Os camponeses têm um tipo de suspeita que lhes é bem própria. Eles não gostavam de Tellmarch. Tellmarch, o Crocodilo, era um homem perturbador. O que o levava a ficar olhando sempre para o céu? O que fazia? No que pensava em suas longas horas de imobilidade? Sem dúvida, era um homem estranho. Nesse lugar, em plena guerra, em plena conflagração, em plena combustão, onde todos os homens só tinham uma preocupação, a devastação, e só um trabalho, a carnificina, onde só se pensava em incendiar uma casa, degolar uma família, massacrar um destacamento, devastar uma aldeia, onde só se pensava em preparar ciladas ou cair em armadilhas, em matar uns aos outros, esse ser solitário, recolhido na natureza, como se submerso na imensa paz das coisas, colhendo ervas e plantas, sempre atencioso com as flores, os pássaros e as estrelas, era evidentemente alguém perigoso. Via-se que perdera o juízo; não emboscava ninguém atrás dos arbustos, não atirava em ninguém. Por isso tinham receio dele.

— Esse homem é louco — diziam as pessoas que passavam.

Tellmarch era mais que um homem isolado: ele era um homem evitado.

Nunca lhe faziam perguntas e tampouco lhe davam quaisquer respostas. Assim sendo, ele não pôde se informar o que teria preferido. A guerra se espalhava para outros lugares, tinham ido combater mais longe, o marquês de Lantenac desaparecera do horizonte, e no estado de espírito em que se achava Tellmarch, para que ele se desse conta da guerra, seria preciso que fosse pisado por ela.

Depois destas palavras — *meus filhos* —, Tellmarch parara de sorrir e a mãe se pôs a pensar. O que se passa com essa alma? Ela se sentia como se estivesse no fundo de um abismo. Subitamente, olhando para Tellmarch, ela gritou de novo, com um perceptível acento colérico:

— Meus filhos!

Tellmarch abaixou a cabeça como um réu.

Ele pensava nesse marquês de Lantenac que decerto não pensava nele e que, provavelmente, sequer se lembrava de sua existência. Ao se dar conta disso, ele disse a si mesmo: "Um senhor, quando corre perigo, se lembra de você; quando está a salvo, não o conhece mais."

E ele se perguntava: "Mas então, por que salvei esse senhor?"

E se respondia: "Porque é um homem."

Depois de refletir por alguns instantes, ele indagou: "Tenho certeza disso?"

E depois repetiu aquelas amargas palavras: "Se eu soubesse!"

Toda essa aventura o oprimia; pois o que fizera o deixava inquieto. Sua meditação era dolorosa. Uma boa ação pode então ser uma má ação. Quem salva o lobo mata as ovelhas. Quem remenda as asas de um abutre é responsável por suas garras.

Ele sentia-se de fato culpado. A cólera inconsciente dessa mãe era justificada.

No entanto, o fato de ter salvado essa mãe o consolava de ter salvado o marquês.

Mas, e as crianças?

A mãe também refletia. Esses dois pensamentos se tangenciavam e, sem dizê-lo, se reencontravam talvez dentro das trevas quiméricas.

Então seu olhar, no fundo do qual se achava o negrume da noite, se fixou mais uma vez em Tellmarch.

— Mas isso não pode ficar assim — disse ela.

— Psiu! — fez Tellmarch, pondo o dedo em sua boca.
Ela prosseguiu:
— Você agiu mal me salvando e eu o odeio por isso. Preferiria estar morta, pois assim com certeza eu os veria. Eu saberia onde estão. Eles não me veriam, mas eu estaria perto deles. Uma morta deve ser capaz de proteger.
Ele tomou seu braço e sentiu seu pulso.
— Acalme-se, senão a febre volta.
Ela lhe perguntou, quase asperamente:
— Quando poderei ir embora?
— Ir embora?
— Sim. Voltar a andar.
— Nunca, se não for sensata. Amanhã, se você se comportar direito.
— O que você quer dizer com me comportar direito?
— Ter confiança em Deus.
— Deus? Para onde ele levou meus filhos?
Ela parecia desnorteada. Sua voz se tornou mais suave.
— Você entende? — disse ela. — Eu não posso ficar assim. Você não teve filhos, eu tive. É essa a diferença. Não é possível julgar algo que não se conhece. Você não teve filhos, não é verdade?
— Não — respondeu Tellmarch.
— Pois no meu caso, é tudo o que tenho. Sem meus filhos, o que sou? Eu queria que me explicassem por que meus filhos não estão comigo. Sinto que algo está acontecendo, algo que não compreendo. Mataram meu marido, fuzilaram-me, mas assim mesmo, eu não compreendo.
— Vamos — disse Tellmarch. — Pronto, a febre voltou. Não fale mais nada.
Ela olhou para ele e se calou.
A partir desse instante, ela não falou mais.
Sua obediência superou as expectativas de Tellmarch. Ela passava longas horas agachada ao pé de uma velha árvore, entorpecida. Pensando sem nada dizer. O silêncio oferece uma espécie de abrigo

às almas simples que sofreram o aprofundamento sinistro da dor. Ela parecia desistir de tentar entender o que se passava. Depois de um certo ponto, o desespero se torna ininteligível para o desesperado.

Tellmarch a examinava, emocionado. Na presença de tal sofrimento, o velho homem pensava como se fosse uma mulher.

Entendo, disse ele, sem que seus seus lábios se movessem, apenas os olhos se exprimindo. Entendo bem o que ela tem. Uma ideia fixa. Ter sido mãe e não mais ser! Ela não consegue se resignar. Pensa na filha pequena que amamentava pouco tempo atrás. Na verdade, deve ser tão agradável ter uma boquinha rosa que suga sua alma do interior do corpo e que, com sua vida, faz uma vida só para ela!

Ele também ficara calado, entendendo diante de tal prostração a impotência das palavras. O silêncio provocado por uma ideia fixa é horrível. E como trazer de volta à razão a ideia fixa de uma mãe? A maternidade é insensata, não se discute sobre isso. O que torna uma mãe sublime é o fato de ela ser uma espécie de bicho. O instinto materno é divinamente animal. A mãe não é mais mulher, ela é fêmea.

As crianças são os filhotes.

Por isso, existe na mãe algo inferior e superior à razão. A mãe tem um faro. A imensa e tenebrosa vontade da criação está dentro dela e a guia. Cegamente e plena de clarividência.

Agora, Tellmarch queria fazer essa infeliz falar; mas não se sentia capaz. Em um momento, conseguiu lhe dizer:

— Infelizmente, estou velho, já não ando como antes. Estou mais perto do fim de minhas forças que do fim de meu caminho. Depois de quinze minutos, minhas pernas se recusam a se mover e preciso parar; senão, eu poderia acompanhá-la. Na verdade, talvez seja melhor assim. Eu lhe seria mais perigoso que útil; aqui, me toleram; mas os Azuis suspeitam de mim como se eu fosse um camponês, e os camponeses suspeitam de mim como se eu fosse um bruxo.

Tellmarch esperou que ela respondesse, mas a mulher sequer olhou para ele.

Uma ideia fixa conduz à loucura ou ao heroísmo. Mas de que heroísmos uma pobre camponesa é capaz? Nenhum. Ela pode ser mãe, mais nada. A cada dia, ela se afundava mais em seus desvarios. Tellmarch observava.

Ele procurou lhe dar o que fazer; trouxe-lhe linha, agulhas, um dedal; e de fato, ela começou a costurar, deixando o velho satisfeito; ela continuava imersa em seus devaneios, mas trabalhava, sinal de saúde; aos poucos foi recuperando suas forças; ela remendou seus panos, suas roupas, seus sapatos, mas suas pupilas continuavam vítreas. Enquanto costurava, entoava baixinho canções obscuras. Murmurava nomes, provavelmente os nomes de seus filhos, mas os sons indistintos eram incompreensíveis para Tellmarch. Às vezes, ela parava e ouvia o canto dos pássaros, como se eles lhe trouxessem notícias. Observava o tempo. Seus lábios se mexiam. Falava sozinha em sussurros. Ela fizera um saco e o enchera de castanhas. Certa manhã, Tellmarch a viu sair caminhando, o olhar fixo percorrendo aleatoriamente as profundezas da floresta.

— Para onde você vai? — ele lhe perguntou.

Ela respondeu:

— Vou procurar meus filhos.

Ele não tentou dissuadi-la.

VII
Os dois polos da verdade

Ao fim de algumas semanas repletas de intrigas da guerra civil, o único assunto na região de Fougères eram esses dois homens, tão opostos um do outro e que, assim mesmo, executavam a mesma obra, ou seja, combatiam lado a lado o grande combate revolucionário.

O selvagem duelo vendeano prosseguia, mas a Vendeia perdia terreno. Em Ille-et-Vilaine, em especial, graças ao jovem comandante que, aliás, na cidade de Dol, tinha rechaçado a audácia de seis mil monarquistas com a audácia de 1.500 patriotas, a insurreição estava, senão apagada, pelo menos bastante enfraquecida e circunscrita. Várias investidas bem-sucedidas tinham ocorrido em seguida, e da multiplicação desses êxitos nascera uma nova situação.

As coisas haviam mudado de figura, mas uma singular complicação veio à tona.

Em toda essa parte da Vendeia, a República estava por cima, quanto a isso não havia dúvidas; mas que República? Em meio ao triunfo que se esboçava, duas formas da República estavam presentes, a República do terror e a República da clemência, uma querendo vencer pelo rigor e a outra pela brandura. Qual delas prevaleceria? Ambas, a forma conciliadora e a forma implacável, eram representadas por dois homens, tendo cada um sua influência e sua autoridade: um era comandante militar, o outro, representante civil; qual deles venceria? Apenas um desses homens, o representante, dispunha de poderosos pontos de apoio; ele chegara trazendo uma recomendação ameaçadora da Comuna de Paris para os batalhões de Santerre: "Sem piedade, sem trégua!" Para preservar a submissão à sua autoridade, havia um decreto da Convenção determinando "pena de morte para qualquer um que ajudasse na libertação e na fuga de um líder rebelde prisioneiro", com plenos poderes emanados do Comitê de Salvação Pública, e uma ordem de obediência a ele, assinada por ROBESPIERRE, DANTON, MARAT. O outro homem, o soldado, só dispunha desta única força: a piedade.

Tinha apenas seus braços, que combatiam os inimigos, e seu coração, que os perdoava. Vencedor, ele acreditava ter o direito de poupar os vencidos.

Daí vinha o conflito latente, porém profundo, entre esses dois homens. Eles se encontravam sobre nuvens diferentes, ambos combatendo a rebelião, e cada qual com sua obstinação, para um a vitória, para outro o terror.

Em todo o Bocage, só se falava deles; e o que intensificava a ansiedade dos olhares fixos nessas duas facções era o fato de esses dois homens, tão absolutamente opostos, serem tão visceralmente unidos. Os dois antagonistas eram dois amigos. Jamais a extrema e profunda simpatia aproximara tanto dois corações; o cruel salvara a vida do complacente, e seu rosto ficara ferido. Esses dois homens encarnavam, um a morte, o outro a vida; um sustentava o princípio do terror, o outro o princípio da pacificação, e eles se amavam. Estranho problema. Basta imaginar um Orestes misericordioso e Pílades inclemente. Basta imaginar Arimane irmão de Ormuz.[10]

Além disso, aquele dos dois a quem chamavam de "o feroz" era ao mesmo tempo o mais fraternal dos homens; ele cuidava dos feridos, tratava dos doentes, passava dias e noites em ambulâncias e hospitais, enternecido pelas crianças descalças. Sem ter nenhuma posse, dava tudo aos pobres. Quando havia combate, ele partia, avançando à frente das colunas no ápice da batalha, armado, pois dispunha de uma espada e duas pistolas, e desarmado, pois nunca foi visto sacando sua espada e tocando nas pistolas. Ele enfrentava os golpes e não revidava. Diziam que havia sido padre.

Um desses homens era Gauvain, o outro era Cimourdain.

Havia a amizade entre os dois, mas entre os dois princípios havia o ódio; era como uma alma cortada em duas partes e dividida; Gauvain, na verdade, recebera a metade da alma de Cimourdain, mas a metade afável. Parecia que Gauvain recebera a luz branca e Cimourdain guardara para si o que poderíamos chamar de luz negra. Daí o desacordo íntimo. Essa guerra surda estava fadada a estourar. Certa manhã, a batalha teve início.

Cimourdain disse a Gauvain:

— Qual é a nossa situação?

Gauvain respondeu:

— Você sabe tão bem quanto eu. Dispersei o bando de Lantenac. Só lhe restam alguns homens. Ele está encurralado na floresta de Fougères. Em oito dias, estará sitiado.

— E em quinze dias?

— Estará preso.

---

10. Arimane, deus das trevas, da morte e da maldade, segundo o zoroastrismo. Ormuz, deus do bem e da luz.

— E depois?
— Você leu meu cartaz?
— Li. E daí?
— Ele será fuzilado.
— Mais um ato de clemência. É preciso que ele seja guilhotinado.
— Pessoalmente — disse Gauvain —, eu sou a favor da morte militar.
— E eu — retrucou Cimourdain —, a favor da morte revolucionária.

Olhando fixamente para Gauvain, ele prosseguiu:
— Por que você fez com que libertassem aquelas religiosas do convento de Saint-Marc-le-Blanc?
— Não faço guerra contra as mulheres — respondeu Gauvain.
— Aquelas mulheres odeiam o povo. E no que diz respeito ao ódio, uma mulher equivale a dez homens. Por que você se recusou a enviar ao tribunal revolucionário todo aquele rebanho de velhos padres fanáticos capturado em Louvigné?
— Não faço guerra contra os velhos.
— Um velho padre é pior que um jovem padre. A rebelião é mais perigosa quando pregada por cabeleiras brancas. As pessoas têm fé nas rugas. Nada de falsa piedade, Gauvain. Os regicidas são os libertadores. Mantenha o olhar fixo na torre do Temple.
— A torre do Temple! Eu soltarei o delfim de lá. Não faço guerra contra as crianças.

A expressão de Cimourdain se tornou severa.
— Gauvain, saiba que é preciso fazer a guerra contra a mulher, quando ela se chama Maria Antonieta, contra o velho, quando seu nome for Pio VI, e contra a criança, quando ela se chama Luís Capeto.[11]
— Meu mestre, eu não sou um homem político.
— Trate de não se tornar um homem perigoso. Por que, no ataque ao posto de Cossé, quando o rebelde Jean Treton, acuado

---

11. Luís XVII, que morreria na prisão do Temple em 1795, com dez anos de idade.

e perdido, avançou sozinho, a espada na mão, contra sua coluna, você gritou: "Abram a fileira. Deixem-no passar"?
— Porque não são necessários 1.500 homens para matar um só.
— Por que, em Cailleterie d'Astillé, quando você viu que os soldados iam matar o vendeano Joseph Bézier, que estava ferido e se arrastava, você gritou: "Sigam em frente! Eu vou cuidar disso!"? E depois atirou para o alto com sua pistola?
— Porque não se mata um homem que está no chão.
— E você agiu errado. Os dois são hoje líderes de seus bandos; Joseph Bézier é o Bigode, e Jean Trenton é o Perna de Prata. Ao salvar esses dois homens, você deu dois inimigos para a República.
— Certamente, eu queria lhe dar amigos e não lhe criar inimigos.
— Por que, depois da vitória de Landéan, você não mandou fuzilar os trezentos camponeses prisioneiros?
— Porque Bonchamp concedeu a graça aos prisioneiros republicanos e eu quis que soubessem que a República perdoava os monarquistas.
— Então, se capturar Lantenac, você irá perdoá-lo?
— Não.
— Por quê? Já que perdoou trezentos camponeses.
— Os camponeses são ignorantes; Lantenac sabe o que está fazendo.
— Mas Lantenac é de sua família.
— A França é minha grande família.
— Lantenac é um velho.
— Lantenac é um estrangeiro. Lantenac não tem idade. Lantenac pede ajuda aos ingleses. Lantenac representa a invasão. Lantenac é o inimigo da pátria. O duelo entre ele e mim só poderá terminar com sua morte, ou a minha.
— Não se esqueça do que acaba de dizer.
— É uma promessa.
Houve um silêncio e ambos se olharam.
Gauvain disse:
— Este ano de 93 ficará na história como uma data sangrenta.

— Tome cuidado — exclamou Cimourdain. — Existem deveres terríveis. Não acuse quem não merece ser acusado. Desde quando a doença é culpa do médico? É isso, o que caracteriza este longo ano é a falta de piedade. Por quê? Porque se trata do grande ano revolucionário. Este ano em que vivemos encarna a Revolução. A Revolução tem um inimigo, o velho mundo, e ela não tem piedade dele, assim como o cirurgião tem um inimigo, a gangrena, e não tem piedade dela. A Revolução extirpa o reino do rei, a aristocracia do nobre, o despotismo do soldado, a superstição do padre, a barbárie do juiz, resumindo, tudo o que é tirania de todos os tiranos. A operação é assustadora, a Revolução a executou com mãos firmes. Quanto à quantidade de corpos sãos que ela sacrifica, pergunte a Boerhave o que ele acha. Todo tumor que deve ser extirpado causará uma perda de sangue. Todo incêndio a apagar requer uma parte de fogo. Essas necessidades terríveis são a própria condição do sucesso. Um cirurgião se assemelha a um açougueiro; um curandeiro pode parecer um carrasco. A Revolução se dedica à sua obra fatal. Ela mutila, mas salva. Ora! Você pede que ela perdoe o vírus! Quer que ela seja clemente com o que é venenoso! Surda, ela pega o passado e o extermina. Faz uma profunda incisão na civilização de onde sairá a saúde do gênero humano. Você sofre? Sem dúvida. Quanto tempo isso vai durar? O tempo que durar a operação. Em seguida, você viverá. A Revolução amputa o mundo. Daí este ano de hemorragia, o ano de 93.

— O cirurgião é calmo — disse Gauvain —, e os homens que vejo são violentos.

— A Revolução — replicou Cimourdain — precisa da ajuda de operários ferozes. Ela rejeita toda mão que treme. Só tem fé nos inexoráveis. Danton é o terrível, Robespierre, o inflexível, Saint-Just, o irredutível, Marat, o implacável. Tome cuidado, Gauvain. Esses nomes são necessários. Eles valem exércitos para nós. Eles aterrorizarão a Europa.

— E talvez também o futuro — disse Gauvain.

Depois de uma pausa, ele continuou:

— Aliás, meu mestre, você se engana, eu não acuso ninguém. Em minha opinião, o verdadeiro ponto de vista da Revolução é a irresponsabilidade. Ninguém é inocente, ninguém é culpado. Luís XVI é um carneiro lançado aos leões. Ele quer fugir, quer se salvar, procura se defender; se pudesse, ele morderia. Mas nem todos podem ser leões. Sua veleidade se passa por um crime. Esse carneiro raivoso mostra os dentes. O traidor!, dizem os leões. E eles o devoram. E quando terminam, eles lutam entre si.

— O carneiro é um animal.

— E os leões, o que são?

Essa réplica fez Cimourdain refletir. Ele levantou a cabeça e disse:

— Esses leões são a consciência. Esses leões são as ideias. Esses leões são os princípios.

— Eles provocam o terror.

— Um dia, a Revolução será a justificativa do terror.

— Cuidado para que o terror não seja a calúnia da Revolução.

E Gauvain prosseguiu:

— Liberdade, igualdade, fraternidade são os dogmas da paz e da harmonia. Por que lhes dar um aspecto assustador? O que desejamos nós? Conquistar os povos para a República universal. Pois bem, não os amedrontemos. A que servirá a intimidação? Como os pássaros, os povos não são atraídos pelo espantalho. Não precisa se fazer o mal para fazer o bem. Não se derruba o trono para deixar o patíbulo em pé. Morte aos reis e vida às nações. Abatemos as coroas, poupemos as cabeças. A Revolução é a concórdia e não o pavor. As ideias gentis são mal representadas pelos homens inclementes. A anistia é para mim a mais bela palavra da língua humana. Só derramarei o sangue se arriscar o meu. Além disso, tudo o que sei fazer é combater, e eu não passo de um soldado. Mas, se não pudermos perdoar, de que vale vencer? Sejamos, durante a batalha, os inimigos de nossos inimigos e, depois da vitória, seus irmãos.

— Tome cuidado — repetiu Cimourdain pela terceira vez. — Gauvain, para mim você é mais que um filho, tome cuidado!

E, pensativo, acrescentou:

— Nos tempos em que vivemos, a piedade pode ser uma forma de traição.

A conversa entre esses dois homens parecia um diálogo entre a espada e o machado.

VIII
Dolorosa[12]

Enquanto isso, a mãe procurava seus filhos.

Ela seguia em frente. Como vivia? Impossível dizer. Ela mesma não sabia; caminhava noite e dia, mendigava, comia grama, deitava no chão; dormia ao ar livre, nos matagais, sob as estrelas, algumas vezes sob a chuva e o vento.

Deambulava de aldeia em aldeia, de uma granja a outra, pedindo informações. Ela parava na entrada. Seu vestido estava esfarrapado. Algumas vezes a acolhiam, outras a expulsavam. Quando não era aceita dentro das casas, ela ia para o bosque.

Desconhecendo a região, ela ignorava tudo, exceto Siscoignard e a paróquia de Azé; sem um itinerário, ela voltava atrás, recomeçava uma estrada já percorrida, fazia um caminho inútil. Ora seguia pela estrada, ora pelos sulcos deixados por uma charrete, ora pelos atalhos no meio da densa mata. Nessa vida ao léu, suas roupas miseráveis se deterioravam. De início, caminhara calçada, depois descalça e, em seguida, com os pés ensanguentados.

Ela avançava em meio à guerra, aos disparos dos fuzis, sem nada ouvir, sem nada ver, sem nada evitar, procurando seus filhos. Na revolta generalizada, não havia mais policiais nem prefeitos, nenhuma autoridade. Ela só se dirigia às pessoas que passavam.

Ela as abordava e perguntava:

— Vocês viram três crianças em algum lugar?

Os passantes erguiam a cabeça.

---

12. Referência ao tema universal da *Mater Dolorosa*.

— Dois meninos e uma menina — explicava ela. E continuava: — René-Jean, Gros-Alain, Georgette? Vocês não os viram? — E prosseguia: — O mais velho tem quatro anos e meio, a menor tem vinte meses. — E acrescentava: — Vocês sabem onde estão? Foram arrancados de mim.

As pessoas a olhavam e não diziam nada.

Percebendo que não a compreendiam, ela explicava:

— É porque são meus filhos. É por isso.

E as pessoas seguiam seus caminhos. Então, ela parava e não dizia mais nada, ferindo o próprio seio com as unhas.

Um dia, porém, um camponês lhe deu atenção. E o homem começou a refletir.

— Espere um pouco — disse ele. — Três crianças?

— Sim.

— Dois meninos?

— E uma menina.

— É por eles que você está procurando?

— Sim.

— Ouvi falar de um senhor que tinha recolhido três crianças pequenas e as levado com ele.

— Onde está esse homem? — perguntou ela. — Onde eles estão?

O camponês respondeu:

— Vá até a Tourgue.

— É lá que acharei meus filhos?

— Pode ser que sim.

— Como disse?

— A Tourgue.

— O que é a Tourgue?

— É um lugar.

— Uma aldeia? Um castelo? Uma granja?

— Eu nunca fui lá.

— Fica longe?

— Não é muito perto.

— Para que lado?

— Para os lados de Fougères.
— Qual é o caminho?
— Aqui você está em Vautortes — respondeu o camponês.
— Deixe Ernée à sua esquerda e Coxelles à direita, passe por Lorchamps e atravesse o Leroux.

E o camponês apontou para o ocidente.

— Siga sempre em frente na direção do pôr do sol.

Antes que o camponês tivesse abaixado o braço, ela já estava a caminho.

O camponês gritou em sua direção:

— Mas tome cuidado. Há combates por lá.

Ela nem sequer se virou para lhe responder, simplesmente continuou andando.

IX
Uma Bastilha provinciana

I. A Tourgue

Quarenta anos atrás, o viajante que penetrasse na floresta de Fougères do lado de Laignelet sairia do lado de Parigné e faria às margens desse bosque profundo uma descoberta sinistra. Ao sair do mato, veria bruscamente diante de si a Tourgue.

Não a Tourgue ainda viva, mas a Tourgue morta. A Tourgue rachada, devastada, danificada, desmantelada. A ruína está para uma construção assim como o fantasma está para o homem. Não havia visão mais lúgubre que a da Tourgue. O que se via era uma torre alta e circular, solitária no canto do bosque, como um malfeitor. Essa torre, erguida sobre um bloco de rochedo, possuía um aspecto quase romano, por conta de sua retidão e solidez, e nessa massa robusta se misturavam as ideias de potência e decadência. De fato, era um pouco romana, pois romana havia sido; iniciada no século IX, tinha sido concluída no século XII, depois da Terceira Cruzada. As cornijas modeladas denunciavam sua idade. Ao se aproximar e escalar o talude, percebia-se uma brecha, e, arriscando-se a penetrar em seu interior, não se achava nada. Parecia a parte interna de um clarim de pedra em pé sobre a rocha. De cima a baixo, não havia divisões; não havia um telhado, teto ou assoalho; apenas arcadas de pedra e lareiras, postigos de falconetes[13] em diversos pontos, mísulas de granito e algumas vigas transversais delimitando os andares, e sobre essas vigas, dejetos de aves noturnas, a muralha colossal, quinze pés de espessura na base e doze no topo, algumas fissuras e buracos espalhados que um dia tinham sido portas e pelos quais se entreviam escadas no interior tenebroso dos muros. A pessoa que entrasse ali à noite ouviria o pio de corujas, garças marrons, brancas e noitibós, veria a seus pés sarças, pedras, répteis, e no alto, através de um círculo negro que era a parte superior da torre e se assemelhava à boca de um poço imenso, as estrelas.

Era uma tradição regional que os andares superiores dessa torre contivessem portas secretas, feitas como as portas dos túmulos dos reis de Judá, com uma pedra volumosa que girava sobre um eixo, abrindo-se e depois se fechando, dissimulando-se nas paredes rochosas; modelo arquitetural trazido das cruzadas com suas ogivas. Quando essas portas estavam fechadas, era impossível achá-las, de tal maneira se confundiam com as pedras do muro. Ainda hoje, veem-se portas assim nas cidades misteriosas do Antilíbano[14], sobreviventes do terremoto das doze cidades do reinado de Tibério.

II. A brecha

A brecha de acesso à ruína era uma entrada de mina. Para um conhecedor, familiarizado com Errard, Sardi e Pagan[15], essa mina tinha sido sabiamente construída. A galeria do forno na forma de uma mitra eclesiástica era proporcional à potência da torre que ela estripara da pedra. Devia conter pelo menos dois quintais[16] de pólvora.

---

13. Canhões de pequeno calibre.
14. Cordilheira atravessando o Líbano, a Síria e Israel.
15. Jean Errard, Pierre Sardi e Blaise Pagan, reputados engenheiros militares.
16. Antiga unidade de peso. Um quintal corresponde a sessenta quilos.

Chegava-se ali através de um canal sinuoso, que é melhor que um canal reto; o desabamento produzido pela mina expunha os rasgos provocados pelos cartuchos de pólvora, com o diâmetro de um ovo de galinha. A explosão fizera na muralha uma ferida profunda, por onde os invasores deviam ter podido entrar. Essa torre suportara, em épocas diversas, importantes cercos regulares; estava crivada de balas e as marcas por elas deixadas não datavam todas da mesma época; cada projétil tem sua maneira de marcar o baluarte; e todos deixaram nessa torre uma cicatriz, desde as balas de pedra do século XIV até as balas de ferro do XVIII.

A brecha se abria no interior para o que devia ter sido o nível térreo. Na parede oposta à entrada, no muro da torre, havia um postigo de acesso a uma cripta talhada na rocha, que se prolongava dentro das fundações da torre até o subsolo.

Essa cripta, com três quartos de seu espaço entulhados, foi desobstruída em 1855 graças ao senhor Auguste Le Prévost, antiquário em Bernay.

III. A masmorra

Essa cripta era a masmorra. Toda torre tem uma. Essa cripta, como muitas prisões subterrâneas da mesma época, tinha dois andares. O primeiro andar, ao qual se acessava pelo postigo, era uma câmara espaçosa com o teto em abóbadas, no mesmo nível que o solo do compartimento precedente. Viam-se, na parede dessa câmara, dois sulcos paralelos e verticais que se estendiam de um muro ao outro, passando pela abóbada, onde suas marcas eram bem profundas e que faziam pensar nos trilhos deixados por uma carroça. Eram de fato dois trilhos. Os dois sulcos tinham sido escavados por duas rodas. Outrora, no período feudal, era nessa câmara que se faziam os esquartejamentos por meio de um processo menos espalhafatoso que aquele executado por quatro cavalos. Ali dentro havia duas rodas, tão resistentes e grandes que chegavam a roçar nos muros e na abóbada. A cada uma dessas rodas, amarravam um braço e uma perna do condenado, depois faziam as rodas girarem no sentido inverso, desmembrando o homem. Era preciso força; daí os sulcos encavados dentro da pedra, provocados pelas rodas. Ainda hoje em dia, podemos ver uma câmara desse gênero em Vianden.

Embaixo dessa câmara havia outra, onde se encontrava a verdadeira masmorra. A entrada não se fazia por uma porta, mas por um buraco; o prisioneiro, nu, descia por meio de uma corda sob as axilas dentro da câmara inferior através de um orifício perfurado na laje, ao centro da câmara superior. Caso ele se obstinasse em viver, era por esse buraco que lhe jogavam alimentos. Ainda hoje, existe um orifício semelhante em Bouillon.

Por esse buraco, o vento passava. A câmara de baixo, escavada sob o solo do andar superior, era mais um poço que uma câmara. No fundo dela havia água e uma brisa glacial invadia todo o espaço. Esse vento, que levava à morte o prisioneiro de baixo, permitia ao prisioneiro de cima viver. Ele tornava a prisão respirável. O prisioneiro de cima, apalpando no escuro as paredes abauladas, só recebia ar por essa passagem. Ademais, quem ali entrasse ou caísse nunca mais sairia. Cabia ao prisioneiro tomar cuidado dentro da escuridão. Um passo em falso podia fazer do detento de cima um detento de baixo. Era problema dele. Se desse valor à vida, o buraco era uma ameaça; caso se entediasse, o buraco era um recurso. O andar superior era o calabouço, o andar inferior era o túmulo. Uma superposição semelhante à da sociedade da época.

Era esse lugar que nossos ancestrais chamavam de "*un cul-de-basse-fosse*".[17] Com seu desaparecimento, o nome para nós não faz mais sentido. Graças à Revolução, ouvimos com indiferença essas palavras.

Na parte exterior da torre acima da brecha que, quarenta anos atrás, era sua única entrada, percebia-se um vão mais largo que as outras seteiras, do qual pendia uma grade de ferro deslocada e danificada.

---

17. Literalmente: um cu-de-cova-rasa.

IV. O pequeno castelo sobre a ponte

Do lado oposto à brecha de acesso, havia uma ponte de pedra com três arcos pouco avariados. A ponte sustentara uma residência da qual restavam alguns pedaços. Dessa estrutura residencial, na qual eram visíveis as marcas de um incêndio, sobrara apenas o madeiramento enegrecido, uma espécie de ossatura através da qual se filtrava a luz do dia, como um esqueleto ao lado de um fantasma.

Essa ruína, atualmente, foi demolida por completo, sem deixar o menor vestígio. Tudo o que foi construído em muitos séculos e por muitos reis só precisa de um dia e de um camponês para destruir.

A *Tourgue* é uma abreviação campônia que deriva de Tour-Gauvain[18], assim como a *Jupelle* significa Jupellière e como o nome de um corcunda chefe de um bando, *Pinson-le-Tort*, significa Pintassilgo, o Torto.

A Tourgue, que quarenta anos atrás estava em ruínas e que hoje não passa de uma sombra, era uma fortaleza em 1793. A velha bastilha dos Gauvains, que protegia o flanco ocidental da floresta de Fougères, e que hoje não passa de um bosque.

Essa cidadela fora construída sobre um desses enormes blocos de xisto que são abundantes entre Mayenne e Dinan, e que se acham espalhados em todos os cantos entre o matagal e os pântanos, como se gigantes tivessem lançado pedras uns contra os outros.

A fortaleza se resumia à torre; sob o rochedo que sustentava a torre, corria um desses cursos de água que no mês de janeiro se transformam em corredeiras e que no mês de junho ressecam.

Com toda a sua simplicidade, essa fortaleza ainda assim era quase inexpugnável na Idade Média. A ponte a fragilizava. Os góticos Gauvains a tinham construído antes da ponte. Seu acesso era efetuado através de uma dessas passarelas instáveis que podem ser demolidas com um golpe de machado. Enquanto os Gauvains foram viscondes, ela os agradava como era e os satisfazia; mas quando eles viraram marqueses e deixaram a caverna pela corte, lançaram três arcos sobre

---

18. Torre Gauvain.

o leito do rio, abrindo um acesso pela planície, da mesma forma que tinham aberto o acesso pelo lado do rei. Os marqueses dos séculos XVII e XVIII não faziam mais questão de se manter inexpugnáveis. Copiar Versalhes era mais importante que respeitar a tradição de seus ancestrais.

Diante da torre, no lado ocidental, havia um platô bem inclinado que conduzia às planícies; esse platô chegava bem perto da torre, separando-os apenas um córrego profundo onde fluía o curso d'água, um afluente do rio Couesnon. A ponte, um hífen entre a fortaleza e o platô, fora erguida sobre pilares altos e, em cima desses pilares, construíram um edifício no estilo de Mansard[19], como em Chenonceaux, mais habitável que a torre. Mas os costumes ainda eram bem rudes; os senhores mantiveram o hábito de morar nos cômodos da torre, semelhantes a calabouços. Quanto à residência sobre a ponte, que parecia um pequeno castelo, dela se usava apenas um longo corredor que servia de entrada e que chamavam de sala de armas; em cima dessa sala, em uma espécie de mezanino, instalaram uma biblioteca e, em cima da biblioteca, um sótão. As janelas eram longas e estreitas, com vitrais da Boêmia, e entre elas, colunas e medalhões esculpidos no muro; três níveis; embaixo, partasanas[20] e mosquetões; no meio, os livros; no alto, sacos de aveia; tudo isso era um pouco selvagem, mas bem nobre.

A torre ao lado era aterradora.

Ela dominava essa residência singela por sua altura lúgubre. Da plataforma no alto, era possível fulminar a ponte.

As duas construções, uma abrupta e outra elegante, pareciam mais o fruto de um choque casual que de uma intenção voluntária. Os dois estilos estavam em desacordo; ainda que dois semicírculos devam parecer idênticos, nada se assemelha menos a um arco pleno romano que uma arquivolta clássica. Digna das florestas, essa torre era uma vizinha bizarra para essa ponte, que era digna de Versalhes.

---

19. Jules Hardouin-Mansard (1645-1708), arquiteto de Versalhes.
20. Espécie de alabarda, ou lança com ferro longo, usada pela infantaria.

Basta imaginar Alain Barbe-Torte[21] de braços dados com Luís XIV. O conjunto era horrendo. Uma figura de aspecto cruel resultava da combinação dessas duas majestades. Do ponto de vista militar, a ponte, convém insistir, traía a torre. Ela a embelezava e a desguarnecia; ao ganhar em ornamento, ela perdia em força. A ponte a rebaixava ao mesmo nível que o platô. Ainda inexpugnável do lado da floresta, agora se encontrava vulnerável do lado da planície. Outrora ela se sobrepunha ao platô, agora o platô a dominava. Um inimigo instalado ali logo conquistaria a ponte. A biblioteca e o sótão beneficiavam o invasor e desfavoreciam a fortaleza. Uma biblioteca e um sótão se assemelham na medida em que os livros e a palha são dois combustíveis. Para um invasor que optar pelo fogo, queimar Homero ou queimar um fardo de feno, desde que se incendeiem, é a mesma coisa. Os franceses o provaram aos alemães, pondo em chamas a biblioteca de Heidelberg, e os alemães o provaram aos franceses, queimando a biblioteca de Estrasburgo. Essa ponte, portanto, como um apêndice da Tourgue, era um erro estratégico; mas no século XVII, sob Colbert e Louvois, os príncipes Gauvain, assim como os príncipes de Rohan ou os príncipes de Trémoille, não se acreditavam suscetíveis a um cerco. No entanto, os construtores da ponte tomaram algumas precauções. Primeiro, eles tinham previsto o incêndio; acima das três janelas do lado da jusante, tinham prendido transversalmente aos ganchos que ainda existiam meio século atrás uma sólida escada de salvamento com o mesmo comprimento da altura dos dois primeiros andares da ponte, altura essa que superava a dos três andares ordinários; em segundo lugar, tinham previsto os ataques; a ponte havia sido isolada da torre por meio de uma porta de ferro, baixa e pesada; essa porta era arqueada; fechavam-na com uma chave que ficava em um esconderijo que só o castelão conhecia e, uma vez fechada, essa porta podia desafiar o aríete e enfrentar as balas.

---

21. Alain "Barba Torta", duque da Bretanha no século X.

Era preciso atravessar a ponte para alcançar essa porta e passar por ela para penetrar na torre. Não havia outro acesso.

V. A porta de ferro

O segundo andar do pequeno castelo da ponte, erguido sobre os pilares, correspondia-se com o segundo andar da torre; foi nessa altura que, por razões de segurança, havia sido instalada a porta de ferro.

A porta de ferro se abria, do lado da ponte, para a biblioteca e, do lado da torre, para uma grande sala de teto arqueado com um pilar ao centro. Essa sala, como acabou de ser dito, ficava no segundo andar da masmorra. Era circular como a torre; as longas seteiras que davam para o campo a clareavam. Em estado bruto, a muralha era nua e as pedras, por sinal dispostas de maneira bem simétrica, nada ocultavam. O acesso a essa sala se fazia através de uma escada em espiral, construída dentro da muralha, algo simples de ser feito quando os muros têm quinze pés de espessura. Na Idade Média, tomava-se uma cidade rua por rua, e nas ruas, casa por casa, e em uma casa, invadia-se um quarto de cada vez. O cerco a uma fortaleza era feito andar por andar. Nesse sentido, a Tourgue estava engenhosamente preparada, pois era áspera e inabordável. Subia-se de um andar ao outro pela estreita escada em espiral; as portas eram inclinadas e não tinham a altura de um homem; era preciso abaixar a cabeça para passar por elas; ora, uma cabeça baixa é uma cabeça facilmente agredida; e a cada porta, o sitiado aguardava o invasor.

Embaixo da câmara circular com pilares havia dois cômodos idênticos, o primeiro andar e o térreo, e em cima, três. Sobre esses seis cômodos sobrepostos, a torre se encerrava em uma tampa de pedra, que era a plataforma, acessível por uma pequena porta.

Os quinze pés de espessura da muralha que precisaram perfurar para ali instalar uma porta de ferro, e no interior da qual ela se encontrava chumbada, embutiam-na dentro de um longo vão arqueado; dessa maneira, quando a porta estava fechada, tanto do lado da torre quanto do lado da ponte, ela ficava sob um átrio de seis ou sete pés de profundidade; quando a porta estava aberta, esses dois átrios se confundiam, formando uma só entrada com o teto arqueado.

Sob o pórtico do lado da ponte, abria-se na espessura do muro o postigo baixo de uma escada que levava ao corredor do primeiro andar, sob a biblioteca; isso representava mais uma dificuldade para o invasor. Em sua extremidade do lado do platô, o castelo sobre a ponte tinha apenas um muro vertical, onde a ponte terminava. Uma ponte levadiça, adaptada a uma porta baixa, ligava o castelo ao platô, e essa mesma ponte levadiça, que por conta da altura do platô só se abaixava em um plano inclinado, dava acesso ao longo corredor, chamado de sala de armas. Assim que conquistasse esse corredor, o invasor, para alcançar a porta de ferro, era obrigado a atacar bravamente a escada em espiral que conduzia ao segundo andar.

VI. A biblioteca

Quanto à biblioteca, era uma sala oblonga com a largura e o comprimento da ponte e uma única porta, a porta de ferro. Uma porta falsa, revestida de pano verde, que se abria com um empurrão, dissimulava no interior o vão de entrada da torre. O muro da biblioteca ocupava todo espaço de cima a baixo, do assoalho até o teto, coberto de armários com portas de vidro ao bom gosto da marcenaria do século XVII. Seis grandes janelas, três de cada lado, uma em cima de cada arco, clareavam a biblioteca. Por essas janelas, do lado de fora e no alto do platô, era possível ver o interior desse cômodo. Entre essas janelas, erguiam-se sobre mísulas de madeira de carvalho esculpida seis bustos de mármore, Hermolau de Bizâncio, Ateneu, gramático de Náucratis, Suídas, Casaubon, Clóvis, rei da França, e seu chanceler Anachalus, que por sinal não era mais chanceler do que Clóvis era rei.

Havia todos os tipos de livros nessa biblioteca. Um deles ficou célebre. Tratava-se de um antigo in-quarto com o seguinte título em letras garrafais: *São Bartolomeu*, e o subtítulo *Evangelho segundo São Bartolomeu precedido de uma dissertação de Pantœnus, filósofo cristão, sobre a questão de saber se este evangelho deve ser considerado apócrifo e se São Bartolomeu é o mesmo que Nathanaël.* Esse livro, considerado único exemplar, encontrava-se sobre um púlpito no meio da biblioteca. No século passado, as pessoas vinham vê-lo por curiosidade.

VII. O sótão

Quanto ao sótão, que como a biblioteca tinha a forma oblonga da ponte, ele ocupava simplesmente o espaço sob o vigamento do telhado. O grande cômodo apinhado de palha e de feno era iluminado por seis claraboias. O único ornamento era uma figura de São Barnabé esculpida sobre a porta que trazia no alto o verso:

Barnabus sanctus falcem jubet ire per herbam.[22]

A torre alta e ampla, com seis andares, perfurada em alguns lugares pelas seteiras, tinha por único acesso e saída uma porta de ferro que dava para o pequeno castelo fechado por uma ponte levadiça; atrás da torre, a floresta; diante da torre, um terreno cheio de arbustos, mais alto que a ponte, mais baixo que a torre; sob a ponte, entre a torre e o platô, um córrego profundo, estreito, coberto de mato, uma corredeira no inverno, um riacho na primavera, uma vala pedregosa no verão. Assim era a Torre Gauvain, chamada Tourgue.

X
Os reféns

Julho passou, agosto chegou, um vento heroico e feroz varria a França, e dois espectros acabavam de surgir no horizonte. Marat com uma faca no peito, Charlotte Corday sem cabeça, a situação se tornava trágica. Quanto à Vendeia, vencida em sua grande estratégia, ela se refugiava nas menores, as mais temíveis, como dissemos; essa

---

22. São Barnabé corta o mato com a foice.

guerra era agora uma imensa batalha retalhada dentro do bosque; os desastres do grande exército, dito católico e real, começavam; um decreto deslocou para a Vendeia as tropas de Mayence; oito mil vendeanos tinham sido mortos em Ancenis; os vendeanos haviam sido rechaçados de Nantes, desalojados de Montaigu, expulsos de Thouars, caçados em Noirmoutier, expelidos de Cholet, de Montagne e de Saumur; eles evacuavam Parthenay; abandonavam Clisson; fugiam de Châtillon; perdiam a bandeira em Saint-Hilaire, foram derrotados em Pornic, em Sables, em Fontenay, em Doué, em Château-d'Eau, em Ponts-de-Cé; eles estavam encurralados em Luçon, batendo em retirada em Châtaigneraye, em debandada em Roche-sur-Yon; entretanto, de um lado, eles ameaçavam Rochelle, e de outro, nas águas de Guernesey, uma frota inglesa, sob as ordens do general Craig transportando juntos os melhores oficiais da Marinha francesa e vários regimentos ingleses, aguardava apenas um sinal do marquês de Lantenac para desembarcar. Esse desembarque poderia trazer de volta a vitória aos revoltosos monarquistas. Pitt era considerado por sinal um malfeitor do Estado; a traição faz parte da política, assim como o punhal integra uma panóplia; Pitt apunhalava nosso país e traía o seu; desonrar seu país é traí-lo; a Inglaterra, sob seu comando e através dele, travava a guerra púnica.[23] Ela espionava, fraudava, mentia. Clandestina e falsária, nada lhe repugnava; ela se rebaixava até as minúcias do ódio. Monopolizava o sebo, que custava cinco francos a libra; em Lille, foi apreendida com um inglês uma carta de Prigent, agente de Pitt na Vendeia, na qual se liam estas linhas: "Peço que não poupe dinheiro. Nós esperamos que os assassinatos sejam cometidos com prudência, os padres disfarçados e as mulheres são as pessoas mais adequadas a essa operação. Envie sessenta mil libras a Rouen e cinquenta mil a Caen." Essa carta foi lida por Barère na Convenção, em 1º de agosto. A essas perfídias, reagiram as selvagerias de Parein e, mais tarde, as atrocidades de

---

23. Referência à guerra entre Roma e Cartago e à traição cometida pelos romanos, segundo os cartagineses.

Carrier. Os republicanos de Metz e os republicanos do sul da França pediam permissão para atacar os rebeldes. Um decreto ordenava a formação de 24 companhias de pioneiros para incendiar as matas e as cercas de Bocage. Uma crise inaudita. A guerra só cessava em um ponto para logo recomeçar em outro. Sem misericórdia! Sem prisioneiros! Esse era o lema das duas partes. A história se cobria com uma sombra aterradora.

Nesse mês de agosto, a Tourgue foi sitiada.

Certa noite, quando as estrelas surgiam no céu calmo de um crepúsculo canicular, nenhuma folha da floresta se agitava, nem mesmo uma erva estremecia na planície; em meio ao silêncio do anoitecer, o som de uma corneta se fez ouvir. Vinha do alto da torre.

A esse som, respondeu um toque de clarim que vinha de baixo.

No alto da torre, havia um homem armado; embaixo, à sombra, um acampamento militar.

Distinguia-se vagamente na escuridão em torno da Torre Gauvain um formigamento de formas obscuras. Esse formigamento era a tropa acampada. Algumas fogueiras começavam a ser acesas sob as árvores da floresta e entre os arbustos do platô, perfurando as trevas com pontos luminosos, como se a terra quisesse se cobrir de estrelas ao mesmo tempo que o céu. Sombrias são as estrelas da guerra! O acampamento do lado do platô se estendia até a planície e, do lado da floresta, se aprofundava dentro do mato. A Tourgue estava bloqueada.

A dimensão do bivaque dos sitiantes revelava uma tropa numerosa.

O acampamento estava bem perto da fortaleza, estendendo-se do lado da torre até o rochedo e do lado da ponte até o córrego.

Houve um segundo som de corneta, seguido de um segundo toque de clarim.

A corneta interrogava e o clarim respondia.

O som da corneta vinha da torre, que perguntava ao acampamento: "Podemos falar com vocês?" E esse clarim era o acampamento, que respondia: "Sim."

Nessa época, os vendeanos não eram considerados pela Convenção como beligerantes e, como era proibido por decreto negociar com "os bandidos", eles utilizavam na medida do possível as comunicações que o direito popular autoriza na guerra comum e proíbe na guerra civil. Por isso, havia nessa ocasião um certo entendimento entre a corneta camponesa e o clarim militar. O primeiro toque era apenas um prólogo, o segundo fazia uma pergunta: "Vocês querem ouvir?" Se, a esse segundo toque, o clarim se calasse, significava uma recusa; se o clarim respondesse, um consentimento. A tradução: "uma trégua momentânea".

O clarim respondera ao segundo toque, o homem no alto da torre falou e ouviu-se o seguinte:

— Homens que me ouvem, sou Gouge-le-Bruant, apelidado de o Exterminador de Azuis por eliminar muitos de vocês, e apelidado também de Imânus, porque matarei ainda mais do que já matei. Tive um dedo cortado por um golpe de espada sobre o cano de meu fuzil no ataque a Granville, e vocês guilhotinaram, em Laval, meu pai, minha mãe e minha irmã Jacqueline, que tinha dezoito anos. Eis quem sou.

"Eu lhes falo em nome do *monseigneur* marquês Gauvain de Lantenac, visconde de Fontenay, príncipe bretão, senhor das Sete Florestas, meu mestre.

"Para começar, saibam que o *monseigneur* marquês, antes de se fechar nesta torre que vocês agora cercam, distribuiu a guerra entre seis chefes, seus lugares-tenentes; a Delière, ele deu a região entre a estrada de Brest e a estrada de Ernée; a Treton, a região entre a Roë e Laval; a Jacquet, chamado Taillefer, a margem do Haut-Maine; a Gaulier, chamado de Grand-Pierre, Château-Gontier; a Lecomte, Craon; Fougères ele deu ao senhor Dubois-Guy; e toda a Mayenne ao senhor de Rochambeau; de modo que, tomando esta fortaleza, nada estará terminado para vocês, e que, mesmo que o *monseigneur* marquês venha a morrer, a Vendeia de Deus e do rei não morrerá.

"Se digo isso, fiquem sabendo, é para adverti-los. O *monseigneur* está aqui, ao meu lado. Sou a boca por onde falam suas palavras. Homens que nos sitiam, façam silêncio.

"Eis o que é importante que vocês ouçam:

"Não esqueçam que a guerra que vocês fazem contra nós não é nada justa. Somos indivíduos que habitam sua região, e combatemos honestamente, e somos simples e puros sob a vontade de Deus, como a grama sob o orvalho. Foi a República que nos atacou; ela veio nos atormentar em nossos campos, e ela incendiou nossas casas e nossas colheitas, devastou com balas nossas granjas, e nossas mulheres e nossos filhos foram obrigados a fugir descalços pelo bosque enquanto a toutinegra do inverno ainda cantava.

"Vocês que aí estão e que me ouvem, vocês nos perseguiram pela floresta e nos cercam nesta torre; vocês mataram ou dispersaram aqueles que tinham se unido a nós; vocês têm canhão; acrescentaram às suas colunas as guarnições e os postos de Mortain, Barenton, Teilleul, Landivy, Évran, Tinteniac e Vitré, o que significa que vocês são 4.500 soldados a nos atacar; nós somos dezenove homens e nos defenderemos.

"Temos víveres e munições.

"Vocês minaram e explodiram uma parte de nosso rochedo e um pedaço de nossa muralha.

"Isso deixou um buraco ao pé da torre, e esse buraco é uma brecha pela qual poderão entrar, ainda que ela não seja a céu aberto e que a torre, ainda forte e firme, faça uma abóboda sobre ela.

"Agora, vocês preparam o ataque.

"E nós, para começar, *monseigneur* marquês, que é príncipe da Bretanha e prior secular da abadia de Sainte-Marie de Lantenac, onde uma missa diária foi estabelecida pela rainha Jeanne, e em seguida os outros, nós defenderemos a torre, da qual o senhor é o abade Turmeau, cujo nome de guerra é Grand-Francœur, meu camarada Guinoiseau, que é capitão do Camp-Vert, meu camarada Chante-en-Hiver, que é capitão do acampamento da Avoine, meu camarada Musette, que é capitão do acampamento de Fourmis, e eu, camponês, nascido no burgo de Daon, onde corre o riacho Moriandre, todos nós temos uma coisa a lhes dizer.

"Homens que estão aí embaixo, ouçam.

"Temos em nossas mãos três prisioneiros, que são três crianças. Elas foram adotadas por um de seus batalhões e lhes pertencem. Nós propomos entregar essas três crianças.

"Com uma condição.

"Que nos deixem sair livremente.

"Se recusarem, ouçam bem, vocês só poderão atacar de duas maneiras: pela brecha, do lado da floresta; ou pela ponte, do lado do platô. A construção sobre a ponte tem três andares; no andar de baixo, eu, Imânus, que lhes fala, fiz com que instalassem seis tonéis de alcatrão e cem feixes de mato seco; no andar de cima, temos palhas; no andar do meio, livros e papéis; a porta de ferro, que comunica a ponte à torre, está trancada, e o *monseigneur* guarda a chave consigo; eu fiz um buraco sob a porta, e por esse buraco passa um pavio de enxofre com uma extremidade estendida até o alcatrão e a outra ao alcance de minha mão, no interior da torre; eu o acenderei quando quiser. Se vocês se recusarem a nos deixar sair, as três crianças serão levadas ao segundo andar da ponte, entre o andar onde está o pavio de enxofre e onde está o alcatrão e o andar onde se encontra a palha, e serão fechadas pela porta de ferro. Se vocês atacarem pela ponte, serão vocês que incendiarão tudo; se atacarem pela brecha, seremos nós; se atacarem simultaneamente pela brecha e pela ponte, o fogo será aceso ao mesmo tempo por vocês e por nós; e em todos os casos, as três crianças perecerão.

"Agora, ou vocês aceitam ou recusam.

"Se aceitarem, nós saímos.

"Se recusarem, as crianças morrem.

"Tenho dito."

O homem que falava no alto se calou.

Embaixo, ouviu-se uma voz:

— Nós recusamos.

Uma voz breve e severa. Uma outra, menos dura, mas firme, acrescentou:

— Vocês têm 24 horas para se renderem incondicionalmente.

Houve um silêncio e, depois, a mesma voz prosseguiu:

— Amanhã, nesta mesma hora, se vocês não tiverem se rendido, iniciaremos o assalto.

E a primeira voz voltou a ser ouvida:

— E sem trégua.

A essa voz cruel, uma outra respondeu do alto da torre. Entre dois espaços, viu-se avultar uma alta silhueta na qual foi possível, à luz das estrelas, reconhecer a temível figura do marquês de Lantenac, cujo olhar na sombra parecia procurar alguém, e que proferiu:

— Um momento. É você, padre?

— Sim, sou eu, traidor — respondeu a rude voz lá embaixo.

XI
Terrível como outrora

A voz implacável era de fato a voz de Cimourdain; a voz mais jovem e menos imperiosa era a de Gauvain.

O marquês de Lantenac, reconhecendo o abade Cimourdain, viu que não se enganara.

Em poucas semanas, nessa região que a guerra civil ensanguentava, Cimourdain, como se sabe, se tornara famoso; não havia notoriedade mais lúgubre que a sua; diziam: Marat em Paris, Châlier em Lyon, Cimourdain na Vendeia. Todo o respeito que dedicavam ao abade Cimourdain anteriormente começava a fenecer; é essa a consequência para um padre que renuncia ao hábito. Cimourdain espalhava o terror. Os homens severos são desafortunados; quem vê seus atos os condena, quem visse sua consciência talvez os absolveria. Um Licurgo que não se explica parece um Tibério. De qualquer modo, dois homens, o marquês de Lantenac e o abade Cimourdain, tinham o mesmo peso na balança do ódio; a maldição dos monarquistas sobre Cimourdain equivalia à execração dos republicanos por Lantenac. Cada um desses homens era, para o campo oposto, um monstro; a tal ponto que se deu este fato singular: ao mesmo tempo que Prieur de la Marne, em Granville, punha a prêmio a cabeça de Lantenac, Charette, em Noirmoutier, punha a prêmio a cabeça de Cimourdain.

Podemos dizer que esses dois homens, o marquês e o padre, eram até certo ponto o mesmo homem. A máscara de bronze da guerra civil tem dois perfis, um voltado para o passado, o outro voltado para o futuro, um tão trágico quanto o outro. Lantenac era o primeiro desses perfis, Cimourdain, o segundo; simplesmente, o ricto amargo de Lantenac era coberto de sombra e trevas, e sobre a face fatal de Cimourdain brilhava a aurora.

Enquanto isso, a Tourgue pôde repousar um pouco.

Graças à intervenção de Gauvain, que acabamos de ver, uma espécie de trégua de 24 horas foi combinada.

Imânus, aliás, estava bem informado e, por conta das requisições feitas por Cimourdain, Gauvain tinha agora sob suas ordens 4.500 homens, tanto da guarda nacional quanto das tropas de frente, com os quais ele sitiava Lantenac dentro da Tourgue, e podia apontar contra a fortaleza doze canhões, seis do lado da torre, dissimulados à margem da floresta, e seis do lado da ponte, sobre o platô, descobertos. A mina fora acionada e a brecha estava aberta na base da torre.

Dessa forma, as 24 horas de trégua logo expiraram e a luta começaria nas seguintes condições:

Sobre o platô e dentro da floresta, havia 4.500 homens.

Dentro da torre, apenas dezenove.

Os nomes desses dezenove sitiados podem ser encontrados pela história nos cartazes de criminosos procurados pela lei. Nós os acharemos, talvez.

Para comandar esses 4.500 homens que formavam quase um exército, Cimourdain gostaria que Gauvain aceitasse o posto de general. Gauvain se recusou e disse: "Quando Lantenac for capturado, nós veremos. Por ora não tive mérito algum."

Esses importantes comandos nas mãos de postos mais humildes, por sinal, eram um dos costumes da República. Bonaparte, mais tarde, seria ao mesmo tempo chefe de esquadrão de artilharia e general do Exército da Itália.

O destino da Torre Gauvain era singular: um Gauvain a atacava, um Gauvain a defendia. Daí uma certa reserva no ataque, mas não na defesa, pois o *monseigneur* de Lantenac era desses homens imoderados e, além disso, tendo habitado em Versalhes, ele não nutria a menor superstição pela Tourgue, que mal conhecia. Ele a buscara como refúgio, não dispondo de outro asilo, nada mais; mas não teria escrúpulo algum em demoli-la. Gauvain era mais respeitoso.

O ponto fraco da fortaleza era a ponte; mas dentro da biblioteca, que se achava sobre a ponte, havia arquivos da família; se o ataque começasse por lá, a ponte seria inevitavelmente incendiada; Gauvain achava que queimando os arquivos estaria atacando seus pais. A Tourgue era a residência senhorial da família dos Gauvains, ela se encontrava no centro de todos os feudos da Bretanha, do mesmo modo que todos os feudos da França giravam em torno da torre do Louvre; as lembranças domésticas de Gauvain estavam ali; ele mesmo nascera ali; as fatalidades tortuosas da vida o tinham levado a atacar, agora que era um homem, essa muralha que ele havia protegido quando criança. Seria ele ímpio em relação a essa residência a ponto de reduzi-la às cinzas? Talvez o próprio berço de Gauvain estivesse ali, em algum lugar no sótão sobre a biblioteca. Certas reflexões são como emoções. Diante da antiga residência de sua família, Gauvain sentia-se comovido. Por isso ele poupara a ponte. Sua intenção era tornar toda saída ou toda evasão impossível por ali e proteger a ponte com seus canhões, tendo decidido atacar pelo lado oposto. Isso explicava a mina e a sapa ao pé da torre.

Cimourdain deixou que agisse assim; ele se recriminava, pois sua aspereza não via com bons olhos todas essas velharias góticas, e ele não sentia mais indulgência pelos edifícios que pelos homens. Poupar o castelo era o início da clemência. Ora, a clemência era o lado fraco de Gauvain. Como se sabe, Cimourdain o vigiava e o impedia de tomar esse caminho que era, aos seus olhos, funesto. Entretanto, ele próprio, com raiva, admitia que se comovera secretamente ao rever a Tourgue; enternecia-o se encontrar diante dessa sala de estudos onde se achavam os primeiros livros que dera a ler a Gauvain; ele tinha sido padre da aldeia vizinha, Parigné; Cimourdain havia mesmo morado no sótão do pequeno castelo da ponte;

era na biblioteca que Gauvain sentava-se em seu colo, soletrando o alfabeto; tinha sido entre essas quatro velhas paredes que ele vira seu aluno bem-amado, o filho de sua alma, desenvolver-se como homem e como espírito. Essa biblioteca, esse pequeno castelo, essas paredes cheias de encorajamento à criança, ele iria agora destruir e incendiá-los? Ele os perdoava. Não sem certo remorso.

Ele deixara Gauvain iniciar o cerco no ponto oposto. A Tourgue tinha seu lado selvagem, a torre, e seu lado civilizado, a biblioteca. Cimourdain permitira a Gauvain abrir uma brecha apenas do lado selvagem.

Além disso, atacada por um Gauvain e defendida por um Gauvain, essa velha morada voltava, em plena Revolução Francesa, aos seus hábitos feudais. As guerras entre parentes contam toda a história da Idade Média; os Etéocles e os Polinices são tão góticos quanto gregos, e Hamlet fez em Elseneur o que Orestes fez em Argos.

XII
O resgate tem início

A noite se passou enquanto as duas partes se preparavam.

Tão logo essa sombria negociação que acabamos de ouvir terminou, a primeira providência de Gauvain foi convocar seu tenente.

Guéchamp, convém dizer, era um homem de segundo plano, honesto, intrépido, medíocre, melhor soldado que chefe, rigorosamente inteligente, a ponto de saber até onde devia compreender, nunca se enternecia, era inacessível à corrupção, qualquer que fosse, tanto a venalidade que corrompe a consciência quanto a piedade que corrompe a justiça. Sua alma e seu coração eram assim protegidos, a disciplina e a ordem, como um cavalo tem suas tapas sobre os dois olhos, e ele avançava no espaço que lhe permitiam. Seus passos eram firmes, mas seu caminho era estreito.

De resto, um homem de confiança; rígido no comando, exato na obediência.

Gauvain se dirigiu energicamente a Guéchamp.

— Guéchamp, uma escada.
— Meu comandante, não dispomos de uma.
— Mas precisamos de uma.
— Para a escalada?
— Não, para o resgate.
Refletindo, Guéchamp respondeu:
— Entendo. Mas para o que o senhor precisa, ela deve ser bem alta.
— Pelo menos da altura de três andares.
— Certo, meu comandante. É mais ou menos essa a altura.
— Ou mesmo maior, para termos certeza de conseguir.
— Sem dúvida.
— E como é possível que você não tenha uma escada?
— Meu comandante, o senhor não considerou oportuno sitiar a Tourgue pelo platô; o senhor se contentou em obstruí-la desse lado; o senhor quis atacar a torre, não a ponte. Nós preparamos a mina e renunciamos à escalada. Por isso não dispomos de uma escada.
— Faça com que fabriquem uma imediatamente.
— Uma escada de três andares não é fácil de improvisar.
— Basta emendar uma escada curta na outra.
— Mas não temos nenhuma.
— Pois ache.
— Não acharemos. Em todos os lugares, os camponeses destroem suas escadas, assim como desmontam as carroças e derrubam as pontes.
— Verdade, eles querem paralisar a República.
— Eles querem nos impedir de usar uma carroça, de atravessar um rio ou de escalar uma muralha.
— Assim mesmo, precisamos de uma.
— Estou pensando, meu comandante: em Javené, perto de Fougères, há uma grande carpintaria. Lá poderemos conseguir uma.
— Não temos sequer um minuto a perder.
— Para quando o senhor quer uma escada?
— No mais tardar, amanhã. A esta mesma hora.

— Vou enviar um grupo a Javené agora mesmo. Eles levarão um mandado de requisição. Há um posto da cavalaria lotado em Javené, que poderá servir de escolta. A escada poderá estar aqui amanhã, antes do pôr do sol.

— Muito bem. Chegará a tempo — disse Gauvain. — Rápido, providencie isso.

Dez minutos depois, Guéchamp voltou e disse a Gauvain:

— Meu comandante, o grupo partiu para Javené.

Gauvain subiu até um ponto do platô e permaneceu um bom tempo olhando fixamente para o pequeno castelo sobre a ponte do outro lado do córrego. O oitão do castelo, sem outra abertura exceto a entrada baixa e fechada, acessível pela ponte levadiça, se encontrava de frente para o barranco do córrego. De onde ele se achava até os pilares da ponte, era preciso descer ao longo desse barranco, o que era viável, caso se segurasse nos arbustos. Mas, ao chegar dentro da vala, o invasor estaria exposto a todos os projéteis que pudessem ser lançados dos três andares. Gauvain concluiu que, no estágio atual do cerco, o verdadeiro ataque deveria se dar pela brecha da torre.

Ele tomou todas as precauções para que nenhuma fuga fosse possível; depois, completou o estreito bloqueio da Tourgue, apertando o cerco dos batalhões de maneira que nada pudesse passar entre eles. Gauvain e Cimourdain se dividiram na investida da fortaleza; Gauvain se reservou o lado da floresta e deu a Cimourdain o lado do platô. Ficou combinado que, enquanto Gauvain, com a assistência de Guéchamp, conduziria o ataque pela sapa, Cimourdain, com todos os pavios da artilharia acesos, vigiaria a ponte e o córrego.

XIII
O que faz o marquês

Enquanto lá fora o ataque se achava em seus preparativos finais, no interior era organizada a resistência.

Há uma genuína analogia ao chamarem uma torre de barril, pois às vezes um ataque a uma torre é desferido com uma detonação de mina, assim como um barril com um golpe de verruma. A muralha é perfurada como a boca de um barril. Foi o que aconteceu à Tourgue.

O violento golpe de verruma, carregado com dois ou três quintais de pólvora, perfurou o muro espesso de um lado a outro. O furo começava no pé da torre, atravessava a muralha onde ela era mais grossa e descrevia um arco irregular, acabando no andar térreo da fortaleza. Do lado de fora, a fim de tornar esse buraco mais praticável para o assalto, os sitiantes o alargaram e prepararam a tiros de canhão.

O andar térreo, onde levava essa brecha, era uma grande sala circular, com um pilar central sustentando a nave da abóbada. Essa sala, que era a mais ampla da torre, não tinha menos de quarenta pés de diâmetro. Cada andar da torre era composto de um cômodo semelhante, porém menos largo, com pequenos vãos dentro das frestas de seteiras. A sala no térreo não possuía seteiras, nem respirador, nem lucarna; e não era mais arejada e iluminada que um túmulo.

A porta das masmorras, composta mais de ferro que de madeira, ficava no térreo. Nessa sala havia outra porta, que dava para uma escada de onde era possível alcançar os cômodos superiores. Todas as escadas eram embutidas na espessura do muro.

Era nessa sala de teto baixo que os invasores poderiam tentar entrar, passando pela brecha que tinham feito. Assim que conquistassem essa sala, só lhes restaria a torre.

Era impossível respirar dentro dessa sala baixa. Não se podia permanecer ali 24 horas sem morrer asfixiado. Agora, graças à brecha, ela se tornara respirável.

Por isso os sitiados não fecharam a brecha.

Afinal de contas, para quê? O canhão a teria reaberto.

Fazendo um buraco no muro, eles prenderam uma tocha que iluminou a sala do térreo.

Agora, como se defender?

TERCEIRA PARTE

Tapar o buraco era fácil, mas inútil. Era melhor fazer um reduto. Um reduto é um entrincheiramento em um ângulo aberto, uma espécie de barricada resistente permitindo convergir os disparos sobre os sitiantes e que, deixando a brecha aberta ao exterior, a bloqueia ao interior. Não lhes faltava material e eles construíram o reduto com vãos para os canos dos fuzis. O ângulo do reduto se apoiava ao pilar central; as duas laterais iam até o muro dos dois lados. Feito isso, dispuseram fogaças[24] nos locais estratégicos.

O marquês supervisionava tudo. Inspirador, organizador, guia e mestre, uma alma terrível.

Lantenac era dessa raça de homens guerreiros do século XVIII que, com oitenta anos, salvavam cidades. Ele se assemelhava ao conde d'Alberg que, quase centenário, expulsou de Riga o rei da Polônia.

— Coragem, amigos — dizia o marquês. — No início deste século, em 1713, em Bender, Carlos XII, fechado dentro de uma casa, resistiu com trezentos suecos a vinte mil turcos.

Foram instaladas barricadas nos dois andares inferiores, as câmaras foram reforçadas, as alcovas preparadas para o combate, as portas escoradas com vigas enfiadas a golpes de malho até deixá-las arqueadas; apenas a escada espiral foi poupada, pois se comunicava com todos os andares e seria uma passagem necessária; obstruí-las para os sitiantes era obstruí-las para os sitiados. Há sempre um ponto fraco na linha de defesa das posições.

Infatigável, o marquês, robusto como um jovem, levantava as vigas, carregava pedras, dando o exemplo com as próprias mãos, comandando, confraternizando, rindo com esse clã bravio, mas sempre com suas atitudes senhoriais, altivo, familiar, elegante, cruel.

Ninguém o contradizia. Ele avisava: "Se a metade de vocês se revoltar, eu a farei fuzilar pela outra metade, e defenderei nossa posição com os que restarem." São coisas assim que resultam na idolatria de um chefe.

---

24. Minas subterrâneas de pouca profundidade.

XIV
O que faz Imânus

Enquanto o marquês cuidava da brecha e da torre, Imânus se ocupava da ponte. Desde o começo do cerco, a escada de resgate suspensa transversalmente do lado de fora, sob as janelas do segundo andar, tinha sido removida por ordem do marquês e depositada por Imânus na sala da biblioteca. Talvez fosse essa a escada que Gauvain queria usar. As janelas do mezanino do primeiro andar, chamado de sala de armas, haviam sido protegidas com uma tripla couraça de barras de ferro cravadas na pedra: impossível entrar ou sair por elas.

Não havia barras nas janelas da biblioteca, mas eram demasiadamente altas.

Imânus tinha a companhia de três homens como ele, capazes de tudo, dispostos a tudo. Esses homens eram Hoisnard, chamado de Branche-d'Or, e os dois irmãos Pique-en-Bois. Imânus apanhou uma lanterna, abriu a porta de ferro e inspecionou minuciosamente os três andares do pequeno castelo da ponte. Hoisnard Branche-d'Or era tão implacável quanto Imânus, pois um de seus irmãos tinha sido morto pelos republicanos.

Imânus examinou o andar superior, transbordando de feno e palha, e o andar abaixo, para o qual ele fez com que trouxessem algumas cabaças, que acrescentou aos tonéis de alcatrão; em seguida, fez com que colocassem feixes de sargaço em contato com o alcatrão, verificando o bom estado dos pavios de enxofre, com uma das extremidades estendida até a ponte e outra até a torre; ele espalhou pelo chão, sob os tonéis, uma poça de alcatrão na qual imergiu a ponta do pavio de enxofre; depois, fez transportar para a sala da biblioteca, entre o andar térreo onde estava o alcatrão e o sótão onde estava a palha, os três berços em que René-Jean, Gros-Alain e Georgette dormiam em sono profundo. Os berços foram carregados bem devagar para não acordar as crianças.

Não passavam de simples manjedouras rústicas, uma espécie de cestos de vime bem baixos que se pousam no chão, permitindo à criança sair do berço sozinha. Perto de cada berço, Imânus pôs uma gamela de sopa com uma colher de pau. A escada de resgate, removida de seus ganchos, tinha sido deixada sobre o chão, contra o muro; Imânus ordenou que os berços fossem dispostos um após o outro ao longo do muro, diante da escada. Depois, calculando que as correntes de ar podiam lhe ser úteis, ele abriu inteiramente as seis janelas da biblioteca. Era uma noite de verão, cálida e azulada.

Ele enviou os irmãos Pique-en-Bois para abrir as janelas no andar inferior e no andar superior; pela fachada oriental, ele notara uma grande e velha hera ressecada de cor castanha, que cobria toda uma lateral da ponte, de alto a baixo, enquadrando as janelas dos três andares. Ele achou que essa hera não lhe traria problemas. Depois, Imânus examinou com atenção todos os espaços pela última vez; então esses quatro homens saíram do pequeno castelo e entraram na torre. Imânus fechou a pesada porta de ferro, trancando-a duas vezes, observou minuciosamente a enorme fechadura e examinou, com um ar satisfeito, o pavio de enxofre que passava pelo orifício que fizera e que era agora a única comunicação entre a torre e a ponte. Esse pavio partia do cômodo circular, passava sob a porta de ferro, entrava pelo vão, descia a escada do andar térreo da ponte, serpenteava sobre os degraus, estendia-se sobre o chão do corredor do mezanino e ia terminar sobre a poça de alcatrão, embaixo dos feixes de sargaço seco. Imânus calculara que seriam necessários pelo menos quinze minutos para que esse pavio, aceso no interior da torre, incendiasse a poça de alcatrão sob a biblioteca. Depois de todos esses preparativos feitos e todas as inspeções concluídas, ele levou a chave da porta de ferro até o marquês de Lantenac, que a guardou em seu bolso.

Era imprescindível vigiar todos os movimentos dos sitiantes. Imânus foi se colocar em destaque, sua corneta de boiadeiro na cintura, dentro da guarita da plataforma, no alto da torre. Enquanto observava tudo, um olho na floresta e outro no platô, ele tinha ao seu lado no vão da lucarna um saco de pólvora, outro cheio de balas e velhos jornais, que rasgava e transformava em cartuchos.

AS TRÊS CRIANÇAS

Quando o sol nasceu, ele iluminou os oito batalhões na floresta, armados de espada, cartucheiras nas costas, baionetas nos fuzis, prontos para o assalto; sobre o platô, uma bateria de canhões, caixas de munição, cartuchos e balas; dentro da fortaleza, dezenove homens carregaram seus bacamartes, seus mosquetões, suas pistolas; e, dentro dos berços, três crianças dormiam.

LIVRO TERCEIRO
O massacre de São Bartolomeu[1]

I

As crianças acordaram.

A menina foi a primeira.

Um despertar de crianças é como um desabrochar de flores; parece que um perfume exala de suas almas frescas.

Georgette, com vinte meses de idade, a última dos três a vir ao mundo, que ainda mamava no mês de maio, ergueu a cabecinha e sentou-se; olhando para os próprios pés, começou a balbuciar.

Um raio de sol matinal iluminava seu berço; teria sido difícil dizer onde o rosa era mais intenso, nos pés de Georgette ou na aurora.

Os dois meninos ainda dormiam; o sono dos homens é mais pesado; Georgette, alegre e calmamente, continuava balbuciando.

Os cabelos de René-Jean eram pretos e os de Gros-Alain, castanhos; Georgette era loura. Essas nuances de cor, visíveis durante a infância, podem mudar mais tarde. René-Jean tinha o aspecto de um pequeno Hércules; dormia de bruços com os dois punhos cerrados sobre os olhos. Gros-Alain estendera as duas pernas para fora de sua pequenina cama.

Todos os três vestiam trajes esfarrapados; as roupas que lhes deram os soldados Boinas Vermelhas tinham se rasgado; os panos que os cobriam não chegavam a ser uma camisa; os dois meninos estavam quase nus, Georgette exibia andrajos que um dia foram uma

---

1. Alusão ao massacre de São Bartolomeu, em 1572, perpetrado durante as guerras religiosas francesas contra os huguenotes (calvinistas-protestantes).

saia e agora não passavam de uma camisola. Poder-se-ia perguntar: quem cuidava dessas crianças, sem mãe? Esses selvagens combatentes camponeses que as arrastavam de uma floresta a outra lhes davam uma parte de sua sopa. Mais nada. Os pequenos se viravam como podiam. Todos se faziam de mestres e ninguém de pai. Mas as crianças em farrapos são cheias de luz. Elas eram encantadoras.

Georgette balbuciava.

O que um pássaro canta, uma criança balbucia. É o mesmo hino. Hino distinto, desarticulado, profundo. Mas, ao contrário dos pássaros, as crianças têm o sombrio destino humano diante de si. Por isso, a tristeza dos homens que ouvem se mistura à alegria da criança que canta. O mais sublime dos cânticos que se pode ouvir sobre a terra é o tartamudear da alma humana nos lábios de uma criança. Esse cochicho confuso de um pensamento que ainda não é mais que um instinto contém uma espécie de apelo inconsciente à justiça eterna; talvez seja o limiar de um protesto; humilde e comovente protesto; essa ignorância, sorrindo diante do infinito, compromete toda a criação no destino que caberá ao ser fraco e desarmado. A infelicidade, se vier, será um abuso de confiança.

O murmúrio da criança é mais e menos que a palavra; não são notas musicais e ainda assim se trata de um canto; não são sílabas e, ainda assim, é linguagem; esse murmúrio teve seu início no céu e não terá seu fim sobre a terra; ele vem de antes do nascimento, e continua, é uma sequência. Esse gaguejar se compõe daquilo que a criança dizia quando era um anjo e daquilo que dirá quando for um homem; o berço tem seu ontem, assim como o túmulo tem seu amanhã; esse amanhã e esse ontem se amalgamam dentro desse gorjeio obscuro, seu duplo desconhecido; e não há nada melhor para provar a existência de Deus, da eternidade, da responsabilidade, da dualidade do destino que esse espectro formidável no interior de uma alma rosada.

O que balbuciava Georgette não a entristecia, pois todo o seu lindo rosto sorria. Sua boca sorria, seus olhos sorriam, as covinhas de suas bochechas sorriam. E desse sorriso emanava uma misteriosa aceitação da manhã. A alma tem fé nos raios solares. O céu estava azul e fazia calor, um belo dia. A frágil criatura, sem nada saber, sem nada conhecer, sem nada entender, imersa na suavidade de sonhos destituídos de pensamento, se sentia em segurança nessa natureza, em meio a essas árvores sinceras, a essa vegetação honesta, nesse campo puro e sossegado, aos sons que vinham dos ninhos, das fontes d'água, das moscas, das folhas, acima dos quais resplandecia a imensa inocência do sol.

Depois de Georgette, René-Jean, o primogênito, o maiorzinho que tinha mais de quatro anos, despertou. Ele se pôs em pé, saltou com vigor de seu berço, avistou sua gamela e simplesmente se sentou no chão, começando a tomar sua sopa.

Os balbuciamentos de Georgette não haviam acordado Gros-Alain, mas o ruído da colher dentro da gamela, sim e, virando-se em um sobressalto, ele abriu os olhos. Gros-Alain estava com três anos. Ele viu sua gamela ao alcance do braço. Sem sair da cama, apanhou-a, depositou-a sobre as pernas e, com a colher na mão, começou a comer.

Georgette não os ouvia e as ondulações da sua voz pareciam modular o embalo de um sonho. Seus olhos arregalados olhavam para o alto, e eles eram divinos; não importa qual seja o teto ou as abóbadas que uma criança tem acima de sua cabeça, o que seus olhos refletem é o céu.

Quando René-Jean terminou, ele raspou com a colher o fundo de sua gamela, suspirou e disse com dignidade:

— Papei minha sopa.

Isso bastou para arrancar Georgette de seus devaneios.

— Papei a popa — disse ela.

Então, vendo que René-Jean tinha acabado de comer e que Gros-Alain ainda comia, ela pegou a gamela que estava ao seu lado e começou a tomar sua sopa, a maioria das vezes levando a colher à orelha e não à boca.

De vez em quando, ela renunciava à civilização e comia com os dedos.

Gros-Alain, depois de ter raspado o fundo da gamela como seu irmão, aproximou-se dele e os dois se puseram a correr.

II

De súbito, um clarim soou lá fora, para os lados do platô, uma espécie de fanfarra altiva e severa. Ao som desse clarim, uma corneta respondeu, no alto da torre.

Dessa vez, era o clarim que chamava e a corneta que dava a réplica.

Houve um novo toque de clarim, seguido por um segundo som de corneta.

Da orla da floresta, ergueu-se então uma voz longínqua mas precisa, que gritou exatamente assim:

— Bandidos! Isso é uma intimação! Se vocês não tiverem se rendido incondicionalmente ao pôr do sol, nós atacaremos.

Uma voz, que soou como um estrondo, respondeu da plataforma da torre.

— Ataquem.

E a voz embaixo retrucou:

— Será disparado um tiro de canhão, como advertência, meia hora antes do assalto.

E a voz do alto repetiu:

— Ataquem.

Essas vozes não chegavam até as crianças, mas o clarim e a corneta soavam mais forte e mais longe, e Georgette, ao primeiro toque de clarim, esticou o pescoço e parou de comer; ao som da corneta, ela largou a colher dentro de sua gamela; ao segundo toque do clarim, ela ergueu o pequeno dedo indicador da mão direita, abaixando-o e levantando alternadamente, marcando a cadência da fanfarra, que se seguiu ao segundo toque da corneta; quando a corneta e o clarim se calaram, ela ficou pensativa, o dedo apontado para o alto, e murmurou em voz baixa:

— Mísica.

Supõe-se que tenha pretendido dizer "música".

Os dois mais velhos, René-Jean e Gros-Alain, não tinham prestado atenção ao clarim e à corneta; estavam absorvidos por outra coisa; um tatuzinho atravessava a biblioteca.

Gros-Alain o viu e gritou:

— Um bicho.

René-Jean se aproximou.

Gros-Alain acrescentou:

— Cuidado, ele pica.

— Não o machuque — disse René-Jean.

E os dois se puseram a observar o passante.

Georgette tinha terminado sua sopa; ela procurou com os olhos seus irmãos. René-Jean e Gros-Alain estavam no vão de uma janela, agachados e concentrados no tatuzinho; eles passavam a mão na cabeça, embaraçando os cabelos; retinham a respiração, fascinados, examinando o bicho, que parara e não se mexia mais, insatisfeito com tanta admiração.

Georgette, vendo seus irmãos em estado de contemplação, quis saber do que se tratava. Não era fácil chegar até eles, mas ela avançou assim mesmo; o trajeto estava cheio de obstáculos; havia coisas pelo chão, bancos revirados, um bocado de papéis, caixotes desmontados e vazios, baús e outros objetos por entre os quais precisava avançar, todo um arquipélago de escolhos; Georgette foi em frente. Para começar, era preciso sair de seu berço; depois, seguiu adiante, evitou os recifes, contornou os estreitos, empurrou um banco, arrastou-se entre dois baús, passou por cima de um monte de papéis, arrastando-se, virando-se, expondo com delicadeza seu corpinho desnudo, e por fim chegando ao que um marinheiro chamaria de mar aberto, ou seja, um espaço amplo o bastante do chão que não se encontrava obstruído e onde não havia mais perigos; e então ela prosseguiu, atravessou de quatro esse espaço que se estendia por todo o diâmetro da sala na velocidade de um gato, vindo parar perto da janela; havia ali um obstáculo temível, a grande escada ao lado do muro, quase à altura da janela; era como uma espécie de cabo a transpor, entre ela e seus irmãos; ela parou e refletiu; terminado seu monólogo interior, tomou uma decisão; com seus dedos rosados, segurou com determinação um dos degraus, que estava em posição vertical e não horizontal, já que a escada estava deitada de lado; tentou se levantar e caiu; recomeçou duas vezes, mas fracassou; na terceira tentativa, conseguiu; então, ereta, apoiando-se sucessivamente em cada um dos degraus, ela começou a andar ao longo da escada; ao chegar à extremidade, faltou-lhe um ponto de apoio e tropeçou, mas, agarrando com suas mãozinhas o corrimão da escada, que era grosso, reequilibrou-se; depois de transpor o promontório, olhando para René-Jean e Gros--Alain, ela começou a rir.

III

Nesse instante, René-Jean, contente com o resultado de seu exame do tatuzinho, ergueu a cabeça e disse:
— É uma fêmea.
O riso de Georgette fez rir René-Jean, e o riso de René-Jean fez rir Gros-Alain.
Georgette se uniu aos seus irmãos, formando um cenáculo, sentados no chão. Mas o tatuzinho desaparecera.
Aproveitando-se da risada de Georgette, ele se enfiara em um buraco entre as pranchas.
Outros eventos se seguiram ao do tatuzinho.
Primeiro, foi uma revoada de andorinhas.
Seus ninhos, provavelmente, se encontravam no rebordo do telhado. Elas chegaram voando bem perto da janela, um pouco inquietas com a presença das crianças, descrevendo grandes círculos no ar e emitindo seus delicados pios primaveris. Isso atraiu os olhares das três crianças e o tatuzinho foi esquecido.
Apontando o dedo para as andorinhas, Georgette gritou:
— Passinho.
René-Jean a corrigiu:
— Senhorita, não é passinho, é passarinho.
— Passarim.

E todos os três observaram as andorinhas.

Então, apareceu uma abelha.

Nada há de mais parecido com a alma que uma abelha. Ela vai de flor em flor como uma alma de estrela em estrela e traz o mel como a alma traz a luz.

Fazendo um grande ruído ao entrar, zumbindo bem forte, ela parecia dizer: "Estou chegando, acabei de ver as rosas, agora venho ver as crianças. O que está acontecendo aqui?"

Uma abelha é uma dona de casa, e ralha enquanto canta.

Enquanto a abelha esteve por lá, os três não desgrudaram os olhos dela.

A abelha explorou a biblioteca, fuçou pelos cantos, voejando como se estivesse em sua casa, dentro de uma colmeia, perambulando alada e melodiosamente de um armário a outro, olhando através dos vidros, como se fosse dotada de um espírito.

Visita concluída, ela partiu.

— Foi para casa — disse René-Jean.

— É um bicho — disse Gros-Alain.

— Não — replicou René-Jean —, é uma mosca.

— Mosha — disse Georgette.

Nesse momento, Gros-Alain, que acabara de achar no chão um cordão com um nó na ponta, pegou com o polegar e o indicador o lado oposto ao nó, começando a girar o cordão e observando-o com profunda atenção.

Georgette, por sua vez, voltou a ser quadrúpede e, tendo retomado seu vaivém caprichoso pelo chão, descobriu uma venerável poltrona revestida de pano grosso e devorada pelos vermes, o forro de crina escapando por vários buracos. Ela parou diante dessa poltrona. Alargando os buracos, começou a retirar a crina, toda compenetrada.

Bruscamente, ela ergueu um dedo, o que queria dizer: "Ouçam."

Os dois irmãos viraram a cabeça.

Um fragor indefinido e remoto se fez ouvir lá fora; era provavelmente a tropa de ataque que executava alguns deslocamentos estratégicos na floresta; cavalos relinchavam, tambores rufavam, carroças avançavam, correntes se entrechocavam, toques militares se chamavam e se respondiam, uma confusão de ruídos cruéis que, ao se misturarem, criavam uma espécie de harmonia; encantadas, as crianças ouviam.

— É papai do céu que faz isso — disse René-Jean.

IV

O barulho cessou.

René-Jean continuou pensativo.

Como as ideias se decompõem e recompõem nesses pequenos cérebros? O que é essa misteriosa comoção de lembranças tão confusas e ainda tão breves? Em sua delicada cabeça meditativa, fez-se uma mistura do "papai do céu", da oração, das mãos unidas, de não se sabe que meigo sorriso de outrora que não existe mais, e René-Jean sussurrou:

— Mamãe.

— Mamãe — disse Gros-Alain.

— Mamãe — repetiu Georgette.

Em seguida, René-Jean começou a pular.

Vendo isso, Gros-Alain se pôs a imitá-lo.

Gros-Alain reproduzia todos os movimentos e todos os gestos de René-Jean; Georgette, menos. Uma criança de três anos copia o que faz uma de quatro anos; mas, aos vinte meses, ainda há certa independência.

Georgette ficou sentada, pronunciando uma palavra de vez em quando. Georgette não produzia frases.

Era uma pensadora; falava por apotegmas. Era uma menina monossilábica.

Depois de um instante, porém, o exemplo foi mais forte e ela acabou fazendo como os irmãos, e os três pequenos pares de pés começaram a dançar, a correr, a cambalear na poeira do velho assoalho de carvalho polido, sob os olhares graves dos bustos de mármore, para os quais Georgette olhava às vezes com a expressão inquieta, murmurando:

— Os momomes!

Na linguagem de Georgette, um "momome" era tudo aquilo que se parecia com um homem e no entanto não era um. Os seres só aparecem para as crianças misturados aos fantasmas.

Georgette, com seus passinhos vacilantes, acompanhava os irmãos, ainda mais à vontade quando engatinhava.

De súbito, René-Jean, tendo se aproximado de uma janela, levantou a cabeça, depois a abaixou e foi se refugiar no canto da parede, ao lado do batente da janela. Acabara de perceber alguém que o observava. Era um soldado Azul do acampamento no platô que, aproveitando-se da treva e talvez a infringindo um pouco, se arriscara a vir até a beira do barranco do córrego, de onde se podia ver o interior da biblioteca. Vendo René-Jean se esconder, Gros-Alain também se escondeu, agachando-se ao lado do irmão, e Georgette veio se proteger atrás deles. Eles permaneceram ali em silêncio, imóveis, e Georgette pôs um dedo sobre os lábios. Ao fim de alguns instantes, René-Jean arriscou dar uma espiada; o soldado ainda estava lá. Rapidamente o menino se retraiu; as três crianças não ousavam sequer respirar. Isso durou um bom tempo. Por fim, Georgette se cansou de ter medo e audaciosamente olhou pela janela. O soldado se fora. Eles recomeçaram a correr e a brincar.

Ainda que admirasse e imitasse René-Jean, Gros-Alain tinha uma especialidade, as descobertas. De repente, seu irmão e sua irmã o viram sair galopando, puxando uma carrocinha de quatro rodas que achara não se sabia onde.

Essa carrocinha de brinquedo se encontrava ali havia anos, em meio à poeira, esquecido, como um bom vizinho dos livros dos gênios e dos bustos dos sábios. Talvez fosse um dos brinquedos com os quais brincara Gauvain, quando criança.

Gros-Alain transformara seu cordão em um chicote, que ele fazia estalar, cheio de orgulho. Assim são os inventores. Quando não se descobre a América, descobre-se uma carrocinha de brinquedo. É sempre assim.

Mas foi preciso dividi-la. René-Jean quis puxar a carroça e Georgette quis montar para dar uma volta.

Ela tentou sentar em cima. René-Jean era o cavalo. Gros-Alain, o cocheiro. Mas o cocheiro não tinha experiência e coube ao cavalo lhe ensinar.

René-Jean gritou para Gros-Alain:

— Fala: Uh!

— Hu! — repetiu Gros-Alain.

A carrocinha virou, Georgette caiu. Os anjos costumam gritar. Georgette gritou.

Depois, ela sentiu uma vaga vontade de chorar.

— Senhorita — disse René-Jean —, você é grande demais.

— Eu grande — repetiu Georgette.

E o fato de ser grande a consolou de sua queda.

A cornija exterior do entablamento sobre as janelas era bem larga; a poeira do campo que vinha do platô acabara por se acumular ali; as chuvas haviam transformado essa poeira em terra; o vento lhe trouxera sementes e, assim, um pequeno arbusto aproveitara para brotar. Esse arbusto era de uma espécie vigorosa chamada *amoreira de raposa*. Era agosto, o arbusto estava coberto de amoras e um galho do arbusto entrava por uma das janelas. Esse galho pendia quase até o chão.

Gros-Alain, depois de ter descoberto o cordão, depois de ter descoberto a carrocinha, descobriu o arbusto. Ele se aproximou.

Depois de colher uma amora, ele a comeu.

— Estou com fome — disse René-Jean.

E Georgette, avançando com a ajuda dos joelhos e das mãos, juntou-se a eles.

Os três juntos saquearam o galho e comeram todas as amoras. Eles se empanturraram e se sujaram; e manchados daquela cor púrpura do arbusto, os três querubins acabaram se tornando três bichinhos selvagens, o que teria chocado Dante e encantado Virgílio. Eles riam às gargalhadas.

De vez em quando, o arbusto espetava seus dedos. Tudo tem seu preço.

Georgette estendeu para René-Jean seu dedo, do qual brotara uma gotinha de sangue, e disse, mostrando o arbusto:

— Pica.

Gros-Alain, que também se espetara, olhou para o arbusto com desconfiança e disse:

— É um bicho.

— Não — respondeu René-Jean —, é um espinho.

— Um espinho malvado — acrescentou Gros-Alain.

Georgette, mais uma vez, sentiu vontade de chorar, mas começou a rir.

V

Enquanto isso, René-Jean, talvez com ciúmes das descobertas de seu irmão caçula Gros-Alain, planejara um grande projeto. Depois de algum tempo, ainda colhendo amoras e espetando os dedos, seu olhar se fixava constantemente no púlpito instalado sobre um pedestal e isolado como um monumento no meio da biblioteca. Sobre essa estante de leitura se encontrava o célebre volume *São Bartolomeu*.

Era de fato um in-quarto magnífico e memorável. Esse *São Bartolomeu* tinha sido publicado em Colônia pelo famoso editor da Bíblia de 1682, Blœuw, em latim Cœsius. Ele havia sido impresso com tipos móveis de madeira presos com nervos de boi; sua impressão fora feita, não sobre papel de Holanda, mas sobre esse belo papel árabe, tão admirado por Édrisi, feito de seda, algodão e sempre branco. A encadernação era de couro dourado e os fechos, de prata; as folhas de guarda eram desse pergaminho que os pergaminheiros de Paris juram ter comprado na casa Saint-Mathurin "e em nenhum outro lugar". O volume continha inúmeras gravuras sobre madeira e couro, assim como desenhos geográficos de um bocado de países; precedia-o um protesto dos impressores, papeleiros e livreiros contra o édito de 1635 que tributava "os couros, cervejas, animais de patas fendidas, peixes de mar e papel"; e, no verso do frontispício, lia-se uma dedicatória feita para os Gryphes, que são para Lyon o que os Elzévirs[2] são para

---

2. Gryphe, família de tipógrafos famosos. Elzévir, família de tipógrafos holandeses.

Amsterdã. De tudo isso, resultara um ilustre exemplar, quase tão raro quanto o *Apostol*[3] de Moscou.

Era um belo livro; por isso René-Jean o observava, em demasia talvez. O volume estava aberto justamente em uma página com uma grande gravura representando São Bartolomeu carregando sua pele em seu braço. Essa gravura era visível do chão. Quando todas as amoras foram comidas, René-Jean olhou para ela com uma expressão de amor intenso, e Georgette, cujo olhar seguia o do irmão, notou a gravura e disse:

— *Image*.

Essa palavra pareceu convencer René-Jean. Então, para a grande estupefação de Gros-Alain, ele fez algo de extraordinário.

Uma enorme cadeira de carvalho se encontrava em um ângulo da biblioteca; René-Jean se dirigiu até essa cadeira e a arrastou sozinho até o púlpito. Depois, quando a cadeira encostou no púlpito, ele subiu sobre ela e depositou as duas mãos em cima do livro.

Tendo chegado tão alto, ele sentiu necessidade de se mostrar magnífico; pegando a "image" pelas extremidades superiores, ele a rasgou com cuidado; mas o rasgo da gravura de São Bartolomeu se fez transversalmente, ainda que não tenha sido culpa de René-Jean; No livro, ficou todo o lado esquerdo, com um olho e um pedaço da auréola do velho evangelista apócrifo; ele ofereceu a Georgette a outra metade do santo e toda a sua pele. Georgette apanhou o santo e disse:

— Momome.

— E eu? — indagou Gros-Alain.

A primeira página arrancada é como o primeiro sangue derramado. E teve início a chacina.

René-Jean virou a página; atrás do santo havia o comendador Pantœnus; René-Jean ofereceu Pantœnus a Gros-Alain.

Enquanto isso, Georgette tinha rasgado seu grande pedaço em dois pequenos fragmentos, depois em quatro, de tal modo que a

---

3. *Apostol*, ou "Atas dos Apóstolos", primeiro livro impresso na Rússia (1564).

história poderia muito bem dizer que São Bartolomeu, depois de ser esfolado na Armênia, foi esquartejado na Bretanha.

VI

Terminado o esquartejamento, Georgette estendeu a mão para René--Jean e disse:

— Mais!

Depois do santo e do comentarista de São Bartolomeu vinham, em retratos rebarbativos, os glosadores. O primeiro era Gavantus; René-Jean rasgou a página e a entregou a Georgette. Todos os glosadores de São Bartolomeu passaram pelo mesmo processo. Dar é um gesto de superioridade. René-Jean não se poupou. Gros-Alain e Georgette o contemplavam; isso lhe bastava; a admiração de seu público o contentava.

Inesgotável e magnânimo, René-Jean ofereceu a Gros-Alain a imagem de Fabricio Pignatelli e a Georgette, a de Stilting; a Gros-Alain, a de Alphonse Tostat, e a Georgette, *Cornelius a Lapide*; Gros-Alain recebeu Henri Hammond e Georgette, o padre Roberti, além de uma vista da cidade de Douai, onde ele nasceu em 1619. Gros-Alain ganhou o protesto dos papeleiros e Georgette, a dedicatória aos Gryphes. Havia também mapas. René-Jean os distribuiu. Deu a Etiópia a Gros--Alain e a Licônia a Georgette. Depois, ele jogou o livro no chão.

Esse foi um momento assustador. Gros-Alain e Georgette viram, em um êxtase entremeado de pavor, René-Jean franzir o cenho, retesar as pernas, cerrar os punhos e empurrar para fora do púlpito o in-quarto maciço. Um livro majestoso que perde sua compostura é algo trágico. O pesado volume, desequilibrado, hesitou, oscilou e depois desabou, roto, amarfanhado, lacerado, desprendendo-se de seus fechos e se estatelando lamentavelmente no chão. Por sorte, não caiu sobre as crianças.

Elas ficaram fascinadas, mas ilesas. Não são todas as aventuras dos conquistadores que acabam bem assim.

TERCEIRA PARTE

Como todas as glórias, essa fez um estardalhaço e levantou uma nuvem de poeira.

Tendo derrubado o livro, René-Jean desceu da cadeira.

Houve um instante de silêncio e terror, a vitória tem seus sustos. As três crianças se deram as mãos e se afastaram, observando o vasto volume desmantelado.

Mas, depois de algum devaneio, Gros-Alain se aproximou energicamente e o chutou.

E foi o fim. Existe uma coisa chamada apetite de destruição.

René-Jean desferiu também um chute sobre o livro e Georgette fez o mesmo, caindo sentada no chão; ela aproveitou então para atacar São Bartolomeu, sem mais nenhum respeito; René-Jean se precipitou, Gros-Alain se lançou sobre o livro e, felizes, enlouquecidos, triunfantes, impiedosos, rasgando as gravuras, entalhando as folhas, arrancando os marcadores, arranhando a encadernação, descolando o couro dourado, soltando os pregos prateados, destruindo o pergaminho, retalhando o augusto texto, com os pés, as mãos, as unhas, os dentes, enrubescidos, risonhos, ferozes, os três anjos de rapina se abateram sobre o evangelista indefeso.

Eles aniquilaram a Armênia, a Judeia, Benevento, onde estão as relíquias do santo Nathanaël, que talvez seja o mesmo que Bartolomeu, o papa Gelásio, que declarou apócrifo o evangélico Bartolomeu-Nathanaël, todas as imagens, todos os mapas, e o massacre inexorável do velho livro os absorveu de tal maneira que um camundongo passou por perto sem que eles o notassem.

Foi um extermínio.

Despedaçar a história, a lenda, a ciência, os milagres verdadeiros ou falsos, o latim da igreja, as superstições, os fanatismos, os mistérios, rasgar toda uma religião de cima a baixo, eis um trabalho para três gigantes, ou mesmo para três crianças; esse labor tomou-lhes horas, mas eles o levaram a cabo; nada mais restava de São Bartolomeu.

Ao terminarem, quando a última página foi destacada, quando a última gravura caiu ao chão, quando só restavam do livro pedaços de textos e de figuras no esqueleto da encadernação, René-Jean se levantou, olhou para a desordem das folhas esparsas pelo chão e bateu palmas.

Gros-Alain bateu palmas também.

Georgette pegou uma das folhas caídas, levantou-se, apoiando-se na janela à altura de seu queixo, e começou a rasgar a página, atirando os pedaços pela janela.

Vendo isso, René-Jean e Gros-Alain fizeram o mesmo. Eles apanhavam as folhas e as rasgavam incessantemente, lançando os pedaços para fora, como Georgette; e assim, página por página, esmigalhadas pelos pequenos dedos obstinados, um livro antigo quase inteiro se espalhou com o vento. Pensativa, Georgette observou o enxame de papéis picotados e brancos se dispersando ao sabor da brisa, e disse:

— Borboletas.

E o massacre foi concluído, desvanecendo-se no céu azul.

VII

Essa foi a segunda condenação à morte de São Bartolomeu, que já havia sido mártir anteriormente, no ano 49 depois de Cristo.

Enquanto isso, entardecia, o calor aumentava, havia uma sonolência no ar, os olhos de Georgette ficaram pesados, René-Jean foi até seu berço e retirou o saco de palha que lhe servia de colchão, arrastou-o até a janela e, deitando-se sobre ele, disse:

— Vamos dormir.

Gros-Alain apoiou a cabeça sobre René-Jean, Georgette apoiou a sua sobre Gros-Alain, e os três malfeitores adormeceram.

Uma aragem cálida penetrava pelas janelas abertas; perfumes de flores selvagens vinham revoando dos córregos, das colinas, e vagueavam mesclados aos odores do entardecer; o ar parecia calmo e piedoso; tudo resplandecia, tudo apaziguava, o amor pairava sobre tudo; o sol acariciava a paisagem com sua luz; através de todos os poros, percebia-se a harmonia que emana da suavidade colossal das coisas; havia algo de materno no infinito; a criação é um prodígio em pleno desabrochar, ela completa sua imensidão com sua generosidade; dava a impressão de sentir alguém invisível tomando as misteriosas precauções que, no perigoso conflito entre os seres, protegem os frágeis dos fortes; ao mesmo tempo, era belo; o esplendor se igualava à mansidão. A paisagem inexprimivelmente branda tinha essa ondulação magnífica que, sobre as pradarias e os rios, provoca os deslocamentos da sombra e da claridade; a fumaça subia em direção às nuvens, como os sonhos em direção às visões; bandos de pássaros rodopiavam sobre a Tourgue; as andorinhas olhavam pelas janelas, pareciam ter vindo ali para ver se as crianças dormiam sossegadas. Estas estavam encantadoramente agrupadas, uma sobre a outra, imóveis, seminuas, em posturas amorosas; eram adoráveis e puras, as três juntas não somavam nove anos; sonhavam com paraísos que se refletiam em suas bocas através de vagos sorrisos, Deus, talvez, lhes contasse um segredo. Elas eram o que todas as línguas humanas chamam de fracas e abençoadas, eram veneravelmente inocentes; tudo se silenciava, como se o sopro de seus peitos delicados fosse importante para o universo e toda a criação o ouvisse, as folhas não farfalhavam, o mato não estremecia; parecia que o vasto mundo estrelado prendia a respiração para não perturbar esses três humildes anjos adormecidos, e nada havia de mais sublime que a natureza em torno dessas cândidas criaturas.

O sol já começava a se esconder, quase roçando no horizonte. De repente, em meio a essa paz profunda, um relâmpago surgiu da floresta, seguido de um estrondo cruel. Um canhão havia sido disparado. Os ecos se apoderaram desse ruído e dele fizeram um estardalhaço. O bramido, estendendo-se de uma colina a outra, foi monstruoso. E acordou Georgette.

Ela ergueu um pouco a cabeça, prestou atenção, esticou seu dedinho e disse:

— Pum!

O barulho cessou e tudo voltou ao silêncio, Georgette repousou a cabeça sobre Gros-Alain e adormeceu.

LIVRO QUARTO
A mãe

I
A passagem da morte

Ao cair da noite, a mãe, que vimos caminhar quase aleatoriamente, tinha andado o dia todo. Aliás, era só o que fazia havia algum tempo; ir em frente sem jamais parar. Pois os sonos angustiantes em um canto qualquer não lhe traziam repouso, e o pouco que comia, como um passarinho, também não a revigorava. Ela se alimentava e dormia apenas o bastante para não cair morta.

A noite anterior, passara em uma granja abandonada; na guerra acontecem essas coisas; em um campo deserto, ela encontrara quatro paredes, uma porta aberta, um pouco de palha sob o que restava do telhado, e ali se deitou, sentindo a correria dos ratos sob a palha e vendo os astros através do teto. Dormiu algumas horas; depois despertou no meio da noite e retomou seu caminho, a fim de avançar o máximo possível antes do imenso calor diurno. Para quem viaja a pé, no verão, meia-noite é mais clemente que meio-dia.

Ela seguia como podia o itinerário sucinto que lhe indicara o camponês de Vautortes; marchava o mais longe possível em direção ao poente. Se alguém passasse ao seu lado, a ouviria repetindo em voz baixa: "A Tourgue." Além dos nomes de seus filhos, essa era a única palavra que conhecia.

Caminhando, sonhava. Pensava nas aventuras que vivera; pensava no tanto que havia sofrido, em tudo que aceitara; os encontros, as indignidades, as condições estabelecidas, os negócios que lhe haviam proposto e aos quais se submetera, ora por um refúgio, ora

TERCEIRA PARTE

por um pedaço de pão, outras vezes simplesmente para que lhe indicassem o caminho. Uma mulher miserável é mais infeliz que um homem miserável, pois ela é um instrumento de prazer. Nômade caminhada! De qualquer maneira, tudo lhe era igual agora, desde que reencontrasse seus filhos.

Nesse dia, a primeira coisa que encontrou na estrada foi uma aldeia; o sol ainda não raiara; a sombra da noite ainda imperava; entretanto, havia algumas portas já entreabertas na rua principal da aldeia e algumas cabeças curiosas surgiram nas janelas. Os habitantes pareciam se agitar como abelhas dentro de uma colmeia. Isso se devia a um ruído de rodas e ferragens que tinham ouvido.

Na praça, diante da igreja, um grupo de pessoas assustadas, de olhos arregalados, observava alguém descendo para a aldeia pela colina. Era uma carroça a quatro rodas puxada por cinco cavalos atrelados com correntes. Sobre a carroça, distinguia-se um volume que parecia uma pilha de vigas, no meio das quais havia algo disforme; estava coberto por um toldo que se assemelhava a uma mortalha. Dez homens a cavalo vinham à frente da carroça e dez outros na retaguarda. Usavam chapéus de três bicos e era possível ver sobre seus ombros o que pareciam ser as pontas das lâminas de suas espadas. Todo o cortejo avançava devagar, destacando-se nitidamente sobre a escuridão do horizonte. A carroça parecia preta, os cavalos pareciam pretos, os cavaleiros pareciam pretos. A manhã empalidecia o céu atrás deles.

Ao entrarem na aldeia, eles se dirigiram à praça.

Durante a descida, o dia clareara um pouco mais e foi possível ver distintamente o cortejo, que parecia um desfile de sombras, pois não se ouvia sequer uma palavra.

Os cavaleiros eram militares. E de fato haviam desembainhado suas espadas. O toldo da carroça era negro.

A mãe miserável e errante entrou na aldeia pelo outro lado e se aproximou do ajuntamento de camponeses, no instante em que a carroça e os soldados chegavam à praça. Nesse ajuntamento, vozes sussurravam perguntas e respostas.

— Mas o que é isso?
— É a guilhotina que eles transportam.
— Mas de onde vem ela?
— De Fougères.
— E para onde vai?
— Não sei. Dizem que vai para um castelo perto de Parigné.
— Em Parigné!
— Que ela vá para onde quiser, desde que não pare por aqui!

Essa grande carroça com seu carregamento coberto por uma espécie de sudário, os cavalos, os soldados, o ruído das correntes, o silêncio dos homens, a hora crepuscular, tudo isso junto era fantasmagórico.

A comitiva atravessou a praça e saiu da aldeia; esse burgo se encontrava dentro de um vale, entre uma subida e uma descida; ao cabo de quinze minutos, os camponeses, petrificados, viram reaparecer a lúgubre procissão no alto da colina, no ocidente. Os sulcos da estrada faziam sacudir as grandes rodas, as correntes da atrelagem vibravam ao vento matinal, as espadas brilhavam; o sol se levantava e, na curva da estrada, tudo desapareceu.

Nesse exato momento, dentro da biblioteca, Georgette acordava ao lado de seus irmãos ainda adormecidos e dava bom-dia aos seus pés rosados.

II
A voz da morte

A mãe observou aquela coisa obscura passar, mas não compreendeu e sequer tentou compreender, seu olhar estava tomado por outra visão, dos filhos perdidos nas trevas.

Ela também saiu da aldeia, depois do cortejo que acabara de desfilar, e seguiu a mesma estrada, a certa distância atrás do segundo grupo de militares. De súbito, a palavra "guilhotina" lhe veio à mente; "guilhotina", pensou ela; essa mulher rústica, Michelle Fléchard, não sabia o que significava; mas seu instinto sagaz lhe provocou um arrepio e, sem saber a razão, lhe pareceu abominável caminhar atrás daquilo, então, virando à esquerda, saiu da estrada e enveredou por sob as árvores que formavam a floresta de Fougères.

Depois de andar por algum tempo, ela percebeu um campanário e alguns telhados; era uma das aldeias na orla da floresta. Seus passos a levaram naquela direção. Sentia fome.

Essa aldeia era uma das que os republicanos tinham se servido para instalar um posto militar.

Ela seguiu até a praça da prefeitura.

Também nessa aldeia havia emoção e ansiedade. Um ajuntamento se acotovelava diante de um patamar a alguns degraus do chão, a entrada da prefeitura. Nesse patamar, acompanhado por alguns soldados, via-se um homem segurando um grande cartaz aberto. À sua direita, havia outro homem com um tambor e, à esquerda, mais um, com um pote de cola e um pincel.

No balcão acima da porta, o prefeito se encontrava de pé, usando uma echarpe tricolor sobre seus trajes de camponês.

O homem com o cartaz era um pregoeiro público.

A tiracolo, ele carregava um embornal, sinal de que estava percorrendo todas as aldeias e que tinha alguma coisa a anunciar em toda a região.

No momento em que Michelle Fléchard se aproximou, ele acabara de desdobrar o cartaz e começava sua leitura em voz alta:

— República francesa, una e indivisível.

O tambor rufou. A multidão se agitou ligeiramente. Alguns removeram suas boinas; outros reajustaram seus chapéus. Nessa época e nessa região, era quase possível reconhecer a opinião de cada um pelo que cobria sua cabeça; os de chapéus eram monarquistas; os de boinas, republicanos. O murmúrio desordenado de vozes se calou e o orador prosseguiu:

— ... Em virtude das ordens que nos deu e dos poderes que nos concedeu o Comitê de Salvação Pública...

O tambor voltou a soar e o homem continuou:

— Em execução do decreto da Convenção Nacional que considera fora da lei os rebeldes surpreendidos com armas na mão e que condena à pena capital qualquer um que lhes der refúgio ou ajudá-los a fugir...
Com a voz baixa, um camponês perguntou ao seu vizinho:
— O que é isso, uma pena capital?
O vizinho respondeu:
— Não sei.
O pregador agitou seu cartaz:
— ... Tendo em vista o artigo 17 da lei de 30 de abril, que dá todo poder aos delegados e aos subdelegados contra os rebeldes, são considerados fora da lei...
Ele fez uma pausa e prosseguiu:
— ... Todos os indivíduos designados pelos nomes e sobrenomes que se seguem...
Todos prestaram atenção.
A voz do pregador se tornou trovejante:
— ... Lantenac, bandido.[1]
— *Monseigneur* Lantenac — murmurou um camponês.
Um sussurro percorreu a multidão:
— *Monseigneur.*
O pregador retomou a palavra:
— ... Lantenac, marquês deposto, bandido. Imânus, bandido...
Dois camponeses se olharam de soslaio.
— É Gouge-le-Bruant.
— Isso. O Exterminado de Azuis.
O pregador continuou lendo a lista:
— ... Grand-Francœur, bandido...
Os camponeses murmuraram:
— É um padre.
— Sim, o abade Turmeau.

---

1. Em francês, *brigand* designa os camponeses que se revoltaram nessa região do país.

— Pois é, em algum lugar, perto do bosque de la Chapelle, ele é pároco.

— E bandido — disse um homem com sua boina na cabeça.

E o pregador leu:

— ... Boisnouveau, bandido. Os dois irmãos Pique-en-Bois, bandidos. Houzard, bandido...

— Mas é o *monseigneur* Quélen — disse um camponês.

— Panier, bandido...

— Mas é o *monseigneur* Sepher.

— ... Place-Nette, bandido...

— É o *monseigneur* Jamois.

O pregador prosseguia sua leitura sem dar atenção a esses comentários.

— ... Guinoiseau, bandido. Chatenay, vulgo Robi, bandido...

Um camponês cochichou:

— Guinoiseau é o mesmo que Blond, e Chatenay é Saint-Ouen.

— ... Hoisnard, bandido — gritou o pregador.

E ouviu-se alguém dizer:

— É Ruillé.

— Isso, é Branche-d'Or.

— O irmão dele foi morto no ataque a Pontorson.

— Isso, Hoisnard-Malonnière.

— Um belo rapaz de dezenove anos.

— Atenção — exclamou o pregador. — Eis o final da lista: Belle-Vigne, bandido. La Musette, bandido. Sabre-Tout, bandido. Brin-d'Amour, bandido...

Um rapaz tocou no braço de uma mocinha. Ela sorriu. E o orador prosseguiu:

— ... Chante-en-Hiver, bandido. Le Chat, bandido...

Um camponês disse:

— Mas é Moulard.

— ... Tabouze, bandido...

Outro camponês disse:

— É Gauffre.

— São dois, os Gauffres — acrescentou uma mulher.
— Ambos homens bons — resmungou um homem.
O pregador balançou o cartaz e o tambor voltou a rufar.
Em seguida, ele prosseguiu sua leitura:
— ... Os homens acima citados, onde quer que sejam capturados, depois de terem suas identidades confirmadas, serão imediatamente executados.
Um movimento agitou a multidão.
O pregador continuou:
— ... Qualquer um que lhes der abrigo ou ajudá-los a fugir será julgado pela corte marcial, e executado. Assinado...
O silêncio se fez profundo.
— ... Assinado: o delegado do Comitê de Salvação Pública, CIMOURDAIN.
— Mas é um padre — disse um camponês.
— O antigo pároco de Parigné — comentou outro.
Um aldeão acrescentou:
— Turmeau e Cimourdain. Um padre Branco e um padre Azul.
— Ambos são pretos — disse outro aldeão.
O prefeito, do alto da sacada, retirou seu chapéu e gritou:
— Viva a República!
O tambor soou, advertindo que o pregador ainda não terminara. E de fato, este fez um sinal com a mão.
— Atenção — disse ele. — Leio agora as quatro últimas linhas do anúncio governamental. Elas foram assinadas pelo chefe da coluna de expedição das Côtes-du-Nord, que é o comandante Gauvain.
— Ouçam! — disse uma voz na multidão.
E o pregador leu:
— Com a pena de morte...
Todos se calaram.
— ... será punido, obedecendo à ordem acima citada, aquele que ajudar os dezenove rebeldes já mencionados que, neste momento, se encontram aquartelados e sitiados na Tourgue.

TERCEIRA PARTE

— O quê?
Era uma voz de mulher. Era a voz de uma mãe.

III
Burburinho de camponeses

Michelle Fléchard estava no meio da multidão. Ela não havia ouvido nada, mas o que não se ouve, se compreende. Ela ouviu a palavra Tourgue. Erguendo a cabeça, disse:
— Como? A Tourgue?
Olharam para ela. Sua expressão era de desvario e sua aparência, a de uma maltrapilha. Algumas vozes murmuraram:
— Parece que é uma bandida.
Uma camponesa, que carregava biscoitos de sarraceno embrulhados em um papel, aproximou-se dela e sussurrou:
— Cale a boca.
Michelle Fléchard olhou para a mulher com estupor. Novamente, ela não compreendia mais nada. Esse nome, a Tourgue, passara como um relâmpago, antes de a escuridão voltar. Não teria ela o direito de se informar? Por que todos a olhavam daquele jeito?
Enquanto isso, o tambor soou pela última vez, o cartaz foi colado na parede, o prefeito voltou para o interior da prefeitura, o pregador partiu para outra aldeia e o ajuntamento se dispersou.
Um grupo permaneceu diante do cartaz. Michelle Fléchard se dirigiu até lá.
Comentavam sobre os homens agora considerados criminosos.
Havia camponeses e aldeões; ou seja, Brancos e Azuis.
Um camponês disse:
— Não muda nada, eles não citaram todos. Dezenove, são apenas dezenove. Não mencionaram ainda Priou nem Benjamin Moulins. E tampouco Goupil, da paróquia de Andouillé.
— Nem Lorieul nem Monjean — disse um outro.
Outras vozes se manifestaram:
— Nem Brice-Denys.

— Nem François Dudouet.
— É mesmo, aquele de Laval.
— Nem Huet, de Launey-Villiers.
— Nem Grégis.
— Nem Pilon.
— Nem Filleul.
— Nem Ménicent.
— Nem Guéharrée.
— Nem os três irmãos Logerais.
— Nem o senhor Lechandelier, de Pierreville.
— Imbecis! — disse um velho de aspecto severo e cabelos brancos. — Se pegarem Lantenac, pegarão todos.
— Mas ainda não o pegaram — murmurou um rapaz.
E o velho retrucou:
— Se pegarem Lantenac, capturam a alma. Lantenac morto é a Vendeia assassinada.
— Mas quem é esse tal de Lantenac? — indagou um aldeão.
Outro aldeão respondeu:
— É um nobre deposto.
Outra voz interveio:
— É um desses que fuzilam as mulheres.
Ouvindo isso, Michelle Fléchard disse:
— É verdade.
Todos se viraram para ela e a ouviram acrescentar:
— Ele me fuzilou.
Aquelas palavras atraíram a atenção; eram como a de uma pessoa viva que se dizia morta. Começaram a examiná-la com certo desdém.
De fato era uma figura inquietante, sobressaltada, apavorada, trêmula, de uma ansiedade selvagem, e tão assustada que se tornava assustadora. Há no desespero da mulher uma espécie de fraqueza que é terrível. Dá a impressão de se ver um ser pendurado na extremidade de seu destino. Os camponeses, porém, suspeitaram de algo mais grave. Um deles resmungou:
— Pode muito bem ser uma espiã.

— Cale-se e vá embora — disse a mulher que já havia lhe dirigido a palavra.

Michelle Fléchard respondeu:

— Não estou fazendo nada errado. Eu estou à procura de meus filhos.

A mulher olhou para aqueles que observavam Michelle Fléchard e pôs o dedo na cabeça, piscando o olho.

— É uma simplória.

Depois, ela a levou para um canto e lhe deu um biscoito de sarraceno.

Michelle Fléchard, sem agradecer, atacou o biscoito com avidez.

— É mesmo — concordaram os camponeses. — Ela come como um animal. É uma simplória.

E o restante do grupo se dissipou. Um após o outro, todos partiram.

Quando Michelle Fléchard acabou de comer, ela disse à camponesa:

— É gostoso. Agora que comi, vou para a Tourgue.

— Pronto, recomeçou — exclamou a camponesa.

— Preciso ir até a Tourgue. Diga-me, qual é o caminho para a Tourgue?

— Nunca! — respondeu a camponesa. — Para ser morta, não é isso? Além do mais, eu não sei. Ora essa, você é realmente louca? Ouça, pobre mulher, você parece exausta. Quer descansar um pouco na minha casa?

— Eu não descanso — disse a mãe.

— Mas seus pés estão todos esfolados — murmurou a camponesa.

Michelle Fléchard prosseguiu:

— Mas se estou dizendo que roubaram meus filhos. Uma menina e dois meninos. Eu estava dentro de uma toca sob as árvores, na floresta. Pode perguntar a Tellmarch, o Crocodilo. E também ao homem que encontrei lá no campo. Foi o Crocodilo que me curou. Parece que havia algo quebrado. E tudo isso de fato aconteceu. Ele dirá a vocês. Já que foi ele que nos encontrou no bosque. Os três.

Quero dizer, as três crianças. O mais velho se chama René-Jean. Eu posso provar tudo isso. O outro se chama Gros-Alain e a menina, Georgette. Meu marido morreu. Mataram meu marido. Ele era meeiro em Siscoignard. A senhora me parece uma mulher de coragem. Mostre-me o caminho. Não sou louca, sou uma mãe. Perdi meus filhos. Estou procurando por eles. Nada mais. Não sei ao certo de onde venho. Esta noite, dormi aqui perto, sobre as palhas de um celeiro. A Tourgue, é para lá que vou. Não sou uma ladra. A senhora pode ver que estou falando a verdade. A senhora deveria me ajudar a encontrar meus filhos. Não sou desta região. Quase fui fuzilada, mas não sei onde foi.

A camponesa fez um gesto com a cabeça e disse:

— Ouça, andarilha. Durante uma revolução, não se deve falar sobre o que não se sabe. Você pode acabar presa.

— Mas, a Tourgue! — gritou a mãe. — Minha senhora, pelo amor do pequeno Jesus e da Santa Virgem do paraíso, eu lhe suplico, eu lhe suplico e lhe imploro, diga-me por onde devo ir para chegar à Tourgue!

A camponesa se enervou.

— Eu não sei! E se soubesse não lhe diria! É um lugar ruim. Ninguém vai até lá.

— Mas eu irei — disse a mãe.

E ela retomou seu caminho.

Vendo-a se afastar, a camponesa resmungou:

— Mas ela precisa se alimentar.

Correndo até Michelle Fléchard, ela lhe pôs na mão um biscoito.

— Tome, para comer mais tarde.

Michelle pegou o biscoito de sarraceno, mas não respondeu ou virou a cabeça, apenas seguiu em frente.

Depois de sair da aldeia, à altura das últimas casas, encontrou três criancinhas andrajosas e descalças, que passavam por lá. Ela se aproximou e disse:

— Duas meninas e um menino.

E, vendo que olhavam para seu biscoito, ela o entregou para elas.

As crianças pegaram o biscoito, assustadas.
E ela penetrou na floresta.

IV
Um equívoco

Enquanto isso, no mesmo dia, antes da alvorada, na escuridão indistinta da floresta, no trecho do caminho que vai de Javené a Lécousse, aconteceu o seguinte:

Todos os caminhos em Bocage são encovados, mas o que leva de Javené a Parigné passando por Lécousse é extremamente estreito. Além disso, tortuoso. É mais uma ravina que um caminho. Vem de Vitré e teve a honra de sacudir a carruagem de madame de Sévigné. De ambos os lados, os matos crescem como muros. Não existe melhor lugar para uma emboscada.

Nessa manhã, em um outro ponto da floresta, antes de Michelle Fléchard chegar a essa primeira aldeia onde viu a aparição sepulcral da carroça escoltada pelos militares, havia um bando de homens invisíveis no meio do mato, por onde passa a estrada de Javené, depois da ponte sobre o rio Couesnon. As árvores e os arbustos ocultavam tudo. Esses homens eram camponeses, todos vestidos com *grigos*, esses casacões de pele de carneiro que usavam os reis da Bretanha no século VI e os camponeses no século XVIII. Esses homens estavam armados, uns de fuzil, outros de machado. Aqueles que carregavam machados tinham acabado de preparar em uma espécie de clareira uma pira de madeira com ramos e galhos secos aos quais bastava atiçar o fogo. Aqueles que carregavam fuzis tinham se reunido nos dois lados do caminho, atentos. Quem tivesse conseguido ver através das folhagens teria percebido em todos os cantos os dedos nervosos nos gatilhos e nos canos das carabinas, todas apontadas para o espaço deixado pelos entrelaçamentos das ramagens. Essa gente espreitava. Todos os fuzis convergiam para a estrada que o dia aos poucos começava a iluminar.

Dentro desse crepúsculo, vozes baixas dialogavam.

— Tem certeza?
— Ora, é o que dizem.
— Ela vai passar?
— Dizem que já está na região.
— É preciso que não saia daqui.
— É preciso queimá-la.
— Somos três aldeias que vieram aqui para isso.
— Certo, mas e a escolta?
— Mataremos a escolta.
— Mas é por esta estrada que eles vão passar?
— É o que dizem.
— Isso significa que ela vem de Vitré?
— E por que não?
— Mas é porque disseram que ela viria de Fougères.
— Seja de Fougères ou de Vitré, é do inferno que ela vem.
— Verdade.
— É preciso que ela volte para lá.
— Verdade.
— Então, é para Parigné que ela vai?
— Ao que parece.
— Ela não irá.
— Não.
— Não, não, não!
— Atenção.

De fato, tornava-se útil se calar, pois o dia clareava.

De repente, os homens que estavam na tocaia prenderam a respiração; podia-se ouvir um ruído de rodas e cavalos. Eles olharam através dos galhos das árvores e distinguiram vagamente no caminho encovado uma longa carroça, uma escolta a cavalo, alguma coisa em cima da carroça; e tudo isso se aproximava deles.

— Lá está ela! — disse o que parecia comandar o bando.
— É mesmo — concordou uma das sentinelas. — Com a escolta.
— Quantos homens na escolta?
— Doze.

— Disseram que eram vinte.
— Doze ou vinte, mataremos todos.
— Esperem até que eles estejam ao nosso alcance.

Pouco depois, em uma curva do caminho, a carroça e a escolta apareceram.

— Viva o rei! — berrou o líder dos camponeses.

Cem tiros foram disparados ao mesmo tempo. Quando a fumaça se dissipou, a escolta também havia se dissipado. Sete cavaleiros tinham sido derrubados, cinco fugiram. Os camponeses correram até a carroça.

— Olhem — exclamou o chefe. — Não é a guilhotina. É uma escada.

De fato, a única carga que transportava a carroça era uma escada comprida.

Os dois cavalos estavam caídos, feridos; tinham matado o cocheiro, mas não intencionalmente.

— É a mesma coisa — disse o chefe. — Uma escada escoltada é algo suspeito. Ela ia para os lados de Parigné. Com certeza serviria para escalar a Tourgue.

— Vamos queimar a escada — bradaram os camponeses.

E a escada foi incendiada.

Quanto à fúnebre carroça que eles esperavam, ela seguia por outra estrada, já se encontrando duas léguas mais adiante, na aldeia onde Michelle Fléchard a viu passar sob os primeiros raios de sol.

V
Vox in deserto[2]

Michelle Fléchard, ao deixar as três crianças às quais dera o biscoito, se pôs a caminhar aleatoriamente pelo bosque.

Já que não queriam lhe indicar o caminho, era preciso encontrá-lo sozinha. Por momentos, ela sentava-se, levantava e sentava-se

---

2. Uma voz no deserto.

de novo. Sentia esse cansaço lúgubre que primeiro se abate sobre os músculos e depois passa para os ossos; o cansaço de escravos. Ela era de fato escrava. Escrava de seus filhos perdidos. Era preciso encontrá-los; a cada minuto que passava podia perdê-los; quem tem um dever assim, não tem mais direitos; parar para recuperar o fôlego lhe era proibido. Mas ela se sentia bem exausta. Nesse grau de esgotamento, um passo a mais é um desafio. Conseguiria continuar? Ela andava desde a manhã; não cruzara mais nenhuma aldeia, sequer uma casa. De início, tomou o caminho certo, depois o caminho errado, e acabou se perdendo no bosque. Estaria se aproximando de seu objetivo? Chegava ao fim de sua angústia? Ela seguia pela Via Dolorosa[3] e sentia a prostração da última etapa. Cairia na estrada e expiraria ali mesmo? Em um certo momento, continuar avançando lhe pareceu impossível, o sol declinava, a floresta obscurecia, o caminho desaparecia sob o mato e ela não sabia o que lhe aconteceria. Só lhe restava Deus. Ela começou a chamar, mas ninguém respondeu.

Olhando ao seu redor, viu uma clareira entre as árvores e seguiu nessa direção, saindo bruscamente do bosque.

Diante dela, havia um valezinho estreito como uma trincheira, no fundo do qual corria um fio d'água sobre as pedras. Foi quando se deu conta de que estava com uma sede atroz. Aproximando-se, ela se ajoelhou e bebeu.

Aproveitando que estava de joelhos, ela fez sua oração.

Quando se levantou outra vez, procurou se orientar.

Ela passou por cima do córrego.

Depois do pequeno vale, um vasto platô se estendia a perder de vista, coberto de arbustos rasteiros que, a partir do córrego, subia em um plano inclinado, dominando o horizonte. A floresta era uma solidão, esse platô era um deserto. Na floresta, atrás de cada moita, podia-se encontrar alguém; no platô, até onde seu olhar alcançava, não se via nada. Alguns pássaros que pareciam em fuga revoavam em meio aos arbustos.

---

3. Antiga rua de Jerusalém por onde Jesus seguiu antes de ser crucificado.

Então, diante desse imenso abandono, sentindo fraquejar seus joelhos e como se estivesse perdendo o juízo, a mãe desesperada lançou à solidão este grito estranho:

— Há alguém aqui?

Ela aguardou a resposta.

E foi respondida.

Uma voz surda e profunda soou, essa voz saída do fundo do horizonte, repercutindo em ecos sucessivos; parecia o estrondo de um trovão, a menos que fosse o tiro de um canhão; e dava a impressão de que essa voz replicava à pergunta da mãe e que ela dizia:

— Sim.

Depois, o silêncio voltou.

Reanimada, a mãe se levantou; havia alguém. Parecia-lhe ter achado enfim alguém com quem falar; acabara de beber e rezar; suas forças voltavam e ela começou a avançar pelo platô na direção de onde ouvira aquela voz imensa e longínqua.

De repente, viu surgir uma torre alta no horizonte remoto. A torre estava sozinha no meio daquela paisagem agreste; um raio do sol a cobria com uma cor púrpura. Estava a pouco mais de uma légua de distância. Atrás dessa torre, uma vegetação imensa e difusa se dissolvia na neblina, era a floresta de Fougères. Essa torre lhe pareceu se encontrar no mesmo ponto do horizonte de onde viera o estrondo, que lhe soara como um chamado. Teria sido essa torre a fonte do barulho?

Michelle Fléchard alcançou o alto do platô; à sua frente havia apenas uma planície.

Ela seguiu na direção da torre.

VI
Situação

A hora havia chegado.

O inexorável trazia consigo o impiedoso.

Cimourdain tinha Lantenac em suas mãos.

O velho monarquista rebelde estava acuado em sua toca; evidentemente, não poderia escapar; e Cimourdain fazia questão de ver o marquês decapitado em sua região, em uma praça, em suas terras e, de algum modo, diante de sua casa, a fim de que a residência feudal visse cair a cabeça do homem feudal e que o exemplo fosse memorável.

Por isso mandara buscar a guilhotina em Fougères. A que acabamos de ver na estrada.

Matar Lantenac era o mesmo que matar a Vendeia; matar a Vendeia era salvar a França. Cimourdain não hesitava nem um pouco. Este homem sentia-se à vontade dentro da ferocidade do dever.

O marquês parecia perdido; quanto a isso, Cimourdain estava tranquilo, mas o que o inquietava era outra coisa. A luta seria certamente tenebrosa; Gauvain estava no comando e talvez pretendesse se envolver; havia um soldado no sangue desse jovem líder; era homem de se lançar nessa luta; desde que não fosse para morrer. Gauvain! Seu filho! O único afeto que tinha sentido em sua existência! Até então, Gauvain tinha sido feliz, mas a felicidade se cansa. Cimourdain sentiu um arrepio. Era estranho este seu destino: encontrar-se entre dois Gauvains, um que ele queria ver morto e outro que queria vivo.

O tiro de canhão que estremecera Georgette em seu berço e chamara a mãe dos confins da solidão tivera outras consequências. Por acaso ou intencionalmente, o tiro de advertência acabou atingindo e arrancando parcialmente a armação de barras de ferro que cobria a grande seteira do primeiro andar da torre. Os sitiados não haviam tido tempo para restaurar essa avaria.

Os sitiados se vangloriavam. Tinham pouquíssima munição. A situação deles, convém insistir, era mais crítica do que supunham os sitiantes. Se dispusessem de pólvora suficiente, teriam explodido a Tourgue com seus inimigos no interior; era o sonho deles; mas todas as suas reservas haviam se esgotado. Restavam-lhes apenas trinta tiros para cada homem. Tinham muitos fuzis, bacamartes e pistolas, e poucos cartuchos. Todas as armas estavam carregadas a fim de produzirem um fogo contínuo; mas por quanto tempo duraria esse fogo? Era preciso ao mesmo tempo usá-lo intensamente e economizá-lo. A dificuldade era essa. Felizmente — triste felicidade —, a luta seria sobretudo corporal, à arma branca; com a espada e o punhal. Eles se esfaqueariam uns aos outros; era o que esperavam.

O interior da torre parecia inexpugnável. Na sala baixa, acessível pela brecha, se encontrava o reduto, essa barricada sabiamente construída por Lantenac, obstruindo a entrada. Atrás do reduto, uma mesa comprida estava cheia de armas carregadas, bacamartes, carabinas e mosquetões, além de espadas, machados e punhais. Não podendo utilizar a cripta-calabouço da masmorra, que se comunicava com a sala baixa, para explodir a torre, o marquês ordenou que fechassem o acesso a esse subterrâneo. Em cima da sala baixa, havia a sala circular do primeiro andar, à qual se chegava somente através de uma escada em espiral muito estreita; essa sala, mobiliada como a de baixo, com uma mesa coberta de armas prontas para ser usadas, era clareada pela grande seteira cuja grade de ferro acabara de ser destruída por uma bala de canhão; além dessa sala, a escada em caracol conduzia também à sala circular do segundo andar, onde se achava a porta de ferro de acesso ao pequeno castelo sobre a ponte. Essa sala no segundo andar se chamava indistintamente *a sala da porta de ferro* ou *a sala dos espelhos*, por conta dos vários espelhos pequenos presos diretamente sobre a pedra nua com pregos enferrujados, uma estranha mistura de elegância e rusticidade. Os cômodos de cima não podiam ser utilmente defendidos, essa sala de espelhos era o que Mannesson-Mallet, legislador das praças fortificadas, chamava de "a última posição em que os sitiados capitulam". Tratava-se, como já foi dito, de impedir que os invasores chegassem até lá.

Essa sala circular do segundo andar era iluminada pelas seteiras; assim mesmo, havia ali uma tocha acesa. Essa tocha, presa a um suporte semelhante ao da sala baixa, tinha sido acesa por Imânus, que pusera bem ao lado a extremidade do pavio de enxofre. Preparativos medonhos.

No fundo da sala baixa, sobre uma longa mesa sustentada por cavaletes, havia comida, como no interior de uma caverna homérica; grandes pratos de arroz, *fur*, que é um mingau feito de trigo sarraceno, *godnivelle*, que é uma carne bovina moída, rodelas de *houichepote*, que é uma massa de farinha e frutas cozidas na água, rodelas de toucinho e potes de cidra. Tudo à disposição de quem quisesse comer e beber.

O disparo do canhão imobilizara todos. Faltava apenas meia hora.

Do alto da torre, Imânus espreitava a aproximação dos sitiantes. Lantenac ordenara que não usassem suas armas e os deixassem chegar bem perto. Ele disse:

— Eles são 4.500. Tentar matá-los lá fora será inútil. Nós os mataremos quando entrarem. Aqui dentro, estaremos em posição de igualdade. — E depois acrescentou, rindo: — Igualdade, fraternidade.

Ficou combinado que, quando o inimigo iniciasse seus deslocamentos, Imânus avisaria com seu clarim.

Em silêncio, posicionados atrás do reduto ou nos degraus da escada, todos aguardavam, o fuzil em uma das mãos e o rosário na outra.

A situação se definia e era a seguinte:

Para os invasores, uma brecha a transpor, uma barricada a demolir, três salas sobrepostas a tomar em combate feroz, uma após a outra, duas escadas em espiral a vencer degrau por degrau, sob rajadas de balas; para os sitiados, a morte.

VII
Preliminares

Gauvain, por sua vez, organizava o ataque. Ele dava suas últimas instruções a Cimourdain que, conforme nos lembramos, devia proteger o platô sem entrar em ação, e a Guéchamp, que devia permanecer observando com a maior parte da tropa no campo e na floresta. Ficara entendido que nem a bateria inferior do bosque nem a bateria superior do platô disparariam, a menos que alguém tentasse sair ou escapar. Gauvain assumiu o comando da coluna que investiria pela brecha. Era isso que inquietava Cimourdain.

O sol acabava de se esconder.

Uma torre em campo aberto se parece a um navio em alto-mar. E deve ser atacada da mesma maneira. É antes uma abordagem que um assalto. Sem canhão. Nada de inútil. De que adiantaria disparar contra os muros de quinze pés de espessura? Um rombo para abrir uma passagem, uns forçando a entrada, outros tentando obstruí-la, facas, pistolas, punhos e dentes. Eis a aventura.

Gauvain sentia que não havia outro modo de conquistar a torre. Um ataque em que os adversários se olham nos olhos, não há nada de mais mortífero. Ele conhecia o perigoso interior da torre, onde estivera quando criança.

Suas reflexões eram profundas.

Enquanto isso, a alguns passos dali, seu tenente Guéchamp, com uma luneta na mão, escrutava o horizonte do lado de Parigné. De repente, Guéchamp gritou:

— Até que enfim!

Essa exclamação arrancou Gauvain de seus pensamentos.

— O que houve, Guéchamp?

— Meu comandante, finalmente, a escada.

— A escada de resgate?

— Sim.

— Como assim? Ainda não havia chegado?

— Não, comandante. Eu estava preocupado. O mensageiro que enviei a Javené voltou.

— Eu sei.

— Ele disse que tinha encontrado na carpintaria em Javené a escada no tamanho desejado e que a requisitou, fez com que a pusessem sobre uma carroça, exigiu uma escolta de doze cavaleiros,

A MÃE

e viu quando partiram para Parigné, a carroça, a escolta e a escada. Depois disso, ele voltou rapidamente.

— E nos fez um relatório.

E acrescentou que a carroça estava bem atrelada e tinha partido por volta de duas horas da manhã para chegar aqui antes do poente. Disso tudo eu já sei. O que mais?

— Pois bem, meu comandante, o sol acaba de se pôr e a carroça que traz a escada ainda não chegou.

— Como é possível? Mas nós precisamos atacar. A hora é esta. Se nos atrasarmos, os sitiados vão acreditar que recuamos.

— Comandante, nós podemos atacar.

— Mas a escada de resgate é necessária.

— Sem dúvida.

— E nós não a temos.

— Sim, nós a temos.

— Como assim?

— É isso que me levou a dizer: "Até que enfim!" Como a carroça não chegava, apanhei minha luneta e examinei a estrada de Parigné até a Tourgue e, meu comandante, estou contente. A carroça se aproxima com a escolta. Estão descendo uma encosta. Já se pode vê-la.

Gauvain pegou a luneta e observou.

— De fato. Lá vem ela. Já está escuro para distinguir. Mas é possível ver a escolta, é ela de fato. Porém, a escolta me parece mais numerosa do que você disse, Guéchamp.

— Também achei.

— Eles estão a cerca de um quarto de légua.

— Meu comandante, a escada de resgate chegará aqui em quinze minutos.

— Podemos atacar.

Era de fato uma carroça que chegava, mas não aquela que esperavam.

Gauvain se virou e viu atrás de si o sargento Radoub, em posição de sentido, olhando para o chão, em um gesto de saudação militar.

— O que é, sargento Radoub?

TERCEIRA PARTE

— Cidadão comandante, nós, os homens do batalhão dos Boinas Vermelhas, temos um favor a lhe pedir.
— Qual?
— Que nos mate.
— O quê? — espantou-se Gauvain.
— O senhor nos faria essa graça?
— Mas... depende — disse Gauvain.
— Pois bem, comandante. Desde o conflito em Dol, o senhor tem nos poupado. Mas nós ainda somos doze.
— E daí?
— É humilhante.
— Vocês estão no apoio.
— Nós preferimos estar na vanguarda.
— Mas eu preciso de vocês para termos êxito ao fim da ação. Eu os reservo para isso.
— Demasiadamente.
— Não faz diferença. Vocês já fazem parte da coluna e avançarão com ela.
— Mas atrás. Paris tem o direito de marchar na frente.
— Vou refletir, sargento Radoub.
— Reflita hoje mesmo, meu comandante. Essa é uma boa ocasião. Será um atropelo de ambos os lados. Será intenso. A Tourgue queimará os dedos de quem a tocar. Pedimos o favor de estarmos entre esses.

O sargento se interrompeu, torceu seu bigode e recomeçou com uma voz alterada:

— Além disso, veja bem, meu comandante, dentro da torre estão nossas crianças. Elas estão lá dentro, os filhos do batalhão, nossos três filhos. A aparência medonha de Gribouille-mon-cul-te-baise, do chamado Exterminador de Azuis, o chamado Imânus, o Gouge-le--Bruand, o Bouge-le-Gruand, o Fouge-le-Truand, esse terrível homem dos infernos, ameaça nossas crianças. Nossas crianças, nossos miúdos, comandante. Quando todos os tremores se desencadearem, não queremos que lhes aconteça alguma infelicidade. O senhor entende

314

isso? Não queremos. Agora há pouco, aproveitei a trégua, subi até o alto do platô e os observei através de uma janela. De fato, eles estão lá dentro, é possível vê-los de perto do córrego, e eu os vi e lhes fiz medo, pobrezinhos. Meu comandante, se tocarem em um único fio de cabelo de suas cabecinhas de querubins, eu juro por tudo o que é sagrado que eu, sargento Radoub, farei algo de desesperado. E eis o que o batalhão diz: queremos que as crianças sejam salvas, ou então morreremos todos. É nosso direito, sim, senhor! Isso, morreremos todos. E agora, minha saudação e meu respeito.

Gauvain estendeu a mão para Radoub e disse:

— Vocês são homens de fibra. Ficarão na coluna de ataque. Vou dividir o grupo em dois. Seis de vocês na vanguarda, para avançarmos, e seis na retaguarda, para que não recuemos.

— E serei eu ainda a comandar os doze homens?

— Com certeza.

— Então, meu comandante, obrigado. Pois irei com o grupo de vanguarda.

Radoub repetiu o cumprimento militar e voltou à sua fileira.

Gauvain pegou seu relógio, disse algumas palavras ao ouvido de Guéchamp e a coluna de ataque começou a se formar.

VIII
O verbo e o rugido

Enquanto isso, Cimourdain, que ainda não voltara a seu posto sobre o platô e se achava perto de Gauvain, se aproximou do soldado com o clarim.

— Toque o clarim — disse-lhe.

O clarim soou, a corneta respondeu.

Os dois instrumentos voltaram a ser ouvidos.

— O que é isso? — Gauvain perguntou a Guéchamp. — O que Cimourdain quer?

Cimourdain tinha se aproximado da torre com um lenço branco à mão.

Ele disse em voz alta:
— Homens que estão na torre, vocês me conhecem?
Uma voz, a de Imânus, replicou do alto da torre.
— Sim.
As duas vozes então começaram a conversar:
— Eu sou o emissário da República.
— Você é o antigo padre de Parigné.
— Sou o delegado do Comitê de Salvação Pública.
— Você é um padre.
— Eu sou o representante da lei.
— Você é um renegado.
— Sou o comissário da Revolução.
— Você é um apóstata.
— Eu sou Cimourdain.
— Você é o demônio.
— Você me conhece?
— Nós o execramos.
— Vocês gostariam de me ter em seu poder?
— Nós aqui somos dezoito e daríamos a própria cabeça para ter a sua.
— Pois venho me entregar a vocês.
Do alto da torre, veio uma risada selvagem e um grito:
— Venha!
Havia no campo um profundo silêncio de expectativa.
Cimourdain retomou a palavra:
— Com uma condição.
— Qual?
— Ouçam.
— Fale.
— Vocês me odeiam?
— Odiamos.
— Pois eu amo vocês. Eu sou seu irmão.
E a voz lá do alto respondeu:
— Claro, Caim.

Cimourdain falou com uma inflexão singular, ao mesmo tempo firme e suave:

— Podem me insultar, mas ouçam. Venho aqui para parlamentar. Sim, vocês são meus irmãos. Vocês são uns pobres homens extraviados. Eu sou seu amigo. Sou a luz e falo à ignorância. A luz está sempre plena de fraternidade. Por sinal, não temos todos nós a mesma mãe, a pátria? Pois então, ouçam-me. Mais tarde, vocês saberão, ou seus filhos saberão, ou os filhos de seus filhos saberão que tudo o que se faz neste momento é feito em obediência às leis do céu, e o que há na Revolução é Deus. À espera do momento em que todas as consciências, mesmo as suas, compreenderão, em que todos os fanatismos, mesmo os nossos, se dissiparão, à espera de que essa imensa claridade se faça, quem terá pena de suas trevas? Venho a vocês e ofereço minha cabeça; faço ainda mais, eu lhes estendo a mão. Eu lhes peço a graça de me perder para salvá-los. Tenho plenos poderes e o que digo está ao meu alcance. É um instante supremo; eu faço um derradeiro esforço. Sim, quem fala com vocês é um cidadão, e dentro desse cidadão há um padre. O cidadão combate contra vocês, mas o padre lhes suplica. Ouçam bem. Muitos de vocês têm mulheres e filhos. Eu tomo a defesa de suas mulheres e filhos. Eu os defendo de vocês. Oh, meus irmãos...

— Pare de pregar! — desdenhou Imânus.

Cimourdain prosseguiu:

— Meus irmãos, não deixem soar a hora execrável. Iremos massacrar uns aos outros. Muitos de nós que estamos aqui diante de vocês não verão o sol amanhã; sim, vários de nós morreremos, e vocês, todos vocês morrerão. Façam um favor a vocês mesmos. Por que derramar tanto sangue, quando isso é inútil? Por que matar tantos homens, quando dois são o bastante?

— Dois? — indagou Imânus.

— Sim. Dois.

— Quem?

— Eu e Lantenac.

E Cimourdain elevou sua voz:

— Dois homens bastam. Lantenac para nós e eu para vocês. Eis a minha oferta, assim suas vidas serão salvas: deem-nos Lantenac e levem a mim. Lantenac será guilhotinado e vocês farão de mim o que quiserem.

— Padre — urrou Imânus —, se nós o pegarmos, nós o queimaremos a fogo brando.

— Eu concordo — respondeu Cimourdain.

E ele continuou:

— Vocês, condenados dentro dessa torre, poderão estar vivos dentro de uma hora. E livres. Eu lhes trago a salvação. Vocês aceitam?

O Imânus gargalhou.

— Você não é apenas um celerado, você é louco. Agora essa, por que você vem nos perturbar? Quem pediu que viesse nos falar? Você acha que vamos lhe entregar o *monseigneur*? O que pretende?

— Em troca de sua cabeça, ofereço...

— Sua pele. Pois nós o esfolaremos como a um cão, padre Cimourdain. Pois bem, não, essa sua pele não vale a cabeça do marquês. Vá embora.

— Vai ser horrível. Pela última vez, reflitam.

A noite caía enquanto se ouviam essas palavras sombrias, tanto no interior da torre quanto fora. O marquês de Lantenac se mantinha calado e deixava que falassem. Os chefes têm esse tipo de sinistro egoísmo. É um dos direitos atribuídos à responsabilidade.

Imânus interrompeu Cimourdain, dizendo:

— Homens que nos atacam, nós já fizemos nossas proposições e elas estão feitas, não mudaremos sequer uma palavra. Aceitem, senão, a desgraça! Vocês concordam? Nós entregaremos as três crianças que estão aqui e vocês nos deixarão sair livres e salvos. Todos nós.

— Todos, sim — respondeu Cimourdain. — Exceto um.

— Quem?

— Lantenac.

— Entregar o *monseigneur*? Jamais.

— Precisamos de Lantenac.

— Nunca.

— Essa é a única condição para negociarmos.
— Pois então, ataquem.

O silêncio se fez.

Imânus, depois de tocar sua corneta dando o sinal, desceu do alto da torre; o marquês empunhou sua espada; os dezenove sitiados se reuniram em silêncio na sala baixa, ajoelhados atrás do reduto; podiam ouvir os passos ritmados da coluna de ataque, que avançava em direção à torre dentro da escuridão; o ruído cada vez mais próximo; subitamente, puderam senti-los bem perto deles, na boca da brecha. Então, todos ajoelhados, empunharam seus fuzis e pistolas através das fendas do reduto e um deles, Grand-Francœur, que era padre em Turmeau, se ergueu e, com uma espada na mão direita e um crucifixo na mão esquerda, disse com uma voz grave:

— Em nome do Pai, do Filho e do Espírito Santo!

Todos dispararam ao mesmo tempo e o combate se iniciou.

IX
Titãs contra gigantes

Foi de fato assustador.

O combate corporal foi além do que se podia imaginar.

Para encontrar algo semelhante, seria preciso retornar aos grandes duelos de Ésquilo ou às antigas chacinas feudais, àqueles *ataques com armas curtas* que perduraram até o século XVII, quando se invadia as praças-fortes com suas *fausses brayes*[4], assaltos trágicos, quando, segundo o velho sargento da província de Alentejo, "as fornalhas, tendo feito seu efeito, os sitiantes avançarão carregando pranchas cobertas de chapas em ferro branco, armados de escudos e manteletes, abastecidos com quantidades de granadas, fazendo abandonar as trincheiras ou os redutos aqueles que mantinham a praça, e dela se apoderando depois de expulsarem com vigor os sitiados".

---

4. *Fausse brayes*: estruturas avançadas de uma fortificação.

TERCEIRA PARTE

O local do ataque era horrível; era uma dessas brechas que na profissão chamam de *brechas sob arcadas*, quer dizer, como se recorda, uma fissura atravessando o muro de um lado ao outro, e não uma fratura dilatada a céu aberto. A pólvora agira como uma verruma. O dano causado pela mina havia sido tão violento que rachou a torre até mais de quarenta pés de altura, deixando apenas uma fenda; e o rasgo que servia de brecha e dava acesso à sala baixa parecia mais resultado de um golpe de lança perfurante que o de um machado que talha.

Era uma punção no flanco da torre, uma longa e profunda fratura, como um poço horizontal, um corredor sinuoso que atravessava como um intestino a muralha de quinze pés de espessura, uma espécie de cilindro informe atravancado de obstáculos, de armadilhas e explosões, dentro do qual se feria a testa nos granitos, os pés nos entulhos e os olhos nas trevas.

Os invasores tinham diante deles esse átrio negro, a boca de um abismo tendo por mandíbulas, em cima e embaixo, todas as pedras da muralha despedaçada; uma goela de tubarão não tinha mais dentes que essa fresta assustadora. Era preciso entrar nesse buraco e dele sair.

No interior, os tiros se multiplicavam; no exterior, erguia-se o reduto. Exterior, quer dizer, dentro da sala baixa ao rés do chão.

Os combates entre sapadores dentro das galerias cobertas, quando a contramina vem cortar a mina, e as carnificinas a machado sob os conveses dos navios abordados nas batalhas navais são os únicos a se igualarem em ferocidade. Lutar no fundo de uma fossa é o paroxismo do horror. É medonho matar um ao outro com o teto sobre a cabeça. No instante que o primeiro grupo de invasores penetrou, todo o reduto se cobriu de relâmpagos e era como se um raio explodisse sob a terra. O trovão invasor replicava ao trovão emboscado. Detonações se replicando; o grito de Gauvain se fez ouvir: Avancemos! Depois, o grito de Lantenac: Manter posição firme contra o inimigo! Em seguida, Imânus berrou: Vamos, homens! Pouco depois, o estalar de espadas contra espadas e,

320

ininterruptamente, descargas assustadoras matando todos. A tocha presa ao muro clareava um pouco todo aquele terror. Impossível distinguir alguma coisa dentro da escuridão avermelhada; quem entrasse ali, ficaria imediatamente surdo e cego, surdo com o barulho, cego com a fumaça. Os homens fora de combate jaziam entre os escombros. Pisava-se os cadáveres, esmagando os ferimentos, moendo os membros partidos de onde escapavam urros, os pés pareciam ser mordidos pelos moribundos; por instantes, havia silêncios mais medonhos que o barulho. Os homens se engalfinhavam e podiam-se ouvir os fôlegos terríveis saindo de suas bocas, depois, os rangidos, arquejos, imprecações, e a trovoada recomeçava. Um riacho de sangue escorria da torre pela brecha e se espalhava na sombra. Lá fora, essa poça sinistra fumegava no meio do mato.

Poder-se-ia dizer que era a própria torre que sangrava e que o gigante estava ferido.

Surpreendentemente, lá fora não se ouvia quase nenhum ruído. A noite era negra e, na planície e na floresta em torno da fortaleza atacada, havia uma paz fúnebre. Lá dentro era o inferno, lá fora, o sepulcro. Esse choque de homens se exterminando nas trevas, esses disparos, esses clamores, essas fúrias, todo esse tumulto expirava sob a massa de muros e de abóbadas, o ruído sufocava, e à carnificina se acrescentava a asfixia. Fora da torre, mal se ouvia o barulho. Enquanto isso, as criancinhas dormiam.

A obstinação crescia. O reduto se mantinha firme. Nada há de mais complicado a derrubar que esse tipo de barricada em ângulo fechado. Se os sitiados tinham contra eles o número, a seu favor tinham a posição. A coluna de ataque perdia muitos homens. Alinhados e deitados lá fora, ao pé da torre, ela penetrava aos poucos pela brecha, encurtando-se como uma cobra que se enfia na toca.

Gauvain, com suas imprudências de jovem chefe, se encontrava dentro da sala baixa nos momentos mais intensos de luta, os tiros vindo de todos os lados. Convém dizer que ele possuía a confiança do homem que jamais fora ferido.

Quando se virava para proferir uma ordem, o clarão de um mosquetão iluminou um rosto bem ao seu lado.

— Cimourdain! — exclamou ele. — O que você veio fazer aqui?

Era de fato Cimourdain, que respondeu:

— Vim para perto de você.

— Mas você vai acabar morrendo!

— E você, o que faz aqui dentro?

— Precisam de mim aqui. Não de você.

— Já que você está aqui, é preciso que eu também esteja.

— Não, meu mestre.

— Sim, meu filho!

E Cimourdain permaneceu ao lado de Gauvain.

Os mortos se acumulavam no chão da sala baixa.

Ainda que o reduto se mantivesse inexpugnável, a quantidade maior de homens obviamente deveria acabar vencendo. Os invasores estavam expostos e os sitiados, abrigados; para cada sitiado que caía, havia dez sitiantes derrubados, mas os sitiantes se renovavam. O número de sitiantes aumentava e o dos sitiados diminuía.

Os dezenove sitiados estavam todos atrás do reduto, onde o ataque se produzia. Havia mortos e feridos. No máximo quinze ainda combatiam. Um dos mais cruéis, Chante-en-Hiver tinha sido terrivelmente mutilado. Era um bretão atarracado e encrespado, homem de uma espécie miúda e enérgica. Um de seus olhos tinha sido perfurado e a mandíbula estava quebrada. Mas ainda podia andar. Ele se arrastou até a escada em espiral e subiu ao cômodo do primeiro andar, esperando poder rezar e morrer ali.

Encostado ao muro, perto de uma seteira, ele respirava com dificuldade.

Embaixo, a carnificina diante do reduto era cada vez mais horrenda. Em um intervalo entre dois disparos, Cimourdain elevou a voz:

— Sitiados! — berrou ele. — Para que derramar sangue por mais tempo? Vocês estão capturados. Rendam-se. Pensem bem, nós somos 4.500 contra dezenove, ou seja, mais de duzentos contra um. Entreguem-se.

— Chega de sentimentalismos — respondeu o marquês de Lantenac.
E vinte balas foram disparadas em resposta a Cimourdain.

O reduto não chegava até o teto; isso permitia aos sitiados atirarem por cima, mas também permitia aos sitiantes escalá-lo.

— Assalto ao reduto! — gritou Gauvain. — Algum voluntário para escalar o reduto?

— Eu — disse o sargento Radoub.

X
Radoub

Nesse ponto, os invasores ficaram estupefatos. Radoub entrara pela brecha, à frente da coluna de ataque com seus seis homens e, desses membros do batalhão parisiense, quatro já tinham sido derrubados. Depois de ter gritado "Agora!", nós o vimos não avançar, mas recuar e, abaixado, curvado, praticamente se arrastando entre as pernas dos combatentes, retornar à entrada da brecha e sair. Estaria fugindo? Um homem assim, fugindo? O que significava isso?

Ao sair pela brecha, Radoub, ainda desnorteado por conta da fumaça, esfregou os olhos como se quisesse extrair deles o horror e a escuridão, e, sob a claridade das estrelas, ele examinou a muralha da torre. Com a cabeça, fez um sinal de satisfação que queria dizer: "Eu não tinha me enganado."

Radoub notara que a rachadura profunda provocada pela explosão da mina subia acima da brecha até uma seteira do primeiro andar, cuja proteção de barras de ferro fora destroçada e deslocada por um tiro. A grade de barras rompida pendia, quase solta, e um homem poderia passar por ali.

Um homem poderia passar, mas seria ele capaz de subir até lá? Pela rachadura, sim, se fosse um gato.

E Radoub era um felino. Ele era dessa espécie que Píndaro[5] chama de "os atletas ágeis". Um velho soldado pode ser um homem

---

5. Poeta grego (522 a.C.-438 a.C.) que celebrava em suas odes os jogos olímpicos.

jovem; Radoub, que fizera parte da Guarda Francesa, não tinha sequer quarenta anos. Era um Hércules audacioso.

Radoub largou seu mosquetão, removeu seu cinturão, retirou o uniforme e o casaco, ficando apenas com suas duas pistolas enfiadas na cintura da calça e a espada desembainhada, presa entre os dentes. Os cabos das duas pistolas ficaram expostos.

Dessa maneira, livrando-se do que lhe seria inútil e acompanhado pelos olhares no escuro daqueles da coluna de ataque que ainda não tinham entrado pela brecha, ele começou a escalar as pedras pela rachadura do muro, como os degraus de uma escada. Estar descalço lhe foi útil; nada melhor que os pés nus para empreender uma escalada; ele contraía os dedos dos pés dentro dos buracos das pedras. Içando-se com as próprias mãos, ele se apoiava nos joelhos. A escalada era árdua. Como uma ascensão ao longo dos dentes de uma serra. Felizmente, pensou ele, não há ninguém no cômodo do primeiro andar, pois não me deixariam subir assim.

A escalada era de mais de quarenta pés. À medida que subia, um pouco incomodado pelos cabos de suas pistolas, a rachadura ia se estreitando e o percurso se tornava cada vez mais difícil. O risco de queda aumentava ao mesmo tempo que a profundidade do precipício.

Por fim, ele alcançou o bordo da seteira; afastando a grade retorcida e pendurada, haveria espaço suficiente para penetrar; com um esforço vigoroso, ele passou um joelho sobre a cornija da seteira, segurando com uma das mãos um pedaço de barra de ferro à direita e, com a outra, uma barra à esquerda, conseguindo atingir a altura da seteira, a espada entre os dentes, suspenso sobre o abismo.

Só precisava agora passar a perna para entrar na sala do primeiro andar.

Mas um rosto surgiu na seteira.

Radoub viu então à sua frente, envolto em sombras, algo de assustador; um olho perfurado, uma mandíbula quebrada, uma máscara sangrenta.

A MÃE

Essa máscara, que só tinha uma pupila, o observava.

Essa máscara tinha duas mãos; e essas mãos saíram da sombra e se precipitaram na direção de Radoub; uma delas, em um único gesto, tomou-lhe as duas pistolas da cintura, a outra arrancou-lhe a espada dos dentes.

Radoub estava desarmado. Seu joelho deslizava sobre o plano inclinado da cornija, suas mãos agarradas aos pedaços de barras de ferro mal o sustentavam, e atrás dele havia quarenta pés de precipício.

Essa máscara e essas mãos eram de Chante-en-Hiver.

Sufocado pela fumaça que subia do andar térreo, Chante-en--Hiver conseguira se enfiar no vão da seteira, o ar exterior o reanimara, o frescor noturno lhe congelara o sangue, fazendo com que recuperasse um pouco de suas forças; repentinamente, pela abertura, ele viu surgir lá fora o torso de Radoub; então, como Radoub tinha as mãos crispadas sobre as barras e tendo como única opção se largar ou se deixar desarmar, Chante-en-Hiver, medonho e sereno, pegou a espada entre seus dentes e as pistolas da cintura.

Um duelo espantoso então teve início. O duelo do desarmado contra o ferido.

Com certeza, venceria o moribundo. Bastava uma bala para lançar Radoub dentro do abismo aberto a seus pés.

Felizmente para Radoub, Chante-en-Hiver, segurando as duas pistolas em uma só mão, não pôde atirar e foi forçado a usar a espada. Ele desferiu um golpe, enfiando a ponta da lâmina no ombro de Radoub. Esse golpe de espada feriu Radoub, mas também o salvou.

Sem armas, mas dispondo ainda de toda a sua força, Radoub ignorou o ferimento, que por sinal não atingira o osso, e se projetou para a frente, largando as barras de ferro e penetrando no vão da seteira.

Agora, estava cara a cara com Chante-en-Hiver, que largara a espada e segurava as duas pistolas, uma em cada mão.

Ajoelhado, Chante-en-Hiver mirou Radoub à queima-roupa, mas seu braço enfraquecido tremia e ele não disparou de imediato.

Radoub aproveitou essa trégua e começou a rir.

— E então — gritou ele —, coisa feia! Você acha que me amedronta com essa cara de boi cozido? Com os diabos, deixaram sua figura bem estorricada!

Chante-en-Hiver apontou a arma contra ele.

Radoub prosseguiu:

— Não é por nada, não, mas seu focinho foi bem amarrotado pelo tiro. Pobre coitado, Belona[6] destruiu sua fisionomia. Vamos, vamos, dispare essa pistola, infeliz.

O tiro passou tão perto da cabeça de Radoub que lhe arrancou a metade de uma orelha. Chante-en-Hiver ergueu o outro braço, com a segunda pistola, mas Radoub não lhe deu tempo de fazer pontaria.

— Você decepou uma de minhas orelhas — gritou ele. — Agora, chega! Você me feriu duas vezes, agora sou eu!

E ele se lançou sobre Chante-en-Hiver, afastando seu braço e fazendo com que o tiro partisse sem destino; depois, agarrando-se a ele, acertou um soco em sua mandíbula deslocada.

Depois de soltar um urro, Chante-en-Hiver desmaiou.

Radoub passou por cima dele, deixando-o no vão da seteira.

— Agora que ouviu meu ultimato — disse ele —, não se mexa mais. Fique aí mesmo, verme maldito. É claro que não vou perder meu tempo agora o massacrando. Pode se arrastar à vontade pelo chão, concidadão de meus sapatos velhos. Morra, será um a menos. Daqui a pouco, você saberá que seu padre só lhe contou bobagens. Vá, camponês, mergulhe no grande mistério.

E entrou na sala do primeiro andar.

— Não é possível enxergar nada — resmungou Radoub.

Chante-en-Hiver começou a se agitar convulsivamente e berrar de agonia. Radoub se virou para ele.

— Silêncio! Faça-me o favor de se calar, cidadão ignorante. Não quero mais saber de você. Você não merece sequer que eu acabe de matá-lo. Deixe-me em paz.

---

6. Belona é a deusa romana da guerra.

Inquieto, ele levou a mão à cabeça, ainda observando Chante-en-Hiver.

— E agora, que vou fazer? Até agora, tudo bem, mas estou desarmado. Restavam-me duas balas e você as desperdiçou, animal! E além disso, essa fumaça faz arder meus olhos como o diabo.

E levando a mão à sua orelha cortada:

— Ai — gemeu ele. — De que adiantou me confiscar uma orelha? Na verdade, prefiro ter uma orelha a menos que outra coisa. Isso é só um ornamento. E você também me arranhou o ombro, mas não é nada. Expire, aldeão, eu o perdoo.

Ele prestou atenção. O barulho na sala baixa era assustador. O combate atingia um nível inaudito de ferocidade.

— As coisas estão indo bem lá embaixo. Não mudou nada, eles gritam "Viva o rei", e depois morrem nobremente.

Seus pés esbarraram em sua espada caída no chão. Ele a recuperou e disse a Chante-en-Hiver, que não se mexia mais e talvez já estivesse morto:

— Está vendo, homem de madeira, para o que eu queria fazer, uma espada ou nada é a mesma coisa. Eu a apanho por amizade. Mas eu precisava das pistolas. Que o diabo o carregue, selvagem! E agora, que vou fazer? Aqui, eu sou inútil.

Ele avançou pela sala, tentando enxergar alguma coisa e se orientar. De súbito, em meio à penumbra, atrás do pilar central, ele percebeu uma mesa comprida, e sobre essa mesa algo que brilhava ligeiramente. Ele verificou com o tato. Eram bacamartes, pistolas, carabinas, uma série de armas de fogo dispostas ordenadamente, que pareciam esperar que sua mão viesse apanhá-las; era a reserva de combate preparada pelos sitiados para a segunda fase do ataque; um arsenal completo.

— Um banquete! — exclamou Radoub, lançando-se sobre a mesa, fascinado.

Então, ele se tornou formidável.

A porta da escada que comunicava com os andares superior e inferior estava visível, escancarada, ao lado da mesa repleta

TERCEIRA PARTE

de armas. Radoub largou sua espada, pegou com as mãos duas pistolas de dois tiros e as descarregou ao mesmo tempo, aleatoriamente, na direção da porta que levava à escada em espiral, depois, empunhando um bacamarte carregado de chumbo, o disparou também. O bacamarte vomitou uma saraivada de balas. Então, retomando o fôlego, Radoub, berrou em uma voz trovejante dentro da escada:

— Viva Paris!

Apanhando um segundo bacamarte ainda maior que o primeiro, ele o apontou para a escada sob a arcada tortuosa e esperou.

A desordem na sala baixa era indescritível. Aquelas deflagrações imprevistas desagregaram a resistência.

Duas balas do triplo disparo de Radoub tinham sido eficazes; uma matara o mais velho dos irmãos Pique-en-Bois, a outra eliminara Houzard, que era o senhor de Quélen.

— Eles estão lá em cima! — advertiu o marquês.

Esse grito determinou o abandono do reduto, um bando de pássaro em revoada não fugiria mais rápido, e todos tentaram se precipitar pela escada. O marquês encorajava essa fuga.

— Vamos, rápido — dizia ele. — A essa hora, escapar é um ato de coragem. Vamos para o segundo andar! Lá poderemos nos reorganizar.

Ele foi o último a abandonar o reduto.

Essa bravura o salvou.

Radoub, na tocaia do primeiro andar, o dedo no gatilho do bacamarte, aguardava a debandada. Os primeiros que apareceram na curva da escada receberam a descarga em pleno rosto, caindo fulminados. Se o marquês estivesse ali, estaria morto. Antes que Radoub tivesse tempo de apanhar uma nova arma, os outros subiram, o marquês por último, mais lento que os demais. Eles acreditavam que achariam a sala do primeiro andar cheia de invasores e não pararam, subindo para o segundo andar, a sala dos espelhos, onde se encontrava a porta de ferro, onde estava o pavio de enxofre, onde seria necessário capitular ou morrer.

Gauvain, tão surpreso quanto eles com as detonações na escada e sem saber quem vinha em seu socorro, aproveitou a ocasião mesmo sem compreender e saltou com seus homens por cima do reduto, expulsando os sitiados à ponta de espada até o primeiro andar.

Ali, ele encontrou Radoub.

Este fez logo uma saudação militar e disse:

— Um momento, meu comandante. Sou o responsável por isso. Lembrei-me de Dol. E fiz como o senhor. Encurralei o inimigo entre fogos cruzados.

— Excelente aluno — disse Gauvain com um sorriso.

Depois de um certo tempo na escuridão, os olhos acabam por se adaptar ao breu, como os dos pássaros noturnos; Gauvain notou que Radoub estava todo ensanguentado.

— Mas você está ferido, camarada!

— Isso não é nada, meu comandante. Que diferença faz uma orelha a mais ou a menos? Fui também ferido por uma espada, mas não me importo. Quando partimos uma vidraça, sempre nos cortamos um pouco. E, aliás, esse sangue não é só meu.

Eles fizeram uma espécie de pausa na sala do primeiro andar, conquistada por Radoub. Trouxeram um lampião. Cimourdain veio se juntar a Gauvain. Eles deliberaram. E, de fato, era necessário refletir. Os sitiantes não conheciam o segredo dos sitiados; ignoravam sua penúria de munição; não sabiam que os defensores da torre dispunham de pouca pólvora; o segundo andar era o derradeiro ponto de resistência; os sitiantes supunham que a escada poderia estar minada.

O que sabiam ao certo era que o inimigo não poderia escapar. Aqueles que não estavam mortos agora se encontravam trancados ali. Lantenac estava em uma ratoeira.

Com essa certeza, eles podiam se dar um pouco de tempo para elaborar o melhor desenlace possível. Já se contavam demasiadas mortes. Era preciso evitar a perda de muitos homens nesse último assalto.

O risco desse ataque supremo seria enorme. Precisariam provavelmente encarar uma reação furiosa.

O combate tinha sido interrompido. Os sitiantes, senhores do rés do chão e do primeiro andar, aguardavam o comando do chefe para prosseguir. Gauvain e Cimourdain confabulavam. Radoub assistia em silêncio a essa deliberação.

Ele esboçou mais uma saudação militar, de forma tímida.

— Meu comandante?

— O que é, Radoub?

— Tenho direito a uma pequena recompensa?

— Claro. Peça o que quiser.

— Peço para ser o primeiro a subir.

Não era possível recusar. Por sinal, ele o teria feito mesmo sem permissão.

XI
Os desesperados

Enquanto uns deliberavam no primeiro andar, outros formavam barricadas no segundo. O sucesso é um furor; a derrota, uma raiva. Os dois andares iam se enfrentar violentamente. A proximidade da vitória provoca uma embriaguez. Embaixo, havia a esperança, que seria a maior das forças humanas se o desespero não existisse.

O desespero estava em cima.

Um desespero calmo, frio, sinistro.

Ao chegarem àquele refúgio, a partir do qual não lhes restava mais nada, o primeiro cuidado dos sitiados foi bloquear a entrada. Fechar a porta era inútil, melhor seria obstruir a escada. Em casos assim, um obstáculo através do qual se pode ver e combater vale mais que uma porta fechada.

A tocha presa ao muro por Imânus perto do pavio de enxofre os iluminava.

Havia nessa sala do segundo andar um desses baús de carvalho grandes e pesados, onde se guardavam as roupas e os lençóis, antes de inventarem as cômodas com gavetas.

Eles arrastaram esse baú e o puseram em pé, na passagem para a escada. Ele se encaixou solidamente, obstruindo a entrada. Só restara aberto, perto do teto arqueado, um espaço estreito suficiente à passagem de um único homem, excelente para matar os invasores, um por um. Mas era incerto que eles se arriscassem por ali.
A entrada bloqueada lhes deu uma trégua.
Eles contaram quantos restavam.
Os dezenove agora não passavam de sete, incluindo Imânus.
Excetuando o marquês e Imânus, todos estavam feridos.
Esses cinco estavam feridos, mas ainda bem vivos, pois no calor do combate todo ferimento que não é mortal permite o deslocamento dos homens. Eram Chatenay, chamado de Robi, Guinoiseau, Hoisnard Branche-d'Or, Brin-d'Amour e Grand-Francœur. Todos os outros estavam mortos.
Não tinham mais munição, as cartucheiras estavam esgotadas. Eles contaram os cartuchos restantes. Quantos disparos sobraram para cada um dos sete? Quatro.
Tinham chegado a um momento em que só lhes restava morrer. Estavam encurralados à beira de um abismo escancarado e terrível. Era difícil se achar mais perto do fim.
Enquanto isso, o ataque acabava de recomeçar; porém, de forma lenta e mais segura. Era possível ouvir os sitiantes batendo com a coronha do fuzil nos degraus, examinando-os um a um.
Nenhuma maneira de fugir. Pela biblioteca? Havia sobre o platô seis canhões com as mechas acesas e apontados nessa direção. Pelos cômodos superiores? Para quê? Eles conduziam à plataforma, onde o derradeiro recurso seria se jogar do alto da torre.
Os sete sobreviventes desse bando épico se viam inexoravelmente fechados e presos por essa espessa muralha que os protegia e os traía. Ainda não tinham sido detidos, mas já eram prisioneiros.
O marquês elevou a voz:
— Meus amigos, tudo está acabado.
E depois de um silêncio, ele acrescentou:
— Grand-Francœur, volte a ser o abade Turmeau.

TERCEIRA PARTE

Todos se ajoelharam, o rosário nas mãos. O som das batidas dos invasores se aproximava.

Grand-Francœur, ensanguentado por causa de uma bala que lhe havia roçado o crânio e arrancado seu couro cabeludo, ergueu um crucifixo com a mão direita. O marquês, essencialmente cético, pousou um joelho no chão.

— Que cada um de vocês — disse Grand-Francœur — confesse seus pecados em voz alta. *Monseigneur* marquês, primeiro.

E o marquês respondeu:

— Eu matei.

— Eu matei — disse Hoisnard.

— Eu matei — disse Guinoiseau.

— Eu matei — disse Brin-d'Amour.

— Eu matei — disse Chatenay.

— Eu matei — disse Imânus.

E Grand-Francœur retomou a palavra:

— Em nome da Santíssima Trindade, eu os absolvo. Que suas almas descansem em paz.

— Que assim seja — responderam todas as vozes.

O marquês se levantou.

— E agora — disse ele —, morramos.

— E matemos — disse Imânus.

Os golpes começaram a atingir o baú que bloqueava a porta.

— Pensem em Deus — disse o padre. — A terra não existe mais para vocês.

— Exatamente — continuou o marquês. — Já estamos dentro do túmulo.

Todos baixaram a cabeça e bateram no próprio peito. Apenas o marquês e o padre permaneceram em pé. Os olhos estavam fixos no chão, o padre rezava, os camponeses rezavam, o marquês pensava. O baú, como se estivesse sendo espancado por martelos, soava lúgubre.

Nesse instante, uma voz vivaz e forte, exclamou bruscamente atrás deles:

— Bem que eu disse, *monseigneur*!
Todas as cabeças, estupefatas, se viraram.
Um buraco acabara de ser aberto no muro.
Uma pedra perfeitamente fixada entre as outras, mas não cimentada, com um pino em cima e outro embaixo, acaba de girar sobre si mesma como um torniquete, abrindo assim um vão na muralha. A pedra se deslocou sobre seu eixo, produzindo uma dupla passagem, uma à direita e outra à esquerda, estreitas, mas com espaço suficiente para deixar passar um homem. Depois desse acesso inesperado, viam-se os primeiros degraus de uma escada em espiral. Um rosto de homem apareceu na abertura.
O marquês reconheceu Halmalo.

XII
Salvador

— É você, Halmalo?
— Sim, *monseigneur*. Está vendo, existem pedras que giram, e vocês poderão sair daí. Cheguei a tempo, mas sejam rápidos. Em dez minutos vocês estarão em plena floresta.
— Deus é grande — disse o padre.
— Salve-se, *monseigneur* — conclamaram todas as vozes.
— Depois de todos vocês — respondeu o marquês.
— Primeiro o *monseigneur* — disse o abade Turmeau.
— Serei o último.
E o marquês prosseguiu em um tom severo:
— Acabemos com essa disputa de generosidade. Não temos tempo para ser magnânimos. Vocês estão feridos. Eu lhes ordeno a viver e fugir. Rápido! E aproveitem essa oportunidade. Obrigado, Halmalo.
— Nós vamos nos separar, *monseigneur*? — perguntou o abade Turmeau.
— Lá fora, sem dúvida. Só será possível escapar individualmente.
— E o *monseigneur* nos dará um ponto de reencontro?

— Sim. Uma clareira na floresta de Pierre-Gauvaine. Vocês conhecem o lugar?
— Todos nós o conhecemos.
— Estarei lá amanhã, ao meio-dia. Que todos vocês que ainda podem andar estejam lá também.
— Estaremos.
— E recomeçaremos a guerra — disse o marquês.
Enquanto isso, Halmalo avaliava a pedra giratória, dando-se conta de que ela não se movia mais. A passagem não poderia ser fechada.
— Senhor — disse ele —, apressemo-nos. A pedra não se move mais. Consegui abrir o vão, mas não conseguirei fechá-lo.
De fato, a pedra, depois de longo tempo sem ser usada, parecia inerte em seu gonzo. Agora, era impossível extrair dela qualquer movimento.
— *Monseigneur* — retomou Halmalo —, eu esperava poder fechar a passagem e, quando os Azuis entrassem, não achariam mais ninguém e não entenderiam nada. Achariam que vocês desapareceram na fumaça. Mas essa pedra não quer assim. O inimigo verá a saída aberta e poderá nos seguir. Que não percamos mais sequer um minuto. Rápido, passem todos para a escada.
Imânus pôs a mão sobre o ombro de Halmalo:
— Camarada, quanto tempo será necessário para que partamos por essa passagem e possamos estar em segurança na floresta?
— Ninguém está gravemente ferido? — questionou Halmalo.
— Ninguém — responderam todos.
— Nesse caso, quinze minutos serão suficientes.
— Assim sendo — prosseguiu Imânus —, se os inimigos entrassem aqui apenas depois de quinze minutos...
— Eles poderiam nos seguir, mas não nos alcançariam.
— Mas eles entrarão em cinco minutos — interveio o marquês.
— Esse velho baú não os impedirá por muito tempo. Mais alguns golpes e eles conseguirão entrar. Quinze minutos? Quem poderá retê-los durante quinze minutos?
— Eu — respondeu Imânus.

A MÃE

— Você, Gouge-le-Bruant?
— Eu, *monseigneur*. Ouçam. De vocês seis, cinco estão feridos. Eu não tenho sequer um arranhão.
— Eu tampouco — disse o marquês.
— Mas o *monseigneur* é o chefe. Eu sou o soldado. Um chefe e um soldado são diferentes.
— Entendo. Cada um tem um dever diferente.
— Não, *monseigneur*. Nós dois temos o mesmo dever, que é salvá-lo.

Imânus se virou para seus camaradas.

— Camaradas, trata-se de refrear os inimigos e atrasar a perseguição pelo máximo de tempo possível. Ouçam bem. Eu tenho toda a minha força, não perdi nenhuma gota de sangue; não estando ferido, resistirei mais tempo que qualquer um. Partam todos. Deixem-me suas armas. Farei bom uso delas. Eu me encarrego de reter o inimigo por pelo menos meia hora. Quantas pistolas ainda temos carregadas?
— Quatro.
— Deixem-nas no chão.

Todos obedeceram.

— Muito bem. Eu fico. Eles terão com quem falar. Agora, rápido, partam todos.

As situações críticas dispensam os agradecimentos. Tiveram tempo apenas de apertar sua mão.

— Até breve — disse o marquês.
— Não, *monseigneur*. Penso que não. Não nos veremos em breve; pois eu vou morrer.

Todos se foram pela escada estreita, os feridos à frente. Quando desciam, o marquês apanhou sua caderneta, seu lápis no bolso, e depois escreveu apoiando-se na pedra que não podia mais se mover, deixando a passagem escancarada.

— Venha, *monseigneur* — disse Halmalo.

E Halmalo começou a descer.

O marquês o seguiu.

Imânus ficou só.

TERCEIRA PARTE

XIII
Carrasco

As quatro pistolas tinham sido deixadas sobre a laje, pois nessa sala não havia assoalho de madeira. Imânus apanhou duas, uma em cada mão.

Ele avançou obliquamente na direção da passagem da escada, que o baú obstruía e ocultava.

Evidentemente, os sitiantes aguardavam alguma surpresa, uma dessas explosões finais que são a catástrofe para o vencedor e ao mesmo tempo para o vencido. Se o primeiro ataque havia sido impetuoso, o último seria lento e prudente. Eles não teriam conseguido, talvez não tivessem assim desejado, derrubar violentamente o baú; o fundo já fora demolido a coronhadas, a tampa, perfurada com golpes de baioneta, e através desses orifícios eles tentavam ver o interior da sala, antes de se arriscarem a penetrá-la.

A claridade dos lampiões que iluminavam a escada passava através desses buracos.

Imânus notou em um desses buracos uma pupila que o observava. Ele apontou rapidamente contra essa fissura o cano de uma de suas pistolas e apertou o gatilho. O disparo partiu e Imânus, contente, ouviu um grito terrível. A bala perfurara o olho e atravessara a cabeça do soldado que espiava, arremessando-o de costas escada abaixo.

Os invasores tinham aberto dois largos furos na parte inferior da tampa do baú, transformando-os em uma espécie de seteira. Imânus aproveitou e enfiou a mão por esse buraco, disparando aleatoriamente contra o grupo de sitiantes seu segundo tiro. A bala provavelmente ricocheteou, pois vários gritos foram ouvidos, como se três ou quatro soldados tivessem sido mortos ou feridos, o que provocou um imenso tumulto na escada, levando os homens a recuarem alguns passos.

Imânus largou as duas pistolas que acabara de descarregar e apanhou as duas restantes; depois, com uma arma em cada mão, espiou pelas perfurações do baú.

E assim pôde avaliar o efeito de sua ação.
Os sitiantes tinham descido a escada. Agonizando, alguns homens se contorciam sobre os degraus; a curva da escada não lhe permitia ver além desse ponto.
Imânus esperou.
— Assim ganho tempo — pensou ele.
Nesse momento, viu um homem rastejando sobre os degraus em sua direção e, simultaneamente, mais abaixo, apareceu a cabeça de um soldado na curva da escada em espiral. Imânus mirou essa cabeça e disparou. Ouviu-se um berro e o tombo do soldado; Imânus passou a pistola de sua mão esquerda para a direita, a última munição que lhe restava.
Nesse instante, ele sentiu uma dor horrível e, dessa vez, foi ele quem urrou. Uma espada atingira suas entranhas. A mão do homem que rastejara até o alto da escada acabara de passar pela segunda seteira na parte inferior do baú e essa mão enfiara a lâmina da espada na barriga de Imânus.
O ferimento foi devastador. O ventre foi varado de um lado ao outro. Imânus não caiu. Ele trincou os dentes e disse:
— Tudo bem!
Em seguida, cambaleando e se arrastando, recuou até a tocha que ardia ao lado da porta de ferro; largando sua pistola, ele a retirou do muro; enquanto a mão esquerda tentava impedir que seus intestinos saíssem, com a mão direita ele abaixou a tocha, pondo-a em contato com o pavio.
O fogo inflamou a mecha de enxofre. Imânus soltou a tocha, que continuou queimando no chão, recuperou sua pistola e caiu sobre a laje; mas, conseguindo se reerguer de novo, assoprou sobre o pavio o pouco ar que lhe restava.
A chama percorreu o pavio, passou sob a porta de ferro e alcançou o pequeno castelo sobre a ponte.
Então, ao ver esse execrável sucesso, talvez mais orgulhoso de seu crime que de sua virtude, esse homem, que acabara de se fazer um herói e que não passava de um assassino à beira da morte, sorriu.

— Eles se lembrarão de mim — murmurou ele. — Eu me vingo contra essas crianças pelo que eles fizeram à nossa, nosso rei que está no Temple.[7]

XIV
Imânus também escapa

Nesse exato momento, ouviu-se um imenso estrondo; empurrado com violência, o baú foi demolido, abrindo passagem para um homem que se precipitou pela sala empunhando sua espada.

— Sou eu, Radoub; para quem quiser saber. E esperar me cansa. Prefiro me arriscar. Dá no mesmo, acabei de estripar um. Agora, atacarei vocês todos. Sozinho ou acompanhado, aqui estou. Quantos são vocês?

De fato, era Radoub, e ele estava sozinho. Depois do massacre que Imânus acabara de realizar na escada, Gauvain, temendo alguma cilada dissimulada, fizera recuar seus homens e discutia com Cimourdain.

Com a espada na mão, na entrada da sala obscura que a tocha quase apagada mal iluminava, Radoub repetiu sua pergunta:

— Estou sozinho. Quantos vocês são?

Não ouvindo resposta, ele deu mais alguns passos. Um desses jatos de claridade que deixam escapar repentinamente os fogos agonizantes e que podem ser chamados de soluços luminosos jorrou da tocha e clareou toda a sala.

Radoub percebeu um dos pequenos espelhos presos ao muro e se aproximou; olhando seu rosto ensanguentado e sua orelha dilacerada, ele disse:

— Que ruína medonha.

Depois, virando-se, surpreendeu-se ao ver que a sala estava completamente vazia.

— Não tem ninguém aqui! — gritou. — Está vazio.

---

7. Luís XVII.

Ele então notou a pedra revirada, a abertura e a escada.
— Ah, entendi. Fugiram. Venham todos, camaradas! Venham! Eles partiram. Escaparam, safaram-se, debandaram, foram-se. Esta velha torre estava rachada. Aqui está o buraco por onde eles passaram, os canalhas! Como poderemos acabar com Pitt e Cobourg[8] lidando com esses farsantes? Foi o bom Deus do diabo que veio socorrê-los! Não tem mais ninguém aqui!

Uma pistola disparou e a bala raspou em seu cotovelo, indo se alojar no muro.

— Mas sim! Tem alguém. Quem foi que teve a cortesia de me fazer essa gentileza?

— Eu — respondeu uma voz.

Radoub se aproximou e viu na penumbra alguma coisa. Era Imânus.

— Ah! — exclamou ele. — Peguei um deles. Os outros escaparam, mas você não terá a mesma sorte.

— Você acha? — perguntou Imânus.

Radoub deu mais um passo e parou.

— Ei, você que está caído no chão, quem é você?

— Eu sou aquele que está caído e zomba daqueles que estão em pé.

— O que é isso em sua mão direita?

— Uma pistola.

— E na mão esquerda?

— Minhas tripas.

— Faço de você meu prisioneiro.

— Eu o desafio a isso.

E Imânus, inclinando-se na direção do pavio em combustão, soprou seu último fôlego para atiçar o fogo e morreu.

Alguns instantes depois, Gauvain e Cimourdain, acompanhados dos outros soldados, chegaram à sala. Todos viram a abertura no muro. Depois de revistarem todos os cantos, eles examinaram a

---

8. Assim como William Pitt, primeiro-ministro da Grã-Bretanha, o duque de Saxe--Cobourg fazia parte da coalizão dos reis que semeava a subversão na França.

escada; esta conduzia até uma espécie de ravina. A evasão foi constatada. Sacudiram Imânus, mas ele estava morto. Com um lampião na mão, Gauvain inspecionou a pedra que permitira a fuga dos sitiados; já tinha ouvido falar nessa pedra giratória, mas ele também considerava que tudo não passava de uma fábula. Analisando a pedra, ele percebeu que alguma coisa estava escrita a lápis sobre sua superfície; aproximando-se, leu:

Adeus, senhor visconde.

LANTENAC

Guéchamp se pusera ao lado de Gauvain. A perseguição, sem dúvida, seria inútil, a fuga estava concluída completamente, os fugitivos tinham a seu favor toda a região, os arbustos, a ravina, a mata, os habitantes; decerto, já deviam estar bem longe; não havia jeito de encontrá-los; a floresta de Fougères era toda ela um imenso esconderijo. O que fazer? Seria necessário começar tudo de novo. Gauvain e Guéchamp partilharam suas decepções e suas conjecturas.

Cimourdain ouvia, gravemente, sem nada dizer.

— Aliás, Guéchamp — disse Gauvain —, e a escada de resgate?

— Ela não chegou, comandante.

— Mas nós vimos se aproximar uma carroça com escolta militar.

Guéchamp respondeu:

— Não era a escada que traziam.

— O que traziam então?

— A guilhotina — disse Cimourdain.

XV
Nunca ponha um relógio e uma chave no mesmo bolso

O marquês de Lantenac não estava tão longe quanto eles pensavam.

E tampouco estava tão seguro e fora de alcance.

Ele seguira Halmalo.

A MÃE

A escada pela qual ele e Halmalo tinham descido, depois dos outros fugitivos, terminava bem perto do riacho e dos arcos da ponte, passando por um estreito corredor abaulado. Esse corredor conduzia a uma profunda fissura natural do solo que, de um lado, chegava ao riacho e, pelo outro, à floresta. Essa fissura, totalmente oculta, serpenteava sob uma vegetação impenetrável. Era impossível ver um homem ali. Para um foragido, assim que chegasse a essa fenda, bastaria rastejar como uma cobra e nunca seria encontrado. A entrada do corredor secreto da escada estava tão obstruída pelo mato, que os construtores da passagem subterrânea tinham considerado inútil fechá-la de qualquer outra maneira.

Ao marquês, agora, só restava partir. Não precisava se preocupar em se disfarçar. Desde sua chegada à Bretanha, ele não retirara sua roupa de camponês, considerando-se assim ainda mais nobre.

Ele se limitara a guardar sua espada, jogando fora o cinturão.

Quando Halmalo e o marquês alcançaram o final do corredor e chegaram à fissura, os cinco outros, Guinoiseau, Hoisnard Branche-d'Or, Brin-d'Amour, Chatenay e o abade Turmeau, não estavam mais lá.

— Eles não perderam tempo para debandar — disse Halmalo.

— Faça como eles — indicou o marquês.

— O *monseigneur* quer que eu o deixe só?

— Certamente. Eu já lhe disse. A boa escapada deve ser solitária. Onde passa um, dois não passam. Juntos, chamaremos a atenção. Serei capturado por sua causa e você por minha causa.

— O *monseigneur* conhece a região?

— Conheço.

— Está mantido o reencontro na Pierre-Gauvaine?

— Amanhã. Ao meio-dia.

— Estarei lá. Todos estaremos.

Halmalo se calou um instante e depois disse:

TERCEIRA PARTE

— Ah! Quando penso que estávamos em alto-mar, sozinhos, e que eu queria matá-lo, meu líder, e o *monseigneur* poderia ter me dito isso, mas não o fez! Que homem admirável!

O marquês o interrompeu:

— A Inglaterra. Não há outra saída. É preciso que, dentro de quinze dias, os ingleses estejam na França.

— Tenho contas a prestar com o *monseigneur*. Cumpri suas ordens.

— Nós falaremos de tudo isso amanhã.

— Até amanhã, *monseigneur*.

— A propósito, você tem fome?

— Talvez, *monseigneur*. Estava tão apressado para chegar aqui, que acho que nem comi hoje.

O marquês retirou de seu bolso um pedaço de chocolate, partiu-o ao meio e deu a metade a Halmalo, pondo-se a comer a outra.

— *Monseigneur* — disse Halmalo —, à sua direita está o riacho, à sua esquerda, a floresta.

— Está bem. Deixe-me e siga seu caminho.

Halmalo obedeceu e sumiu na escuridão. Ouviu-se um ruído de arbustos estalando, depois mais nada. Alguns segundos mais tarde, já era impossível rastrear seus passos. Essa terra de Bocage, agreste e inextricável, era solidária ao fugitivo. Nela não se desaparecia, se evaporava. Era por conta dessa facilidade de rápida dispersão que nossas tropas hesitavam diante dessa Vendeia sempre arredia, e diante de seus combatentes, formidáveis fujões.

O marquês permaneceu imóvel. Ele era desses homens que se esforçam para não deixar transparecer seus sentimentos; mas não foi capaz de suprimir a emoção de respirar o ar puro, depois de inalar tanto sangue e carnificina. Sentir-se completamente salvo, depois de sentir-se completamente perdido; após ver seu túmulo de bem perto, voltar a se achar em total segurança; sair da morte e voltar à vida era um choque, mesmo para um homem como Lantenac; e ainda que já houvesse passado por situações parecidas antes, ele não foi capaz de evitar que sua alma imperturbável fosse tomada por um tremor momentâneo. Ele admitiu a si mesmo que estava contente. Rapidamente, conseguiu domar essa emoção, que se parecia bastante com a felicidade. Pegando seu relógio, ele o fez soar. Que horas eram?

Para sua grande estupefação, eram apenas dez horas. Quando se acaba de viver uma dessas peripécias da vida humana em que tudo é recolocado em questão, causa sempre perplexidade que minutos assim tão plenos não sejam mais longos que os outros. O tiro de advertência do canhão soara pouco antes do pôr do sol e a Tourgue foi abordada pela coluna de ataque meia hora depois, entre sete e oito horas, ao anoitecer. Portanto, esse combate colossal, tendo começado às oito horas, tinha terminado às dez. Toda aquela epopeia durara 120 minutos. Às vezes, a rapidez do relâmpago se mistura às catástrofes. Os eventos tomam atalhos surpreendentes.

E refletindo bem, o contrário é que seria espantoso; uma resistência de duas horas de um número tão pequeno de homens contra um número tão elevado era algo extraordinário, e de fato a resistência não foi curta nem terminou imediatamente, uma batalha de dezenove contra quatro mil.

Mas agora, era hora de partir. Halmalo já devia estar longe e o marquês julgou que não era necessário permanecer ali por muito mais tempo. Ele enfiou seu relógio novamente no bolso, mas não no mesmo, pois acabara de se dar conta de que ali ele estaria em contato com a chave da porta de ferro, que lhe trouxera Imânus, e que o vidro de seu relógio poderia se partir com a chave; em seguida, ele também penetrou na floresta. Quando ia saindo pela esquerda, pareceu-lhe que uma espécie de raio de luz indefinido havia chegado até ele.

Lantenac se virou e, através dos arbustos nitidamente recortados contra um fundo vermelho, que de repente se tornaram visíveis em seus mínimos detalhes, ele percebeu uma forte claridade dentro da ravina. Ele avançou até lá, mas logo desistiu, considerando inútil se expor; afinal de contas, não importava o que fosse, não era seu problema; ele retomou a direção que lhe indicara Halmalo, embrenhando-se na floresta.

De súbito, profundamente imerso e oculto sob o mato, ele ouviu um grito terrível; esse grito parecia vir do rebordo do platô acima do riacho. O marquês olhou para o alto e parou.

LIVRO QUINTO
In Dæmone Deus[1]

I
Achados, mas perdidos

No momento em que Michelle Fléchard viu a torre se banhar com a luz vermelha do sol, ela estava a mais de uma légua de lá. Mesmo se sentindo incapaz de dar mais um passo, ela não hesitou em transpor essa légua. As mulheres são fracas, mas as mães são fortes. E a mãe avançou.

O sol tinha se escondido; o crepúsculo chegara e, depois, a escuridão profunda; ainda caminhando, ela ouviu soarem ao longe, em um campanário ao alcance de sua vista, oito horas, depois nove horas. Tratava-se provavelmente do campanário de Parigné. De vez em quando, ela parava e ouvia uma espécie de golpe surdo, mas talvez fossem apenas vagos ruídos noturnos.

Ela seguia em frente, esmagando os juncos e os urzais sob seus pés ensanguentados. Guiava-se pela frágil claridade que emanava da torre distante, recortada no horizonte, banhando a construção com um esplendor misterioso. Essa luminosidade se tornava mais intensa quando os estrondos soavam mais distintos, depois se apagava.

O vasto platô pelo qual caminhava Michelle Fléchard era feito de mato e arbustos, sem sequer uma casa ou uma árvore; ele se inclinava imperceptivelmente e, a perder de vista, sua longa linha reta

---

1. Deus existe dentro do diabo.

e rígida se concluía no horizonte escuro e estrelado. O que a fazia suportar essa subida era o fato de ter a torre ao alcance de sua vista.

Ela a via crescendo lentamente.

As detonações sufocadas e as claridades pálidas que saíam da torre eram permeadas, conforme acabamos de dizer, de intervalos; interrompiam-se e depois voltavam, propondo uma espécie de enigma pungente para a mãe miserável e angustiada.

Bruscamente, cessaram; tudo se apagou, ruído e claridade; por um instante reinou o pleno silêncio, e se fez uma paz de lúgubres nuances.

Foi nesse momento que Michelle Fléchard chegou à beira do platô.

Ela viu a seus pés um barranco cujo fundo se perdia em uma lívida espessura noturna; a certa distância dali, no alto do platô, um emaranhado de rodas, taludes e canhoneiras, que formavam a bateria, e diante desta, vagamente clareado pelas mechas acesas dos canhões, um enorme edifício que parecia ter sido construído com trevas mais negras que a tenebrosa noite ao seu redor.

Esse edifício se compunha de uma ponte cujas arcadas mergulhavam no riacho, e de uma espécie de castelo que se erguia sobre a ponte; o castelo e a ponte se apoiavam a uma elevada forma circular e escura, que era a torre em cuja direção essa mãe caminhara desde tão longe.

Via-se a claridade intermitente pelas lucarnas da torre e os rumores que delas escapavam sugeriam a presença de vários homens, dos quais algumas silhuetas se destacavam no alto, até mesmo na plataforma.

Perto da bateria de canhões, havia um acampamento onde Michelle Fléchard podia distinguir as sentinelas, mas, caminhando no escuro e dentro do mato, estas não a viram.

Ela chegou ao bordo do platô, tão perto da ponte que quase lhe pareceu poder tocá-la com a mão. A profundeza do barranco o impedia. Em meio às sombras, notava-se os três andares do pequeno castelo da ponte.

Ali ela ficou, não se sabe por quanto tempo, pois as medidas temporais se apagavam de seu espírito, absorta e muda, diante dessa ravina boquiaberta e dessa construção assustadora. O que era? O que estava acontecendo ali? Era essa a Tourgue? Tomada pela vertigem de uma espécie de expectativa que se assemelhava à chegada e à partida, perguntava-se por que estava ali.

Ela observava e ouvia.

Subitamente, nada mais viu.

Um véu de fumaça se interpusera entre ela e o que seus olhos enxergavam. Uma ardência acre fez fremir seus olhos. Mal baixara suas pálpebras e elas ficaram púrpuras e luminosas. Ela as reabriu.

Não era mais a noite diante dela; era o dia; mas um dia de certo modo funesto, um dia nascido do fogo. Diante de seus olhos, um início de incêndio.

A fumaça negra se tornara escarlate, com uma grande labareda em seu âmago; essa chama aparecia e desaparecia, produzindo as contorções violentas dos relâmpagos e das serpentes.

Essa chama se agitava como a língua de alguma coisa que parecia uma boca, mas que era uma janela tomada pelo fogo. Essa janela, gradeada com barras de ferro incandescentes, era uma das que se achavam no andar inferior do castelo construído sobre a ponte. Era a única janela visível. A fumaça encobria todo o restante, até mesmo o platô, e via-se apenas o negror à beira da ravina contra a labareda vermelha.

Michelle Fléchard, espantada, continuava observando. A fumaça é nuvem, a nuvem é sonho; ela não sabia mais o que via. Deveria fugir? Deveria permanecer? Sentia-se quase fora da realidade.

Uma rajada de vento passou, varando a cortina de fumaça, e, nesse rasgo repentino, a trágica bastilha se desmascarou, mostrando-se inteiramente, a torre, a ponte e o castelo, deslumbrante, horrível, dourada de forma magnífica pelo incêndio que a iluminava de alto a baixo. Michelle Fléchard, em meio à nitidez sinistra do fogo, conseguiu ver tudo.

347

O andar inferior, erguido sobre a ponte, ardia em chamas. Em cima, distinguiam-se os dois andares ainda intactos, mas como se sustentados por um cesto de brasas. Do rebordo do platô, onde se encontrava Michelle Fléchard, via-se vagamente o interior, através das oscilações do fogo e da fumaça. Todas as janelas estavam abertas.

Pelas janelas do segundo andar, que eram bem grandes, Michelle Fléchard percebia ao longo dos muros armários que lhe pareciam repletos de livros e, diante de uma das janelas, no chão, em meio à penumbra, um pequeno grupo indistinto, alguma coisa que tinha o aspecto confuso e amontoado de um ninho ou de uma ninhada, e que lhe pareceu se mexer por instantes.

Ela observou com atenção.

De quando em quando, vinha-lhe ao espírito que aquilo se assemelhava a formas vivas; ela estava febril, não se alimentara desde cedo, caminhara sem parar, estava extenuada, sentia-se tomada por uma espécie de alucinação da qual desconfiava instintivamente; no entanto, seus olhos cada vez mais fixos não conseguiam se afastar daquele obscuro acúmulo de objetos, provavelmente inanimados e, pela aparência, inertes, que jazia no cômodo em cima do incêndio.

De súbito, o fogo, como se tivesse vontade própria, se alongou em um jorro, atingindo a hera morta que cobria precisamente aquela fachada que Michelle Fléchard observava. A impressão era de que o fogo acabara de descobrir aquele emaranhado de galhos secos; uma fagulha os atingiu avidamente e começou a subir ao longo dos ramos com a agilidade terrível dos rastilhos de pólvora. Em um piscar de olhos, a chama alcançou o segundo andar. Então, lá do alto, o fogo iluminou o interior daquele andar. Um clarão intenso, repentinamente, revelou três pequenas criaturas adormecidas.

Era um grupo encantador, braços e pernas entrelaçados, pálpebras fechadas, cabeças louras e feições sorridentes.

A mãe reconheceu seus filhos.

Ela soltou um grito aterrador.

Um desses berros de angústia inexprimível dos quais só as mães são capazes. Nada existe de mais cruel e mais comovente. Quando uma mulher grita dessa maneira, tem-se a impressão de ouvir uma loba; quando uma loba berra dessa maneira, tem-se a impressão de ouvir uma mulher.

Esse grito de Michelle Fléchard foi um uivo. O ladrar de Hécuba, disse Homero.[2]

Era o grito que o marquês de Lantenac acabara de ouvir.

Como vimos, ele tinha parado um instante.

O marquês se encontrava entre a saída da passagem, por onde Halmalo o ajudara a escapar, e a ravina. Através das ramagens que se entrecruzavam sobre sua cabeça, ele viu a ponte em chamas, a Tourgue avermelhada pela reverberação e, entre dois galhos de árvore, ele percebeu do outro lado, no rebordo do platô, diante do castelo ardente e clareada pelo fulgor do incêndio, uma figura desvairada e lastimável, uma mulher à margem da ravina.

Era dessa mulher que viera o grito.

Essa figura não era mais Michelle Fléchard, era a Górgona.[3] Os miseráveis são seres formidáveis. A camponesa se transformara em erínias.[4] A reles aldeã, simplória, ignorante, inconsciente, acaba de assumir bruscamente as proporções épicas do desespero. Os grandes sofrimentos são como uma gigantesca dilatação da alma; essa mãe era a maternidade; tudo o que resume a humanidade é sobre-humano; ela se mantinha ereta, à beira da ravina, diante daquele abrasamento, diante daquele crime, como uma potência sepulcral; seu grito era bestial e seus gestos, divinos; seu rosto, que proferia as imprecações, parecia uma máscara flamejante. Nada existia de

---

2. Hécuba, na mitologia grega, mãe de dezenove filhos a cujas mortes ela assistiu em Troia.
3. A Górgona é uma figura da mitologia grega representada como um monstro de aspecto feminino, capaz de transformar quem a vê em pedra.
4. Na mitologia grega, personificavam a vingança. Nêmesis castigava os deuses; as erínias, os mortais.

mais soberano que a cintilação em seus olhos imersos em lágrimas; com o olhar, ela fulminava o incêndio.

O marquês ouvia. O que chegava aos seus ouvidos era um som inarticulado e lancinante, mais soluços que palavras.

— Ah! Meu Deus! Meus filhos! São meus filhos! Socorro. O fogo! O fogo! Vocês são uns criminosos! Não tem ninguém aí? Meus filhos vão morrer queimados! Meu Deus do céu! Georgette! Meus filhos! Gros-Alain! René-Jean! Mas o que aconteceu? Quem foi que pôs meus filhos ali? Eles estão dormindo. Isso é loucura! É impossível! Socorro!

Enquanto isso, havia uma intensa movimentação dentro da Tourgue e no platô. Todo o acampamento se reunia em torno do incêndio incontrolável. Os invasores, depois de enfrentarem as balas, agora enfrentavam o fogo. Gauvain, Cimourdain e Guéchamp davam suas ordens. O que fazer? Havia apenas alguns baldes de água que poderiam encher no córrego ralo da ravina. A angústia aumentava. Todo o bordo do platô estava coberto de rostos horrorizados que observavam.

O que se via era algo de medonho.

Podiam observar, mas nada podiam fazer.

A chama que atingira a hera alcançara o andar de cima. Lá, ela encontrara o sótão repleto de palha e logo avançou. Agora, todo o sótão ardia. As chamas dançavam; a alegria das flamas é soturna. Parecia que um sopro perverso atiçava a fogueira. A impressão era de que o pavoroso Imânus estava inteiro ali dentro, transformado em um turbilhão de centelhas, vivendo a vida assassina do fogo, e que essa alma monstruosa se transformara em incêndio. A biblioteca ainda não fora atingida, pois a altura do teto e a espessura dos muros retardavam a invasão do fogo, mas esse minuto fatal se aproximava; o incêndio no primeiro andar a lambia, o do terceiro andar a acariciava. Os lábios atrozes da morte a beijavam. Embaixo, uma caverna de lavas, em cima, uma abóboda em brasa; se um buraco se abrisse no assoalho, ele provocaria o desabamento sobre as cinzas ardentes; se um buraco se fizesse no teto, seria um sepultamento sob o carvão em brasa. René-Jean, Gros-Alain e Georgette ainda não tinham acordado, dormiam o sono profundo e simples da infância e, em meio ao desfraldar das chamas e da fumaça que alternadamente cobriam e descobriam as janelas, eles podiam ser vistos dentro dessa gruta de fogo, ao fundo de um clarão meteórico, apaziguados, graciosos, imóveis, como o inocente menino Jesus, adormecidos dentro de um inferno; e até um tigre choraria ao ver essas rosas na fornalha, esses berços em um túmulo.

Enquanto isso, a mãe agitava os braços:
— Ao fogo! Ao fogo! Vocês estão surdos? Por que não vêm? Meus filhos estão em chamas! Venham logo, homens. Já faz dias e dias que estou andando e não é assim que quero encontrá-los! Ao fogo! Socorro! São meus anjos! Não passam de anjinhos! Mas o que eles fizeram a vocês, esses inocentes? A mim vocês fuzilaram, agora querem queimá-los vivos? Quem foi que fez isso? Socorro! Salvem meus filhos! Vocês não estão me ouvindo? Não se deixa morrer assim nem mesmo uma cadela! Meus filhos! Meus filhos! Eles estão dormindo! Georgette! Posso ver sua barriguinha adorável! René-Jean! Gros-Alain! É assim que eles se chamam. Vocês não veem que eu sou a mãe deles? O que está acontecendo é abominável. Andei dias e noites. Ainda hoje de manhã, falei com uma mulher. Socorro! Socorro! Fogo! Mas o que fizeram esses monstros? É um horror! O mais velho não tem nem cinco anos, a pequena nem completou dois. Posso ver suas perninhas nuas. Eles estão dormindo, minha Santa Virgem Maria! A mão do céu me deu as crianças e a mão do inferno as retoma. E eu que andei tanto! Filhos que eu mesma amamentei! E eu que me achava infeliz por não conseguir encontrá-los! Tenham piedade de mim! Eu quero meus filhos, preciso de meus filhos! É verdade, eles estão lá dentro, no fogo! Vejam como tenho os pés ensanguentados. Socorro! Não é possível que haja homens nesta terra capazes de deixar morrer essas pobres criancinhas! Socorro! Assassinos! Nunca se viu algo assim. Ah! Esses bandidos! O que está acontecendo lá dentro? Vocês me roubaram para matá-los! Jesus! Desgraça! Quero meus filhos! Oh! Não sei o que fazer! Não quero

que eles morram! Socorro! Socorro! Socorro! Oh! Se eles morrerem assim, eu matarei Deus!

Ao mesmo tempo que a mãe suplicava, desesperada, algumas vozes se levantaram no platô:

— Uma escada!
— Não temos uma escada!
— Água!
— Não temos água!
— Lá em cima, dentro da torre, no segundo andar há uma porta!
— Uma porta de ferro.
— Vamos arrombá-la!
— Não é possível.

E a mãe redobrava suas súplicas atormentadas:

— O fogo! Socorro! Vamos, rápido! Eles vão morrer! Meus filhos! Meus filhos! Ah! Esse fogo horrível! Tirem as crianças de lá ou então me joguem lá dentro!

Nos intervalos desses clamores, ouvia-se a crepitação serena do incêndio.

O marquês apalpou seu bolso e tocou na chave da porta de ferro. E então, curvando-se sob o arco por onde tinha fugido, ele penetrou na passagem da qual acabara de sair.

II
Da porta de pedra à porta de ferro

Todo um exército enlouquecido diante de um resgate impossível; quatro mil homens incapazes de socorrer três crianças, essa era a situação.

De fato, não dispunham de uma escada; a escada que viria de Javené não tinha chegado; o braseiro se alastrava como uma cratera se abrindo; tentar apagá-lo com a água do córrego era algo inútil; o mesmo que jogar um copo d'água sobre um vulcão.

Cimourdain, Guéchamp e Radoub tinham descido para a ravina; Gauvain voltou a subir na sala do segundo andar da Tourgue, onde se achavam a pedra giratória, a saída secreta e a porta de ferro da biblioteca. Era ali que estava o pavio de enxofre aceso por Imânus; ali o incêndio começara.

Gauvain levara com ele vinte sapadores. Demolir a porta de ferro era a única alternativa. Ela estava terrivelmente bem fechada. Começaram com golpes de machado. Os machados se partiram. Um sapador disse:

— Comparado a esse ferro, o aço é vidro.

A porta era mesmo em ferro batido e feita de lâminas duplas aparafusadas, tendo cada uma três polegadas de espessura.

Usaram então barras de ferro para tentar alavancá-la por baixo. As barras se quebraram.

— Como palitos de fósforo — disse um sapador.

Com um ar grave, Gauvain murmurou:

— Só uma bala de canhão para abrir essa porta.

Seria preciso para isso subir uma peça de artilharia até ali.

— E assim mesmo... — disse o sapador.

Houve um momento de desânimo. Todos aqueles braços impotentes se imobilizaram. Calados, vencidos, consternados, os homens observaram a terrível porta inabalável. Uma reverberação vermelha vazava por baixo. Atrás da porta, o incêndio se estendia.

O cadáver horrendo de Imânus estava ali, sinistramente vitorioso. Mais alguns minutos, talvez, e tudo desmoronaria.

O que fazer? Não havia mais esperança.

Exasperado, Gauvain exclamou, com o olhar fixo na pedra giratória do muro e na saída aberta pelos fugitivos:

— No entanto, foi por aí que o marquês de Lantenac escapou!

— E por onde retornou — disse uma voz.

Então, uma cabeça branca se desenhou na moldura de pedra da saída secreta.

Era o marquês.

Fazia muitos anos que Gauvain não o via de tão perto. Ele recuou.

Todos os presentes estancaram na posição em que estavam, petrificados.

O marquês tinha uma grande chave na mão; ele lançou um olhar altaneiro aos sapadores que estavam diante dele e avançou diretamente até a porta de ferro; curvando-se sobre a abóbada, ele enfiou a chave na fechadura. A porta rangeu e se abriu, deixando entrever um abismo de chamas. O marquês entrou.

Seus passos eram firmes, a cabeça erguida.

Arrepiados, todos o acompanhavam com os olhos.

Assim que o marquês entrou na sala incendiada, o assoalho minado pelo fogo e sacudido pelos saltos de suas botas desmoronou, abrindo um precipício entre ele e a porta. Sem virar a cabeça, o marquês continuou avançando e desapareceu na fumaça.

Não se enxergava mais nada.

Teria conseguido ir mais adiante? Uma nova cova de fogo teria sido aberta sob seu peso? Talvez só tivesse conseguido se dar a morte. Não havia como saber. Diante deles, havia uma muralha de fumaça e chamas. O marquês estava além dela, morto ou vivo.

III
Onde vemos despertar as crianças que estavam dormindo

Enquanto isso, as três crianças tinham finalmente aberto os olhos.

O incêndio, que ainda não penetrara na sala da biblioteca, lançava no teto um reflexo rosado. As crianças não conheciam aquela espécie de aurora. Eles a observaram. Georgette parecia contemplá-la.

Todos os esplendores do incêndio se desfraldaram; a hidra negra e o dragão escarlate surgiam em meio à fumaça disforme, soberbamente sombrios e avermelhados. Longas fagulhas se projetavam mais adiante, riscando a sombra, parecendo cometas combatentes em perseguição uns aos outros. O fogo é uma prodigalidade; os braseiros são cheios de estojos de joias que eles espalham ao vento; não é por acaso que o carvão é idêntico ao diamante. No muro do terceiro andar, abriram-se fendas por onde a brasa lançava sobre

a ravina uma cascata de pedras preciosas; um fardo de palha e de aveia que ardia dentro do sótão começava a escorrer pelas janelas em uma avalanche de pó dourado, e os grãos de aveia se tornavam ametistas, os fiapos de palha, rubis.
— Bonito! — exclamou Georgette.
Todos os três estavam acordados.
— Ah! — gritou a mãe. — Estão acordando!
René-Jean se levantou, então Gros-Alain se levantou e Georgette se levantou.
René-Jean estirou seus braços, caminhou até a janela e disse:
— Estou com calor.
— Calor — repetiu Georgette.
A mãe os chamou.
— Meus filhos! René! Alain! Georgette!
As crianças olharam ao redor, tentando compreender o que estava acontecendo. O que aterroriza os homens atiça a curiosidade das crianças. Quem se espanta facilmente se assusta dificilmente; a ignorância contém a intrepidez. As crianças merecem tão pouco o inferno que, quando o veem, ficam admiradas.
A mãe repetiu:
— René! Alain! Georgette!
René-Jean girou a cabeça; essa voz o resgatou da distração; as crianças têm a memória curta, mas a lembrança é ligeira; todo o passado para elas se resume a ontem; René-Jean viu sua mãe e achou isso bem natural; envolvido como estava de coisas estranhas, sentindo uma vaga necessidade de reconforto, ele gritou:
— Mamãe!
— Mamãe! — gritou Gros-Alain.
— Mamã! — gritou Georgette.
E ela estendeu os bracinhos.
E a mãe berrou:
— Meus filhos!
Os três se aproximaram da beira da janela; por sorte, as chamas ainda não haviam atingido esse lado.

— Faz muito calor — disse René-Jean.
E acrescentou:
— Está pegando fogo.
Com o olhar, ele procurou sua mãe.
— Vem logo, mamãe!
— Logo, mãe — repetiu Georgette.

A mãe, desgrenhada, rasgada, ensanguentada, desceu se agarrando nos arbustos até o córrego. Cimourdain estava ali com Guéchamp, tão impotentes embaixo quanto Gauvain lá em cima. Desesperados com a própria inutilidade, os soldados formigavam ao redor dele. O calor era insuportável, mas ninguém o sentia. Observavam o declive da ponte, a altura dos arcos, a elevação dos andares, as janelas inacessíveis, sabendo que precisavam agir rapidamente. Três andares a transpor. Nenhum meio de fazê-lo. Ferido por um golpe de espada no ombro, uma das orelhas arrancada, banhado de suor, Radoub se aproximou. Ele viu Michelle Fléchard.

— Ora — disse ele. — A fuzilada! Você ressuscitou?
— Meus filhos — disse a mãe.
— Tem razão — respondeu Radoub. — Não há tempo para cuidar de fantasmas.

Ele começou a escalar a ponte, mas isso se revelou inútil; enfiando as unhas na pedra, ele conseguiu subir um pouco; mas a superfície era lisa, sequer uma fissura, um relevo, a muralha estava tão bem revestida de argamassa que parecia nova, e Radoub caiu. O incêndio continuava, impiedoso. Podiam perceber, pela moldura da janela avermelhada, as três cabecinhas louras. Então, Radoub ergueu o punho ao céu, como se procurasse atrair o olhar de alguém, e disse:

— Isso é coisa que se faça, meu Deus?

A mãe, ajoelhada e agarrada ao pilar da ponte, gritava:
— Piedade!

Estalos surdos se misturavam às crepitações do fogo. Os vidros dos armários da biblioteca rachavam e caíam com estrépito. Era evidente que o vigamento cedia. Nenhuma força humana poderia fazer algo. Logo, tudo desmoronaria. A catástrofe era iminente. As vozes das crianças repetiam: "Mamãe! Mamãe!" Alcançava-se o paroxismo do pavor.

De repente, na janela vizinha a que se encontravam as crianças, à frente de um fundo púrpuro e flamejante, uma figura surgiu. Todas as cabeças se ergueram, todos os olhares se fixaram. Havia um homem lá no alto, dentro da sala da biblioteca, dentro da fornalha. Via-se apenas a silhueta negra contra as chamas, mas ela possuía uma cabeleira branca. Todos reconheceram o marquês de Lantenac.

Ele sumiu e depois reapareceu.

O velho assustador voltou à janela com uma escada comprida. Era a escada de resgate deixada na biblioteca que ele apanhara e trouxera até ali. Segurando-a por uma das extremidades e com a agilidade magistral de um atleta, ele a fez deslizar para fora sobre o rebordo exterior até o fundo da ravina. Embaixo, desesperado, Radoub estendeu as mãos e apanhou a escada, abraçando-a e gritando:

— Viva a República!

E o marquês respondeu:

— Viva o rei!

Radoub resmungou:

— Pode gritar o que quiser e dizer tolices se desejar, foi o bom Deus que o enviou.

A escada foi escorada; a comunicação, estabelecida entre a sala incendiada e a terra; cerca de vinte homens se precipitaram até lá, Radoub à frente e, em um piscar de olhos, eles se sobrepuseram nos degraus, apoiados como operários que sobem e descem as pedras. Sobre a escada de madeira havia uma escada humana. No topo da escada, Radoub alcançou a janela. Ele estava agora diante do incêndio.

O pequeno exército espalhado pelos arbustos e pelas encostas se precipitava, atormentado em meio a tantas emoções de uma só vez, no platô, na ravina, sobre a plataforma da torre.

TERCEIRA PARTE

O marquês voltou a desaparecer, depois ressurgiu carregando uma criança.
Houve uma efusiva salva de palmas.
O primeiro que o marquês apanhou aleatoriamente foi Gros-Alain.
Gros-Alain gritava:
— Estou com medo.

O marquês entregou Gros-Alain a Radoub, que o passou para um soldado embaixo dele e, depois, este o entregou a outro; e enquanto Gros-Alain, apavorado e aos berros, chegava assim, de braço em braço, até a base da escada, o marquês, depois de uma breve ausência, voltou à janela com René-Jean, que se debatia em prantos e acabou acertando o rosto de Radoub, assim que o marquês lhe passou o menino.

O marquês voltou à sala em chamas. Georgette ficara sozinha. Ele caminhou até ela. Ela sorriu. Esse homem de granito sentiu algo úmido sobre os olhos. Ele lhe perguntou:
— Como você se chama?
— Orgette — disse ela.

Ele a tomou nos braços, ela ainda sorria e, no instante em que a passava para Radoub, esse velho homem de consciência tão altiva e tão obscura foi ofuscado pela inocência e beijou a menina.
— É a garotinha! — disseram os soldados.

E Georgette, por sua vez, desceu de braço em braço até o solo em meio a gritos de júbilo. Os soldados aplaudiam e pulavam; os velhos granadeiros soluçavam e a menina lhes sorria.

A mãe estava ao pé da escada, ofegante, fora de si, ébria diante do inesperado, projetada sem transição do inferno ao paraíso. O excesso de felicidade fere o coração à sua maneira. Ela estendeu os braços e acolheu primeiro Gros-Alain, depois René-Jean e, em seguida, Georgette, beijando-os todos como podia e rindo escandalosamente, antes de desmaiar.

Alguém gritou:
— Estão todos salvos!

Todos estavam salvos, é verdade, exceto o velho.

IN DÆMONE DEUS

Mas ninguém pensava nisso, talvez nem mesmo ele.

O marquês ficou um instante à beira da janela, sonhador, como se quisesse deixar ao abismo de chamas o poder da decisão. Depois, sem se apressar, lenta e orgulhosamente, saiu pela janela e, sem se virar, apoiou as costas na escada, deixando o incêndio para trás e, encarando o precipício, começou a descer em silêncio, com os gestos majestosos de um fantasma. Os que estavam sobre a escada também desceram. Houve um estremecimento generalizado. Diante da chegada desse homem, todos recuaram, tomados pelo terror sagrado, como se assistissem a uma visão. Ele, contudo, desceu gravemente em direção à sombra lá embaixo; os soldados recuavam, à medida que deles se aproximava; sua palidez marmórea não exibia sequer uma ruga, seu olhar espectral era opaco; a cada degrau que transpunha em direção a esses homens, cujos olhos assustados o observavam de dentro das trevas, ele parecia maior, a escada tremia sob seus passos lúgubres, parecia a estátua de um comandante sendo baixada no sepulcro.

Quando o marquês chegou lá embaixo, depois de descer do último degrau e pôr o pé no chão, uma mão o agarrou pela gola da camisa. Ele se virou.

— Você está preso — disse Cimourdain.

— Eu concordo com sua decisão — disse Lantenac.

LIVRO SEXTO
A batalha depois da vitória

I
Lantenac detido

Era de fato ao sepulcro que o marquês chegava. E eles o levaram.

A cripta-calabouço ao rés do chão da Tourgue foi na mesma hora reaberta sob o olhar severo de Cimourdain; instalaram um lampião, um jarro de água, um pouco de ração militar e uma esteira; menos de quinze minutos depois do instante em que a mão do padre agarrou o marquês, a porta da masmorra foi fechada atrás de Lantenac.

Feito isso, Cimourdain foi procurar Gauvain; nesse momento, a longilínea igreja de Parigné soou as onze horas da noite; Cimourdain disse a Gauvain:

— Vou convocar a corte marcial sem a sua participação. Você é um Gauvain e Lantenac também. O parentesco é demasiadamente próximo para ser juiz, e eu culpo Égalité por ter julgado Capeto. A corte marcial será composta de três juízes, um oficial, o capitão Guéchamp, um suboficial, o sargento Radoub, e eu, que a presidirei. A partir de agora, isso não é mais de sua conta. Agiremos conforme o decreto da Convenção; nós nos limitaremos a constatar a identidade do deposto marquês de Lantenac. Amanhã, a corte marcial; depois de amanhã, a guilhotina. A Vendeia está morta.

Gauvain nada respondeu, e Cimourdain, preocupado com a obrigação suprema que lhe faltava cumprir, afastou-se. Cimourdain tinha homens a selecionar e locais a escolher. Como Lequinio em Granville, como Tallien em Bordéus, como Châlier em Lyon, como

Saint-Just em Estrasburgo, era seu costume, considerado como bom exemplo, assistir pessoalmente às execuções; o juiz vinha acompanhar o trabalho do carrasco; hábito esse tomado emprestado pelo Terror de 93 aos parlamentos da França e da inquisição na Espanha.

Gauvain também estava preocupado.

Um vento frio soprava da floresta. Deixando que Guéchamp desse as ordens necessárias, Gauvain foi até sua tenda, que se encontrava no prado, na orla do bosque e ao pé da Tourgue, onde apanhou sua capa com capuz e a vestiu. Essa capa trazia bordado um simples galão que, segundo a moda republicana, sóbria em ornamentos, designava o comandante-chefe. Ele se pôs a andar sobre esse prado sangrento, onde o assalto começara. Estava só. O incêndio prosseguia, mas agora o desprezavam; Radoub estava perto das crianças e da mãe, em uma atitude quase tão maternal quanto a dela; o pequeno castelo sobre a ponte acabava de queimar, os sapadores cuidavam do fogo, abrindo fossas, enterrando os mortos, tratando dos feridos, o reduto havia sido demolido, removiam os cadáveres das salas e das escadas, limpavam o local da carnificina, varrendo o lixo terrível da vitória; com uma rapidez militar, os soldados faziam o que se poderia qualificar de faxina de fim de batalha. Gauvain não via nada disso.

Ocasionalmente apenas, ele lançava um olhar alheio para o posto da brecha, onde Cimourdain dava algumas ordens.

Essa brecha, ele a distinguia na escuridão, a cerca de duzentos passos do ponto em que se encontrava no prado, onde parecia se refugiar. Ele via aquela abertura negra. O ataque havia começado por ali, três horas atrás; por ali, Gauvain penetrara na torre; era naquele rés do chão que o reduto dos sitiados havia sido instalado; era no rés do chão que se abria a porta do calabouço onde se achava o marquês. Esse destacamento de soldados ao lado da brecha vigiava a masmorra.

Ao mesmo tempo que seu olhar percebia vagamente essa brecha, seus ouvidos captavam de modo confuso, soando como um sino, as seguintes palavras: "Amanhã, a corte marcial; depois de amanhã, a guilhotina."

O incêndio, que havia sido isolado e sobre o qual os sapadores lançavam toda água que fora possível encontrar, apagava-se com certa resistência, lançando ainda chamas intermitentes; por vezes, ouviam-se os tetos rachando e caindo um sobre o outro à medida que os andares desabavam; e nesses momentos, um turbilhão de fagulhas revoava, como se viesse de uma tocha sacudida, uma claridade efêmera se fazia visível no extremo horizonte, e a sombra da Tourgue, subitamente gigantesca, estendia-se até a floresta.

Gauvain ia e vinha a passos vagarosos nessa sombra diante da brecha. Às vezes, ele cruzava as mãos atrás da cabeça, coberta pelo capuz de guerra. Ele refletia.

II
Gauvain meditativo

Seus devaneios eram insondáveis.

Uma mudança de opinião inesperada acabava de ocorrer.

O marquês de Lantenac havia se transfigurado.

Gauvain testemunhara essa transfiguração.

Jamais ele teria acreditado que algo assim pudesse resultar de uma complicação de incidentes, quaisquer que fossem esses. Jamais, nem nos sonhos, ele teria imaginado que algo semelhante pudesse acontecer.

O imprevisto, essa força arrogante que brinca com os homens, havia se apoderado de Gauvain e não o largava.

O que Gauvain tinha diante de si era o impossível que se tornara real, visível, palpável, inevitável, inexorável.

E o que ele, Gauvain, pensava sobre isso?

Não se tratava de tergiversar; era preciso concluir.

Uma pergunta lhe fora feita; ele não podia escapar diante dela.

Feita por quem?

Pelos eventos.

TERCEIRA PARTE

E não apenas pelos eventos.
Pois quando os eventos, que são variáveis, fazem-nos uma pergunta, a justiça, que é imutável, nos intima a responder.
Atrás da nuvem, que lança sobre nós sua sombra, há uma estrela, que lança sobre nós sua claridade.
Não podemos escapar da luz, como tampouco podemos escapar da sombra.
Gauvain se submetia a um interrogatório.
Ele comparecia diante de alguém.
Diante de alguém temível.
Sua consciência.
Gauvain sentia tudo vacilar dentro de si. Suas resoluções mais sólidas, suas promessas mais aguerridas, suas decisões mais irrevogáveis, tudo isso oscilava nas profundezas de sua vontade.
Existem terremotos da alma.
Quanto mais refletia sobre o que acabara de ver, mais se sentia desorientado.
Como republicano, Gauvain acreditava ser, e era, um homem justo. Mas uma justiça superior acabava de se revelar.
Acima da justiça revolucionária, havia a justiça humana.
O que acontecia não podia ser ignorado; era um fato grave; Gauvain fazia parte desse fato; estava envolvido e não podia escapar; e apesar de Cimourdain lhe ter dito: "Isso não é mais da sua conta", ele ressentia o que deve experimentar a árvore no momento em que a arrancam de sua raiz.
Todo homem possui uma base; um abalo nessa base provoca uma profunda inquietação.
Ele pressionava as duas mãos sobre a cabeça como se quisesse dela espremer a verdade. Esclarecer tal situação não era fácil; nada de mais incômodo; diante de si, apresentavam-se números terríveis cuja soma total deveria ser achada; calcular o destino, que vertigem! Ele tentava; procurava entender; esforçava-se para coligir suas ideias, disciplinar as resistências que sentia em si e recapitular os fatos.

Ele os expôs para si mesmo.

A quem já não aconteceu de expor interiormente uma questão e se interrogar, em circunstâncias supremas, sobre o itinerário a seguir, seja para avançar, seja para recuar?

Gauvain acabara de ver algo prodigioso.

Simultaneamente ao combate terrestre, tinha havido um combate celestial.

O combate do bem contra o mal.

Um coração assustador acabara de ser vencido.

Considerando o homem com tudo que existe de mal nele, a violência, o engano, a cegueira, a teimosia doentia, o orgulho, o egoísmo, Gauvain tinha acabado de ver um milagre.

A vitória da humanidade sobre o homem.

A humanidade vencera o desumano.

E através de que meios? De que maneira? Como tinha conseguido derrubar um colosso de cólera e ódio? Que armas tinha usado? Que máquina de guerra? O berço.

Um deslumbramento acabara de ocorrer a Gauvain. Em plena guerra social, em plena conflagração de todas as inimizades e de todas as vinganças, no momento mais obscuro e mais furioso do tumulto, na hora em que o crime deflagrava todas as suas chamas e o ódio todas as suas trevas, nesse instante de lutas em que tudo se torna munição, em que a confusão é tão fúnebre que não se sabe mais onde está o justo, o honesto, onde está a verdade; bruscamente, o Imprevisto, o mensageiro misterioso das almas, viera resplandecer, acima das clarezas e dos negrumes humanos, a grande luz eterna.

Acima do sombrio duelo entre o falso e o relativo, das profundezas, a face da verdade havia repentinamente surgido.

De súbito, a força dos fracos interviera.

Tinham acabado de ver três pobres criaturas, recém-nascidas, inconscientes, abandonadas, órfãs, sós, balbuciantes, sorridentes, tendo contra elas a guerra civil, o talião, a lógica medonha das represálias, o assassinato, a carnificina, o fratricídio, a raiva, o rancor, o triunfo de todas as górgonas; tinham visto o aborto e a derrota de um infame incêndio destinado a cometer um crime; tinham visto as premeditações atrozes sido desarmadas e frustradas; tinham visto a antiga ferocidade feudal, o velho desdém inexorável, a pretensa experiência das necessidades da guerra, a razão de Estado, todas as tomadas de posição arrogantes da velhice cruel, evaporarem diante do olhar azul daqueles que mal haviam começado a viver; e é bem simples, pois aquele que ainda não viveu não fez mal algum, ele é a justiça, a verdade, ele é a pureza, e os imensos anjos do céu se encontram dentro das criancinhas.

Espetáculo útil; conselho; lição; os combatentes frenéticos da guerra impiedosa tinham subitamente visto, diante de todas as perversidades, de todos os atentados, de todos os fanatismos, do assassinato, da vingança atiçando as fogueiras, da morte chegando com uma tocha na mão, acima da enorme legião de crimes, erguer-se essa onipotência, a inocência.

E a inocência vencera.

E podia-se dizer: não, a guerra civil não existe, a barbárie não existe, o ódio não existe, o crime não existe, as trevas não existem; para dissipar esses espectros, basta esta aurora, a infância.

Nunca, em combate algum, Satã estivera mais visível, e Deus também.

Esse combate tinha por arena uma consciência.

A consciência de Gauvain.

Agora essa luta reiniciava, mais obstinada e ainda mais decisiva, dentro de outra consciência.

A consciência de Gauvain.

O homem é um grande campo de batalha!

Somos abandonados a estes deuses, a estes monstros, a estes gigantes que são nossos pensamentos.

Frequentemente, os terríveis beligerantes desprezam nossa alma.

Gauvain meditava.

O marquês de Lantenac, cercado, imobilizado, condenado, fora da lei, enjaulado como um animal no circo, como um prego em uma tenaz, trancado em uma toca que se tornara prisão, comprimido de todos os lados por uma muralha de ferro e fogo, tinha conseguido fugir. Ele fizera o milagre de escapar. Realizara essa obra-prima, a mais difícil de todas em tal guerra, a evasão. Ele tomara posse da floresta para nela se refugiar, da região para combater, da sombra para desaparecer. Voltava a ser o temível que ia e vinha, o errante sinistro, o capitão dos invisíveis, o chefe dos homens subterrâneos, o senhor do bosque. Gauvain tinha a vitória, mas Lantenac tinha a liberdade. Lantenac estava agora em segurança, o território ilimitado diante de si, a escolha inesgotável de asilos. Ele estava inalcançável, inacessível, inabordável. O leão caíra na armadilha, e dela escapara. Pois bem, ele estava de volta a ela.

O marquês de Lantenac tinha, de modo voluntário, espontâneo e por sua própria escolha, deixado a floresta, a sombra, a segurança, a liberdade, para afrontar o risco mais terrível, intrepidamente, uma primeira vez, Gauvain o vira se precipitando dentro do incêndio, arriscando-se a ser devorado, uma segunda vez, descendo aquela escada que o levava às mãos dos inimigos, e que, escada de salvação para uns, fora para ele a escada da perdição.

E por que fizera isso?

Para salvar três crianças.

E agora, o que fariam com esse homem?

Seria guilhotinado.

E assim, esse homem, por três crianças — que não eram as suas; nem de sua família; nem de sua casta —, por três coitadinhos, abandonados e depois reencontrados, crianças desconhecidas, andrajosas, descalças, esse fidalgo, esse príncipe, esse velho, salvo, resgatado, vencedor, pois a evasão é um triunfo, arriscara-se a tudo, comprometera tudo, repusera tudo em questão e, altivamente, ao mesmo tempo que entregava as crianças, trazia sua própria cabeça, e essa cabeça, até então temível, agora augusta, ele a oferecia.

E o que iriam fazer com ela?

Aceitá-la-iam.

O marquês de Lantenac tivera a escolha entre a vida de outrem e a sua; nessa suprema opção, ele escolhera a morte.

E lhe fariam a vontade.
Iriam matá-lo.
Eis a recompensa do heroísmo!
Retribuir um ato de generosidade com um ato de selvageria!
Atribuir uma vilania à revolução!
Que rebaixamento para a República!

Enquanto o homem de preconceitos e de ideias de servidão, subitamente transformado, ascendia à humanidade, os outros, os homens da libertação e da alforria, permaneceriam na guerra civil, na rotina sangrenta, no fratricídio!

E a grandiosa lei divina do perdão, da abnegação, da redenção, do sacrifício, existiria para os combatentes do erro, e não existiria para os soldados da verdade!

Então? Abandonar a luta pela magnanimidade? Resignar-se a essa derrota, mesmo sendo os mais fortes, agora eles seriam os mais fracos, mesmo sendo os vitoriosos, agora eles seriam os assassinos, e quem imaginaria dizer que há, entre os monarquistas, aqueles que salvam as crianças e, entre os republicanos, aqueles que matam os idosos!

E esse grande soldado, esse octogenário poderoso, esse combatente desarmado, mais raptado que detido, surpreendido em meio a uma boa ação, acorrentado com sua própria permissão, o suor de uma devoção pródiga ainda no rosto, esse homem será visto subir os degraus do patíbulo como se ascende à apoteose! E colocarão sob a lâmina essa cabeça, em torno da qual voariam suplicantes as três almas dos pequenos anjos resgatados! E diante desse suplício infame para os carrascos, todos verão o sorriso na face desse homem, e na face da República, o rubor!

E isso aconteceria na presença do chefe, Gauvain!

E mesmo podendo impedir, ele se absteria! E se contentaria com aquela soberba justificativa, "Isso não é mais da sua conta!". E não admitiria para si mesmo que, em um caso semelhante, abdicação é cumplicidade! E não perceberia que, em um ato assim tão supremo, entre aquele que age e aquele que se omite, o que se omite é o pior, pois se acovarda!

Mas essa morte, não a tinha ele lhe prometido? Ele, Gauvain, o homem clemente, não havia declarado que Lantenac era uma exceção à clemência e que seria entregue a Cimourdain? Mas ele lhe devia essa cabeça. Pois bem, estava paga. Pronto. Mas era essa a mesma cabeça?

Até então, Gauvain só vira em Lantenac o bravo combatente, o fanático da realeza e do regime feudal, massacrador de prisioneiros, assassino enfurecido pela guerra, o homem sanguinário. Esse homem, ele não temia; esse proscritor seria proscrito; a esse homem implacável, ele também se mostraria implacável. Nada mais simples, o caminho estava traçado e era sinistramente fácil de seguir, tudo estava previsto, matariam aquele que mata, já estavam na reta final do horror. Inopinadamente, essa linha reta se rompera, um desvio imprevisto revelara um novo horizonte, uma metamorfose havia acontecido. Um Lantenac inesperado entrava em cena. Do monstro, surgia um herói; mais que um herói, um homem. Mais que uma alma, um coração. Não era mais um matador que Gauvain tinha à sua frente, mas um salvador. Gauvain sentia-se imerso por uma torrente de clareza celeste. Lantenac acabara de atingi-lo com um raio de bondade.

E Lantenac transfigurado não transfiguraria Gauvain! Então! Esse jato de luz não teria um contragolpe! O homem do passado iria em frente, e o homem do futuro para trás! O homem das barbáries e das superstições abriria subitamente as asas e planaria, observando rastejar-se sob ele, em meio à lama e às trevas, o homem do ideal! Gauvain ficaria estendido na velha e cruel rotina, enquanto Lantenac ascenderia às sublimes aventuras!

E mais.

A família!

Este sangue que iria derramar — pois deixá-lo escorrer era o mesmo que vertê-lo com as próprias mãos — não era também o próprio sangue de Gauvain? Seu avô estava morto, mas seu tio-avô vivia; e esse tio-avô era o marquês de Lantenac. E aquele dos dois irmãos que se encontrava no túmulo não se ergueria para impedir que o outro entrasse? Será que não ordenaria a seu neto que respeitasse doravante essa coroa de cabelos brancos, a irmã da auréola? Será que não havia ali, entre Gauvain e Lantenac, o olhar indignado de um espectro?

Seria essa a meta da revolução? Desnaturar o homem, destruir a família, sufocar a humanidade, era para isso que fora feita? Absolutamente, não. O ano de 1789 viera para afirmar essas realidades supremas e não para renegá-las. Derrubar as bastilhas é libertar a humanidade; abolir o feudalismo é fundar a família. O autor se achando no ponto de partida da autoridade, e a autoridade estando inclusa no autor, não há nenhuma outra autoridade senão a paternidade; daí a legitimidade da abelha rainha que cria seu povo e que, sendo mãe, é rainha; daí o absurdo do homem-rei que, não sendo o pai, não pode ser o senhor; daí a supressão do rei; daí a República. O que é tudo isso? É a família, é a humanidade, é a revolução. A revolução é o advento dos povos; e, no fundo, o Povo é o Homem.

Tratava-se de saber se, no momento em que Lantenac ingressava na humanidade, Gauvain iria, por sua vez, ingressar na família.

Tratava-se de saber se o tio e o sobrinho iriam se reunir na luz superior, ou se a um progresso do tio corresponderia um retrocesso do sobrinho.

A questão, nesse debate patético entre Gauvain e sua própria consciência, podia ser assim colocada e a solução parecia se desprender dela mesma: salvar Lantenac.

Certo, mas e a França?

Nesse ponto, o vertiginoso problema mudava bruscamente de feição.

Então! A França se achava em uma situação desesperada! A França estava rendida, desmantelada! Destituída de fronteiras, a Alemanha cruzara o Reno; sem mais muralhas, a Itália transpunha os Alpes, e a Espanha, os Pireneus. Restava-lhe apenas o grande abismo: o Oceano. Ao seu lado, apenas o precipício. Ela podia se apoiar nele e, gigante, encostada ao mar, combater a terra. Situação, afinal de contas, inexpugnável. Pois bem, não, essa situação não ficaria assim. Esse Oceano não lhe pertencia mais. Nesse Oceano, havia a

Inglaterra. A Inglaterra, é verdade, não sabia como chegar. Pois bem, um homem lhe estenderia uma ponte, um homem lhe estenderia a mão, um homem iria dizer a Pitt, a Craig, a Cornwallis, a Dundas, aos piratas: "Venham!" Um homem gritaria: "Inglaterra, tome a França!" E esse homem era o marquês de Lantenac.

Esse homem, eles o detinham. Depois de três meses de caçada, perseguição, obstinação, tinham-no finalmente capturado. A mão da Revolução acabara de se abater sobre o maldito; o punho cerrado de 93 detivera o assassino monarquista pelo pescoço; por conta de um desses efeitos da premeditação misteriosa que, do alto, se envolve com as coisas humanas, era dentro de seu próprio calabouço familiar que esse parricida aguardava agora seu castigo; o homem feudal estava na masmorra feudal; as pedras de seu castelo se erguiam contra ele e se fechavam à sua volta, e ele que queria trair seu país era traído por sua casa. Deus havia certamente arquitetado tudo isso; a hora justa soara; a Revolução aprisionara esse inimigo público; ele não podia mais combater, não podia mais lutar, não podia mais perturbar; nessa Vendeia, onde contava com tantos braços, ele era o único cérebro; sem ele, a guerra civil estava acabada; tinham-no detido; desenlace trágico e feliz; depois de tantos massacres e carnagens, lá estava ele, o homem que matara, e agora era sua vez de morrer.

E ele encontraria alguém para salvá-lo!

Cimourdain, ou seja o ano de 1793, detinha Lantenac, ou seja, a Monarquia, e alguém surgiria para retirar a presa dessa estufa de bronze! Lantenac, o homem no qual se concentrava esse feixe de flagelos chamado passado, o marquês de Lantenac estava no túmulo, a pesada porta eterna o fechara lá dentro, e alguém viria de fora abrir o ferrolho! Esse malfeitor social estava morto, e com ele a revolta, a luta fratricida, a guerra bestial e alguém o ressuscitaria!

Oh, como riria essa cabeça de morto!

E esse espectro diria: Ótimo, eis-me aqui, vivo, bando de imbecis!

E ele retomaria sua obra horrenda! Lantenac voltaria a mergulhar, implacável e feliz, no precipício do ódio e da morte! E todos veriam, logo no dia seguinte, casas incendiadas, prisioneiros massacrados, feridos assassinados e mulheres fuziladas!

E afinal de contas, essa ação que fascinava Gauvain não seria um exagero de sua parte?

Três crianças estavam condenadas; Lantenac as salvara.

Mas quem as tinha condenado?

Não fora o próprio Lantenac?

Quem tocara fogo nos berços durante o incêndio?

Não fora Imânus?

E quem era esse Imânus?

O tenente do marquês.

O responsável é o chefe.

Portanto, o incendiário e o assassino eram Lantenac.

O que havia feito ele de tão admirável?

Depois de construir o crime, ele recuara diante do resultado. Conseguira horrorizar a si mesmo. O grito da mãe despertara nele o resquício da velha misericórdia humana, espécie de entreposto da vida universal que existe em todas as almas, até mesmo nas mais fatais. Ao ouvir aquele grito, ele voltou atrás. Quando se enfiava noite adentro, ele retrocedeu em direção ao dia. Depois de ter cometido o crime, ele o desfez. Era este todo o seu mérito: não ter sido um monstro até o fim.

E por tão pouco entregar-lhe tudo! O espaço, os campos, as planícies, o ar, o dia, a floresta, que usaria para prosseguir com seu banditismo, a liberdade, da qual se serviria para escravizar, a vida, que usaria a serviço da morte!

No que dizia respeito a se entender com ele, a querer lidar com essa alma altiva, a lhe propor sua liberdade sob condições, a lhe perguntar se ele consentiria, mediante a salvação de sua vida, em se abster doravante de qualquer hostilidade ou revolta, essa oferta seria um erro, que vantagem traria, a que desdém se chocaria, ele insultaria a pergunta com sua resposta! E diria: "Guarde as vergonhas para você mesmo. Mate-me!"

De fato, nada havia a fazer com esse homem, senão matá-lo ou libertá-lo. Esse homem estava pronto; sempre preparado para se evadir ou se sacrificar; ele era sua própria águia e seu próprio precipício. Alma estranha. Matá-lo? Que ansiedade! Soltá-lo? Que responsabilidade! Salvar Lantenac significaria recomeçar tudo, com a Vendeia assim como a hidra, se não lhe cortam a cabeça. Em um piscar de olhos, em uma velocidade meteórica, toda chama, apagada com o desaparecimento desse homem, seria reacesa. Lantenac não descansaria enquanto não tivesse realizado seu plano execrável, colocar, como uma tampa de caixão, a Monarquia sobre a República e a Inglaterra sobre a França; a vida de Lantenac era a morte de uma multidão de inocentes, homens, mulheres, crianças, capturados pela guerra doméstica; era o desembarque dos ingleses; o recuo da Revolução, as aldeias saqueadas, o povo dilacerado, a Bretanha em sangue, a presa entregue de novo às garras. E Gauvain, em meio a todos os clarões de incerteza e iluminações no sentido contrário, via se esboçar vagamente em seus devaneios e se prostrar diante dele este problema: devolver a liberdade ao tigre.

Em seguida, a questão reaparecia sob seu primeiro aspecto; a pedra de Sísifo, que não é outra coisa senão a desavença do homem consigo mesmo, voltava a rolar: Lantenac era mesmo esse tigre?

Talvez o tivesse sido; mas ainda o seria? Gauvain se submetia a essas espirais vertiginosas do espírito, como a serpente perseguindo seu próprio rabo. Decididamente, mesmo após reflexão, quem poderia duvidar da determinação de Lantenac, sua estoica abnegação, seu supremo desinteresse? Diante de todas as bocas abertas da guerra civil, ele conseguira asseverar a humanidade! No conflito de verdades inferiores, trazer a verdade superior! Provar que, acima dos reinados, acima das revoluções, acima das questões terrestres, há o imenso enternecimento da alma humana, a proteção devida aos fracos pelos fortes, a salvação devida àqueles que estão perdidos, a paternidade devida a todas as crianças por parte dos velhos! Provar essas coisas magníficas, e prová-las graças ao talento de seu raciocínio! Ser um general e renunciar à estratégia, à batalha, à revanche! Ser um monarquista, pegar uma balança, pôr sobre um prato o rei da França, um reinado de quinze séculos, as velhas leis a restabelecer, a antiga sociedade a restaurar e, no outro, três pequeninos camponeses sem importância, e descobrir que o rei, o trono, o cetro e os quinze séculos de Monarquia pesam o mesmo que esses três inocentes. Mas tudo isso de nada adiantaria. Aquele que fez isso continuará sendo o tigre e deveria ser tratado como animal selvagem! Não! Não! Não! Não era um monstro o homem que acabara de iluminar com um ato divino o precipício das guerras civis! O portador da espada metamorfoseado em portador da luz. O infernal Satã se tornara um Lúcifer celestial. Lantenac havia se redimido de todas as suas barbáries com um gesto de sacrifício; perdendo-se materialmente, salvara-se moralmente; recuperara a inocência; ele assinara seu próprio perdão. Não existirá o direito de se perdoar a si mesmo? Agora, ele era venerável.

Lantenac acabava de se mostrar extraordinário. Agora, era a vez de Gauvain.

Era sua vez de dar-lhe a réplica.

A luta das boas paixões e das más paixões lançava nesse instante o mundo no caos; Lantenac, dominando esse caos, tinha acabado de libertar a humanidade; cabia a Gauvain agora libertar a família.

O que faria ele?

Iria Gauvain trair a confiança de Deus?

Não. E ele balbuciava para si mesmo: "Salvemos Lantenac."

Então, muito bem. Vá fazer a vontade dos ingleses. Vá desertar. Passe para o campo inimigo; salve Lantenac e traia a França.

Ele tremia.

Essa solução não é de fato uma solução, sonhador! Gauvain via na sombra o sorriso sinistro da esfinge.

Essa situação era uma espécie de encruzilhada terrível, na qual as verdades combatentes vinham dar e se confrontar, e na qual se deparavam as três ideias supremas do homem: a humanidade, a família, a pátria.

Cada uma dessas vozes tomava a palavra em sua vez e cada uma dizia, ao seu modo, a verdade. Como escolher? Cada uma delas parecia encontrar a união entre a sabedoria e a justiça, e dizia: Faça isso. Era isso que deveria ser feito? Sim. Não. O raciocínio dizia uma coisa; o sentimento, outra; os dois conselhos eram antagônicos. O raciocínio é essencialmente a razão; o sentimento é com frequência a consciência; um vem do homem, o outro vem de mais alto.

O que faz com que o sentimento tenha menos clareza e mais força.

Entretanto, como era forte a razão rigorosa!

Gauvain hesitava.

Um estado de perplexidade feroz.

Dois abismos se abrindo diante de Gauvain. Condenar o marquês ou salvá-lo? Era preciso se lançar dentro de um ou de outro.

Em qual desses abismos se encontrava o dever?

III
O capuz do comandante

Pois tratava-se de fato de uma questão de dever.

O dever se apresentava; sinistro diante de Cimourdain, formidável diante de Gauvain.

Simples com o primeiro; múltiplo, diverso, tortuoso com o segundo.

Soou meia-noite, depois, uma da manhã.

Sem se dar conta, Gauvain se aproximara insensatamente da brecha da torre.

O incêndio lançava apenas uma reverberação difusa, aos poucos se apagando.

Do outro lado da torre, o platô era banhado por esses reflexos, clareando inteiramente por instantes, depois se eclipsando, quando a fumaça encobria o fogo. Esse clarão, acentuado por sobressaltos e intervalos de escuridão súbita, tornava os objetos desproporcionais, dando às sentinelas do acampamento aspectos de larvas. Gauvain,

TERCEIRA PARTE

em meio às suas meditações, observava vagamente essa dança entre a fumaça e as flamas. Essas aparições e desaparições da claridade diante de seus olhos sugeriam algum tipo de analogia com as aparições e desaparições da verdade em seu espírito.

De repente, entre dois turbilhões de fumaça, uma fagulha desprendida do braseiro em extinção clareou vivamente o alto do platô, fazendo ressaltar a silhueta vermelha de uma carroça. Gauvain olhou para essa carroça; ela estava cercada de cavaleiros que portavam chapéus militares. Pareceu-lhe se tratar da carroça que Guéchamp lhe mostrara no horizonte algumas horas antes, no momento que o sol se escondia. Havia alguns homens sobre a carroça e davam a impressão de estar ocupados em descarregá-la. O que retiravam da carroça parecia pesado e emitia às vezes um ruído de ferragens; teria sido difícil dizer do que se tratava; parecia uma armação de madeira; dois homens desceram e baixaram no chão uma caixa que, julgando por sua forma, devia conter um objeto triangular. A centelha se apagou e tudo voltou às trevas; com os olhos fixos, Gauvain permaneceu pensativo diante do que se ocultava por trás da escuridão.

Lampiões tinham sido acesos, alguns homens atravessavam o platô, mas as formas em movimento eram confusas e, por sinal, estando na parte mais baixa e do outro lado da ravina, Gauvain só enxergava o que se encontrava à beira do platô.

Ouviam-se vozes conversando, mas não se apreendiam as palavras. De vez em quando, um barulho vinha do bosque. Ouvia-se também um rangido metálico, semelhante ao som de uma foice sendo afiada.

Soaram duas horas.

Devagar, como alguém que desse voluntariamente dois passos à frente e três para trás, Gauvain se dirigiu até a brecha. Ao vê-lo se aproximar, reconhecendo na penumbra a capa e o capuz agaloado do comandante, a sentinela apresentou sua arma. Gauvain penetrou na sala ao rés do chão, transformada em sala de armas. Um lampião pendia da abóbada. Seu facho de luz permitia apenas que se atravessasse a sala sem pisar algum soldado que estivesse deitado sobre a palha no chão, a maioria adormecida.

Estavam estendidos ali; tinham lutado algumas horas antes; as balas espalhadas sob eles, grãos de ferro e de chumbo que não haviam sido varridos, os incomodavam um pouco para dormir; mas estavam cansados e assim pelo menos repousavam. Essa sala tinha sido um antro medonho; ali ocorrera o ataque; ali tinham rugido, urrado, rangido, ferido, matado, expirado; muitos deles tinham caído mortos nesse chão, onde agora outros se estendiam, tentando adormecer; essa palha que servia para se deitarem bebia o sangue de seus camaradas; agora, estava acabado, o sangue estava estancado, as espadas, enxutas, e os mortos, mortos; enquanto eles dormiam pacificamente. Assim é a guerra. E depois, amanhã, todos teriam direito ao mesmo sono.

Quando Gauvain entrou, alguns desses homens adormecidos se levantaram, entre eles o oficial que comandava o posto. Gauvain apontou para a porta do calabouço:

— Abra para mim — disse ele.

Os ferrolhos foram puxados e a porta se abriu.

Gauvain entrou no calabouço.

A porta se fechou atrás dele.

LIVRO SÉTIMO
Feudalidade e Revolução

I
O ancestral

Havia um lampião sobre a laje da cripta, ao lado do respiradouro retangular da masmorra.

Via-se também ao chão uma jarra cheia de água, a ração militar e a esteira de palha. Como a cripta era talhada na rocha, o prisioneiro que tivesse a ideia de incendiar a palha perderia seu tempo; não havia risco nenhum para a prisão e a asfixia era garantida ao prisioneiro.

No instante em que a porta girou sobre suas dobradiças, o marquês caminhava dentro do calabouço; um vaivém infernal, natural a todos os animais enjaulados.

Com o ruído da porta, abrindo e fechando, ele ergueu a cabeça, e o lampião que estava no chão, entre Gauvain e o marquês, iluminou as feições dos dois homens.

Eles se entreolharam, e esses olhares foram o bastante para deixar ambos imóveis.

O marquês começou a rir e exclamou:

— Bom dia. Já faz um bocado de anos que eu não tive a sorte de encontrá-lo. É muito generoso vir me ver. Eu agradeço. Nada melhor para mim que conversar um pouco. Já começava a me entediar. Seus amigos perdem tempo com confirmações de identidade, cortes marciais, isso tudo é muito demorado. Eu agiria mais rapidamente. Aqui, estou em casa. Faça-me o favor de entrar. Pois bem, o que me diz de tudo isso que está acontecendo? É original, não é mesmo? Havia certa vez um rei e uma rainha; o rei era o rei; a rainha era a França. Cortaram a cabeça do rei e casaram a rainha com Robespierre; esse senhor e essa senhora tiveram uma filha a quem deram o nome de guilhotina e, ao que parece, serei apresentado a ela amanhã cedo. Ficarei encantado. Assim como estou encantado em vê-lo. É por isso que você veio aqui? Você foi promovido? Será você o carrasco? Se é apenas uma simples visita amistosa, fico comovido. O visconde talvez não saiba mais o que é um fidalgo. Pois bem, aqui está um, eu. Olhe bem. É curioso; olhe para mim, creio em Deus, na tradição, na família, nos ancestrais, no exemplo do pai, na fidelidade, na lealdade, no dever para com o príncipe, no respeito das velhas leis, na virtude, na justiça; e você terá prazer em me fuzilar. Tenha, eu lhe peço, a bondade de se sentar. No chão, é verdade, pois não temos poltronas neste salão; mas quem vive na lama pode se sentar no chão. Não digo isso para ofendê-lo, pois o que chamamos de lama, vocês chamam de nação. Certamente, não me pedirá que eu grite "Liberdade, igualdade, fraternidade", não é mesmo? Isso aqui é um antigo cômodo de minha residência; outrora, os senhores alojavam aqui os campônios; agora são os campônios que aqui alojam os senhores. E a essas tolices vocês chamam de revolução. Ao que parece, vão me cortar a cabeça dentro de 36 horas. Não vejo inconveniente algum. Por exemplo, se vocês fossem gentis, entregariam minha caixa de rapé que se encontra lá em cima, na sala dos espelhos, onde você brincou quando era criança, onde o fiz saltar sobre meu colo. Vou lhe ensinar algo, você se chama Gauvain e, coisa estranha, você tem sangue nobre em suas veias, portanto, o mesmo sangue que o meu, e esse sangue que faz de mim um homem honrado faz de você um patife. Assim são as particularidades. Você me dirá que a culpa não é sua, nem minha. Por Deus, às vezes se é um malfeitor sem que se saiba. Tem a ver com o ar que se respira; em períodos como este, não se é responsável pelo que se faz, a revolução é maliciosa com todo mundo; e todos os seus grandes criminosos são grandes inocentes. Que ignorância! A começar por você. Como o admiro. Sim, admiro um rapaz como você, homem de qualidade, bem posicionado no

Estado, dono de um sangue glorioso, pronto a vertê-lo pelas grandes causas, visconde desta Torre Gauvain, príncipe da Bretanha, podendo se tornar duque por direito e par[1] do reino da França por herança, tudo o que pode desejar neste mundo um homem de bom senso; divertindo-se por ser quem é, ser quem você é, de tal modo que causa aos seus inimigos o efeito de um celerado e a seus amigos o efeito de um imbecil. A propósito, transmita meus cumprimentos ao abade Cimourdain.

O marquês falava à vontade, serenamente, sem enfatizar palavra alguma, com sua voz de companheiro agradável, seu olhar claro e tranquilo, as mãos enfiadas nos bolsos. Ele se interrompeu um instante, respirou longamente e prosseguiu:

— Não escondo que fiz o que pude para matá-lo. Tal como está me vendo, por três vezes, pessoalmente, apontei o canhão contra você. Procedimento descortês, eu admito; mas seria crer em uma máxima antiga imaginar que, na guerra, o inimigo procura se mostrar agradável. Porque estamos em guerra, meu sobrinho. Em meio ao fogo e ao sangue. E, no entanto, é verdade que mataram o rei. Que belo século.

Ele fez nova pausa, antes de continuar:

— E pensar que nada disso teria acontecido se tivéssemos enforcado Voltaire e enviado Rousseau aos trabalhos forçados! Ah! Essa gente de espírito, que calamidade! Mas o que você censura na Monarquia? Verdade, mandamos o abade Pucelle para sua abadia de Corbigny, deixando-o escolher a carruagem e lhe dando todo o tempo para fazer o caminho, e quanto ao seu senhor Titon, que foi, faça-me o favor, um grande depravado, e que frequentava o bordel das raparigas, antes de tomar parte nos milagres do diácono Pâris, nós o transferimos do castelo de Vincennes para o castelo de Ham, na Picardia, que é, concordo plenamente, um lugar bastante desagradável. Houve afrontas; ainda me recordo; eu também gritei assim em minha época; fui tão parvo quanto você.

---

1. Cada um dos vassalos mais importantes do rei.

O marquês apalpou seu bolso, como se procurasse sua caixa de rapé, e prosseguiu:

— Mas não tão cruel. Falava-se por falar. Sem mencionar as revoltas das investigações e petições, e depois vieram esses três filósofos, queimamos os escritos em vez de queimar os autores, as cabalas da corte se envolveram com isso; e houve todos aqueles patetas, Turgot, Quesnay, Malesherbes, os fisiocratas, *et cetera*, e a desordem começou. Tudo isso veio dos escrevinhadores e dos rimadores. A Enciclopédia! Diderot! D'Alembert! Ah! Biltres malvados! Um homem bem-nascido, como o rei da Prússia, que se meteu nisso! Se fosse eu, teria suprimido todos esses arranha-papéis. Ah! Nós éramos os justiceiros. Pode ver aqui sobre o muro a marca deixada pelos esquartejamentos. Nós não estávamos de brincadeira. Nada disso, não éramos escrevinhadores! Enquanto houver um Arouet[2], haverá um Marat. Enquanto houver rabiscadores que garatujam, haverá bandidos que assassinam; enquanto houver tinta, haverá garranchos; enquanto a pata do homem segurar uma pena de ganso, as tolices frívolas engendrarão tolices atrozes. Os livros levam aos crimes. A palavra quimera tem dois sentidos, significa sonho e significa monstro. Tantas palavras vãs! O que vocês querem dizer com seus direitos? Direitos humanos! Direitos do povo! Tudo isso é bastante oco, bastante estúpido, bastante imaginário, bastante desprovido de sentido! Eu, quando digo: Havoise, irmã de Conan II, trouxe o conde da Bretanha a Hoël, conde de Nantes e da Cornualha, que legou o trono a Alain Fergant, tio de Berthe, que desposou Alain le Noir, senhor de Roche-sur-Yon, e teve Conan, o Pequeno, antepassado de Guy ou Gauvain de Thouars, nosso ancestral, estou dizendo algo claro, isso sim é um direito. Mas esses seus patuscos, velhacos, simplórios, o que chamam eles de seus direitos? O deicídio e o regicídio. Isso é horrível! Ah! Esses tratantes! Lamento dizer, mas você tem esse sangue orgulhoso da Bretanha;

---

2. O pai de Voltaire, François Arouche, tabelião e de origem plebeia, trocou o nome de seu filho para Voltaire.

você e eu temos Gauvain de Thouars como avô; e temos também por antepassado o grande duque de Montbazon, que foi par da França e agraciado com o colar das ordens, que atacou o *faubourg* de Tours e foi ferido no combate de Arques, morrendo monteiro--mor da França em sua casa de Couzières, em Touraine, aos 86 anos. Eu poderia lhe falar ainda do duque de Laudunois, filho da dama da Garnache, de Claude de Lorraine, duque de Chevreuse, e de Henri de Lenoncourt, e de Françoise de Laval-Boisdauphin. Mas para quê? O senhor se sente honrado por ser um idiota e faz questão de ser um igual ao meu cavalariço. Saiba pois que eu já era um homem idoso quando você ainda era um pirralho. Eu assoei seu nariz, ranhoso, e o assoaria ainda. Crescendo, você conseguiu um modo de se diminuir. Desde quando não nos vimos mais, fomos cada um para seu lado, eu para o lado da honestidade, você para o lado oposto. Ah! Não sei como tudo isso acabará; mas seus amigos são uns miseráveis orgulhosos. Ah, sim! É verdade, com isso eu concordo, os progressos são soberbos; no Exército, suprimiram o castigo da garrafa de água infligido por três dias consecutivos aos soldados bêbados; agora se tem o máximo, a Convenção, o bispo Gobel, senhor Chaumette e senhor Hébert, e se extermina em massa todo o passado, desde a Bastilha até o calendário. Substituíram os santos por legumes.[3] Que assim seja, cidadãos, sejam os senhores, reinem, fiquem à vontade, dediquem-se, não se incomodem. Nada disso impedirá que a religião seja a religião, que a Monarquia ocupe 1.500 anos de nossa história, e que a velha senhoria francesa, mesmo decapitada, seja mais alta que vocês. Quanto às suas chicanas sobre o direito histórico das raças reais, nós damos com os ombros para isso; Chilpéric, no fundo, não passava de um monge chamado Daniel; foi Rainfroi que inventou Chilpéric para aborrecer Carlos Martel; sabemos dessas coisas, assim como vocês. A questão é esta:

---

3. Referência ao calendário revolucionário, no qual cada dia era representado por um produto agrícola, planta ou animal, no lugar dos nomes santos do calendário tradicional.

ser um grande reino; ser a velha França, ser este país de disposição magnífica, onde se considera em primeiro lugar a pessoa sagrada dos monarcas, senhores absolutos do Estado, depois os príncipes, depois os oficiais da Coroa encarregados do Exército e da Marinha, da artilharia, da direção e da superintendência das finanças. Em seguida, há a justiça soberana e subalterna, depois o controle das gabelas e das receitas gerais, e enfim a polícia do reino em suas três ordens. Isso sim era belo e estava nobremente organizado; vocês destruíram tudo. Destruíram as províncias, por serem os lamentáveis ignorantes que são, sem sequer se questionar sobre o que eram as províncias. O gênio da França é composto do próprio gênio do continente, e cada uma das províncias da França representava uma virtude da Europa; a franqueza da Alemanha estava na Picardia, a generosidade da Suécia em Champagne, a indústria da Holanda em Bourgogne, a atividade da Polônia no Languedoc, a gravidade da Espanha em Gascogne, a sabedoria da Itália em Provence, a sutileza da Grécia na Normandia, a fidelidade da Suíça em Dauphiné. Vocês não conhecem nada sobre isso; vocês quebraram, racharam, demoliram, agindo tranquilamente como brutos animais. Ah! Vocês não querem mais os nobres! Muito bem, não os terão mais. Façam seu luto. Não terão mais paladinos, não terão mais heróis. Adeus às antigas grandezas. Achem-me um Assas nos dias de hoje! Vocês todos temem pela própria pele. Não terão mais os cavaleiros de Fontenoy que saudavam antes de matar, não terão mais os combatentes com meias de seda lutando em Lérida; não terão mais os torneios militares triunfais, em que as plumas desfilavam como meteoros; vocês são um povo acabado; vocês sofrerão o estupro da invasão; se Alaric II voltar, não se verá mais diante de Clóvis; se Abdérame voltar, ele não se achará mais diante de Carlos Martel; se os saxões voltarem, não se verão mais diante de Pepino; vocês não terão mais Agnadel, Rocroy, Lens, Staffarde, Nerwinde, Steinkerque, Marsaille, Raucoux, Lawfeld, Mahon; não terão mais Marignan como François I; não terão mais Bouvines como Felipe Augusto, prendendo com uma das mãos Renaud, conde de Boulogne, e com a outra Ferrand, conde de Flandres.[4] Vocês terão Azincourt, porém, não terão mais para se sacrificar, coberto com sua bandeira, o senhor de Bacqueville, o grande porta-auriflama! Continuem, vamos! Façam isso! Sejam os novos homens. Tornem-se pequenos!

O marquês se concedeu um instante de silêncio e prosseguiu:

— Mas preservem nossa grandeza. Matem os reis, matem os nobres, matem os padres, abatam, arruínem, massacrem, pisem todos eles, desprezem-nos, esmaguem Deus e dancem em cima! O problema é de vocês. Vocês são uns traidores e covardes, incapazes de se dedicar e se sacrificar. Tenho dito. Agora, podem me guilhotinar, visconde. Ponho-me humildemente à sua disposição.

E concluiu:

— Ah! Estou colocando-o diante de suas próprias verdades! Que me importa isso? Estou morto.

— Você está livre — disse Gauvain.

E Gauvain avançou na direção do marquês, removendo sua capa de comandante e a pondo sobre seus ombros. Em seguida, ele abaixou o capuz sobre seus olhos. Os dois tinham a mesma altura.

— Mas, o que está fazendo? — indagou o marquês.

Gauvain elevou a voz e gritou:

— Tenente, abra a porta.

A porta se abriu.

— Tenha o cuidado de fechar a porta ao sair.

E empurrou estupefato o marquês para fora.

A sala baixa, transformada em sala de armas, como nos lembramos, tinha como única iluminação um lampião feito de chifre que clareava tudo vagamente, sugerindo mais a noite que o dia. Nessa claridade confusa, os soldados que não dormiam viram passar entre eles, dirigindo-se à saída, um homem de alta estatura com a capa e o capuz agaloado de comandante; eles fizeram uma saudação militar à sua passagem.

---

4. Referência às vitórias da antiga Monarquia do século XVI ao século XVIII.

O marquês, lentamente, atravessou a sala de armas, transpôs a brecha, machucando a cabeça mais de uma vez, e saiu. A sentinela, supondo se tratar de Gauvain, apresentou sua arma.

Quando chegou lá fora, pisando o mato, a duzentos passos da floresta e tendo à sua frente o espaço, a noite, a liberdade, a vida, ele parou e permaneceu imóvel por um instante, como um homem que não oferece resistência, que cedeu à surpresa e que, tendo aproveitado uma porta aberta, se pergunta se agiu bem ou mal, hesitando antes de seguir adiante, e ouve pela última vez seus pensamentos. Depois de alguns segundos de meditação atenta, erguendo a mão direita e estalando o dedo indicador e o polegar, sussurrou: "Quem diria!"

E depois se foi.

A porta do calabouço tinha sido fechada novamente. Gauvain ficara lá dentro.

II
A corte marcial

Nessa época, tudo era arbitrário nas cortes marciais. Dumas, na Assembleia Legislativa, tinha delineado o esboço da legislação militar, aperfeiçoado mais tarde por Talot no conselho dos Quinhentos[5], mas o código definitivo dos conselhos de guerra só foi redigido depois, durante o Império. É da época do Império, por sinal, que data a obrigação imposta aos tribunais militares de recolher em primeiro lugar os votos dos soldados de patente inferior. Sob a revolução, essa lei não existia.

Em 1793, o presidente de um tribunal militar representava praticamente sozinho todo o tribunal; ele escolhia os membros, classificava a ordem das patentes, regulava o método de votação; ele era o chefe e o juiz.

---

5. Conselho dos Quinhentos, uma das duas assembleias legislativas francesas do Diretório. A outra era o Conselho dos Anciãos.

Cimourdain designara como pretório da corte marcial a sala baixa ao rés do chão, onde tinha estado o reduto e, agora, achava--se a sala de armas. Sua intenção era encurtar o caminho da prisão até o tribunal e o trajeto do tribunal ao patíbulo.

Ao meio-dia, em conformidade com suas ordens, a corte abriu a sessão com os seguintes aparatos: três cadeiras de palha, uma mesa de pinho, duas velas acesas e um banco diante da mesa.

As cadeiras eram para os juízes. Nas duas extremidades da mesa, havia dois outros bancos, um para o comissário auditor, que era um oficial intendente, o outro para o escrivão, que era um caporal.

Sobre a mesa, havia um bastão de cera vermelha, o selo da República em cobre, dois estojos com utensílios para a escrita, duas pastas de papéis em branco e dois cartazes impressos abertos, um com uma ordem de prisão e outro com o decreto da Convenção.

A cadeira do meio se achava apoiada a um feixe de bandeiras tricolores; nesses tempos de rude simplicidade, uma decoração é rapidamente preparada, não precisava de muito tempo para transformar uma sala de armas em corte da justiça.

A cadeira do meio, destinada ao presidente, ficava diante da porta do calabouço.

O único público era formado por soldados.

Dois militares vigiavam o banco do acusado.

Cimourdain estava sentado na cadeira do meio, tendo à sua direita o capitão Guéchamp, primeiro juiz, e à sua esquerda o sargento Radoub, segundo juiz.

Ele estava com seu chapéu de plumas tricolores sobre a cabeça, sua espada ao lado e duas pistolas na cintura. Seu ferimento, de um vermelho intenso, acentuava-lhe o ar cruel. Radoub acabara por fazer um curativo. Em torno da cabeça, tinha um lenço sobre o qual se expandia lentamente uma mancha de sangue.

Ao meio-dia, a sessão ainda não fora aberta. Um mensageiro, cujo cavalo baio ouviam bufar lá fora, estava em pé, ao lado da mesa do tribunal. Cimourdain escrevia o seguinte:

"Cidadãos membros do Comitê de Salvação Pública Lantenac foi detido e será executado amanhã."
Ele datou, assinou, depois dobrou a folha e carimbou o despacho, entregando-o ao mensageiro, que logo partiu.
Feito isso, Cimourdain disse em voz alta:
— Abram o calabouço.
Os dois soldados retiraram os ferrolhos, abriram o calabouço e entraram.
Cimourdain ergueu a cabeça, cruzou os braços, olhou para a porta e ordenou:
— Tragam o prisioneiro.
Um homem apareceu entre os dois soldados, sob o arco da porta.
Era Gauvain.
Cimourdain estremeceu.
— Gauvain! — exclamou ele.
E prosseguiu:
— Eu disse que trouxessem o prisioneiro.
— Sou eu — disse Gauvain.
— Você?
— Eu.
— E Lantenac?
— Ele está livre.
— Livre!
— Sim.
— Fugiu?
— Fugiu.
Trêmulo, Cimourdain balbuciou:
— Verdade, este castelo lhe pertence, ele conhece todas as saídas, talvez a masmorra se comunique com alguma passagem secreta, eu deveria ter imaginado que ele encontraria um meio de escapar, e para isso não precisaria de ninguém.
— Ele foi ajudado.
— A fugir?
— A fugir.

— Quem o ajudou?
— Eu.
— Você!
— Eu.
— Está delirando!
— Entrei no calabouço e fiquei sozinho com o prisioneiro. Retirei minha capa, coloquei-a em suas costas, encobri seu rosto com o capuz e ele saiu em meu lugar, deixando-me no seu. Aqui estou.
— Você não fez isso!
— Sim, eu fiz.
— É impossível.
— É a verdade.
— Tragam-me Lantenac!
— Ele não está mais aqui. Quando os soldados o viram com a capa de comandante, confundiram-no comigo e o deixaram passar. Ainda fazia noite.
— Você está louco!
— Foi isso que aconteceu.
Houve um silêncio. Cimourdain gaguejou:
— Então, você merece...
— A morte — concluiu Gauvain.
Cimourdain estava pálido como uma cabeça decapitada. Imóvel, como um homem que acaba de ser atingido por um raio. Parecia ter parado de respirar. Uma espessa gota de suor escorreu por sua testa.
Ele reforçou a voz e disse:
— Soldados, façam sentar o acusado.
Gauvain se instalou no banco.
Cimourdain continuou:
— Soldados, saquem suas espadas.
Era a fórmula de praxe, quando o acusado estava sob o peso de uma sentença capital.
Os soldados desembainharam suas espadas.
A voz de Cimourdain retomara sua entonação costumeira.

— Acusado — disse ele —, levante-se.
Agora, ele tratava Gauvain de modo formal.

III
Os votos

Gauvain se levantou.
— Como você se chama? — perguntou Cimourdain.
Gauvain respondeu:
— Gauvain.
Cimourdain prosseguiu com o interrogatório.
— Quem é você?
— Sou o comandante da coluna expedicionária das Côtes-du-Nord.
— Você é parente ou aliado do fugitivo?
— Sou seu sobrinho-neto.
— Você conhece o decreto da Convenção?
— Estou vendo o cartaz sobre esta mesa.
— O que tem a dizer sobre esse decreto?
— Eu o subscrevi, ordenei sua execução e fui eu que fiz esse cartaz, sobre o qual está meu nome.
— Faça a escolha de um defensor.
— Defenderei a mim mesmo.
— A palavra é sua.
Cimourdain retomara sua postura impassível. Sua impassividade, contudo, assemelhava-se mais à serenidade de uma rocha que à calma de um homem.
Gauvain ficou calado por alguns instantes, como se estivesse compenetrado.
Cimourdain continuou:
— O que tem a dizer em sua defesa?
Gauvain ergueu lentamente a cabeça e, sem olhar para ninguém, respondeu:
— O seguinte: uma coisa me impediu de enxergar outra; uma boa ação, vista de demasiadamente perto, me ocultou cem ações

criminosas; de um lado, um velho, de outro, as crianças, tudo isso se intrometeu entre mim e meu dever. Esqueci as aldeias incendiadas, as plantações devastadas, os prisioneiros massacrados, os feridos executados, as mulheres fuziladas, esqueci a França entregue à Inglaterra; eu libertei o assassino da pátria. Sou culpado. Falando desse modo, pareço depor contra mim; é um engano. Eu deponho a meu favor. Quando um culpado reconhece seu erro, ele salva a única coisa que vale a pena salvar, a honra.

— E isso é tudo o que tem a dizer em sua defesa? — perguntou Cimourdain.

— Acrescento que, sendo o chefe, cabia a mim dar o exemplo e que agora é a vez de vocês, como juízes, fazerem o mesmo.

— E que exemplo quer que demos?

— Minha morte.

— Você a considera justa?

— E necessária.

— Sente-se.

O oficial intendente, comissário auditor da sessão, se levantou e procedeu à leitura; primeiro, do decreto que considerava um fora da lei o deposto marquês de Lantenac; em segundo lugar, o decreto da Convenção promulgando a pena capital a quem favorecesse a evasão de um rebelde prisioneiro. Ele conclui com as linhas impressas na parte inferior do decreto, instituindo a proibição "de ajudar ou socorrer" o rebelde supracitado "sob pena de morte" e assinado: o *comandante da coluna expedicionária,* GAUVAIN.

Leitura terminada, o comissário auditor voltou a sentar-se.

Cimourdain cruzou os braços e disse:

— Acusado, preste atenção. Público, ouça, observe e mantenha o silêncio. Vocês têm diante dos olhos a lei. Vamos proceder à votação. A sentença resultará da maioria simples. Cada juiz manifestará seu voto em voz alta, na presença do acusado, já que a justiça nada tem a esconder.

— A palavra ao primeiro juiz. Fale, capitão Guéchamp.

TERCEIRA PARTE

O capitão Guéchamp não parecia olhar para Cimourdain e tampouco para Gauvain. Suas pálpebras baixas ocultavam seu olhar imóvel, fixado no cartaz do decreto, observando-o como a um abismo. Ele disse:

— A lei é formal. Um juiz é mais e menos que um homem; ele é menos que um homem porque não tem coração; ele é mais que um homem porque tem a espada. No ano de 414 de Roma, Manlius levou à morte seu filho pelo crime de ter vencido sem sua ordem. A disciplina desrespeitada exigia uma expiação. Aqui, é a lei que foi desrespeitada; e a lei é ainda superior à disciplina. Em consequência de um acesso de piedade, a pátria volta a correr perigo. A piedade pode ter as proporções de um crime. O comandante Gauvain ajudou a fuga do rebelde Lantenac. Gauvain é culpado. Eu voto por sua morte.

— Anote, escrivão — disse Cimourdain.

O escrivão anotou: "Capitão Guéchamp: à morte."

Gauvain elevou a voz:

— Guéchamp — disse ele —, você votou corretamente e eu lhe agradeço.

Cimourdain retomou a palavra:

— A palavra ao segundo juiz. Fale, sargento Radoub.

Radoub se levantou, virou-se para Gauvain e fez uma saudação militar ao acusado; em seguida, disse:

— Se é assim, então devo ser guilhotinado, essa é minha bendita palavra de honra, a mais sagrada. Eu queria fazer, de início, o que fez o velho e, em seguida, o que fez meu comandante. Quando vi aquele indivíduo de oitenta anos se lançar em meio ao fogo para resgatar três fedelhos, eu disse: "Camarada, você é um homem de fibra!" E ao saber que meu comandante salvou esse velho dessa maldita guilhotina, com todos os santos, eu disse: "Meu comandante, o senhor deveria ser meu general, é um homem de verdade, e eu, com os raios, o condecoraria com a Cruz de Saint-Louis, se ainda restassem cruzes, se ainda restassem santos e se ainda restasse Louis!" E agora? Será que vamos agir como imbecis? Se é por coisas assim que vencemos a batalha de Jemmapes, a batalha de Valmy, a batalha de Fleurs e a batalha de Wattignies, então é preciso dizê-lo claramente. Como é possível? Eis aqui o comandante Gauvain que há quatro meses tem rechaçado esses monarquistas ignorantes ao som do tambor, e que salva a República com sua espada, e que realizou façanhas, como em Dol, algo digno de um gênio e, quando vocês têm um homem assim, vocês querem acabar com ele! E, em vez de fazer dele seu general, vocês querem cortar seu pescoço! Eu digo que isso é o mesmo que pular do parapeito da Pont-Neuf de cabeça, e que o senhor mesmo, cidadão Gauvain, meu comandante, se em vez de ser meu general fosse meu caporal, eu diria que acabou de dizer uma grande bobagem agora há pouco. O velho bem fez salvando as crianças e o senhor bem fez salvando o velho, e se guilhotinarmos as pessoas porque fizeram boas ações, então podem ir todos para o inferno, eu não sei mais do que se trata tudo isso. Não há mais razão para nós pararmos. Não é verdade? Eu tenho de beliscar a mim mesmo para saber se estou acordado. Eu não entendo. Era então necessário que o velho deixasse as criancinhas queimarem vivas, era necessário que meu comandante deixasse cortarem a cabeça do velho? Pois bem, é isso, levem-me à guilhotina. Eu prefiro isso. Só uma suposição, se os fedelhos estivessem mortos, o batalhão dos Boinas Vermelhas cairia em desonra. É isso que nós queríamos? Então, devoremos uns aos outros. Entendo tanto de política quanto vocês, fiz parte do clube da seção de Piques. Com os diabos! Estamos nos imbecilizando, enfim! Eu resumo minha maneira de ver as coisas. Não gosto daquilo que traz o inconveniente de fazer com que não saibamos mais onde estamos. Por que cargas d'água enfrentamos a morte? Para que matem nosso chefe! Isso não, ora. Quero meu chefe! Eu preciso de meu chefe. Gosto dele ainda mais agora que antes. Levá-lo à guilhotina, vocês me fazem rir! Não queremos nada disso. Ouvi tudo o que vocês disseram, mas isso não é possível.

E Radoub voltou a sentar-se. Seu ferimento se abrira, um fio de sangue escapara da atadura e escorria ao longo de seu pescoço, do local onde tinha estado sua orelha.

TERCEIRA PARTE

Cimourdain se virou para Radoub.
— Você vota pela absolvição do acusado?
— Eu voto — respondeu Radoub — para que ele seja promovido a general.
— Eu perguntei se vota para que o comandante Gauvain seja considerado inocente, sim ou não?
— Eu voto para que cortem minha cabeça no lugar da sua.
— Absolvição — disse Cimourdain. — Anote, escrivão.
O escrivão anotou: "Sargento Radoub: absolvição."
Em seguida, disse:
— Um voto por sua morte. Um voto por sua absolvição. Está empatado.
Era a vez de Cimourdain votar.
Ele se levantou, retirou seu chapéu e o pôs sobre a mesa.
Não estava mais pálido ou lívido. Seu rosto tinha a cor da terra.
Se todos os presentes estivessem deitados e cobertos por uma mortalha, o silêncio não teria sido mais profundo.
Cimourdain se manifestou com uma voz grave, lenta e firme:
— Acusado Gauvain. A causa foi exposta. Em nome da República, a corte marcial, com maioria de dois contra um...
Ele se calou, criando um suspense; hesitava agora diante da morte? Hesitava diante da vida? Todos os peitos estavam ofegantes. Cimourdain continuou:
— ... o condena à pena de morte.
Seu rosto exprimia a tortura do triunfo sinistro. Quando Jacó, nas trevas, foi abençoado pelo anjo que ele havia abatido[6], seu sorriso devia ser igualmente assustador.
Como um clarão, a expressão desapareceu. Cimourdain retornou a seu estado marmóreo, sentou-se, pôs o chapéu sobre a cabeça e disse ainda:
— Gauvain, você será executado amanhã, ao nascer do sol.
Gauvain se levantou, fez uma saudação e disse:

---

6. Gênesis 32, 25-32.

— Eu agradeço à corte.

— Levem o condenado — ordenou Cimourdain.

Com um sinal de sua parte, levaram-no de volta ao calabouço e a porta foi fechada. Os dois soldados se puseram cada um de um lado da porta, a espada desembainhada.

Radoub desmaiou e foi levado dali.

IV
Cimourdain, de juiz a chefe

Um acampamento é um vespeiro. Sobretudo em tempos de revolução. O ferrão cívico que há dentro do soldado surge rápido e naturalmente, sem constrangimento em picar o chefe, depois de ter rechaçado o inimigo. A valente tropa que tomara a Tourgue fez queixas variadas. Primeiro contra o comandante Gauvain, ao descobrir a evasão de Lantenac. Quando os soldados viram Gauvain saindo do calabouço, acharam que Lantenac ainda estava preso e, como uma comoção elétrica, em menos de um minuto toda a tropa tomou conhecimento. Um murmúrio foi desencadeado no pequeno exército:

— Eles estão julgando Gauvain. Mas é só pela aparência. Quem acredita nos depostos e nos padres? Acabamos de ver um visconde que salva um marquês e agora veremos um padre que absolve um nobre!

Ao tomarem conhecimento da condenação de Gauvain, houve um segundo murmúrio:

— Mas ele é um homem forte, nosso chefe! Nosso bravo chefe, nosso jovem comandante, um herói! É um visconde, e daí? Ainda maior é seu mérito de ser um republicano! Como assim? Ele, libertador de Pontorson, de Villedieu, de Pont-au-Beau! O vitorioso em Dol e na Tourgue! Aquele que nos torna invencíveis! Aquele que é a espada da República dentro da Vendeia! O homem que há cinco meses enfrenta os *chouans* e remedia todas as tolices de Léchelle e dos outros! E esse Cimourdain ousa condená-lo à morte! Por quê?

Porque ele salvou um velho que acabara de salvar três crianças! Um padre matar um soldado!

Assim rugia o acampamento vitorioso e insatisfeito. Uma cólera sombria cercava Cimourdain. Quatro mil homens contra um só, uma verdadeira força; mas não, não era bem assim. Esses quatro mil homens eram uma multidão, e Cimourdain era uma vontade. Era sabido que Cimourdain franzia as sobrancelhas constantemente, e nada mais era preciso para manter o respeito da tropa. Nesses tempos severos, bastava que a sombra do Comitê de Salvação Pública surgisse atrás de um homem para tornar esse homem temível, levando as imprecações ao cochicho, e o cochicho ao silêncio. Antes e depois desses murmúrios, Cimourdain continuava sendo o árbitro do destino de Gauvain, assim como de todos os demais. Sabiam que não havia nada a lhe pedir e que ele só obedeceria à sua própria consciência, uma voz sobre-humana que só ele ouvia. Tudo dependia dele. O que ele fizera como juiz da corte marcial, apenas ele poderia desfazer como delegado civil. Só ele poderia perdoar. Seus poderes eram plenos; com um gesto, poderia pôr Gauvain em liberdade; era o senhor da vida e da morte; ele comandava com a guilhotina. Nesse momento trágico, ele era o homem supremo.

Só restava aguardar.

A noite caiu.

V
O calabouço

A corte de justiça voltou a ser uma sala de armas; o posto foi reforçado como na véspera; duas sentinelas vigiavam a porta do calabouço.

Por volta de meia-noite, um homem com um lampião na mão atravessou a sala de armas, identificou-se e fez com que abrissem a porta da prisão. Era Cimourdain.

Ele entrou, deixando atrás a porta entreaberta.

O calabouço estava imerso em trevas e silêncio. Cimourdain deu um passo em direção à escuridão, deixou o lampião no chão e parou. Na sombra, ouvia-se a respiração regular de um homem adormecido. Cimourdain atentou, pensativo, àquele sono tranquilo. Gauvain se encontrava no fundo do calabouço, sobre a esteira de palha. Era sua respiração que se ouvia. Ele dormia profundamente. Cimourdain se aproximou fazendo o menor barulho possível e, ao chegar perto dele, ficou observando Gauvain. Uma mãe observando seu bebê adormecido não teria um olhar mais tenro e mais inexprimível. Esse olhar talvez fosse mais forte que Cimourdain. Como fazem às vezes as crianças, Cimourdain esfregou os olhos com as mãos e ficou imóvel por um momento. Depois, ajoelhando-se, pegou delicadamente a mão de Gauvain e a tocou com os lábios.

Gauvain fez um movimento e depois abriu os olhos, com o lerdo espanto do despertar. O lampião clareava vagamente a masmorra. Ele reconheceu Cimourdain.

— É você, meu mestre.

E acrescentou:

— Sonhei que a morte me beijava a mão.

Cimourdain teve um sobressalto, desses que se sente de quando em quando, como uma invasão brusca do fluxo dos pensamentos; por vezes, ele é tão forte e tempestuoso que parece a ponto de apagar a alma. Nada saiu do coração profundo de Cimourdain. Só conseguiu dizer:

— Gauvain!

E os dois se entreolharam; Cimourdain com os olhos cheios dessas chamas que queimam as lágrimas, Gauvain com seu sorriso mais meigo.

Apoiando-se no cotovelo, Gauvain disse:

— Esse corte em seu rosto é o golpe de espada que recebeu em meu lugar. Ainda ontem, você travava essa luta ao meu lado e por minha causa. Se a providência não o tivesse posto perto de meu berço, onde estaria eu hoje? Nas trevas. Se eu tenho a noção do dever, foi de você que ela me veio. Eu nasci raquítico. Os preconceitos são como ligaduras, você me livrou delas, ajudou para que eu retomasse meu crescimento livremente e, do que já não passava de uma múmia, você fez uma criança. Nesse provável abortado, você pôs uma consciência. Sem você, eu teria ficado bem baixo. Graças a você, eu existo. Eu era apenas um senhor, você fez de mim um cidadão, um espírito; você me preparou como homem para a vida terrena e, como alma, para a vida celestial. Para ingressar na realidade humana, você me deu a chave da verdade e, para ir mais além, a chave da luz. Você é meu mestre e eu agradeço. Foi você que me criou.

Cimourdain sentou-se sobre a palha ao lado de Gauvain e lhe disse:

— Vim fazer minha refeição com você.

Gauvain partiu o pão preto e lhe ofereceu. Cimourdain aceitou um pedaço; em seguida, Gauvain lhe entregou a jarra de água.

— Beba você primeiro — disse Cimourdain.

Gauvain bebeu e passou a jarra a Cimourdain, que bebeu em seguida. Gauvain tomara apenas um gole.

Cimourdain bebeu muito mais.

Nessa refeição, Gauvain comia e Cimourdain bebia, sugerindo a calma de um e a febre do outro.

Uma espécie sinistra de serenidade pairava nesse calabouço. Os dois homens começaram a conversar.

Gauvain disse:

— Coisas grandiosas se preparam. O que a Revolução faz neste momento é misterioso. Atrás da obra visível há a obra invisível. Uma oculta a outra. A obra visível é cruel, a obra invisível é sublime. Neste instante, eu distingo tudo bem nitidamente. É estranho e belo. Foi necessário se servir dos materiais do passado. Isso é que faz com que o ano de 1793 seja formidável. Sob uma edificação de barbárie se constrói um templo de civilização.

— Sim — respondeu Cimourdain. — Desse estado provisório surgirá o definitivo. O definitivo quer dizer o direito e o dever paralelos, o imposto proporcional e progressivo, o serviço militar obrigatório, o nivelamento, nenhum desvio e, acima de tudo e de todos, essa linha reta, a lei. A República do absoluto.

— Prefiro a República do ideal — disse Gauvain.

Ele fez uma pausa e depois prosseguiu:

— Oh, mestre, em tudo o que acabou de dizer, onde você situa a devoção, o sacrifício, a abnegação, o entrelaçamento magnânimo da benevolência, o amor? Encontrar o equilíbrio é bom, encontrar a harmonia é ainda melhor. Acima da balança, há a lira. Sua República dosa, mede e regula o homem; a minha o conduz ao céu claro; é a diferença que existe entre um teorema e uma águia.

— Você se perde em meio às nuvens.

— E você em seus cálculos.

— Há sonho na harmonia.

— E há também na álgebra.

— Eu queria o homem feito por Euclides.

— E eu — disse Gauvain —, eu o preferiria feito por Homero.

O sorriso severo de Cimourdain se fixou em Gauvain, como se quisesse conter os movimentos de sua alma.

— Poesia. Desconfie dos poetas.

— Sei, eu conheço essas palavras. Desconfie dos ventos, desconfie dos raios do sol, desconfie dos perfumes, desconfie das flores, desconfie das constelações.

— Nada disso dá comida.

— O que você sabe? A ideia é também um alimento. Pensar é comer.

— Nada de abstrações. A República é como dois mais dois igual a quatro. Quando dou a cada um o que tem direito...

— Falta dar a cada um aquilo a que ele não tem direito.

— O que você quer dizer com isso?

— Falo da imensa concessão recíproca que cada um deve a todos e que todos devem a cada um, e que é toda a vida social.

— Fora do estrito direito, nada mais há.

— Há tudo.

TERCEIRA PARTE

— Eu só vejo a justiça.
— Eu observo mais alto.
— O que existe então acima da justiça?
— A equidade.

Ocasionalmente, ambos se calavam, como se um clarão passasse por eles.

Cimourdain retomou a palavra:

— Seja mais preciso, eu o desafio.

— Pois bem. Você quer o serviço militar obrigatório. Contra quem? Contra outros homens. Eu não quero o serviço militar. Eu quero a paz. Você quer o socorro dos miseráveis, eu quero que a miséria seja suprimida. Você quer o imposto proporcional. Eu não quero imposto algum. Quero a diminuição das despesas à sua mais simples expressão e paga pela mais-valia social.

— O que quer dizer com isso?

— O seguinte: primeiro, suprimir os parasitismos; o parasitismo do padre, o parasitismo do juiz, o parasitismo do soldado. Depois, tire proveito de suas riquezas; você lança ao esgoto o adubo, jogue-o nos sulcos abertos pelo arado. Três quartos do solo são incultos, cultive a França, suprima os pastos inúteis; divida as terras comunais. Que todo homem tenha sua terra e que toda terra tenha um homem. O produto social será multiplicado. Hoje, a França dá a seus camponeses somente quatro dias de carne por ano; bem cultivada, ela alimentaria trezentos milhões de homens, toda a Europa. Utilizem a natureza, essa imensa força desdenhada. Façam trabalhar para vocês todos os ventos, todas as quedas d'água, todos os eflúvios magnéticos. O globo tem uma rede venosa subterrânea; dentro dessa rede, uma prodigiosa circulação de água, de óleo, de fogo; perfure a veia do globo e faça jorrar essa água para suas fontes, esse óleo para seus lampiões, esse fogo para suas lareiras. Reflita sobre o movimento das ondas, o fluxo e o refluxo, o vaivém das marés. O que é o oceano? Uma imensa força desperdiçada. Como a terra é inculta! Não se serve do oceano!

— Você se deixa levar pelos devaneios.

— Você quer dizer pela realidade.
E Gauvain prosseguiu:
— E das mulheres? O que fazem vocês?
Cimourdain respondeu.
— O que elas são. As criadas dos homens.
— Sim, mas com uma condição.
— Qual?
— Que o homem seja o servo da mulher.
— O que você diz? — exclamou Cimourdain. — O homem não será nunca o servo! O homem é o senhor. Eu só admito um reino, o da família. Em sua casa, o homem é o rei.
— Certo, mas com uma condição.
— Qual?
— Que a mulher seja a rainha.
— Isso quer dizer que, para o homem e para a mulher, você quer a...
— Igualdade.
— A igualdade! É o que você pensa? São dois seres distintos.
— Eu falo de igualdade. Não falei de identidade.
Houve mais uma pausa, uma espécie de trégua entre esses dois espíritos que se lançavam relâmpagos. Cimourdain a interrompeu:
— E as crianças? Quem cuidará delas?
— Para começar, o pai que as engendra, depois a mãe que as gera, depois o professor que as educa, depois a cidade que as viriliza, depois a pátria que é a mãe suprema, depois a humanidade que é a grande ancestral.
— Você não menciona Deus.
— Cada um desses degraus, o pai, a mãe, o professor, a cidade, a pátria, a humanidade, representa um estágio na escada que conduz a Deus.
Cimourdain ficou em silêncio e Gauvain continuou:
— Quando estamos no alto da escada, chegamos a Deus. Deus abre a porta; só precisamos entrar.
Cimourdain gesticulou como um homem que chama outro.

— Gauvain, volte à terra. Nós queremos realizar o possível.
— Pois comece não o tornando impossível.
— O possível sempre se realiza.
— Nem sempre. Quando maltratamos a utopia, nós a matamos. Nada há de mais indefeso que um ovo.
— Mas é preciso agarrar a utopia, impor-lhe o jugo do real, enquadrá-la nos fatos. A ideia abstrata deve se transformar em ideia concreta; o que perderá em beleza, ganhará em utilidade; ela é menor, mas é melhor. É preciso que o direito ingresse na lei; e quando o direito se fizer lei, ele será absoluto. É isso que chamo de possível.
— O possível é mais que isso.
— Pronto, você volta aos sonhos.
— O possível é um pássaro misterioso sempre planando acima do homem.
— É preciso capturá-lo.
— Vivo.

E Gauvain continuou:
— Meu lema é: sempre em frente. Se Deus houvesse desejado que o homem recuasse, teria dado a ele um olho na nuca. Olhemos sempre do lado da aurora, da eclosão, do nascimento. Aquele que cai encoraja aquele que sobe. Quando uma velha árvore estala, ela está chamando uma árvore nova. Cada século realiza sua obra, hoje cívica, amanhã humana. Hoje, a questão do direito, amanhã, a questão do salário. Salário e direito, no fundo, a palavra é a mesma. O homem não vive para não ser pago; ao dar a vida, Deus contrai uma dívida; o direito é o salário inato; o salário é o direito adquirido.

Gauvain falava com a serenidade de um profeta. Cimourdain ouvia. Os papéis tinham se invertido e, agora, o aluno parecia o mestre.

Cimourdain murmurou:
— Você vai rápido.
— É porque estou com um pouco de pressa — disse Gauvain, sorrindo. E prosseguiu: — Ora, meu mestre, aí está a diferença entre nossas duas utopias. Você quer o quartel obrigatório, eu quero a

escola. Você sonha com o homem soldado, eu sonho com o homem cidadão; você o quer terrível, eu o quero meditativo. Você quer fundar a República das espadas, eu quero...
Ele se calou.
— Eu queria fundar uma República dos espíritos.
Cimourdain olhou para o chão do calabouço e disse:
— E enquanto isso, o que você quer?
— O que existe agora.
— Então, você absolve o momento presente?
— Sim.
— Por quê?
— Porque é uma tempestade. Uma tempestade sabe sempre o que faz. Para um carvalho fulminado, quantas florestas purificadas! A civilização estava atacada por uma peste, essa ventania a livrou dela. Talvez não tenha escolhido com rigor. Mas pode fazer de outro modo? Ele está incumbido de uma tão intensa varredura! Diante do horror do miasma, entendo o furor do vento.

Gauvain continuou:
— Por sinal, o que me importa a tempestade, se tenho a bússola, e o que podem contra mim os eventos, se tenho minha consciência!
E com uma voz baixa e solene, ele concluiu:
— Há sempre alguém que devemos deixar agir à vontade.
— Quem? — interrogou Cimourdain.
Gauvain ergueu o dedo acima da cabeça. Com o olhar, Cimourdain se virou na direção indicada e, através da arcada do calabouço, pareceu-lhe enxergar o céu estrelado.
Ambos se calaram.
E Cimourdain retomou a palavra:
— Uma sociedade maior que a natureza. Estou dizendo, não se trata mais do possível, mas de um sonho.
— Trata-se de um objetivo. De outra maneira, a que serve a sociedade? Permaneçam na natureza. Sejam selvagens. O Taiti é um paraíso. Acontece que nesse paraíso não se pensa. Melhor um inferno inteligente que um paraíso imbecil. Mas não, nada de inferno. Sejamos

uma sociedade humana. Maior que a natureza. Sim. Se vocês nada acrescentarem à natureza, por que sair da natureza? Se é assim, contentem-se com o trabalho como a formiga e com o mel como a abelha. Sigam sendo o bicho operário em vez de serem a inteligência soberana. Se acrescentarem algo à natureza, vocês serão necessariamente maiores que ela; acrescentar é aumentar, é crescer. A sociedade é a natureza sublimada. Quero tudo o que falta às colmeias, tudo o que falta aos formigueiros, os monumentos, as artes, a poesia, os heróis, os gênios. Carregar fardos eternos não é a lei do homem. Não, não, não, basta de párias, basta de escravos, basta de trabalhadores forçados, basta de condenados! Quero que cada um dos atributos do homem seja um símbolo de civilização e um padrão de progresso; quero a liberdade à frente do espírito, a igualdade à frente do coração, a fraternidade à frente da alma. Não! Chega de opressão! O homem não é feito para arrastar as correntes, mas para abrir as asas. Basta de homens répteis. Quero a transfiguração da larva em lepidóptero, quero que o verme da terra se transforme em uma flor viva, e que alce voo. Eu quero...
 Ele se calou. Seu olhar resplandecia.
 Seus lábios se moviam, mas ele parara de falar.
 A porta fora deixada aberta. Rumores do exterior se infiltravam no calabouço. Ouviam-se vagos sons de clarim, provavelmente o toque da alvorada; em seguida, o ruído dos cabos dos fuzis batendo no chão, era a troca de sentinelas; depois, bem perto da torre, até onde a escuridão permitia julgar, um movimento semelhante ao de um deslocamento de pranchas e tábuas, entremeado pelos baques surdos e intermitentes que pareciam marteladas.
 Pálido, Cimourdain ouvia. Gauvain, não.
 Seus devaneios se tornavam cada vez mais profundos. A impressão era de que ele não respirava mais, absorto por aquilo que enxergava sob a arcada visionária de seu cérebro. Seu corpo era sacudido por brandos tremores. A claridade da aurora que brilhava em suas retinas se expandia.
 Um longo momento transcorreu assim, até Cimourdain lhe perguntar:

— No que você pensa?
— No futuro — respondeu Gauvain.
E ele retornou às suas meditações. Cimourdain se levantou do leito de palha onde ambos estavam sentados. Gauvain não o percebeu. Cimourdain, protegendo com o olhar o jovem pensativo, recuou lentamente até a porta e saiu. O calabouço foi fechado.

VI
Não obstante, o sol nasce

O dia não demorou a surgir no horizonte.

Ao mesmo tempo que o dia, algo estranho, imóvel, surpreendente, desconhecido dos pássaros, fez sua aparição sobre o platô da Tourgue, acima da floresta de Fougères.

Havia sido depositado ali durante a noite. Ele fora montado, não construído. Ao longe, contra o horizonte, era uma silhueta feita de linhas retas e duras, assemelhando-se a uma letra hebraica ou a um desses hieróglifos do Egito que faziam parte do alfabeto do antigo enigma.

À primeira vista, a ideia que essa coisa inspirava era a ideia do inútil. Ela se encontrava entre os arbustos em flor. Poder-se-ia indagar a que serviria. Mas logo se sentiria um arrepio. Era uma espécie de plataforma de madeira, tendo como pés quatro colunas. À extremidade da plataforma, duas vigas altas, verticais e retas, unidas no topo por uma trave, da qual pendia um triângulo que parecia negro contra o azul da manhã. Na outra extremidade da plataforma havia uma escada. Entre as duas vigas verticais, embaixo, sob o triângulo, distinguia-se uma espécie de placa de madeira composta de duas partes móveis que, ajustadas uma à outra, ofereciam ao olhar um buraco circular na dimensão aproximada de um pescoço humano. A parte superior dessa placa de madeira deslizava dentro de uma ranhura, de modo a poder ser erguida e abaixada. Por ora, os dois semicírculos que se uniam, formando um colar, estavam afastados. Percebia-se, ao pé dos dois pilares que sustentavam o triângulo, uma prancha que podia oscilar sobre um gonzo e que tinha o aspecto de uma balança. Ao lado dessa prancha, havia um cesto comprido e, entre os dois pilares, mais à frente, na extremidade da plataforma, um cesto quadrado. Estava pintado de vermelho. Tudo isso era feito de madeira, exceto o triângulo, que era de ferro. Percebia-se que havia sido construído pela mão humana, de tão feio, mesquinho e medíocre; era tão formidável que teria merecido ser trazido até ali pelos gênios.

Essa construção disforme era a guilhotina.

Diante dela, a alguns passos dali, dentro da ravina, havia outro monstro, a Tourgue. Um monstro de pedra em simetria com um monstro de madeira. E digamos de uma vez, quando o homem tocou na madeira e na pedra, a madeira e a pedra deixaram de ser madeira ou pedra, assumindo algo de humano. Um edifício é um dogma, uma máquina é uma ideia.

A Tourgue era essa resultante fatal do passado que se chamava a Bastilha em Paris, a Torre de Londres na Inglaterra, o Spielberg na Alemanha, o Escorial na Espanha, o Kremlin em Moscou, o castelo Santo Angelo em Roma.

Dentro da Tourgue achavam-se condensados 1.500 anos, a Idade Média, a vassalagem, a gleba, o feudalismo; dentro da guilhotina, um ano: 93, e esses doze meses faziam contrapeso a esses quinze séculos.

A Tourgue era a Monarquia; a guilhotina, a Revolução.

Trágico confronto.

De um lado, a dívida; do outro, o prazo. De um lado, a inextricável complicação gótica, o servo, o senhor, o escravo, o mestre, a plebe, a nobreza, o código múltiplo ramificado em costumes, a coalizão entre o juiz e o padre, as gabelas, a mão-morta[7], as capitações[8], as exceções, as prerrogativas, os preconceitos, os fanatismos,

---

7. O direito de mão-morta, que autorizava ao senhor herdar os bens de seu rendeiro.
8. Imposto per capita.

o privilégio real da bancarrota, o cetro, o trono, o bel-prazer, o direito divino; e, do outro, essa coisa simples, o cutelo.

De um lado, o nó; do outro, o machado.

Por muito tempo, a Tourgue estivera só no deserto. Estava ali com seus balestreiros por onde havia escorrido o óleo fervente, o alcatrão inflamado e o chumbo fundido, com suas masmorras pavimentadas de ossadas, com sua sala de esquartejamento e a enorme tragédia que a preenchia; com sua figura funesta, ela dominara essa floresta e tivera nessa sombra quinze séculos de cruel tranquilidade, havia sido nessa região a única potência, o único respeito e o único terror; ela reinara; ela fora a única barbárie; e de repente, a Tourgue vira se erguer diante e contra ela, alguma coisa — mais que alguma coisa —, alguém tão terrível quanto ela, a guilhotina.

Às vezes, a pedra parece possuir olhos estranhos. Uma estátua observa, uma torre espia, uma fachada de edifício contempla. A Tourgue parecia examinar a guilhotina.

Ela parecia se interrogar.

O que é isso?

A impressão de que brotara da terra.

E, de fato, era de onde ela saíra.

Dentro da terra fatal, germinara a árvore sinistra. Dessa terra, regada por tanto suores, tantas lágrimas, tanto sangue, dessa terra onde tinham sido escavadas tantas fossas, tantos túmulos, tantas cavernas, tantas armadilhas, dessa terra onde tinham apodrecido tantas espécies de mortes provocadas por tantas espécies de tiranias, dessa terra sobreposta a tantos abismos, e na qual se enfiaram tantas perversidades, sementes hórridas, dessa terra profunda, surgira, no dia marcado, essa desconhecida, essa vingadora, essa feroz máquina de guerra, e o ano de 1793 disse ao velho mundo:

— Aqui estou.

E a guilhotina tinha o direito de dizer à torre:

— Eu sou sua filha.

E, ao mesmo tempo, a torre, pois essas coisas inevitáveis vivem uma existência obscura, se sentia morta por ela.

A Tourgue, diante da temível aparição, tinha algo de assustada. Ela parecia temer. A monstruosa massa de granito era majestosa e infame, essa prancha com seu triângulo era pior. A todo-poderosa deposta se horrorizava com a todo-poderosa novidade. A história criminal contemplava a história justiceira. A violência de outrora se comparava à violência do presente; a antiga fortaleza, a antiga prisão, a antiga senhoria, onde tinham urrado as vítimas esquartejadas, a construção de guerra e de morte, fora de serviço e fora de combate, profanada, desmantelada, descoroada, um monte de pedras que valiam um monte de cinzas, hedionda, magnífica e morta, toda prenhe da vertigem dos séculos medonhos, observava passar a terrível hora viva. O ontem estremecia diante dela. Hoje, a velha ferocidade constatava e se submetia ao novo horror, aquilo que nada mais era abria os olhos de sombra diante daquilo que era o terror e o fantasma olhava para o espectro.

A natureza é impiedosa; não aceita remover suas flores, suas músicas, seus perfumes, seus raios de sol diante da abominação humana; ela oprime o homem com o contraste entre a beleza divina e a feiura social, ela não lhe poupa sequer uma asa de borboleta, sequer o canto de um pássaro; é preciso que em plena matança, em plena vingança, em plena barbárie, ele se submeta ao olhar das coisas sagradas; ele não pode evitar a imensa exprobração da ternura universal e da implacável serenidade do céu azul. É preciso que a deformidade das leis humanas se mostre toda nua em meio ao deslumbramento eterno. O homem quebra e tritura, o homem esteriliza, o homem mata; o verão continua sendo o verão, o lírio continua sendo o lírio, o astro continua sendo o astro.

Nessa manhã, o céu fresco do dia nascente tinha se revelado mais encantador do que nunca. Um vento cálido balançava os arbustos, os vapores se arrastavam languidamente sobre as ramagens, a floreta de Fougères, toda permeada pelo hálito que emana das fontes, fumegava ao amanhecer como um vasto defumador cheio de incensos; o azul do firmamento, a brancura das nuvens, a clara transparência das águas, a vegetação, essa gradação harmoniosa que

vai de água-marinha à esmeralda, os grupos de árvores fraternais, os tapetes de grama, as planícies profundas, em tudo havia esta pureza que é o eterno conselho da natureza ao homem. No meio de tudo isso, estendia-se a mórbida impudência humana; no meio de tudo isso, aparecia a fortaleza e o patíbulo, a guerra e o suplício, as duas figuras da idade sanguinária e do minuto sangrento; a coruja da noite do passado e o morcego do crepúsculo do futuro. Na presença da criação florida, embalsamada, afetuosa e encantadora, o céu esplêndido inundava de aurora a Tourgue e a guilhotina, parecendo dizer aos homens: "Olhem o que faço e o que vocês fazem."
O sol utiliza formidavelmente sua luz.
E esse espetáculo tinha espectadores.

Os quatro mil homens do pequeno exército expedicionário estavam enfileirados em posição de combate sobre o platô. Eles cercavam a guilhotina por três flancos, de modo a traçar ao seu redor, em plano geométrico, a figura de um E; a bateria instalada ao centro da linha maior fazia o entalhe do E. A máquina vermelha estava fechada dentro dessas três frentes de batalha, uma espécie de muralha de soldados se estendendo dos dois lados até a inclinação do platô; o quarto lado, o lado aberto, era a própria ravina, de frente para a Tourgue.

Isso formava uma praça retangular longa, no meio da qual se encontrava o patíbulo. À medida que o dia avançava, a sombra produzida pela guilhotina diminuía sobre o campo.

Os artilheiros estavam ao lado de seus canhões, as mechas acesas.

Uma suave fumaça azul emanava da ravina; era o incêndio da ponte que começava a se extinguir.

Essa névoa encobria a Tourgue sem ocultá-la e sua alta plataforma dominava todo o horizonte. Entre essa plataforma e a guilhotina, havia apenas o intervalo da ravina. Era possível se falar entre uma e outra.

Para essa plataforma, haviam levado a mesa do tribunal e a cadeira revestida de bandeiras tricolores. O dia se levantava atrás da

TERCEIRA PARTE

Tourgue, fazendo sobressair em tom escuro a massa da fortaleza e, em seu cume, sobre a cadeira do tribunal e sob o feixe de bandeiras, a figura de um homem sentado, imóvel e com os braços cruzados. Esse homem era Cimourdain. Como na véspera, ele trajava sua indumentária de delegado civil, à cabeça o chapéu com o penacho tricolor, a espada ao seu lado e as pistolas na cintura.

Ele estava calado. Todos estavam calados. Os soldados mantinham o cabo dos fuzis no chão e olhavam para baixo. Seus cotovelos se tocavam, mas eles não falavam. Pensavam confusamente sobre essa guerra, nos incontáveis combates, nas fuzilarias dentro do mato, enfrentadas com tanta coragem, nos bandos de camponeses furiosos que puseram em fuga, nas cidadelas conquistadas, nas batalhas vencidas, nas vitórias, e agora lhes parecia que toda essa glória se transformava em vergonha. Uma espera sombria comprimia todos os corações. Sobre o estrado da guilhotina, via-se o carrasco andando de um lado para outro. A claridade crescente da majestosa manhã se expandia no céu.

Subitamente, ouviram o ruído velado que fazem os tambores cobertos por um tecido. O fúnebre rufar veio se aproximando; as fileiras se abriram e um cortejo passou em direção ao patíbulo.

De início, os tambores tenebrosos, depois, uma companhia de granadeiros, as armas abaixadas, em seguida um pelotão de soldados com as espadas fora das bainhas, e por último, o condenado, Gauvain.

Gauvain caminhava livremente. Não havia cordas em seus pés e tampouco em suas mãos. Ainda usava seu uniforme básico; e carregava sua espada.

Atrás dele, mais um pelotão de soldados.

Gauvain ainda ostentava no rosto a alegria meditativa que o iluminara no momento em que dissera a Cimourdain: "Eu penso no futuro." Nada havia de mais inefável e sublime que esse seu sorriso persistente.

Ao chegar ao triste local, seu primeiro olhar foi para o alto da torre. Ele desdenhou da guilhotina.

Gauvain, ciente de que Cimourdain assumiria o dever de assistir à execução, procurou-o com os olhos e o encontrou.

Cimourdain estava pálido e frio. Aqueles que estavam ao seu lado não o ouviam respirar.

Quando ele avistou Gauvain, não sentiu comoção alguma. Enquanto isso, Gauvain caminhava na direção do patíbulo. Mesmo andando, seu olhar não se desviava de Cimourdain, e este lhe retribuía. Parecia que Cimourdain se apoiava nesse olhar.

Gauvain chegou ao pé do patíbulo. Ele subiu a escada. O oficial que comandava os granadeiros o seguiu. Desfazendo-se de sua espada, ele a entregou ao oficial e, retirando o lenço em torno de seu pescoço, entregou-o ao carrasco.

Ele se assemelhava a uma visão. Nunca parecera tão belo. Seus cabelos castanhos se agitavam ao vento; na época, não se cortavam os cabelos. Seu pescoço branco remetia ao de uma mulher, e seu olhar heroico e soberano lembrava o de um arcanjo. Ele estava em pé sobre o patíbulo, pensativo. Esse local também é um cume. Gauvain se mantinha em pé, impávido e tranquilo. O sol o envolvia como um halo de glória.

Ainda assim, fazia-se necessário amarrar o condenado. O carrasco se aproximou com uma corda nas mãos.

Nesse exato momento, ao ver a determinação de seu jovem capitão diante da lâmina, os soldados não puderam mais se conter; o coração desses guerreiros explodiu. Ouviu-se então algo de imenso, o soluço de um exército. Um clamor se levantou: "Clemência! Clemência!" Alguns deles se ajoelharam; outros largaram seus fuzis e ergueram os braços na direção de Cimourdain. Apontando para a guilhotina, um granadeiro gritou:

— Vocês aceitam alguém que o substitua? Estou aqui.

Todos repetiam freneticamente: "Clemência! Clemência!" E se os leões tivessem ouvido isso, teriam se comovido ou assustado, pois as lágrimas dos soldados são terríveis.

Não sabendo mais o que fazer, o carrasco parou.

TERCEIRA PARTE

Então, uma voz breve e baixa, que assim mesmo todos ouviram, de tal modo ela soara sinistra, respondeu do alto da torre:
— Cumpra-se a lei!
Todos reconheceram a entonação implacável. Cimourdain falara. O exército se arrepiou.
O carrasco não hesitou mais e se aproximou com a corda.
— Esperem — disse Gauvain.
Virando-se para Cimourdain, ele lhe acenou com uma das mãos ainda livre, um gesto de adeus, e depois se deixou amarrar.
Quando já estava com os braços imobilizados, ele disse ao carrasco:
— Perdão. Mais um instante.
E gritou:
— Viva a República!
Ele foi colocado sobre a prancha. Essa cabeça encantadora e orgulhosa se encaixou no infame colar. O carrasco removeu com delicadeza os cabelos do pescoço e acionou a guilhotina; o triângulo se soltou e deslizou lentamente, no início, depois bem rápido; ouviu-se um golpe medonho...
Simultaneamente, ouviu-se outro ruído. Ao golpe da lâmina sucedeu um disparo de pistola. Cimourdain acabara de apanhar uma de suas pistolas à cintura e, no instante em que a cabeça de Gauvain rolou para dentro do cesto, Cimourdain perfurou o próprio coração com uma bala. Um jorro de sangue saiu por sua boca e ele caiu morto.
E essas duas almas, trágicas irmãs, ascenderam juntas, a sombra de uma unida à luz da outra.

CLÁSSICOS DA LITERATURA MUNDIAL NA ESTAÇÃO LIBERDADE

HONORÉ DE BALZAC
  Eugénie Grandet
  Ilusões perdidas
  A mulher de trinta anos
  O pai Goriot
  Tratados da vida moderna

A. VON CHAMISSO
  A história maravilhosa de Peter Schlemihl

CHARLES DICKENS
  Um conto de duas cidades

GUSTAVE FLAUBERT
  Bouvard e Pécuchet

THEODOR FONTANE
  Effi Briest

J. W. GOETHE
  Divã ocidento-oriental
  Os sofrimentos do jovem Werther

E.T.A. HOFFMANN
  O reflexo perdido e outros contos insensatos
  Reflexões do Gato Murr
  Os elixires do Diabo

VICTOR HUGO
  Claude Gueux e outros textos sobre a pena de morte *(no prelo)*
  O Homem que Ri
  Notre-Dame de Paris
  O último dia de um condenado

RESTIF DE LA BRETONNE
  As noites revolucionárias

XAVIER DE MAISTRE
  Viagem à roda do meu quarto

GUY MAUPASSANT
  Bel-Ami

STENDHAL (HENRI BEYLE)
  Armance

MIGUEL DE UNAMUNO
  Névoa

ÉMILE ZOLA
  Germinal
  O Paraíso das Damas
  Thérèse Raquin

ESTE LIVRO FOI COMPOSTO EM GATINEAU 10
POR 14 E IMPRESSO SOBRE PAPEL OFF-SET 75 g/m^2
NAS OFICINAS DA MUNDIAL GRÁFICA, SÃO PAULO — SP,
EM OUTUBRO DE 2023